Will Elliott
Intrusion

PIPER

Zu diesem Buch

Die Welt Nightfall ist ein Ort außerhalb von Raum und Zeit, an dem Geschöpfe ihr Unwesen treiben, die den schlimmsten Albträumen entsprungen zu sein scheinen. Als Aden hier erwacht, hat er nicht nur sein Gedächtnis verloren, sondern sein ganzes bisheriges Leben. Er ist in Nightfall gestrandet, einem Reich, das ihm fremd und doch unheimlich vertraut erscheint. Aden erfährt, dass er mit dieser Welt enger verbunden ist, als er ahnte – und dass Nightfall dem Untergang geweiht ist. Aden muss das Unmögliche versuchen: Er muss Nightfall retten …

Will Elliott war eigentlich nur ein 27-jähriger Australier, der sich zum Ziel gesetzt hatte, einmal einen Roman zu veröffentlichen. Ohne viel Hoffnung sandte er sein Manuskript für den ABC Fiction Award ein, einen der wichtigsten australischen Literaturpreise. Sein Debüt »Hölle« gewann den mit 10 000 Dollar dotierten Preis, wurde für den International Horror Guild Award nominiert und in fünf Sprachen übersetzt. Mit »Intrusion« legt er seinen neuen dunklen Thriller vor. Will Elliott lebt heute als freier Schriftsteller in Brisbane. Weiteres zum Autor unter: www.will-elliott.org

Will Elliott

INTRUSION

Thriller

Aus dem australischen Englisch
von Birgit Reß-Bohusch

Piper München Zürich

Von Will Elliott liegen bei Piper vor:
Hölle
Intrusion

FSC
www.fsc.org
MIX
Papier aus verantwortungsvollen Quellen
FSC® C083411

Ungekürzte Taschenbuchausgabe
Dezember 2012

Titel der australischen Originalausgabe:
»Nightfall«

Umschlaggestaltung: Guter Punkt, München/www.guter-punkt.de
Umschlagabbildung: Sabine Zels unter Verwendung von Motiven von Shutterstock nach einer Idee von Vlue/Shutterstock
Satz: C. Schaber Datentechnik, Wels
Papier: Pamo Super von Arctic Paper Mochenwangen GmbH, Deutschland
Druck und Bindung: CPI – Clausen & Bosse, Leck
Printed in Germany ISBN 978-3-492-26894-3

Für John Berlyne

TEIL EINS

KAPITEL 1
Abendessen bei den Gorrs

Von sich selbst wusste er anfangs nur, dass er tot war und auf etwas Hartem, Kaltem lag. Dann fiel ihm sein Name wieder ein, Aden Keenan, zusammen mit vereinzelten Erinnerungen, die keinen Sinn ergaben, eigentlich nur Schemen, die verschwommen aus einer nebelweißen Dämmerlandschaft tauchten. Da sie keinen Sinn ergaben, die einzelnen Erinnerungen, machte er sich nicht die Mühe, sie näher zu betrachten. Stattdessen schob er sie beiseite, für später, wenn sich der weiße Nebel (hoffentlich) lichten und den Blick auf das Leben dahinter freigeben würde ... auf den, der er jetzt war, auf den, der er früher, vor seinem Tod, gewesen war.

Ganz in der Nähe tropfte ein Wasserhahn, das vertrauteste Geräusch auf der Welt. Er schlug die Augen auf und blinzelte. Er lag in einer Badewanne. Kaltes Porzellan im Nacken und an den Beinen. Nackt. Mondbleicher Körper, über und über mit Gänsehaut bedeckt. Eine Mischbatterie klemmte hinter seinem Ohr und drückte ihm den Kopf nach vorn. Tropfen aus dem Wasserhahn sammelten sich in der Grube seines Schlüsselbeins, sickerten nach unten. Ein dünner Mondstrahl fiel durch eine Oberlichte direkt auf ihn herunter. Wo er sein Knie berührte, kribbelte die Haut. Seine erste Bewegung bestand darin, an dem Fleck zu reiben. Dann rutschte er zur Seite, um dem Lichtspeer auszuweichen.

Er erhob sich, mager und nackt, mit wirrem, kurzem schwarzem Haar, ein junger Mann von zweiundzwanzig, dreiundzwanzig (wie alt genau er war, entzog sich seiner Erinnerung). Seine Finger umklammerten die Handgelenke, ertasteten die Längsschnitte an den Pulsadern, die er sich – das war keine *Erinnerung*, sondern *Wissen* – selbst zugefügt hatte. Warum er das getan hatte, war ein weiteres Rätsel, aber das Bild jener

Tat hatte einen festen Platz in seinem Gehirn: zitternde Finger, zur Faust geballt, während sich die Messerspitze einen Zoll tief in den Arm grub und einen roten Schlitz zum Ellbogen hin zog.

Er schloss die Augen und verdrängte das Bild. Es verursachte ihm Übelkeit.

Diese vereinzelten Erinnerungen, diese Schemen im Nebel, waren alles, was er von seinem Leben besaß. Er nahm sich eine davon vor und sah – *einen Sechsjährigen, der im Schneidersitz auf dem groben braunen Teppich im Wohnzimmer seines Großvaters kauert und sich von Zeit zu Zeit an den Schienbeinen kratzt, weil das raue Gewebe so juckt. Der Junge klatscht vergnügt in die Hände, während ihm der alte Mann eine Geschichte aus dem Märchenbuch vorliest, das aufgeschlagen auf seinem Schoß liegt. In einem leisen Singsang spricht der Junge die Stellen mit, die sich reimen und wiederholen. Dann, später, ist der Kleine dem Weinen nahe, weil ihm etwas in dem Märchen Angst einflößt, doch der alte Mann liest einfach weiter und ahmt mit grollender Stimme einen bösen Geist oder Menschenfresser nach. Die Furcht, der Geschichte entsprungen, hämmert dem Jungen ein paar Lehren ein: Nimm dich vor Fremden in Acht, weiche nicht von deinem Weg ab, sei nicht habgierig! Das Kind rutscht hin und her und beginnt zu weinen. Die Stimme des alten Mannes faucht, knurrt, keift.*

Diese Erinnerung hob sich so klar und scharf gegen das Nichts ringsum heraus, als spielte sich die Szene direkt vor seinen Augen ab. Es war fast ein Schock, in das Badezimmer zurückzukehren, in die Wanne mit der Mischbatterie, die sich hart in seinen Nacken schob, in den Körper eines jungen Mannes, eines Toten.

Blinzelnd starrte er in einen Wandspiegel, sah, wie sich sein magerer Körper aufrichtete, und bedeckte mit beiden Händen sein Geschlecht. Zahnpastaspritzer, getrocknete Seifenflecken und ein Netz von winzigen Sprüngen trübten das Glas. Er hob die Finger an die Wange, drückte sie in die Haut. Dann tastete er mit einer Hand die Brust ab, als müsste er sich vergewissern, dass sein Körper aus Fleisch und Blut bestand. Da war das vertraute kleine Muttermal an seinem Hals. Er spähte in die dunkelbraunen Augen seines Spiegelbilds, versuchte in die Seele des Fremden einzudringen, den er vor sich sah. »Hallo, du da!«, sagte er.

Ein altmodisches Rasiermesser lag auf dem Beckenrand, bedeckt von Rost und getrockneten Blutflecken. Bei dem Anblick zuckte er zusammen, als schwach erinnerter Schmerz über seine Handgelenke wanderte, ganz kurz nur.

Aden kletterte aus der Wanne, spürte kalte Fliesen unter seinen Sohlen. Das Frösteln kroch von seinen Füßen nach oben.

In der Wanne lag jetzt ein großer Bilderrahmen. Wie war das Ding an die Stelle gelangt, von der er sich gerade entfernt hatte? Die Leinwand selbst war leer, mit einem blutroten Rand, der den Eindruck erweckte, die Farbe ergösse sich über den Rahmen. Er beugte sich herab, strich mit den Fingerspitzen sanft über die glatte, leere Fläche. So glatt war sie, dass er den sonderbaren Drang verspürte, sich darauf auszustrecken. Er zerrte den Rahmen aus dem Bereich des tropfenden Wasserhahns. Ein Berg schmutziger Wäsche in der Ecke neben der offenen Tür verströmte einen starken Schweißgestank. Draußen im Gang kündeten Schritte und laut knarrende Dielenbretter von einer Welt jenseits des kleinen kalten Badezimmers.

Im Spiegel huschte der Umriss einer hochgewachsenen Frau vorbei, die im trüben Licht des Korridors krumm und irgendwie missgestaltet wirkte. Aber das konnte täuschen, da er sie nur flüchtig erspäht hatte. Sie summte eine fröhliche Melodie, als sie vorbeiging, ohne einen Blick durch die einen Fußbreit geöffnete Badtür zu werfen. Weitere Geräusche. Von unten das ferne Dröhnen einer Stimme, die an einen Bären erinnerte und lautstark Fragen durch die Gegend brüllte.

»Gleich komme ich, gleich«, vernahm er die heisere Antwort der Frau, die einen neckischen Ton angeschlagen hatte.

Sie schien glücklich und zufrieden zu sein. Ihre Schritte wurden leiser und entfernten sich über eine Stiege nach unten. *Knarr, knarr, knarr.* Aus der Tiefe drang erneut das Dröhnen. Vom Badezimmer aus ließ sich unmöglich erkennen, ob die Stimme fröhlich oder wütend klang.

»Wer bist du?«, fragte Aden den Spiegel. Der blieb stumm.

Wieder kam das Dröhnen von unten, laut wie Schmerzgebrüll. *Vielleicht bin ich ja Goldlöckchen,* dachte er und führte zum Spaß einen seltsamen Tanz auf. Er genoss die lächerlich eckigen Bewegungen seines spillerigen, bleichen Körpers, der nur aus Ellbogen, Knien, Rippen und einem wild schlackernden Schwanz zu bestehen schien. Als er in den schmuddeligen Klamotten herumwühlte, fühlte er sich plötzlich ausgelassen und unbekümmert. Er fand eine lange Hose, in deren Bundschlaufen noch ein Gürtel baumelte. Er zog sie an, obwohl sie bestialisch stank, und schnallte den Gürtel so eng wie möglich. Dann spähte er in den Korridor hinaus. Die Stimme, die wie Donnergrollen zu ihm heraufklang, hob und senkte sich im Gespräch. Hin und wieder klirrte Besteck, oder ein Krug wurde laut scheppernd auf einem Tisch abgestellt.

Die Dielenbretter knarzten, als er auf Zehenspitzen den Flur betrat, mit einer Hand die rutschende Hose festhaltend, sorglos gegenüber jeglicher Gefahr. Was konnte einem Toten schon Schlimmes begegnen? Was er zunächst für einen Teppich unter den Füßen gehalten hatte, entpuppte sich als eine dicke Schicht loser Borsten, manche rötlich, manche dunkelbraun. Er kniete nieder und hob etwas von dem verfilzten Zeug auf, um es genauer in Augenschein zu nehmen. Flöhe krochen darin herum.

Die verblichenen, mit gelben Blümchen gemusterten Tapeten im Korridor wiesen an vielen Stellen lange, parallele Risse auf, die von scharfen Krallen zu stammen schienen. Jemand hatte die schlimmsten Schäden mit gelber Farbe überpinselt.

Aden blieb vor einem großen Foto stehen. Es zeigte einen Hünen mit grimmig blitzenden Augen, der einen Arm um einen zweiten Mann gelegt hatte, Letzterer eindeutig ein Irrer, der schlaff in die Kamera winkte, leicht schielend, mit einer wilden Haarmähne und einem starren Grinsen. Der zweite Mann schien nackt zu sein. Beide Männer waren vom Hals abwärts mit Blutspritzern übersät. Die Aufnahme verriet nicht, von wem das Blut stammte (wenn es überhaupt von einem der beiden stammte).

Außerdem schmückten Gegenstände die Wände, die Aden beunruhigt hätten, wenn er nicht tot gewesen wäre: brutale Hieb- und Stichwaffen mit schartigen, auf Hochglanz polierten Schneiden, die wie Zierrat oder Trophäen an Lederriemen aufgehängt waren. Neben einer antik wirkenden Uhr, deren Pendel sich nicht mehr rührte, hing eine gerahmte Urkunde mit folgendem Wortlaut:

Gewidmet

ALFRED GORR

für zehn Jahre treue Dienste
für Days Past und die Weltenmacher-Kirche

Aden erreichte eine Holztreppe, die noch lauter knarzte als die Dielenbretter und deren Stufen sich bei jedem Schritt durchbogen. Am unteren Ende befand sich der Haupteingang des Hauses. Die Türfüllungen wiesen die gleichen tiefen Rillen auf wie die Tapeten droben im Flur. Das Werk scharfer Klauen, wenn er sich nicht täuschte. Die Schlösser und Sperrketten, die an der Innenseite angebracht waren, hätten ausgereicht, eine ganze Armee am Eindringen zu hindern: mattes Messing, glänzender Stahl, primitive Ketten, mehrfach um den Türknauf gewunden.

Die dröhnende Stimme war jetzt sehr nahe, in ein Gespräch mit einer Person verwickelt, die immer wieder keuchend lachte. Aden presste beide Hände gegen die Wand und spähte vorsichtig um die Ecke.

Der Mann, den er auf dem Foto im Flur gesehen hatte, saß am oberen Ende eines ausladenden dunklen Holztisches. Er trug das dichte schwarze Haar in der Mitte gescheitelt und eng an den mächtigen runden Schädel geklatscht, durchzogen von dünnen weißen Linien, die der Kamm hinterlassen hatte. Ein struppiger Schnauzer reichte bis zu seinen dicken Backen und ging dort in einen Stoppelbart über. Eng zusammenstehende Schweinsäuglein blinzelten zwischen Speckwülsten hervor. Aus dem weit aufgerissenen Mund kam schallendes Gelächter, das wie Steine auf die Tischplatte zu poltern schien und sie zum Erzittern brachte. Der Mann – vermutlich Alfred Gorr, wie es auf der Urkunde droben im Flur stand – trug ein Trikothemd, dessen schmale Träger sich über muskelbepackten, mit schwarzen Haarkringeln bedeckten Schultern spannten. Auf einem Platzset vor ihm stand ein leerer Teller, groß wie ein Tablett. Sein Bauch hüpfte beim Lachen, und seine vor Bosheit und hinterhältigem Vergnügen funkelnden Äuglein waren starr auf das Geschöpf neben ihm gerichtet.

Die beiden Männer waren offensichtlich verwandt. Sie hatten das gleiche drahtige Haar und die gleichen grobschlächtigen Gesichtszüge. Der Jüngere wirkte etwas schlanker. Seine Hand sauste einem Richterhammer gleich auf den Tisch nieder. Leere Schüsseln und Teller klirrten und klapperten, und die Gabel in seiner Faust knallte wie ein Pistolenschuss, als sie gegen die Tischplatte schlug.

»Innerei!«, brüllte Mister Gorr und setzte den Krug so heftig ab, dass das Bier in alle Richtungen schwappte. Er lachte über den Klang des hervorgestoßenen Wortes, als kostete er die Macht der Sprache zum ersten Mal richtig aus. »Innerei!«, wiederholte er. »Teller, Gabel und ... verdammt noch mal, das reimt sich nicht! Konversation an der Tafel wird nur geduldet, wenn sie sich reimt, mein Junge! So gehört sich das! Tischmanieren! Mal überlegen ... Teller, Gabel, Innerei... Flei...sch! Aha. FLEISCH! Rote Soße und Fleisch. Wo bleibt die Soße? Wo das Fleisch?« Die Augen des jüngeren Gorr blieben an der

Gabel hängen und leuchteten. Der ältere Gorr sah das. Seine Augen begannen ebenfalls zu leuchten. Ohne Vorwarnung schnellte seine Riesenpranke vor und stieß die Gabel tief in die Wange des Jüngeren. Beide ließen sich in ihre Stühle zurücksinken, warfen die Köpfe zurück und brachen in wildes Gelächter aus. Die Gabel, die immer noch aus der Wange des Halbwüchsigen ragte, bebte und fiel mit lautem Klirren auf die Tischplatte. Ein dünner Blutstrahl lief dem Jungen in den spärlich sprießenden Bart und tropfte von da auf sein Platzset und die Tischdecke.

Das Gejohle des Älteren endete abrupt. Er beugte sich vor und ohrfeigte den Jungen, bis auch der verstummte und sich erwartungsvoll zurücklehnte. »Das is mein Sohn, jawoll, das is mein Sohn!«, knurrte er und senkte dann vertraulich die Stimme: »Hättste mal hören sollen, wie der alte Corbert heute vor Schmerzen schrie. Quiekte wie – na, wie wohl, mein Sohn? Ich geb dir 'n Tipp. Oink, oink, oink, wie 'ne Sau! Na los, is nich schwer zu erraten!«

»Quiekte wie 'ne Sau?«, fragte der Junge und klatschte in die Hände.

»OINK OINK!«, brüllte Mister Gorr. Wieder brachen die beiden in wildes Gelächter aus, der Junge rau und keuchend, der Alte, als feuerte er eine Kanone nach der anderen ab. Sie beruhigten sich erst wieder, als sie keine Luft mehr bekamen. »Hab ihm eine mit dem Elektroschocker gezündet«, berichtete der Vater gedämpft, fast ehrfürchtig. »Hab ihm eine gezündet wie ... oink, oink. Zack auf die Fresse, dann ausgepeitscht und Salz in die Striemen, bis er aus allen Rohren blutet und fast hinüber ist. Richtet sich auf, sackt zusammen, Nasenstüber, aber immer feste, mein Junge. Nochmals Elektroschocker, Volltreffer, dass die Zähne wackeln!« Mister Gorr blinzelte, schüttelte sich und schien sich aus seinen Meditationen zu lösen. »PUFF!«, sagte er.

»Puff!«, meinte sein Sohn zustimmend. Blut sickerte langsam aus den Einstichstellen der Gabelzinken.

»Tausend ... Vooolt!«, johlte Mister Gorr.

Der Jüngere nahm seine Gabel in die Hand und rammte sie tief in die andere Wange. Sein Vater beobachtete ihn verblüfft, ehe er sich so heftig gegen die Stuhllehne stemmte, dass sie vernehmlich knirschte, den Kopf in den Nacken warf und begeistert loswieherte. Lachkrämpfe erschütterten seinen massigen Körper. Seine Stimme erreichte das Schrillen einer Kreissäge. Er rang nach Luft. Tränen hemmungsloser Heiterkeit rollten ihm über die Wangen.

Die Frau, die Aden im Flur erspäht hatte, betrat nun den Raum, eine etwas schmalere Ausgabe der beiden Männer und offensichtlich die Gebieterin dieses Haushalts. Sie trug ein gelbes Kleid mit frischen roten Flecken, und ihre schweren Hängebrüste pendelten bei jedem Schritt hin und her. Dazu kamen schiefe Zähne und ein boshafter Glanz in den Augen. Dennoch war sie von der Aura einer tüchtigen Hausfrau umgeben. Sie schleppte einen riesigen schwarzen Kessel herein, aus dem dichte Dampfschwaden und der eklige Geruch von zu lange abgehangenem Fleisch aufstiegen.

Der Hausherr schmatzte vor Vergnügen und rief: »Mmm!«, als sie den Kessel vor ihm abstellte. Die Dame betrachtete ihn mit der Zufriedenheit einer Matrone, die aufopfernd für ihre Lieben sorgt. Dann musterte sie zärtlich und missbilligend zugleich die blutverschmierten Wangen ihres Sohnes. Ihre Miene besagte, dass sich solche Kindereien zur Essenszeit nicht gehörten und sie gute Lust habe, die beiden zu bestrafen, dass sie jedoch noch einmal Gnade vor Recht ergehen lassen wolle.

Vater und Sohn schien der Kessel in eine Art Hypnose zu versetzen. Stille senkte sich über den Raum. Mister Gorr atmete röchelnd durch die Nase. Seine Augen weiteten sich langsam wie bei einem sprungbereiten Tier; die Nasenflügel blähten sich; die Hände bebten so heftig, dass Messer und Gabeln auf dem Tisch umherschlitterten. So ging das eine halbe Minute oder noch länger. Dann ließ die Anspannung unvermittelt nach. Er riss den Kessel mit beiden Armen hoch, kippte ihn und hielt ihn sich an die Lippen. Dampf hüllte seinen Kopf ein, als er sich den Inhalt ins Gesicht schüttete. Eine heiße Sturzflut aus Fleischklumpen und roter Soße schwappte ihm über Kinn und Brust. Schnaufend und prustend setzte er den Topf ab, um Luft zu holen; dann tauchte er den Schöpflöffel so tief ein, als wollte er sich kopfüber hineinstürzen, und begann hastig, halb rohe Batzen von irgendwelchen Schlachttieren auf seinen Teller zu häufen, Gesicht und Hals soßenverschmiert. Der Sohn stöhnte hungrig und schob seinen Teller vor, um wenigstens einen Teil der Soße aufzufangen. Die Herrin des Hauses hielt geziert einen Strohhalm zwischen Daumen und Zeigefinger und stupste ihn von Zeit zu Zeit in eine winzige rote Pfütze auf ihrem Teller, den kleinen Finger abgespreizt wie eine sittsame Edeldame, während ringsum eine Orgie aus Schmatzen, Rülpsen und wohligem Stöhnen tobte. Vater und Sohn waren so mit Soße bespritzt, dass man sie für halb verhungerte Tiere halten konnte, die im aufgerissenen Kadaver eines frisch erlegten Zebras wühlten.

Die Fressorgie ging weiter. Nichts konnte sie bremsen oder aufhalten. Soße tropfte ihnen über die Hemden in den Schoß. Sobald der Kessel leer war, trippelte Mrs. Gorr anmutig und mit wiegenden Hüften in die Küche, um einen zweiten und dann einen dritten Kessel zu holen und ihn genau in dem Moment vor Mister Gorr abzustellen, da er die letzten roten Tropfen schlürfte (und den leeren Riesentopf achtlos über die Schulter nach hinten warf, wo er mit lautem Scheppern auf dem Steinboden landete). Heißer Dampf stieg ihm in die Nase, er atmete tief durch, flüsterte: »Innerei!«, und heftete die Blicke starr auf den nächsten Kessel. Gabel und Schöpflöffel hatten längst ausgedient. Er wühlte mit bloßen Händen in den brühheißen Innereien und schob sich ganze Fäuste voll in den Mund, ohne darauf zu achten, dass er sich Wangen und Kinn verkleisterte. Der jüngere Gorr klaubte sich das Zeug vom Hemd seines Vaters, vergrub dann das Gesicht in seiner Schüssel und kam nur hoch, um Luft zu holen oder verzückt zu stöhnen. Mittlerweile spritzte die rote Soße bis unter das Dach.

Mister Gorr attackierte die Essensberge, als stellten sie eine Bedrohung dar. Mehrmals verschluckte er sich, und sein Knurren ging in ein schleimiges Husten über. Hin und wieder gelang es seinem Sohn, ihm den Kessel zu entwinden. Einmal währte der Kampf eine gute Weile, der Sohn zerrte unter lautem Protestgeheul, der Vater mit zornig blitzenden Augen und gefletschten Zähnen. Die Mutter entschied das Gerangel, indem sie dem Jungen einen Schlag auf den Arm versetzte und ihn krächzend wie eine Krähe ermahnte, dass Pa schließlich schwer arbeite und deshalb »ordentlich futtern« müsse. Der Sohn flennte erbärmlich. Mister Gorr schaufelte die »Innerei« in sich hinein.

Die Dame sog geziert an ihrem Strohhalm und hielt von Zeit zu Zeit eine Hand vor die gespitzten Lippen, wohl zur Erinnerung, dass Essensgeräusche nicht vornehm waren – auch wenn man sie in dem Geschmatze ringsum kaum gehört hätte. Soße bedeckte ihr Kleid und ihre Haare. Mit einem zufriedenen, schmallippigen Lächeln sah sie ihren Lieben beim Essen zu. Sie schien auf etwas zu warten.

Von Mister Gorr kam ein Rülpser in einer bestimmten Tonlage – vielleicht das Signal *Ich bin satt*, denn als sie es vernahm, erhob sie sich, blickte auf ihren Gemahl herunter, schob einen Finger unter die Schulterspange ihres Gewands und streifte den Träger ab. Eine pendelnde Brust kam zum Vorschein, sie allein frei von roter Soße und deshalb obszön weiß.

Mister Gorrs Fresserei endete mit einem Schlag. Seine Hände begannen zu zittern. Er stellte den riesigen schwarzen Kessel ab, atmete einige Male tief durch und brummte. Seine Augen weiteten sich. Mrs. Gorrs Teller segelte vom Tisch. Sein Brusthaar sträubte sich, die Muskeln schwollen an, und in einem Sprühregen aus roter Soße warf er sich in die Arme seiner Gemahlin. Ein kurzer Ringkampf, dann rollten sie von der

Tischplatte und landeten auf dem Boden; der Tisch begann heftig hin und her zu schlingern. Teller und Bestecke flogen klirrend in alle Richtungen.

Ihren Sohn schien das alles nicht weiter zu kümmern. Er begriff nur, dass der halb volle Kessel im Moment unbewacht war. Also packte er ihn, hob ihn an die Lippen und schlang den Inhalt in sich hinein, vor Begeisterung stöhnend wie seine Eltern unter dem schlingernden Tisch.

Aden hatte mittlerweile den Eindruck gewonnen, dass die Geräusche und Gerüche dieses – Traums? – deutlich in eine Richtung wiesen. Ein lebendiger Mensch wäre erschüttert gewesen. So viel stand fest. Aber ein Toter würde auf keinen Fall diese schleichende Angst spüren, die ihm die Eingeweide zusammenzog, oder sich Gedanken über die Herkunft der Fleischbrocken in diesem verdammten Stew machen. Diese Leute, diese sonderbaren Wesen – war er etwa in einem Cartoon gefangen? Das hier konnte nicht das Jenseits sein. *Nie und nimmer.* Bitte, dachte er. Lass es nicht das Jenseits sein!

Immer noch schlingerte und rumpelte der Tisch. Mister Gorrs Keuchen steigerte sich zu einem seltsam schrillen, wütenden Hecheln. Mrs. Gorr gab ihm hin und wieder raue Anweisungen, aber die meiste Zeit stöhnte sie nur. Aden schüttelte sich und versuchte die Geräuschkulisse auszublenden.

Wie sollte er vorgehen? Konnte er noch Schmerz empfinden? Das war eine Schlüsselfrage. Seine Knie- und Knöchelgelenke hatten geknackt, als er die Treppe hinunterstieg, aber die Nerven waren noch nicht auf den Prüfstand gestellt worden. Mit einem Achselzucken rammte er den bloßen Fuß hart gegen den Wandsockel. Die Antwort kam umgehend: Schmerz einer völlig normalen, ganz und gar irdischen Sorte. Was die Angelegenheit natürlich erschwerte. Jedenfalls hatte er noch keine ideale Lösung, als der Schmerz zu einem dumpfen Pochen verebbt war. Also betrat er den Speisesaal, räusperte sich und sagte: »Hallo!«

Der Tisch hörte unvermittelt zu schlingern auf. Kurz darauf verstummte das Klappern und Klirren des Geschirrs. Über den Raum senkte sich die Stille eines Schlachtfelds unmittelbar vor dem ersten Schuss.

Der junge Sire Gorr starrte ihn mit weit offenem Mund an. Halb zerkaute Fleischbrocken klatschten zurück in die Schüssel. Aden räusperte sich erneut und sagte, diesmal lauter: »Hallo! Äh ... Grüße von der Erde. Hi.«

Unter dem Tisch kam es zu einer Explosion, als Mister Gorr seine stürmischen Zärtlichkeiten vollendete. Er röhrte wie ein Drache. Der Tisch hob sich, kippte nach vorn und schlitterte durch den Raum. Die Schüssel des Sohnes flog an die gegenüberliegende Wand und zerschellte.

Mister Gorr zog hastig seine Hose hoch, erhob sich und warf einen Blick auf Aden. Seine Augen weiteten sich vor Staunen und – Furcht. Aden traute seinem Urteil nicht. Weshalb sollte dieser Hüne *ihn* fürchten?

Mrs. Gorr lag mit weit gespreizten Beinen am Boden. Ihr Kleid war bis über die Taille hochgerutscht. Mister Gorrs Spucke glänzte auf ihrem Kinn und Hals, wo er die letzten Tropfen Soße weggeschleckt hatte. Sie runzelte die Stirn und musterte Aden völlig konsterniert.

Mister Gorr blinzelte, schluckte Luft, klappte den Mund auf und wieder zu, rieb sich die Augen. »Bei Cug«, raunte er. »Bei Cug, dem alten Geist der Meere! Das Ding ist zum Leben erwacht.«

»Alfred?«, erkundigte sich Mrs. Gorr. »Hast du Gäste eingeladen?«

»Nich doch, Schätzchen!«, murmelte Mister Gorr. »Das sollte 'ne Überraschung zum Hochz...« Er unterbrach sich und ballte die Hände hilflos zu Fäusten.

»Wie kam er dann hier rein, Alfie?«, fragte Mrs. Gorr. »Das Tor ist seit fünf zugesperrt.«

Mister Gorr klappte stumm den Mund auf und zu.

»Hallo«, sagte Aden und räusperte sich. »Ich habe nicht die verdammte Spur einer Ahnung, wer ich bin, aber ich will mich trotzdem mal vorstellen. Ich bin eigentlich tot, scheine jedoch irgendwie ins Leben zurückgekehrt zu sein. Ich kenne euch nicht, Leute, aber ... nun ja, ihr widert mich echt in jeder nur erdenklichen Hinsicht an. Tut mir leid, wenn ich das so direkt sage. Und ich will nicht leugnen, dass der Koloss da mir ganz schön Angst einjagt.«

Die Gorrs starrten ihn an.

Aden zuckte die Achseln. »Ma'am, was Sie da zusammengekocht haben, erinnert mich an alles, was ich je ausgekotzt habe, aber zumindest scheint es reichlich Proteine zu enthalten. Darf ich noch hinzufügen, dass Ihr Sohn Ihnen beiden ganz verblüffend ähnelt – was Sie möglicherweise als Kompliment auffassen, da Sie ganz sicher andere Schönheitsideale als ich haben. Hey, alle mal herhören! Wie wär's, wenn ihr mich wieder plattmacht? Damit ich in Frieden ruhen kann, oder was immer. Ich weiß ehrlich nicht, wie es weitergehen soll. Soll ich mit hoch erhobenen Armen umherwandeln und ›Hirn her!‹ schreien? Weiß nich so recht, Leute. Das Tor aufsperren? Ist nur so eine Idee. Auf diese Weise hättet ihr mich am schnellsten wieder los. Vielleicht kann ich ja durch die Gegend geistern, auf der Suche nach Abenteuern oder was es sonst so bei euch gibt. Jedenfalls danke ich euch fürs Zuhören.«

Die Mitglieder der Familie Gorr gafften ihn unverwandt, reglos und mit weit aufgerissenen Mäulern an.

Aden räusperte sich wieder. »Also, im Grunde ... bin ich als Gespenst relativ unerfahren. Aber legt mir meine Offenheit bitte nicht als übertriebenes Selbstvertrauen und folglich gewaltigen Heldenmut im Kampf aus! Mit anderen Worten, lasst euch nicht zu dem irrigen Schluss verleiten, ihr müsstet mich mit besonderer Härte anfassen. Ich bin ziemlich sicher, dass mich Mister Gorr ohne viel Federlesens in meine Bestandteile zerlegen könnte, wenn er es darauf anlegte.«

Sie gafften ihn an.

»Ich schätze, jetzt seid ihr mal am Ball«, meinte Aden. »Ich habe genug geredet.«

Mister Gorr bemühte sich, der Aufforderung Folge zu leisten. »'stagsgeschenk«, murmelte er schließlich.

»Bringt mich nicht viel weiter«, sagte Aden.

»*Hochzeitstags*geschenk«, wiederholte Mister Gorr mit Nachdruck.

»Unser Hochzeitstag ist doch erst morgen, mein Lieber«, warf Mrs. Gorr ein.

Mister Gorr raunzte etwas vor sich hin. Sein Arm zitterte, als er auf Aden deutete. »Da!«, brüllte er los. »Das isses! Der da! DER ISSES!«

»Aha!«, sagte Aden und wich ein paar Schritte zurück.

Mister Gorr kam ihm nach und flüsterte: »Welche Teufelei ...?« Er wandte sich seiner Gemahlin zu und scheuchte sie mit einer Handbewegung in die Küche. Sie stand auf, strich ihr Kleid glatt, nahm ihren Sohn an der Hand und führte ihn weg.

Mit schweren Schritten trat Mister Gorr näher, die Augen weit aufgerissen. Die Dielenbretter bogen sich unter dem Gewicht des Hünen durch. Dann war er nur noch eine Armlänge von dem jungen Mann entfernt, der ihm mit dem Kopf kaum bis an die Brust reichte. Aden schwang die Faust nach oben. Sein Hieb landete mit einem teigigen Klatschen unter Mister Gorrs Auge.

Mister Gorr schien den Angriff nicht einmal zu bemerken. Er tastete Adens Gesicht mit seinen dicken Wurstfingern ab und murmelte: »Cor! Die gleichen Ohren wie der Alte, wenn es nicht ... Mannomann!« Er strich Aden über die Arme und Schultern und zog dann rasch die Hand weg. »Wann?«, knurrte er. »Eh? Wann?«

»Gute Frage«, entgegnete Aden.

»Wann bist du aufgewacht? Wann?«

»Ach so. Heute Abend. Vor zwanzig Minuten vielleicht. Ich habe keine Ahnung, wie oder warum.«

»Keine Farbe, eh? Nicht aus Farbe gemacht?«

»Nein, Sir. Eher aus den üblichen Zutaten, glaube ich.« Der Bilderrahmen. »Aaah! Aber ... also, allmählich dämmert mir, worauf Sie hinauswollen, auch wenn das Ganze nicht viel Sinn ergibt.«

Mister Gorr nahm Adens Handgelenk, drehte die Innenseite nach oben und starrte sie an. Irgendetwas schien ihn zu beunruhigen. »Geht's wieder besser?«, erkundigte er sich.

»Yeah. Jawohl, Sir. Ich glaube schon.«

Mister Gorr warf einen besorgten Blick durch die offene Küchentür, zu seinem Sohn und seiner Gemahlin, die dem Gespräch ängstlich lauschten. Er gab Aden durch einen Wink zu verstehen, ihm zu folgen, und ging mit plumpen, weit ausholenden Schritten auf die Treppe zu.

Am unteren Ende der Stufen blieb Aden stehen, weil ihm etwas ins Auge fiel, das er auf dem Weg ins Erdgeschoss übersehen hatte. Es war ein weiteres Bild, diesmal eine sehr naturgetreue Zeichnung in einem kleinen Glaskasten. Die Skizze stellte seinen Großvater dar. Herbert Keenan. Er betrachtete sie aus der Nähe, um ganz sicherzugehen, ehe er sie von der Wand nahm und in einer der Riesentaschen seiner Hose versteckte.

Im Bad angekommen, unterzog Mister Gorr die gerahmte Leinwand in der Wanne einer sehr gründlichen Prüfung. Er fuhr mit dem Daumen über den leeren, blutrot gesäumten Fleck. Seine Blicke wanderten immer wieder zwischen Aden und der Leinwand hin und her. Langsam und schwerfällig verglich er Adens Größe mit der Leinwandhöhe und runzelte die Stirn angesichts des Unterschieds. Aden war größer als der Rahmen. Dabei ging er sehr sorgsam mit Aden um, als befürchtete er, etwas ungemein Kostbares zu beschädigen. Hin und wieder murmelte er erstaunt: »Ganz der Bart des Alten«, oder: »Ganz die Augen des Alten.«

Irgendwann packte Mister Gorr Aden an den Schultern, schob ihn zu dem leeren Bild, das er an die Wand gelehnt hatte, und presste ihn gegen den Rahmen, bis sich die harte Oberkante in seinen Bauch grub. Aden stützte sich mit beiden

Händen an der Wand ab, um das Gleichgewicht nicht zu verlieren. »Sachte, Großer«, sagte er. »Das wird nicht klappen, wenn ich Ihre Absicht recht verstehe. Mann, nun kriegen Sie sich wieder ein!«

»Hrm«, knurrte Mister Gorr und schob noch etwas kräftiger. Er drückte Adens Kopf nach unten, als versuchte er, ihn auf das richtige Maß zu verkleinern. Aden ließ sich das gefallen, bis seine Halswirbel knirschten. »Hey!«, fauchte er. »Lass das, du Arschloch!« Er fiel gegen die Wand und stieß den Rahmen mit den Knien zur Seite, als er sich aus Mister Gorrs Pranken losriss.

Mister Gorr betrachtete ihn mit nachdenklich gerunzelter Stirn. Eine Minute lang herrschte Stille. Dann beugte sich der Koloss zu Adens Verblüffung über den Wannenrand, schlug beide Hände vor das Gesicht und begann bitterlich zu weinen. Gewaltige Schluchzer erschütterten seinen massigen Körper. Aden dachte an einen Anfall, bis er die Tränen durch Mister Gorrs Finger laufen sah. »Beileid«, sagte Aden. »Aber wofür eigentlich?«

»'stagsgeschenk«, klagte Mister Gorr und stieß mit dem Finger in Richtung Leinwand.

»Geburtstag?«

Mister Gorr riss die Augen weit auf, als hätte Aden seiner tiefen Seelennot Ausdruck verliehen. »Für Putricia. Hochzeitstag. Morgen. Wollte ihr das Bild schenken. Gemälde von *dir.*«

»Oh!« Aden kratzte sich am Kopf, weil er nicht recht wusste, was er sagen sollte. »Teuer?«

Mister Gorr schüttelte den Kopf. Ein Funke Humor blitzte in seinen feuchten Augen auf. »Geklaut«, gestand er. »Erst letzte Nacht. Von ... du weißt schon ... von dieser Frau, die Bilder malt. Wie heißt sie gleich? Muse. Corbert sagte, dass sie ihre Gemälde im Keller aufbewahrt. Also trat ich die Tür ein. Hält sich einen Vampir da unten, ehrlich, ich schwör's. Hat mich gebissen, der kleine Mistkerl.« Er wies mit dem Daumen auf eine kleine Wunde an der Schulter, die gut eine Biss-Spur sein konnte. »Aber dem haben wir's gegeben!« Mister Gorr demonstrierte einen rechten Aufwärtshaken und deutete ein Rückwärtstaumeln an. Aus der Tiefe seines Bauches drang rumpelndes Gelächter. Er seufzte. Wieder zogen ein paar Tränen Furchen durch die getrocknete Soße auf Wangen und Hals.

Aden fuhr mit einer Hand über die Leinwand, die bis auf die Blutspuren an den Rändern leer war. »Also, ich hätte da eine Idee.«

»Ähm?«

»Schon mal dran gedacht, dass *Sie* was malen könnten? Auf die weiße Fläche? Müsste irgendwie mit Blut zu tun haben, damit es zu dem Geklecker da außen passt. Auch wenn Blut erst mal nicht besonders romantisch klingt. Aber ich meine, Ihre Frau ...« Er unterbrach sich, bevor ihm die Kränkung entschlüpfte. »Das Herz zum Beispiel. Besteht hauptsächlich aus Blut und ist doch das Symbol der Liebe. Yeah, malen Sie einfach was! Es muss gar nichts Besonderes sein, aber es wäre ein ganz persönliches Geschenk, wenn Sie verstehen, was ich meine.«

Mister Gorr rieb sich nachdenklich das Kinn. Die Stoppeln kratzten über seine fette Pranke wie Schmirgelpapier über Holz. »Ha!«, polterte er. »Kennt sich aus in Herzensdingen, der junge ...«

»Aden, wenn mich nicht alles täuscht.«

»Eden. Hmm, Eden. Guter Name. Aber mit was malen?«

»Tusche? Kreide? Blut?«

Mister Gorrs Miene umwölkte sich, während er überlegte. »Tusche, Kreide ... Innerei-Soße!« Er sprang auf, stürmte zur Tür hinaus und stampfte durch den Flur, dass die Wände wackelten. In der Ferne schepperten Küchengeräte. Mrs. Gorr begann zu schelten.

Aden holte die Zeichnung aus seiner Tasche und betrachtete sie aus der Nähe. Kein Zweifel, sie stellte seinen Großvater dar. Herbert Keenan war aus irgendeinem Grund die einzige Person aus seinem früheren Leben, an die sich Aden deutlich erinnerte. Auf der Skizze mochte er um die sechzig sein, ein durch und durch unauffälliger Mann: große Nase, große Ohren, breite, gelichtete Stirn, Schnauzer, Brille. Er lächelte nicht. Sein Blick war ins Leere gerichtet und wirkte irgendwie abwesend. Ein Tagträumer.

Mister Gorr kam mit Gepolter zurück. Aden verstaute die Skizze wieder in der Tasche.

Der Koloss schleppte einen der großen schwarzen Kessel an, stellte ihn vor Adens Füßen ab und schaute ihn erwartungsvoll an, als wartete er auf weitere Anweisungen. Auf dem Grund des Topfes schwappte ein klumpiger Soßenrest. Mehr davon klebte an den Seiten. »Ein Pinsel?«, schlug Aden vor. »So 'n Ding zum Wändestreichen?«

Mister Gorr dachte angestrengt nach. »Pinsel, Pinsel ... Malerpinsel. Hatte mal einen, aber wo der inzwischen sein mag ... Hmm.« Wieder stampfte er durch das Haus und kehrte diesmal mit einer Frisierbürste zurück, in der ganze Nester von Mrs. Gorrs langen braunen Haaren hingen. In der anderen Hand schwenkte er ein Glas mit roter Flüssigkeit.

»Das mit dem Blut war doch nicht ernst gemeint«, sagte Aden.

»Corberts Blut«, erklärte Mister Gorr mit einem Grinsen. »Extrafarbe. *Rote* Farbe. Für den Übergang, hmm? Fangen wir an, mein Junge! Eden, stimmt's?« Mister Gorr lachte heiser wie ein Seeräuber, tauchte die Haarbürste in den Kessel und schmierte einen langen Soßenstrich über die leere Leinwand.

Das Gemälde hatte als Porträt von Mrs. Gorr begonnen, zu Mister Gorrs Leidwesen aber bald jede Ähnlichkeit mit ihr verloren. Aden schlug vor, die roten Streifen in ein Liebesherz zu verwandeln, was Mister Gorr ein Freudengeheul entlockte. Er hieb Aden so begeistert auf den Rücken, dass der von seinem Hochsitz auf dem Badewannenrand kippte und mit dem Gesicht voran auf den Boden fiel. Irgendwann streckte Gorr junior – Chucky, wie Mister Gorr Aden verriet – den Kopf durch die Badezimmertür, um zu sehen, was sie machten. Mister Gorr zauberte eine Besteckgabel aus der Tasche und schlenzte sie aus dem Handgelenk in Chuckys Stirn. Chucky erhob ein empörtes Protestgeschrei und rannte davon. Mister Gorr wandte sich Aden zu. »Ein prächtiger Junge, was?«, polterte er, und Aden pflichtete ihm bei.

Mister Gorr konzentrierte sich auf sein Werk, und Aden unterbrach ihn nicht. Er hatte seine eigenen Probleme zu lösen. Wenn das hier eine Art Traum war, dann musste er sich über seine ungewöhnliche Logik und Dauer schon sehr wundern. Warum sprang er nicht von einer Szene zur nächsten? Von einem Elfenreigen über den Dächern etwa zu einem Boxkampf gegen ein Rennpferd? Vielleicht waren die Träume der Toten länger als die der Lebenden, so lang wie ein ganzes Leben.

Um sich die Zeit zu vertreiben, spähte er durch den Nebel in seinem Gehirn. Im nächsten Moment sah er verblüfft, dass die Schwaden zerrissen und den Blick auf seine Vergangenheit freigaben. Da war er, ein Wunderkind, ein begnadeter Musiker, der in kürzester Zeit jedes Instrument beherrschte, das man ihm in die Hand gab. College-Abschluss mit vierzehn. Erste wissenschaftliche Veröffentlichung mit fünfzehn. Während seine Mutter auf eine behutsame Entwicklung seines Talents bedacht gewesen war, hatte ihn sein Vater unerbittlich vorangetrieben, sodass er mit sechzehn von Auszeichnungen, ungebetenem Ruhm, Gastauftritten mit dem Staatsorchester, einem Beinahe-Sieg gegen den Schach-Landesmeister (den er durch seine Weigerung, die Partie abzuschließen, halb in den Wahnsinn trieb) und Stipendiumsangeboten völlig erdrückt war – ausgebrannt und bald darauf chronisch depressiv. Es folgten ein Jahr Psychiatrie, harte Drogen, Entzug, Obdachlosigkeit, Ladendiebstähle in Getränke- und Baumärkten ... Er rutschte immer tiefer, bis er sich schließlich im Haus seiner Eltern die Pulsadern aufschnitt.

Aden kratzte sich am Kopf, nachdem er diese Erinnerungen gesichtet hatte. Etwas stimmte nicht – genau genommen stimmte gar nichts. Die Bilder waren real, liefen vor seinen Augen ab wie ein anschaulicher Film. Aber die Handlung wies Lücken auf. Weshalb hatte er im Bad seiner Eltern Selbstmord begangen, wenn er zuletzt obdachlos gewesen war? Weshalb konnte er sich jetzt nicht mehr an die langen Shakespeare-Passagen oder die naturwissenschaftlichen Texte erinnern, die er angeblich einmal auswendig gelernt hatte? Und weshalb ließ sich ein Fünfjähriger, der bereits mit den Werken der klassischen Literatur vertraut war, von seinem Großvater Märchen vorlesen?

Und haftete dem steilen Aufstieg und jähen Absturz nicht etwas Melodramatisches an? Der Stoff billiger Serien, für das Hausfrauen-Fernsehen zusammengeschustert von Leuten, denen nichts mehr einfiel. Wie von Endlos-Filmrollen spulte sich dieses unwirkliche Leben immer wieder vor Adens Augen ab, während er Mister Gorr, der mit seinem Riesenarm die Bürste umklammert hielt und von links nach rechts über die Leinwand schmierte, ermutigende Worte zuraunte. »Sehr gut. Schönes Rot. Das Rot gefällt mir. Das wird ein wunderbares Herz. Elegant geschwungen. Romantisch, würde ich sagen. Und rot, herrlich rot.«

»Guter Junge!«, rief Mister Gorr.

»Eine Frage, Mister Gorr. Wo genau befinden wir uns eigentlich?«

»Im Bad«, raunzte Mister Gorr.

»Yeah, aber auf welchem Fleck der Erde? Angenommen, wir hätten eine Landkarte mit einem Pfeil, der anzeigt, wo wir gerade sind, wie hieße dann die Gegend hier?«

»Gegend?«

»Distrikt. Staat. Stadt. Dorf. Planet. Welt.«

»Dorf! Nennt sich Days Past.« Mister Gorr lachte, vermutlich über Adens Unwissenheit.

»Also gut. Days Past.« Er trommelte mit den Fingerspitzen auf seinem Knie herum. »Und noch etwas. In der Diele am unteren Ende der Treppe hängt ein Bild an der Wand. Ein älterer Mann mit Brille. Eine Zeichnung. Sie wissen, wen ich meine?«

Mister Gorr nickte.

»Das ist mein Großvater«, sagte Aden. »Warum hängt da unten ein Bild meines Großvaters?«

Mister Gorr zog die Stirn kraus. »Hrm! Großvater? Unsinn! Mag sein ... die Ohren des großen Alten, mein Junge. Aber Großvater ... nein, nein!« Er lachte gutmütig, als wäre er gewillt, den Spaß mitzumachen. Dann wandte er seine Aufmerksamkeit wieder dem Gemälde zu. Vor lauter Konzentration kam seine Zungenspitze zwischen den Wulstlippen zum Vorschein.

Aden kratzte sich am Kopf. »Lebt er hier, der Mann auf dem Bild? In dem Dorf Days Past?«

»Hier leben!« Mister Gorr lachte dröhnend. »Ich fass es nich'! Bist 'n echter Witzbold, mein Junge! Jetzt aber schsch! Höchste Zeit für das besondere Rot.« Mister Gorr schraubte das Glas mit dem Blut auf. »Corberts Blut«, flüsterte er grüblerisch. »Aye, genau ... Corbert sei gepriesen, er hat genug davon. Gibt dafür morgen weniger ab, versteht sich. Morgen weniger.« Behutsam umrandete Mister Gorr das Liebesherz mit dem tieferen Rot.

Aden legte sich in die Badewanne, verschränkte die Arme als Kissen hinter dem Kopf und schlug die Beine übereinander. Mister Gorrs Gemurmel und das hypnotische Tropfen des Wasserhahns ließen ihn bald in den Schlaf hinüberdämmern. Er merkte nicht, dass Mister Gorr auf Zehenspitzen das Bad verließ und kurz darauf mit einer stinkenden Decke wiederkam, die er fürsorglich über ihn breitete.

Aden versank in den Todesanzeigen einer gigantischen Zeitung, die sich in einen Whirlpool verwandelt hatte. Buchstaben sprangen wie Fische aus dem Wasser und schnappten nach ihm, als er sie abzuwehren versuchte. Sie bildeten immer wieder seinen Namen und das Wort VERSTORBEN. Die Farbe des Himmels war ein sauberes Krankenhausweiß. Aus dem

Himmel fielen Uhren wie Regentropfen und klatschten in den Wasserwirbel, während eine weibliche Stimme gemessen wie ein gespenstischer Synthesizer die Worte »Tick Tack« sang. Etwas zerrte ihn an den Füßen nach unten. Er spähte durch den Strudel und sah, dass sich eine Gruppe von Lettern um sein Bein gewickelt hatte. Sie ergab den Satz: *Etwas zerrte ihn an den Füßen nach unten.*

Keuchend erwachte er ein zweites Mal in der Badewanne. Es war noch dunkel.

Er schleuderte die versiffte Decke von sich und kratzte sich an den Stellen, wo sie den Anflug eines Ausschlags hinterlassen hatte. *Das wäre also geklärt,* dachte er, während er sich den Nacken rieb. Er lebte, im herkömmlichen Sinn: Es konnte nicht sein, dass jemand schlief, träumte und anschließend mitten im vorherigen Traum erwachte.

Sein Spiegelbild war ein Schatten im trüben Licht, vornübergebeugt, keuchend, mit wild zerzausten Haaren. Er spritzte sich Leitungswasser ins Gesicht und trank ein paar Schlucke aus der hohlen Hand. Das Zeug schmeckte abgestanden und metallisch.

Einen Augenblick wartete er, auf dem Wannenrand sitzend, den Kopf in die Hände gestützt. Die Erinnerungen. Verschwunden. Der Nebel war zurückgekehrt, bis auf jene wenigen scharf umrissenen Szenen, die er bereits kannte. Wie er im Haus seines Großvaters auf dem Boden saß und den Märchen lauschte, die der alte Mann vorlas. Oder ein anderes Erlebnis, das noch weiter zurücklag: *Ein Angelausflug mit Opa im Zweimann-Boot; eine Forelle als Ausbeute, viel zu klein, um sie zu braten und zu verspeisen; Moskitostiche; der Schädel eines Kängurus im Flussbett, den er als Andenken mit heim nahm.* Die »Wunderkind«-Version seiner Vergangenheit hatte sich verflüchtigt. Er war wieder ein Nichts.

»Was soll's, verdammt noch mal!«, schrie er und schlug mit der flachen Hand gegen die Wand. Irgendwo im Haus ein Schnauben. Dann wieder das Schnarchen, laut und gleichmäßig wie eine Motorsäge, ein so konstantes Hintergrundgeräusch, dass es ihm erst aufgefallen war, als es verstummte. Mister Gorrs Kunstwerk lehnte an der Wand und holte ihn jäh zurück in die Gegenwart. Zwei Küchenschaben hatten die getrocknete Soße des Liebesherzens entdeckt und betätigten sich als Testesser. Ihre Kritik fiel begeistert aus. Aden schnippte sie von der Leinwand. Sie ergriffen hastig die Flucht, bevor er sie zertreten konnte.

Eine graue Strickjacke lag zuoberst auf dem Stapel schmutziger Kleidungsstücke. Ihr Gestank wurde vom Duft eines fremdartigen Parfums überdeckt. Er zog sie an und schlich durch die Tür, die Diele, die Treppe hinunter. Mond und Sterne verbreiteten einen hellen Schein, der in das Haus sickerte und die Möbel in dunkle Silhouetten verwandelte.

In der Nähe roch es unverkennbar animalisch. Er hörte ein Schnüffeln, dann ein Kratzen. Klauen raspelten über die Dielenbretter. Etwas bewegte sich. Zunächst glaubte er einen Hund zu sehen, der seine Vorderpfoten auf den Esstisch stützte (jemand hatte ihn wieder aufgestellt und an seinen Platz geschoben). Das Tier schlabberte die auf der Tischdecke verkleckerten Reste von Mister Gorrs Mahlzeit auf. Es war kein Hund. Es hatte ein dunkles Fell mit diffusen Flecken, verkürzte Hinterbeine und eine Hundeschnauze. Eine Hyäne.

Mondlicht fiel durch das Fenster auf ihre glänzend schwarzen Augen, als sie den Kopf hob und sich Aden zuwandte. Die Ähnlichkeit mit Chucky Gorrs verschwollenem, länglichem Gesicht war so stark, dass sie kein Zufall sein konnte. Das hier *war* Chucky.

Die Bestie stieß einen dünnen Knurrton aus – nichts Bedrohliches, eher ein Zeichen, dass sie ihn erkannte. Sie nahm die Pfoten vom Tisch und begann auf dem Boden umherzuschnüffeln, weit mehr an Essensresten interessiert als an Aden. Chucky erledigte nur seine Hausarbeit: Er machte das Esszimmer sauber. Aden fielen die losen Borsten im Flur ein, die er zunächst für einen Teppich gehalten hatte. Einige davon hatten Chuckys Fellfarbe, andere ein dunkleres Braun. Was wurde um diese späte Stunde aus den übrigen Familienmitgliedern? Verwandelten sie ebenfalls ihre Gestalt?

Er ließ Chucky nicht aus den Augen, als er ans Fenster ging und seine Beine über den Sims schwang. Das Tier kam unter dem Tisch hervorgetappt und starrte ihn mit seinen glänzend schwarzen Augen an. Wieder stieß es ein dünnes Knurren aus.

»Adios, Chuck«, sagte Aden. »Richte deinem Alten aus, dass ich die Klamotten irgendwann zurückbringe.«

Die Hyäne schüttelte den Kopf und knurrte. Aden blieb auf dem Fenstersims sitzen. »Was? Ich soll da nicht runterspringen? Ist es das, was du mir sagen willst? Warum nicht?« Chucky schüttelte wieder den Kopf.

Aden zögerte. »Danke für die Warnung, Chuck. Ich verstehe. Die Sache kann böse enden. Aber das ist mir ziemlich egal. Mach dir keine Sorgen um mich!« Aden ließ sich in die Tiefe fallen. Seine Füße versanken im schlammigen kalten Erdreich eines Blumengartens.

In der Luft lag ein Hauch von Frost. Die Welt ringsum erschien ihm fremd und riesig. Die Sterne glitzerten wie Lichtscherben am Grunde eines dunklen Sees, geordnet zu Bildern eines unbekannten Himmels. Aber Bilder waren es, das ließ sich nicht leugnen, ausgebreitet über die dunkle Leinwand der Nacht, Bilder von Königinnen mit Schwertern in den Händen, die auf gewaltigen Streitrössern in den Kampf zogen.

»Also, um ehrlich zu sein«, schrie Aden plötzlich in die reglose Stille, »ich weiß nicht recht, was das mit *mir* zu tun haben soll!«

KAPITEL 2
Die Ratgeber des Herzogs

Er hätte schwören mögen, dass sich das riesige Sternen-Standfoto in dem kurzen Moment des Wegschauens kaum merklich verändert hatte. Er senkte den Blick, hob ihn – und in der Tat wanderten die Konstellationen wie in einem Stummfilm einen winzigen Ruck weiter. Sozusagen in Zeitlupe hob sich das Schwert der einen Königin und traf die Klinge der Gegnerin. Hinter den beiden Herrscherinnen rollten zwei Heere aufeinander zu, kriegerische Schwärme aus gleißenden Lichtpunkten.

Dann fiel Aden etwas ein, und er lachte. Die Sterne! Er wusste, wo er sich befand! Er kannte diesen Ort! Da tauchte er auf, in einer jener einzelnen Erinnerungen, die sich klar aus dem Nebel abhoben: *Aden ist fünfzehn, vielleicht sechzehn. Sein Großvater, mittlerweile im Ruhestand, sitzt in seinem Arbeitszimmer. Aus einem kleinen Radiogerät dringt klassische Musik. In einem weißen Trikothemd beugt er sich über seinen Schreibtisch, kritzelt ein paar Zeilen, lehnt sich zurück und starrt nachdenklich aus dem Fenster, putzt die Brille mit dem Saum des Unterhemds.*

Über einer Schreibmaschine sind Papierbögen an die Wände geheftet. Notizbücher und Skizzenblöcke liegen überall verstreut. Aden, jung und schlaksig, mit einem ersten Bartanflug, betritt den Raum und betrachtet die mit großer Sorgfalt und Genauigkeit gezeichnete Wandkarte: Wälder und Gebirge, mit Bleistift eingetragen, der Maßstab in Meilen am Seitenrand vermerkt. »Nightfall« steht unter der Karte. Kleine Dreiecke markieren die Hausdächer von Dörfern. Eines heißt Somerset, eines Hammerfall – und da ist Days Past.

Days Past. Die Worte, die er auf der Urkunde in Mister Gorrs Diele gesehen hatte.

Nein – genau genommen wusste er *nicht*, wo sich dieser Ort befand. Er wusste nur, dass es ein Ort war, über den sein Großvater zu schreiben begonnen hatte. Old Herbs Hobby im Ruhestand.

Die Sterne. Der alte Mann hatte Aden von ihnen erzählt. ›*Sie verändern sich jedes Mal, wenn du zu ihnen aufschaust, die Sterne. Der Himmel bildet die Kulisse für ein Schauspiel, ein gewaltiges Heldendrama.‹ Herb winkt lächelnd ab, verlegen, und sagt ungefähr zum fünften Mal: ›Nur ein kleiner Scherz!‹*

Adam lachte verwundert. Diesen Ort gab es wirklich! Wie hatte der alte Mann gewusst, dass es ihn wirklich gab? Hatte er von diesem Ort geträumt? Hatte er durch reinen Zufall das Richtige erraten? War er der Einzige auf der Welt gewesen, der von der Existenz dieses Ortes gewusst hatte?

Und wie erklärte dies das Porträt des alten Mannes, das Aden im Haus der Gorrs entdeckt hatte?

Plötzlich kam ihm zu Bewusstsein, dass er jetzt noch weniger verstand als zuvor. Er benötigte Antworten auf seine Fragen, benötigte sie dringender als die Luft, die er atmete. Zumindest fühlte es sich so an. Wo konnte er sie finden?

Ringsum hoben sich geduckte Häuser gegen den sternenklaren Himmel ab. Auf den ersten Blick sahen sie wie normale Vorstadthäuser aus. Einige hatten Satellitenschüsseln auf den Dächern. Auf den Straßen parkten Personenautos und Lastwagen, allerdings samt und sonders ohne Markenbezeichnungen. Keine Toyotas, keine Fords.

Gab es Tausende erdachter Welten, in die man nach dem Tod gelangen konnte? Hatte man die Wahl? *Hatte er gewählt?* War das vergangene Leben ein Prüfstein für etwas Wichtigeres in diesem Leben? Er hatte Selbstmord begangen – hieß das, dass er versagt oder die große Prüfung bestanden hatte? Er ließ sich jedes Detail jener Schlüsselerinnerung durch den Kopf gehen, suchte nach weiteren Hinweisen aus dem Arbeitszimmer seines Großvaters. Aber er stieß nur auf immer neue Fragen: Welche Verbindung gab es zwischen dieser und der vorherigen Welt? Warum hatten manche Häuser Satellitenschüsseln auf den Dächern, während andere aus dem Mittelalter zu stammen schienen, schlichte Hütten aus Holz mit qualmenden Kaminen?

Rechts und links der Straße, die er jetzt entlangging, sah es zum Beispiel aus wie in einem Londoner Armenviertel des 19. Jahrhunderts, beengt, marode und verwahrlost. Fuhrwerke rumpelten über das Kopfsteinpflaster, es roch nach Heu und Pferdemist. Immer wieder stolperte er in Schlaglöcher. Keine Autos, keine Lastwagen. Die Häuser waren unbeleuchtet. Eine unheimliche Stille rings umher.

Der Bilderrahmen, dem er entstiegen war, und all die Andeutungen, die Mister Gorr gemacht hatte, kreisten in seinen Gedanken. Wer war die Frau namens Muse, die ihn gemalt hatte? Warum hatte sein Erscheinen Mister Gorr zunächst erschreckt? Selbst in dieser Welt war seine »Geburt« also unerwartet. Abnormal. Er schloss die Augen und konzentrierte sich auf die Sekunden nach seinem Erwachen.

Einen Moment lang konnte er sie festhalten, eine schwache Erinnerung wie der Nachhall eines Traums, das Echo eines Echos: *Ein Ort der Farben, das Gefühl von Pinselstrichen, die wie eine warme Zunge über seinen Körper lecken, eine leise Frauenstimme. Unvermittelt Helligkeit. ›Augen offen?‹, murmelt sie. Etwas streicht ihm über die Augen, sanft und schmerzlos. Ihre Hand schließt seine Lider. Er schläft wieder, wartet ...*

Die Skizze seines Großvaters stieß mit jedem Schritt gegen seinen Oberschenkel. Nicht weit entfernt plätscherte Wasser. Er schwenkte ab und ging auf das Geräusch zu. Das Leuchten der Nachtgestirne reichte aus, um die Einmündungen von Seitengassen zu erhellen (obwohl Wolken heraufzogen und einige der Sternhaufen verdeckten). Ein schwacher Wind raschelte in den Baumkronen.

Die Erkenntnis traf ihn wie eine Keule: *Diesen Ort gab es wirklich.* Allein das genügte, um ihn erschauern zu lassen. Dies hier konnte keine völlige Illusion sein! Der Boden gab unter jedem Schritt seiner nackten Sohlen nach; das Knacken von Zweigen; das Wispern von flach getretenem Gras; der kalte

Kuss von Tau. Sein Atem bildete weiße Dampfwölkchen. Er lachte, schwindlig vor Glück. Sämtliche Sinne schienen zu rufen: *Du lebst!* Warum oder wie – spielte das eine Rolle? Nicht für das Blut, das warm durch seinen Körper pulsierte.

Der unbefestigte Weg mündete in eine ebene, gepflasterte Straße, eine Wohltat für seine von spitzen Zweigen und Steinen wunden Füße. Die Spuren der Besiedlung blieben zurück. Bald lag das Dorf hinter ihm, und ein breiter Fluss neben der Straße wälzte sich unruhig in seinem Bett.

Er hielt an, um nachzudenken, legte sich auf die glatten Steine, in denen noch die Hitze des Tages gefangen war, und wärmte sich Rücken und Beine. Wieder fuhr er mit den Fingerspitzen über die Handgelenke. Das Sternenmelodram nahm unterdessen seinen Lauf: Eine der Königinnen hatte ihre Gegnerin enthauptet und die Krone der Besiegten auf ihre Schwertspitze gespießt. *Sie sind real,* dachte er, *aber keine Sternbilder. Keine lodernden Gasansammlungen in unendlicher Ferne. Sie sind etwas anderes. Vielleicht nur so weit weg wie der Himmel. Du könntest da hinaufklettern und sie berühren, sie in die Tiefe ziehen.*

Während er so dalag und das Sternenmelodram beobachtete, flammte eine grüne Leuchtkugel am Himmel auf. Sie wurde größer, als senkte sie sich langsam herab – tatsächlich, sie senkte sich herab und hinterließ eine grüne Lichtspur vor der Kulisse der Sterne.

Aden setzte sich auf und starrte angestrengt in die Ferne. Die Leuchterscheinung hatte Ähnlichkeit mit einer Wolke, aber er konnte Schatten erkennen, die sich in ihrem Innern bewegten, wenngleich die Schatten von hier aus verschwommen und ineinandergeschoben wirkten. Die grüne Lichtspur, die bis zu den Sternen zu reichen schien, verblasste rasch.

Er schätzte, dass die grüne Wolke etwa eine halbe Meile von ihm entfernt niedergegangen war. Aden erhob sich, fest entschlossen, die Stelle aufzusuchen, als er eine Stimme vernahm, die sich durch die Stille wand. Sie kam aus dem Dunkel der Straße hinter ihm, zusammen mit leise schlurfenden Schritten.

Aden hätte sich kaum die Mühe gemacht, in Deckung zu gehen, aber dann fiel ihm Chuckys Warnung ein. Er kauerte hinter einem breiten Baumstamm am Straßenrand nieder und wartete, während die Schritte immer näher kamen.

Bald zeigte sich ein Umriss, eine hochgewachsene, hagere Gestalt, die entweder eine Robe oder ein langes Gewand trug. Es war schwer auszumachen, ob die Stimme zu einem Mann oder zu einer Frau gehörte, aber es schien, als redete die Person mit sich selbst. Zumindest war sie allein unterwegs. Aber nein – Aden hörte deutlich zwei Stimmen, die in ein Gespräch vertieft waren.

Die Gestalt kam an seinem Versteck vorbei – ein Mann, wenn Aden sich nicht täuschte – und blieb ein paar Schritte weiter stehen. Der Fremde drehte sich einmal langsam um die eigene Achse und starrte dann in die Finsternis, aus der er eben aufgetaucht war. Aden presste sich gegen die Rinde des Stammes. Der Mann schaute eine Minute lang nach hinten, ehe er weiterging, hastiger jetzt, *tapp, tapp* über die Pflastersteine. Aden folgte ihm im Schutz der Bäume und spärlichen Sträucher, welche die Straße säumten; er war so nahe, dass er die Stimmen hören konnte. Die erste war unverkennbar nervös und eine Spur weinerlich. »Da hinten war jemand, das habe ich ganz deutlich gespürt – außer meine Nerven spielen mir schon wieder einen Streich.«

Die zweite Stimme klang lässig und gedehnt. »Vielleicht Kanonenfutter auf Abwegen?«

»Nein. Die Truppen wurden nach Norden geschickt. Und ... äh ... nenn sie bitte nicht so! Vor allem nicht jetzt, da wir möglicherweise belauscht werden. Du kennst die Regel: Behandle sie stets mit Respekt! Sie sind *Soldaten*, kein Kanonenfutter. Auf die Sichtweise kommt es an. All die Orden und Medaillen, die wir verteilen! Du liebe Güte! Nun denn, was wolltest du sagen?«

»Dass ich keine Ahnung habe, wer sonst noch unterwegs sein könnte. Die Dorfbewohner schlafen. Die lassen sich nachts nie im Freien blicken. Außerdem wird die Uhr angehalten. Was bewegt sich außerhalb der Zeit? Nur die Armee.«

»Verdammt!«, ereiferte sich die erste Stimme. »Lass es endlich gut sein! Alles ist unter Kontrolle. *Was wolltest du sagen?*«

Eine Pause, erfüllt vom *Tapp-Schlurf* der Schritte. Die zweite Stimme klang jetzt sanft. »Ich wollte sagen, dass deine Tat – analytisch betrachtet, wohlgemerkt – Mord war.«

»Unerhört!« Die erste Stimme klang beleidigt. »Ich kann es nicht glauben – von allen hastigen Urteilen – hör mal, warum zum Henker habe ich dich erschaffen?«

»Du hast das Thema aufgebracht. Du hast die Frage nach einer rechtlichen Bewertung der Tat gestellt.«

Die verschwommene Gestalt fuchtelte mit einem Arm heftig vor dem Hintergrund der Sterne herum. »Ja! Aber deine Sprache! Brutal! Zeichnet ein völlig falsches Bild! Ständig sterben Menschen! Völlig normal das. Meine ›Tat‹. ›Mord.‹ Beschwört die Vorstellung von einem, der mit gezücktem Dolch durch Hecken schleicht, um einen ahnungslosen Unschuldigen beim Picknick abzustechen. So war das nicht, ganz und gar nicht.«

»Oh?«

»Keine Hecken, so viel steht fest. Keine Picknicks. Der Erdolchte in diesem Fall mehr als unansehnlich. Höchst asymmetrisches Gesicht. Schlupflider. Missgestaltet, fürchterlich missgestaltet. Ein Monster. Und aus deinem Mund klingt es so ... hör zu. Unüberlegt? Ganz und gar nicht! Gedankenlos? Keineswegs. Vielmehr in allen Tiefen ausgelotet. In allen geistigen Tiefen.« Der Mann ging schneller, als wäre er verärgert. Aden hatte alle Mühe, ihm geräuschlos zu folgen.

»Aber kommen wir noch einmal zur Unschuld des Opfers«, sagte die zweite, gedehnte Stimme mit einem leichten Zungenschlag. »Der Junge war Waise, nicht wahr? Hatte er ein Verbrechen begangen?«

Aden konnte immer noch nicht erkennen, woher die zweite Stimme kam. Die weit ausholenden Gesten und der immer wieder erhobene Zeigefinger ähnelten immer mehr einem Diktator, der eine Rede schwang. »Aha! Jetzt habe ich dich erwischt! Wie kannst du behaupten, das Leben eines Waisen besitze einen höheren Wert als sonst ein Leben? Du versiehst es sozusagen mit einem *Preisschild* und schreibst damit die Hälfte der Bevölkerung ab! Erklärst sie für wertlos! Das ist *Massenmord*. Genozid. Ha! Erwischt! War mein Leben nicht ebenso viel wert wie das seine?«

»Darum geht es nicht. Die Frage ist, ob sein Leben geringer einzuschätzen war als der Zweck, den du mit seinem Tod ...«

»Ah, jetzt mach aber mal einen Punkt! Opfer, Angreifer, wie bei einem ordinären Überfall in einem mondbeschienenen Hinterhof. Es gab kein Mondlicht. Keinen Hinterhof. Und ja, ich muss gestehen, dass ich es morbid finde, wie du seine Herkunft oder, mehr noch, seine Elternlosigkeit unterstreichst. Mit anderen Worten, es zeigt sich deutlich, auf welcher Seite du in dieser Debatte stehst.«

»Wenn dir das lieber ist, stimme ich dir in allem zu, was du sagst. Ich dachte allerdings, ich sei erschaffen worden, um dir auf deinen einsamen nächtlichen Wanderungen die Zeit durch Streitgespräche zu verkürzen. Gib mir einfach Bescheid, wenn sich dein Sinn gewandelt hat.« Es entstand eine längere Pause, nur von schlurfenden, mitunter zögernden Schritten unterbrochen. »Du musst wissen, das Ganze geht auf meinen Vater zurück. Der Mann konnte so brutal sein. Grausam, aber mit einer gewissen Unentschlossenheit. Ich kann sie nicht genug betonen, diese Unentschlossenheit. Die Grausamkeit war eher passiver Natur, das sollte nicht verschwiegen werden. Es gab selten *Prügel*, das nicht. Aber Prügel sind ja kaum das Maß aller Grausamkeit.«

»Letzte Nacht wurdest du bei einer Geschichte über Haferbrei unterbrochen.«

»Ja! Genau! Du hast keine Ahnung ... also, Mutter war bettlägerig. Also übernimmt *er* es, das Frühstück herzurichten, diesen schrecklichen Haferbrei. Ich meine, du hast keine Ahnung. Dick wie Beton. Kalt, bis ich was davon bekam, das sollte nicht unerwähnt bleiben. Versalzen. Nicht mal Honig konnte die Pampe retten. Ich weigerte mich, den Brei zu essen. Und natürlich ist der Mann verunsichert. Läuft stundenlang niedergeschlagen durchs Haus.«

»Ich verstehe.«

»Diese *Leichenbittermiene*! Macht mich fertig. Da bin ich, ein neunjähriger Junge, wissbegierig, auf der Suche nach Vorbildern. Nach seinem Platz in der Welt. Und schon *damals* fragte ich mich: Das soll Stärke sein? Das soll Rückgrat sein? *Weiß* dieser Mann nicht, dass ich das alles aufnehme? Machtlos, vor einer Schüssel Haferbrei.«

»Erschütternd.«

»Untröstlich war ich. ?Wer stillt meinen Wissensdurst??, fragte ich mich. Ist es das, was die Zukunft für mich bereithält? Werde ich eines Tages *genau so*? Später dann, als Teenager, hielt ich den Mann auf Abstand. Emotional jedenfalls. Versuchte eine Respektsperson aus ihm zu machen, verstehst du? Wenn er sich mir näherte, betont fröhlich, gab ich mich mürrisch, trotzig, abweisend. Ich konnte es einfach nicht ertragen. Der Mann wollte *geliebt* werden. Dann wieder wickelte ich ihn ein, mit einem warmen Lächeln, Vater, schau mal, was ich da Tolles mache. Gab mir Mühe, ihm zu gefallen. Mein Königreich für ein verdrießliches Nicken! Für einen Klaps mit dem Handrücken, ein ›Lass mich in Ruhe, ich habe zu tun!‹. Aber nein. Diese armselige Dankbarkeit, wenn ich ihn in meine Nähe ließ! Es zerriss mir das Herz.«

»Um nicht vom Thema abzuschweifen ...«

»Oh, bitte. Ich entblöße nur mein Inneres. Es gibt wichtigere Dinge. Das Wetter. Diskutieren wir über das Wetter!«

»Es fällt mir nur schwer, die Verbindung zwischen deinen Ausführungen und ...«

»Nur heraus damit, verdammt noch mal!«

»... dem Mord an diesem Waisenjungen herzustellen.«

»Wie kannst du es wagen!«

Die zweite Stimme, gedehnt mit einem leichten Zungenschlag, stieß einen Seufzer aus. »Ich wollte dich nicht verärgern. Einen Mord begangen zu haben, macht dich nicht notwendigerweise zum Mörder.«

»Ich – also gut, sprich weiter!«

»Ein Mörder ist jemand, der mordet. Präsens. Um ein Beispiel zu nennen: Ein Mann, der früher Obstpflücker war, jetzt aber als Schuhputzer arbeitet, ist kein Obstpflücker mehr. Ich hoffe, dass dir meine Erklärungen helfen. Da ist schon wieder dein Gesichtszucken.«

»Undankbarer Hundsfott! Glaubst du, es ist leicht, ein Kind zu ermorden? Es erfordert moralische Festigkeit. Haben dir diese Leben nichts bedeutet? Schüttelst du das einfach ab, als wäre nichts gewesen? Metzger! Unhold! Leichenschänder! Es war ein Akt, der *Entschlossenheit* erforderte. Ich tat das nicht zu meinem Vergnügen. Mir war in jenem Moment klar: ›Es muss geschehen, durch bewusstes Handeln. Das ist der einzige Weg. Jemand *muss dafür sorgen*, dass der Tod eintritt. Es hat keinen Sinn, auf das Wirken des faulen Schicksals zu warten. Nein, das wäre zu bequem und feige.‹ Ich musste mich zwingen. Musste tief durchatmen, vorher und nachher. Und diese Schweinerei, igitt! Nichts für zarte Gemüter. Glaub mir, mein Vater hätte sich dagegen gesperrt. Du und deine rechtliche Bewertung! Hör mal, ich habe gute Lust, dich in den Fluss zu werfen. Mein Tic verstärkt sich. Meine ganze Wange zuckt! Mein Augenlid flattert!«

»Dann will ich lieber das Thema wechseln. Ist dir bewusst, dass wir verfolgt werden?«

Die Schritte hielten inne. Aden erstarrte und warf sich gleich darauf hinter eine Hecke am Straßenrand. Der Aufprall seines Körpers verursachte einen Höllenlärm. Er spähte durch das Blattwerk nach oben. Der Fremde hatte sich umgedreht, und zum ersten Mal sah Aden ihn deutlicher – in eine dunkle Robe gehüllt, kahlköpfig, hochgewachsen und hager. Eine Hand umklammerte ein Ding von etwa einem Meter Länge, das sich krümmte und wand wie eine lebende Schlange. Dieses Wesen war es, das mit dem Mann redete. »Ein Blätterrascheln«, sagte der Mann. »Ganz deutlich. Ist da hinten wer? Jemand, der uns nachschleicht?«

»Daran besteht kaum ein Zweifel. Ich hörte mehrmals leise Schritte. Und eine Brise trug den Geruch von Schweiß bis zu mir.«

»Du besitzt einen Geruchssinn? Das ist mir neu. Dabei habe ich dich so oft unter meine Achsel geklemmt ... womit ich, wohlgemerkt, kein Bedauern zum Ausdruck bringen will. Hat der Fremde meine Gefühlswallungen vernommen? Weiß er von dem ... äh ...«

»Da müsstest du ihn oder sie schon fragen«, sagte die Schlange.

»Was sucht er hier?«

»Auch darüber vermag ich keine Auskunft zu geben.«

»Ist da wer?«, rief der Mann. »Er antwortet nicht. Eine Frechheit ist das ... hallo?« Der Mann holte unter seiner Robe einen Gegenstand hervor, der einen hellen Schein verbreitete, offenbar einen kleinen, mit einer Leuchtflüssigkeit gefüllten Glasflakon. Als er ihn hochhielt, wichen die Schatten von ihm zurück. Sein Schädel war kahl wie ein Ei. Dafür trug er einen kohlschwarzen Schnauzer, der unter dem Kinn in einen Spitzbart überging. Der Mann schraubte den Flakon auf. »Ist das Zeug nicht kostbar?«, fragte die Schlange in seiner Hand. Sie schien, wie das Licht enthüllte, aus einem biegsamen Stück Holz geformt zu sein, mit einem starren Körper und einem Mund, der beim Sprechen auf- und zuklappte wie ein mechanisches Spielzeug.

»Sogar überaus kostbar«, erklärte der Mann. »Aber ich muss Klarheit haben!« Damit warf er den kleinen Flakon in die Richtung, aus der er gekommen war. Ein Sprühnebel aus flüssigem

Licht verteilte sich in der Luft. Ein paar Tropfen spritzten neben Adens Füßen zu Boden.

»Zehen!«, rief der Mann. »Ich sehe Zehen. Einen Knöchel. Und ein Schienbein. Ein klarer Verstoß dieser Körperteile gegen die Ausgangssperre.«

»Dieses Zeug ist kostbar«, mahnte die Schlange. »Und du spritzt es durch die Gegend wie Wasser.«

»Wir sammeln es wieder auf, bevor es im Boden versickert. Keine Sorge. Ich kümmere mich darum. Ich bin bewaffnet.« Wo das Licht den Boden gestreift hatte, bildete es gleißende Flecken. Die Holzschlange glitt aus der Hand des Mannes, wand sich über die gepflasterte Straße und leckte die schimmernden Pfützen auf.

»Du da, erhebe dich!« Die Stimme des Mannes klang plötzlich gebieterisch, ehe sie wieder in ein nervöses Stammeln überging. »Ich will meinen Zorn bezähmen und Gnade vor Recht ergehen lassen, obwohl ein Verstoß gegen die Ausgangssperre eigentlich harte Strafen nach sich zieht. Kein Mensch will einsehen, wie wichtig dieses Gesetz ist, vor allem nicht die jungen Leute, zu denen sicherlich auch du gehörst. Liegt weit zurück, die Zeit, so weit, dass sie fast schon wieder neu ist. Urteile! Strafen! Ich vermisse sie. Los, zeig dich, du da! Verlagere dein Gewicht auf diesen nichtsnutzigen Fuß und steh auf!«

Aden trat auf die Straße hinaus und klopfte sich den Staub von Mister Gorrs Hose. »Jung!«, rief der Mann. »Habe ich es nicht gesagt! Ich habe euch gründlich satt, ihr Burschen! Was treibst du hier?«

»Das weiß ich nicht«, entgegnete Aden. »Ich bin tot. Oder war es zumindest eine Zeit lang.«

Seit ihm die Schlange entglitten war, rang der Mann unentwegt die Hände, verschränkte und verflocht sie, als wollte er seine eigenen Worte erdrosseln. Erst als er Adens Antwort lauschte, erstarrten seine Finger. »*Tot?* Nun, nicht ganz. Der liebe Pa ist nicht halb so lebendig, nicht halb so lebendig. Zum

Glück, wenn ich ehrlich bin. Ach, wenn du wüsstest! Gleichwohl. Dein Name?«

»Mein Name tut nichts zur Sache.«

»Wie ... äh ... mysteriös. Ich nehme an, das soll ein Scherz sein. Nicht viele wagen das in meiner Gegenwart. Scherze reißen, meine ich. Das verhindert mein Ruf, sorgsam gepflegt durch diverse ... *Taten*. Nun komm, dein geschätzter Name!«

»Aden.«

Das hagere Gesicht des Mannes begann rechts zu zucken. »Kein ›Sir‹. Kein ›werter Herr‹. Ich bin perplex. Du scheinst wirklich nicht zu wissen, wen du vor dir hast.« Aden trat zur Seite, als sich die hölzerne Schlange an seinen Füßen vorbeischlängelte. Sie schaute zu ihm auf, schien die Stirn zu runzeln und züngelte dann nach einer Lichtpfütze.

Der Mann kam Hände ringend einen Schritt näher. »Die meisten Jungen in deinem Alter ducken sich, wenn sie mich erspähen, und wechseln rasch die Straßenseite. Ja, ich kenne die Gerüchte, ich kenne sie gut. Die meisten stimmen. Du scheinst ruhig zu bleiben. Faszinierend.«

»Ihr Name – ja, ich glaube, ich kenne ihn ...« Aden versetzte sich noch einmal zurück in Herbert Keenans Arbeitszimmer: *Ein Skizzenbuch, in dem diverse Rollenspiel-Charaktere festgehalten sind. Aden blättert darin, als Herb den Raum ein paar Minuten verlässt. Manche der Zeichnungen belustigen ihn, obwohl er alle Figuren ein wenig lahm findet. Da gibt es einen ›Herzog‹. Eine Gestalt mit dem Untertitel ›Mörder – noch namenlos‹. Und eine in einer Robe, mit einem Schlangenstab.*

»Der Ratgeber des Herzogs!«, sagte Aden. *Die unterstrichene Bleistiftnotiz am oberen Rand der Seite.* »Torak. Der Ratgeber des Herzogs. Jawohl! Ich kenne Sie. Hey, darf ich Sie mal was fragen?«

»Äh-hem. Ähm.«

»Die Sterne, die hier bei euch am Himmel stehen. Die sind nicht echt, oder? Keine echten Sterne wie – nun ja, wie in der echten Welt eben? Keine heißen, zu Kugeln zusammengeballten Gase. Oder doch?«

»Ähm. Ah-hem.«

»Sie wissen es nicht? Na schön.« Aden bückte sich und nahm eine Handvoll Erde auf. »Und das hier? Woraus besteht dieses Zeug? Aus Atomen oder etwas anderem? Habt ihr hier Atome oder wisst ihr wenigstens, was das ist? Ich nehme mal an, dass ihr welche habt. Atome? Protonen, Elektronen, Quarks? Zellen, Partikel?«

Die Hände des Mannes verkrampften sich ineinander. »Fremder Dialekt, wie mir scheint, die Worte vielleicht in aller Hast erfunden, für eine Art ... ÄHEM ... *Jux* auf meine Kosten. Ich soll mich wohl fragen, was ich von deiner fortgesetzten Existenz als fühlendes Wesen halte, als Verfechter deines eigenen freien Willens, einer Existenz, der ich nach rascher Schlussfolgerung nicht trauen kann und die ich möglicherweise *auslöschen* werde, sobald sich meine Faszination zu unumwundenem Zorn gewandelt hat – was nicht mehr lange dauern kann. Sie beißt, diese Schlange. Wenn ich es ihr befehle. Betrachten wir das als Ausgangspunkt für weitere Debatten.«

»Wenn Sie mich umbringen wollen – bitte sehr. Ich war schon einmal tot. Wenn Sie mich umbringen, kehre ich wahrscheinlich wieder ins Leben zurück. An einem anderen, vielleicht noch unheimlicheren Ort.«

»Du behauptest, dass du tot bist?«

»Ich behaupte es nicht nur. Es stimmt. Klingt irgendwie bizarr, ich weiß. Alles, was ich von der realen Welt in Erinnerung habe, ist so allgemeines Zeug. Bruchstücke. Orte und Geschichtsereignisse. Der Zweite Weltkrieg. Präsident Kennedy. Solche Sachen. Aber ich weiß nicht viel über *mich*.« Torak starrte ihn völlig perplex an. Um die Stille, die seinen Worten folgte, zu füllen, setzte Aden hinzu: »Ich glaube, ich bin aus einem Bilderrahmen erwacht.«

»Aus einem Bilderrahmen?« Torak zupfte an seinem Bart. »Einer Art Gemälde?«

»Ja.«

»Hm. Hm. Hm. Rätsel über Rätsel.« Unvermittelt brüllte er die Schlange an: *»Bist du noch nicht fertig?«*

»Gleich«, entgegnete sie gelassen und leckte die letzte Lichtpfütze auf.

»Ein Bilderrahmen«, sagte der Mann zu Aden. »Nun mal ganz ehrlich! Kennst du zufällig eine Frau namens Muse?«

»Nein. Ich kenne sie nicht. Ich kenne nur ihren Namen.«

»Hm. Gut. Spricht sehr zu deinen Gunsten.«

»Ich versuche sie zu finden.«

Torak musterte ihn erneut mit scharfem Blick. »Gut! Ein junger Mann braucht Ziele. Aber noch steht deine fortgesetzte Existenz auf der Kippe. Deshalb zunächst folgende Frage: Hast du viel von dem Gespräch zwischen mir und der Schlange mitbekommen?«

»Über den Waisenjungen? Den Haferbrei? Ja.«

»Und deine Meinung dazu, junger Mann?«

»Ich erlaube mir kein Urteil.«

»Guter Junge«, sagte der Mann. Dann runzelte er die Stirn. »Warum nicht?«

Aden überlegte. »Weil sich nichts davon wirklich ereignet haben kann. Ich meine, wenn Sie ein Unrecht begingen, dann nicht in der realen Welt. Es ist wie ... wie ein Gedanke, der nicht in die Tat umgesetzt wurde. Sie könnten mich in diesem Moment töten, wenn Sie wollten. Es wäre nicht falsch. Oder richtig. Es würde einfach keine Rolle spielen. Jedenfalls glaube ich, dass es sich so verhält. Aber ich versuche, mir Gewissheit zu verschaffen.«

»Ich glaube, du hast recht.« Der Mann presste die langen, knochigen Finger zusammen. Die hölzerne Schlange hatte das verschüttete Licht bis auf den letzten Tropfen aufgeleckt und glitt nun zurück zu dem Mann. Sie kroch an einem Bein hoch und wand sich den Arm entlang, bis sie seine Hand erreichte und mit einem trockenen Knarren erstarrte. »Du erkennst ihn nicht?«, fragte die Schlange.

»Erkennen?«, wiederholte der Ratgeber des Herzogs. »Absurd! Sollte ich?«

»Aden, wie er sich nennt, erschien dem Weltenmacher in seinen Träumen«, erklärte die Schlange.

Der Mann sah Aden prüfend an. »Die Träume! Du liebe Güte, das wäre etwas. Aber sofern ich nicht große Teile meines Gehirns verlegt habe ... nein! Absolut nein. Das würde ihn in der Tat zu einem höchst bedrohlichen Omen machen.« Der Mann kniff die Augen zusammen und trat ganz dicht vor Aden hin. »Nun warte mal, eine kleine Sekunde nur! Ich glaube, du bist da auf etwas gestoßen. Ja, ohne jeden Zweifel, das Gesicht ist mir vertraut.«

»Wissen Sie, dass Sie nur eine Figur sind?«, meinte Aden. »Wissen Sie das?«

»Will er mich beleidigen?«, fragte Torak die Schlange.

»Da bin ich mir nicht ganz sicher«, erwiderte sie.

»Könnten Sie mir einen Riesengefallen erweisen?«, fuhr Aden fort.

»Kommt ganz darauf ein, du sonderbar vertraute Gestalt.«

»Könnten Sie mir sagen, wo ich bin? Bitte? Ich glaube es zu wissen, aber ich muss wissen, ob *Sie* es wissen.«

»Du stehst auf der Straße, wie es scheint.« Torak wiederholte langsam: »*Auf – der – Straße.* Auch wenn es dich zu verblüffen scheint, bist du nicht der Erste, der das tut, Obwohl sich nach der Sperrstunde kaum noch jemand hierher wagt, nicht seit der letzten Runde öffentlicher Hinrichtungen durch den Henker, mit all den wehklagenden Müttern und Unmengen von neugierigen Gaffern, diesen blutrünstigen Schätzchen. Um es zu präzisieren: Die Straße gehört zum Dorf, das Dorf heißt Days Past, Days Past gehört zu Nightfall, und wozu *das* gehört, kann sich jeder selbst zusammenreimen. Und du bist gefährlich nahe daran, eine Ernte der Nacht zu werden, genauer gesagt, ein Traum.«

»Traum. Traum. Wovon reden Sie eigentlich, verdammt noch mal? Ist *das hier* alles ein Traum? Soll das der tiefere Sinn Ihrer Worte sein? Dass ich tot bin und träume?«

In diesem Moment bewegte sich ein grelles Objekt hinter der Schulter des Mannes vorbei. Grünes Licht flammte auf, zweifellos das gleiche fahlgrüne Licht – und in der Tat wohl das gleiche Objekt –, das sich vom Himmel gesenkt hatte, als Aden auf der Straße lag. Nun wanderte das schimmernde Ding seitwärts und ergoss sein fahles Grün in das Sternenlicht. Es schwebte einige Fuß über dem Boden wie eine schleichende Fata Morgana und erhellte den Grashang zum Fluss hin. Gestalten drehten und krümmten sich im Innern der Leuchterscheinung. Aden erspähte ein vertrautes Gesicht. Ein alter Mann versank in einem brodelnden Meer.

Der Anblick seines Großvaters traf Aden wie ein elektrischer Schlag. Da war er! Herbert Keenan schrie lautlos und ruderte heftig mit den Armen, um nicht unterzugehen. Die Regenwolken über ihm bestanden aus Menschenteilen: Unzählige Handgelenke und Arme, zu einem dichtmaschigen Netz verflochten, schleuderten ihr farbloses Nass in die Tiefe. Die Wolkenhände öffneten und schlossen sich.

Aden stand wie erstarrt da. Ihm entging, dass sich der Ratgeber des Herzogs hinter ihn schlich und ein langes, dünnes Messer zog. Seine Gesichtszüge waren mit einem Mal schlaff und ausdruckslos. Das Messer näherte sich langsam Adens Ohr. »Opa?«, schrie Aden.

Mit sichtlicher Anstrengung senkte Torak das Messer und trat einen Schritt zurück. Er schüttelte sich, als müsste er sich aus den Fängen des Schlafs befreien. »Wie bitte?«, fragte er.

Aden rannte auf das brodelnde grüne Chaos zu. Sein Großvater schwebte in der Luft, gefangen in einer Gaswolke. »So helfen Sie ihm doch!«, rief er.

»Helfen ...?«, fragte der Mann in der langen Robe. »Hast du noch nie einen Traum gesehen? Bist du erst heute Abend geboren, mein verwirrter junger Freund?«

Aden drehte sich um und starrte den Mann ungläubig an. »Warum stehen Sie einfach tatenlos da? Er ertrinkt! So sieht es zumindest aus. Und was hat dieses grüne Leuchten zu bedeuten?«

Torak verbarg das Messer im Ärmel und beugte sich zu der Schlange hinunter, die ihm etwas ins Ohr flüsterte. »Um deine vorherige Frage zu beantworten«, sagte Torak. »Das ist der Traum der Nacht. Eine geballte Ladung nicht geernteter Energie auf ihrem Weg zurück zum Schloss. Natürlich von mir gelenkt. Meine Aufgabe, verstehst du – *eine* meiner Aufgaben. Sieh dich an, wie du aus meiner Reichweite wankst! Ausgesprochen ungehorsam ist so etwas. Ich bin verwirrt. Torak, mein Name. Ratgeber des Herzogs. Du hast meinen Namen gehört, sagst du? Natürlich hast du ihn gehört. Mütter jagen ihren Kindern mit Geschichten über mich Angst ein. Drohen, dass ich sie holen werde, wenn sie ungezogen waren. Manchmal tue ich es.«

»Ist das ein Trugbild?« Aden war in den Fluss gewatet und stand nun knietief im Wasser. »Ich kenne den Mann, der da ertrinkt.«

»Das ist ein *Traum*«, erklärte Torak langsam und eindringlich.

»Aden«, mischte sich die Schlange ein, »sagtest du eben, dass der Mann dort dein Großvater ist?«

Der Traum schwebte über den Fluss hinweg. Sein fahlgrünes Licht spiegelte sich in der glasigen Oberfläche. »Opa!«, rief Aden immer wieder, bis ihm die Stimme versagte. Der alte Mann im Traum drehte sich nicht um, schien ihn nicht zu hören.

»Raus aus dem Fluss, bitte«, sagte Torak. Aden, dem das Wasser inzwischen bis an die Hüften reichte, versuchte die Ränder des grünen Lichts zu fassen. »Raus jetzt! Die Oberfläche sieht glatt aus, aber die Strömung ist stark. Furchtbar, dieses Wasser, tödliches Zeug. Nur gut zum Trinken. Raus, befehle ich! Ich lasse dir einen Finger für dein Vergehen abhacken. Später kannst du ihn zurückbekommen. Und natürlich werde ich dich im Schloss einem Verhör unterziehen, denn einige der Dinge, die du sagtest, waren höchst merkwürdig. Keine Folter, ich verspreche es. Extraktion der Wahrheit, so nennen wir das.

Kurzer Prozess, im Nu vorbei. Komm! Andernfalls setze ich die Häscher auf dich an, und das in einer stark geschrumpften Welt, die kaum noch Verstecke bietet.«

Der schlammige Grund sackte unter Adens Sohlen weg. Die Leuchterscheinung war seinen ausgestreckten Armen entschwebt. Sein Großvater sprach kein Wort und drehte sich kein einziges Mal nach ihm um. Droben an der Straße hielt Torak sein Messer hoch. Grünes Licht wurde von der Schneide zurückgeworfen. »Sei vernünftig!«, rief er, als die Strömung Aden erfasste und mit sich riss. Er rang nach Luft, geschockt von der Kälte, die sich wie ein Panzer um Brust und Bauch legte.

Ein Gefühl der Loslösung machte sich breit, als sein Verstand sich weigerte, all das zu begreifen, was er eben gesehen hatte. Unbeteiligt beobachtete er sich, wie er gegen die Atemnot und um sein Leben kämpfte. Sein Körper funktionierte Seine Hände suchten einen Halt, griffen nach den weit überhängenden Ästen. Aden sah jetzt fast genauso aus wie sein Großvater, als er sich dagegen zur Wehr gesetzt hatte, in den Tiefen des »Traumes« zu versinken.

KAPITEL 3
Am Fluss

Die Strömung zerrte ihn nach Belieben zu den Ufern und zurück in die Mitte des Flussbetts. Kaltes, metallisch schmeckendes Wasser schwappte ihm in den Mund. Er trieb schnell dahin, eine Meile oder mehr. An den Schleifen kamen die Ufer so nahe, dass er sich die Beine an den spitzen Enden von Ästen oder Wurzeln zerkratzte. Die Oberfläche wirkte immer noch glatt und heiter, aber der Gedanke, in einen dunklen, fremden Ozean hinausgespült zu werden, erfasste ihn mit einer solchen Urangst, dass er seine Gleichgültigkeit abschüttelte. Seine Arme schmerzten, als er gegen den Sog zur Böschung schwamm. Nach kurzer Zeit gab er auf und begnügte sich damit, den Kopf über Wasser zu halten. Eine Brücke spannte sich über den Strom und verdunkelte kurz die Sterne.

Der Fluss machte einen scharfen Knick. Aden rammte mit dem Knie einen dicken Ast, der sich einen kostbaren Moment lang in seinem Hosenbein verfing. Er packte ihn mit beiden Händen, umschlang ihn mit den Armen und zog sich ein Stück nach oben. Die Strömung presste seinen Bauch gegen das schleimige Holz. Langsam und vorsichtig arbeitete er sich dem Ufer entgegen.

Eine Bewegung weiter vorn. In einer Lücke zwischen den dunklen Umrissen der Bäume kniete jemand am Boden, pfiff ein Lied vor sich hin und füllte eine Feldflasche mit Wasser. Aden versuchte, um Hilfe zu rufen, brachte aber nur ein Flüstern zustande.

Der Mann am Ufer zuckte zusammen und sprang auf. Ein Harnisch aus Metall klirrte. Ein Helm fiel ins Gras und rollte in den Fluss. »Och, nein!«, schimpfte er. Er bekam die Kopfbedeckung gerade noch zu fassen. »Eben hat das Wasser was gesagt, Sir«, rief er über die Schulter.

»Erzähl keinen Scheiß!« Die Antwort kam aus einiger Entfernung.

»Tu ich nicht, Sergeant. Ich schwör's.«

»Du lügst!«

»Nein, Sergeant. Ich schwör's.«

»Ist nicht das erste Element, das dir was flüstert, was, Gefreiter?«

Der Gefreite klang beleidigt. »Sir ... bitte! Ich habe mich sehr gebessert.«

»Also schön, Gefreiter. Was sagte denn das Wasser?«

»Nur ein Wort, Sir. ›Hilfe!‹ Und das mit ziemlich schwacher Stimme.«

Einen Moment lang herrschte nachdenkliches Schweigen. Schließlich meinte der Sergeant: »Na, dann hilf ihm!«

Der Mann setzte seinen Helm wieder auf und starrte in den Fluss. »Zu Diensten«, erklärte er unsicher. »Was kann ich für dich tun?«

»Hier«, sagte Aden. »Zieh den Ast da näher ran!«

»Sagt, ich soll 'n Ast näher ranziehen, Sir!«, rief der Soldat über die Schulter.

»Warum das denn, Gefreiter?«

»Warum das denn?«, fragte der Gefreite den Fluss und kratzte sich am Hinterkopf.

»Weil ich sonst absaufe!«, keuchte Aden. »Mann, bist du ein Arsch! Warum ruft einer im Fluss wohl um Hilfe? Weil er 'n Sonnenbrand hat oder was? Ich bin am *Ertrinken*, verdammt noch mal!«

»Fluss behauptet, dass er am Ertrinken ist.«

»Fluss behauptet, dass er am Ertrinken ist, *Sir!*«, schnauzte ihn der unsichtbare Vorgesetzte an.

»Sir, jawohl, Sir! Behauptet, dass er am Ertrinken ist, *Sir!*«

»Sehr unwahrscheinlich, Gefreiter. Schließlich besteht er aus dem Zeug.«

»Aus welchem Zeug, Sir?«

»Wasser! Außerdem habe ich noch nie von einem sprechenden Fluss gehört. Ah! Könnte sein, dass ein Mensch im Fluss ist und spricht.«

»Der wäre inzwischen längst vorbeigetrieben, Sir. Starke Strömung, Sir.«

»Gutes Argument, Gefreiter. Könnte auch ein Omen Klasse Zwo sein. Ich schicke am besten einen Boten zum Schloss. Smith! Du begibst dich zum Schloss und überbringst folgende Botschaft: Der Fluss hat gesprochen. Fordert Hilfe betreffs eines Astes an. Erwarten neue Order. Los, Smith, los! Niemand sonst rührt sich.«

Aden hörte Schritte die nahe Straße entlanghasten. »Verfluchte Scheiße«, keuchte Aden. Mit tauben Fingern und kraftlosen Armen umklammerte er das schleimige Holz. »So hilf mir doch! Der Ast zu deiner Linken. Kannst du mich nicht sehen?«

Der Soldat kniff die Augen zusammen. »Benötige dringend Laterne, Sergeant.«

»Zu welchem Zweck?«, fuhr ihn der Feldwebel an.

»Zum besseren Sehen, Sir.«

»Das will ich hoffen.«

»Habe seit Mai nichts mehr abgefackelt, Sir!« Die Stimme des Gefreiten klang gekränkt. »Melde gehorsamst, dass ich sehr stolz auf meine Fortschritte bin, Sir. Zwang ist so gut wie besiegt.«

»War auch an der Zeit, Gefreiter.«

Der orangerote Schimmer einer Gaslaterne schaukelte auf das Ufer zu, begleitet von Stiefelgestampfe und dem metallischen Klirren einer Rüstung. Ein hochgewachsener Mann kam näher. Er trug ein Kettenhemd und einen Helm, der jedem römischen Heer zur Ehre gereicht hätte. Seine in Tiefrot und Schwarz gehaltene Uniform passte zu den Farben von Toraks Robe. Schwaches Laternenlicht breitete sich auf dem Wasser aus. Aden hätte um ein Haar den Ast losgelassen, als er mit letzter Kraft um Hilfe rief und mit einem Arm zu winken begann. »Sprechender Fluss, was?«, fauchte der Sergeant, als er

Aden erblickte. »Verdammter Schwachkopf! Und Smith ist mit seiner Nachricht bereits unterwegs! Unser schnellster Läufer. Den holen wir nicht mehr ein. Die Leute im Schloss werden *mich* für den Idioten halten. Blödmann! Degradiert! Du bist degradiert!«

»Ich bin Gefreiter, Sir«, erinnerte ihn der Gescholtene. »Niedriger geht's nicht, Sir.«

»Dann wiederholst du eben die Grundausbildung«, brüllte ihn der Sergeant an.

»Sir, zur Grundausbildung gehören Liegestütze. Salut-Übungen. Bogenschießen. Gewichtheben.«

»Ja, und?«

Der Gefreite deutete auf den Stumpf, der seinen linken Arm ersetzte. »Im Kampf für das Große Netz hingegeben, Sir«, erklärte er mit leisem Vorwurf.

»Ich weiß, du Hurensohn. Schließlich war das erst gestern. Alle haben einen Arm verloren.« Der Sergeant deutete mit der rechten Hand auf den Stumpf, der *seinen* linken Arm ersetzte. »Die ganze Einheit sitzt im gleichen Boot. Lohnt sich nicht, einem Einzelnen für so was einen Orden zu verleihen. Macht die ganze Zeremonie billiger, wenn alle einen kriegen. Könnten den Kram ebenso gut dafür verteilen, dass ihr eure Stiefel richtig anzieht. Wenn ich mit nur einem Arm heimkehre, soll es euch nicht anders ergehen. Mein Wort gilt. Du bist degradiert, Soldat. Sprechende Flüsse! Knalltüte!«

Aden hatte die ganze Zeit über gewunken und sich heiser gestammelt, während die Strömung mal schwächer und mal stärker an ihm zerrte. Der Sergeant stellte die Laterne ab. Die beiden Männer wateten bis zu den Knien in den Fluss und tasteten unter Wasser nach dem Ende des Astes, an dem sich Aden festhielt. Sie fanden es, und der Sergeant hieb sein Schwert tief in das Holz. Gemeinsam zogen sie den Ast zum Ufer. Irgendwann spürte Aden schlammigen Grund unter den Füßen. Schlotternd und zähneklappernd wankte er die Böschung hinauf und ließ sich mit dem Gesicht nach unten ins Gras sinken.

Es sah aus wie ein Gebet an den festen Boden, aber gleich darauf begann er zu husten und würgte einen Schwall Wasser hervor.

»Und jetzt exekutiere den Mann«, befahl der Sergeant und deutete auf Aden.

»Sergeant?« Der Soldat kratzte sich am Hinterkopf.

»Ablenkung der Armee durch dumme Faxen. Zählt als gegnerische List.«

»Er war doch am Ertrinken, Sir«, widersprach der Soldat. »Ablenkung zählt nur im Kampf als gegnerische List.«

»Wir sind ständig im Kampf. Der Feind schläft nie. Ich habe selbst gesehen, wie er mit dem Arm fuchtelte, du Hurensohn. Störmanöver. Strafbar.«

»Aber, Sir, wir sind doch gar nicht im Kampf! Bin nur zum Fluss runter, meine Feldflasche füllen. Der Feind ist einen Tagesmarsch von uns entfernt.«

Der Sergeant suchte vergeblich nach neuen Argumenten. »Nun spitz mal die Ohren!«, sagte er gereizt. »Ich dulde keine Einwände! Weder von dir noch von einem deiner Kameraden! Du hast deine Order. Gefreiter Marf! Komm her! Sobald der Soldat den Gefangenen exekutiert hat, exekutierst du den Soldaten. Gefreiter Jakes, falls Marf mir Widerworte gibt, exekutierst du ihn. Ich war heute Abend viel zu nachsichtig mit euch allen.«

»Sir, mit Verlaub, ist es nicht sinnlos, ihn vor dem Ertrinken zu retten, um ihn dann zu exekutieren?«, warf der Gefreite ein. Droben auf der Straße klirrte ein Schwert, gefolgt von einem Hieb und einem dumpfen Schlag, als ein lebloser Körper zu Boden stürzte. »Was war das?«, fauchte der Sergeant.

»Melde gehorsam, Marf gab Widerworte«, sagte eine Stimme. »Exekution ausgeführt, wie befohlen.«

»Was? Was sagte er denn?«, erkundigte sich der Sergeant.

»Hörte ein Murmeln, Sir. Ein ganz deutliches Murmeln.«

»Könnte auch der Wind gewesen sein«, meinte ein anderer Soldat.

»Murmelnder Wind?«, brüllte der Sergeant. »Sprechender Fluss? Ihr seid alle degradiert. Wenn nicht endlich einer von euch diesen Mann aus dem Fluss exekutiert, seid ihr alle degradiert.«

»Hörte ein ganz deutliches Murmeln, Sir. Klang wie ›Sprücheklopfer‹, Sir.«

»Das erfindet Jakes jetzt«, petzte wieder ein anderer. »Weil er Marf den Sold einer ganzen Nacht schuldete. Marf hatte nämlich eine Wette gegen ihn gewonnen, Sergeant.«

»Exekutiert James!«, brüllte der Sergeant. Ein Schwert klirrte. Ein lebloser Körper schlug zu Boden.

»Sie meinten Jakes, Sir?«, fragte jemand nach einer kurzen Pause.

»Ja, zum Henker ich meinte Jakes, verdammt noch mal. Wie soll ich mir all die Namen merken? Schickt Jakes zur Hölle!«

Wieder klirrte ein Schwert. Klinge prallte auf Klinge. Ein lebloser Körper schlug zu Boden. Dann eine Stimme. »Sir?«

»Was gibt es?«, blaffte der Sergeant. »Ist Jakes tot?«

»Nein, Sir. Jakes sah Weatherhill kommen und besiegte ihn im Zweikampf. Weatherhill ist tot, Sir.«

»Und wo ist Jakes?«

»Steht mit gezücktem Schwert da, Sir, und wartet auf den nächsten Angreifer. Sieht ziemlich erregt aus, Sir.«

»Exekutiert ihn!«, schrie der Sergeant.

»Jakes ist der beste Schwertkämpfer unserer Einheit, Sir«, sagte jemand nervös.

»Dann attackiert ihn zu zweit, verdammt noch mal! Attackiert ihn zu zweit!«

Waffen klirrten, Männer fluchten. Ein lebloser Körper schlug zu Boden, gefolgt von einem zweiten. »Er ist schnell«, berichtete jemand. »Er ist sehr schnell.«

»Halt, Schluss jetzt!« Der Sergeant übertönte den Kampfeslärm. »Wir bringen das später in Ordnung.«

Ein lebloser Körper schlug zu Boden. »Jakes hat eben Forsythe getötet, Sir«, rief jemand.

»Bleibt mir bloß vom Leib!«, drohte eine erregte Stimme.

»Warum tut er denn so was?« Der Sergeant ballte nervös die Hände zu Fäusten.

»Weil er denkt, dass Angriff die beste Verteidigung ist, wenn es ihm an den Kragen gehen soll. Jetzt nimmt er sich Mullen vor.«

»Alle herhören!«, rief der Sergeant und presste eine Hand gegen die Schläfe. »Jakes wird nicht exekutiert! Nun beruhige dich erst mal, Jakes. Dir geschieht nichts.«

»Bleibt mir bloß vom Leib!«, wiederholte die erregte Stimme. »Ich bringe jeden um, der in meine Nähe kommt!«

»Jakes, du bist entlassen«, sagte der Sergeant. »Du kannst heimgehen.«

Ein Moment der Stille. »Er entfernt sich von der Truppe, Sir. Guckt misstrauisch über die Schulter, Sir.«

»Warum kriegt *er* eine Nacht frei?«, wollte ein anderer wissen.

»Idioten!«, zischte der Sergeant.

»Kümmert euch nicht weiter um mich«, meldete sich Aden zu Wort.

Der Sergeant stieß ein verblüfftes Knurren aus. »Soldat Briggs! Warum hast du diesen Mann immer noch nicht getötet?«

»Es erschien mir unzulässig, Sir.«

Der Sergeant rieb sich den Nasenrücken. Zum ersten Mal sprach er sehr langsam und ruhig. »Es ist unzulässig, einen Verbrecher zu exekutieren? Das sagt ausgerechnet ein Mann, der eine Scheune abgefackelt und dadurch den Tod von vier Menschen verschuldet hat?«

»Nur zwei starben, Sir. Die beiden anderen kamen mit Verbrennungen dritten Grades davon. Und als ich die Scheune anzündete, musste ich nur ein paar Runden auf dem Exerzierplatz laufen. Genau deshalb kann ich den Mann hier nicht exekutieren, Sir. Ich habe ihn vor dem Ertrinken gerettet. Das ist so ziemlich die edelste Tat in meinem Leben. Tut mir leid,

Sir.« Der Sergeant ließ den Kopf hängen. »Sie sind bestimmt kein schlechter Vorgesetzter, Sergeant«, meinte der Soldat nervös. »Wir respektieren Sie. Ehrlich.«

»Das ist Befehlsverweigerung«, flüsterte der Sergeant. Er schob die Faust in den Mund, gab einen erstickten Laut von sich und wankte davon.

»Sie sind echt kein schlechter Vorgesetzter«, rief Briggs ihm nach. Ein Schatten der Betrübnis huschte über sein junges Gesicht. »Darüber unterhalten wir uns oft, wenn Sie nicht da sind. Wie sehr wir Sie respektieren, Sir.«

»Sergeant?«, rief ein Soldat von der Straße her.

»Lass ihn«, meinte ein anderer. »Kleine Rast, Leute. Der kommt bald wieder.« Marschgepäck plumpste auf den Boden, gepanzerte Hinterteile sanken ins Gras, Seufzer der Erleichterung wurden laut, und müde Stimmen begannen sich leise zu unterhalten.

Aden wrang mit beiden Händen das Wasser aus den Haaren und versuchte sich die eiskalten Arme warm zu reiben. »Ein Glück, dass Sie nicht weiter flussabwärts getrieben sind«, meinte der Soldat und deutete mit dem Kinn in diese Richtung. »Da vorne ist es nicht geheuer.«

»Danke«, sagte Aden. »Du hast mir das Leben gerettet – wofür auch immer das gut sein mag. Und das gleich zweimal.«

»Ich schlag dem Sergeant nicht gern einen Wunsch ab, Sir. Da reagiert er manchmal komisch.« Soldat Briggs warf Aden einen unsicheren Blick zu und rieb sich den Armstumpf. Im Laternenlicht war weder ein Verband noch die Spur einer Narbe zu erkennen. Der Arm schien glatt abgetrennt, wie mit einem Laser. Haut bedeckte den Stumpf. Das sah nach einem Geburtsfehler aus und nicht nach einer eben erst erlittenen Verwundung. »Wie ist das passiert?«, erkundigte sich Aden. »Heute Nacht, hieß es, aber das kann wohl nicht ganz stimmen ...«

»Nein, Sir, letzte Nacht«, erklärte der Soldat. »Da hat jeder von uns einen Arm verloren. Die Grenze ist näher gerückt. Muss sich bewegt haben ...« Sein Mund erschlaffte, und er starrte mit leerem Blick vor sich hin. »Viele, viele Meilen. In nur einer Nacht. Deshalb war es ein Riesenglück, dass ich Sie hier aus dem Fluss gezogen habe. Weiter vorn wären Sie an die Grenze gestoßen.«

»Was ist diese Grenze? Markiert sie Feindesland?«

»Nein, Sir, sie bildet eine Art *Barriere*. Ich und meine Kameraden hatten sie noch nie zuvor gesehen. Nur Gerüchte gehört, von anderen Einheiten, die sie vorausgeschickt hatten. Aber letzte Nacht sahen wir sie dann mit eigenen Augen. Sie ist jetzt nahe. Echt nahe.«

»Willst du mir nicht die ganze Geschichte erzählen, Kumpel?«, fragte Aden und wand seine Hose aus. »Ich bin nicht von hier.«

»Die ganze Geschichte?« Der Soldat runzelte die Stirn, nahm einen Schluck Wasser und verzog das Gesicht. »Kaputter Filter«, sagte er und schüttelte die Feldflasche. »Nun gut. Die Sache hat sich längst überall rumgesprochen. Der Wall. Sie kennen den Wall nicht? Mann, wo haben Sie gelebt? Bis vor Kurzem hieß es, eine Einheit könne zweitausend Meilen zurücklegen, bis sie auf den Wall stößt.« Der Soldat betrachtete verträumt die zuckende Flamme hinter den Glasscheiben der Laterne. Ein leicht beunruhigendes Lächeln huschte über seine Züge, zärtliche Zuneigung, mit einem Hauch von Trauer.

»Habt ihr vielleicht so was wie Decken oder Hemden vorrätig?«, fragte Aden. Die Gänsehaut auf seinen Armen ließ sich nicht vertreiben.

»Brauchen Wärme«, entgegnete der Soldat mit unbewegter Miene. »Alle kalten Dinge verschlingt der hungrige Rachen des Lichts, zermalmt sie mit knirschenden Flackerzähnen. *Schattenfresser.* Speit faulig stinkende Rauchwolken aus.« Der Soldat schüttelte sich und schnitt eine Grimasse. »Holz«, sagte er. »Sammeln Sie Holz! Ich helfe Ihnen dabei.«

Aden wich unauffällig zurück, als der Soldat auf den Knien im Kreis kroch und emsig Zweige aufschichtete. Im Hintergrund vernahm Aden die leisen Gespräche der Soldaten droben auf der Straße, hier und da ein Lachen oder das Klimpern von Münzen, das ein Kartenspiel begleitete. »Ich meine, etwas von einer Schlacht gehört zu haben«, sagte Aden. »Hieß es nicht, du hättest deinen Arm im Kampf verloren?«

»Es ist ein Wall«, murmelte der Soldat verträumt, als käme ihm der Gedanke zum ersten Mal. »Erinnert an eine Wand aus klarem Glas, vom Boden bis zum Himmel, ist aber nicht durchsichtig, und nichts spiegelt sich darin. Reicht hoch rauf und krümmt sich dann nach vorn, fast wie eine Woge, bevor sie in sich zusammenfällt. Besteht eher aus Luft als aus einem festen Material. Wenn du einen Stein dagegenwirfst, prallt er nicht ab, sondern fliegt einfach durch. Verschwindet. Der Spieß versuchte es mit einem Schwerthieb. Die Klinge ging durch wie Butter. Aber als er sie zurückziehen wollte, war sein Arm ab. Keine Schmerzen. Er konnte es nicht fassen.«

»Und dein Arm? Das gleiche Pech?«

»Einer für alle, alle für einen. Motto unserer Einheit. Der Spieß sagte, der Verlust seines Arms sei gleichbedeutend mit einer feindlichen Attacke. Kriegshandlung. Gab Order zum Gegenangriff. Als er sah, wie wir der Reihe nach unsere Schwerter verloren, befahl er den Unbewaffneten, mit den Fäusten weiterzukämpfen. Also machten wir das. Ich spürte überhaupt nichts, als mein Arm verschwand. Jansen rutschte aus und stürzte bis zum Bauch in diesen Wall. Wir zerrten ihn zurück, aber da war die Hälfte seines Körpers bereits weg. Die obere Hälfte. Die Beine zuckten noch ein paarmal, dann hatte er es überstanden.«

»Tot, nehme ich an«, sagte Aden.

»Ja, Sir, nachdem er begriffen hatte, was los war. So nach einer Minute schien er zu merken, dass er tot war, und hörte auf zu zappeln.«

»Du kannst dir das Sir ruhig schenken. Und das Sie ebenfalls. Ich bin nicht dein Spieß.«

»Er ist die meiste Zeit schwer in Ordnung, unser Sergeant. Nur heute Abend, da gab es Stress. Verlor zwei Mann auf dem

Marsch zum Wall. Durch blöde Missverständnisse. Der Ärmste muss sich aber auch so viele Namen merken.«

Die Finger des Soldaten türmten die gesammelten Stecken automatisch zu einer Pyramide. »Darf ich dich was fragen?«, begann Aden und rieb sich erneut die Arme, um die Kälte zu vertreiben. »Hast du schon mal von Leuten gehört, die hier ... erwachen? Aus einem früheren Leben oder so? Und vielleicht nicht mehr genau wissen, wer sie waren?«

»Nein, Sir.«

»Noch nie passiert?«

»Nein, Sir. Anderes Gruselzeug schon, aber das nicht.«

»Was meinst du mit Gruselzeug?«

Der Soldat überlegte. »Zum Beispiel die Geschichte mit Onkel Hank. Der wurde von einer Spinne gebissen. Erzählte danach, ihm seien Felsenmenschen in der Wüste erschienen, die behaupteten, er sei ihr Anführer. Saßen einfach herum, knackten mit ihren Steinknöcheln und sangen mit ihren Steinstimmen Lieder für ihn. Ihre Finger brachen manchmal ab, wenn sie mit den Knöcheln knackten, aber sie hoben die Dinger einfach auf und knackten weiter. Und die ganze Zeit behaupteten sie, Onkel Hank sei ihr Anführer und werde seine Weisheit an sie weitergeben. Nach einer Weile redete Onkel Hank über nichts anderes mehr. Er wollte unbedingt in die Wüste, nur um sich dort mal umzusehen, wie er sagte. Hatte dabei einen ganz sonderbaren Glanz in den Augen. Es war ein Gedanke, von dem er nicht mehr loskam.«

Aden lächelte trotz der Kälte. »Und? Ging sein Wunsch in Erfüllung?«

»Nein, Sir. Meine Tante ließ es nicht zu. Meinte, der Glanz in seinen Augen sei zum Fürchten. Aber er fing die Spinne ein, hielt sie in einem Glas gefangen und fütterte sie mit Insekten. Und hin und wieder, wenn seine Frau nicht daheim war, stupste er die Spinne an und reizte sie, weil er hoffte, sie würde ihn noch einmal beißen. Schließlich wurde es meiner Tante zu bunt. Sie goss Wasser in das Glas und ertränkte das

Biest. Onkel Hank hätte sie dafür fast umgebracht. Behauptete, sein Leben sei nun leer und sinnlos. Kann sein, dass Ihnen das Gleiche zugestoßen ist. Dass Sie was gebissen hat oder so. Sonst würden Sie wohl nachts nicht im Fluss rumpaddeln.«

Die Zweige waren perfekt über einer Schicht aus Reisig und trockenem Laub aufgetürmt. Mit einem liebevollen, ja geradezu zärtlichen Blick entzündete er einen Ast mit der Laternenflamme. Seine Hand zitterte kaum merklich. Das Laub fing Feuer. Aden wärmte sich dankbar, während der Soldat unverwandt in die Flammen stierte. Der Mund stand ihm schief dabei, Speichel sammelte sich in einem Mundwinkel und lief ihm dann über das Kinn.

Sobald Aden sich aufgewärmt und seine Sachen getrocknet hatte, überließ er Briggs seinem kostbaren Feuer und schlenderte zur Straße hinauf, wo es sich zwei Dutzend Soldaten bequem gemacht hatten. Allen fehlte ein Arm, in der Regel der linke. Manche schliefen, den Oberkörper in Decken gehüllt, das Marschgepäck als Kissen unter den Kopf geschoben. Alle trugen Kettenhemden, die wie Münzen in einer Hosentasche klimperten, wenn sie sich bewegten. Die meisten hatten Kurzschwerter umgeschnallt. Einige betrachteten verzweifelt ihre Bogen, die sie über die unversehrte Schulter gestreift oder auf den Knien liegen hatten, und fuhren mit den Fingern sanft über Holz und Sehnen. Andere rauchten Pfeifen. Mehrere reglose Gestalten lagen ein Stück entfernt. Man hatte ihnen die Harnische abgenommen und ordentlich im Gras neben der Straße gestapelt.

Aden schlenderte unsicher näher, einen Arm aus Taktgefühl hinterm Rücken verborgen. Ein paar Köpfe wandten sich ihm zu und beobachteten, wie er sie beobachtete. Er setzte sich, räusperte sich und sagte: »Also, wisst ihr, ich kapiere das alles nicht. Ihr redet kaum anders als die Leute aus meiner – meiner Welt. Ihr benutzt so ziemlich die gleichen Begriffe. Ihr sagt ›Hölle‹ und ›verdammt‹, obwohl ihr vermutlich eine andere Religion habt als ich. Irgendwas mit einem ›Weltenmacher‹. Gehört da Christus dazu? Hölle und Verdammnis? Ein Teufel? Wie steht es damit? Warum redet ihr wie normale Menschen? Wie fast normale Menschen zumindest.«

Immer mehr Köpfe wandten sich ihm zu. Ein paar leise Unterhaltungen verstummten.

»Und wenn wir schon dabei sind«, fuhr Aden fort, »ihr sprecht Englisch. Obwohl ihr wahrscheinlich nie was von England gehört habt, oder?« Keine Antwort. »Aber kennt ihr wenigstens eine Frau namens Muse? Ich bin ... äh ... mehr oder weniger auf der Suche nach ihr.«

»Den Namen habe ich schon mal gehört«, sagte jemand. »Aber ich kenne sie nicht. Dich übrigens auch nicht.«

Aden warf einen Blick in die Runde und räusperte sich nervös. »Ihr gehört also zu einer Armee, Leute«, sagte er, um das Schweigen zu überbrücken. »Einer Streitkraft. Einem Heer. Stimmt das?«

Ein Soldat, der auf einem Grashalm herumkaute, nickte. »Stimmt.«

»Mit anderen Worten, es gibt hier eine Art Regierung, ja?«

»Regierung?«

»Obrigkeit. König? Königin?«

»Herzog«, sagte ein anderer Soldat und ließ die Bogensehne schwirren. »Mann, Scheiße! Ich werde nie mehr mit diesem Ding da schießen können.«

»Okay, dann habt ihr eben einen Herzog.« Aden erinnerte sich an das unfertige Werk, das ihm sein Großvater gezeigt hatte. »Er heißt Julius, stimmt's?«

»Stimmt.«

»Das bedeutet, dass es irgendwo einen anderen Herzog geben muss, gegen den er kämpft.« Aden ließ nicht locker. »Oder einen König. Vielleicht auch eine Horde Barbaren. Sonst bräuchtet ihr doch keine Armee, stimmt's?«

»Möchte man meinen«, erklärte der gleiche Soldat. »Ist aber nicht so.«

»Was will 'n der Kleine hier überhaupt?«

»Keine Ahnung. Ein neuer Rekrut?«

»Den haben sie doch vorhin aus'm Fluss gefischt.«

»Also *gab* es früher mal einen gegnerischen Herzog oder so was Ähnliches?«, bohrte Aden weiter. »Doch der ist euch irgendwie abhandengekommen?«

»Der Spieß befahl Briggs, ihn zu exekutieren, aber Briggs weigerte sich.«

»Der Spieß macht einen Beruhigungsspaziergang. Fragt sich, was das alles soll. Eine dieser Nächte, in denen er eine Auszeit braucht. Warten wir, bis er wiederkommt!«

»Habt ihr diesen Jakes gesehen? Irre schnell mit der Klinge, der Bastard!«

»Hey, warum gibt es keinen gegnerischen Herzog?« Ein anderer Soldat hatte sich mit düsterer Miene aufgesetzt.

»Steht uns nicht zu, danach zu fragen.«

»Warum nicht, verdammt noch mal? Wenn es keinen gegnerischen Herzog mehr gibt, warum zum Henker gibt es dann ein Heer? Wozu werden wir eigentlich gebraucht? Wir tun nichts weiter. Wir marschieren nachts auf den Wall zu. Damit hat sich die Sache. Wozu die ganze Nahkampf-Ausbildung? Uns auf zwei Beinen fortbewegen, das konnten wir schon vorher.«

Noch einer der Männer setzte sich auf. »Mein Uropa zog in eine echte Schlacht und kriegte später sogar einen Orden. Schiffe landeten. Überall entlang der Küste wurde gekämpft. Kanonen ballerten. Müssen seltsam ausgesehen haben, die Krieger dieses Bärenvolkes. Haarig wie 'ne Weiber-ihr-wisst-schon-was.«

»Schnauze!«

»Sie ritten auf diesen Insektendingern, fast wie Dragoner. Benutzten sie anstelle von Pferden.«

»Und was passierte mit ihnen? Mit den Kriegern des Bärenvolkes, meine ich? Und den Orten, an denen wir früher kämpften? So wie es in den Geschichtsbüchern steht? Seit wann schicken wir Einheiten los, die einfach spurlos verschwinden? Einen Trupp nach dem anderen – und keiner kommt zurück ...«

»Seit es den Wall gibt, du Clown.«

»Genau. Seit es den Wall gibt.«

»Also noch mal langsam und zum Mitschreiben«, sagte ein Soldat ganz am Rand der Gruppe. Sein Kettenhemd rasselte, als er sich aufrichtete. »Sie schicken jeden Monat ein paar Einheiten los. Die Einheiten marschieren quer durch die Landschaft, bis sie auf den Wall stoßen. Und dann?«

»Weil sie nur nachts unterwegs sind, sehen sie die Barriere nicht und marschieren mittendurch.« Der Soldat pfiff durch die Zähne. »Finito.«

»Moment mal. Heißt es nicht, dass der Wall Tausende von Meilen entfernt ist?«

»Schon. Aber er ist näher gerückt.«

»So nahe wie jetzt war er noch nie. Die Einheiten schickten Brieftauben zurück. Nach, sagen wir mal, 300 Meilen. Dann nach 1000. Dann nach 2000, 4000, 5000. Irgendwann blieben die Tauben aus. Keine Tauben mehr, keine Einheit mehr. Sie durchdrangen den Wall, und das war es.«

»Wie weit sind wir noch von dieser Barriere entfernt.«

»Von hier? Einen Tag. Einen lausigen Tag.«

»So nahe?«

»Verdammt nahe.«

Nachdenkliches Schweigen machte sich breit. Aden hatte das komische Gefühl, dass sich diese Männer zum ersten Mal mit ihrer Lage befassten. Ein Soldat meinte: »Und wenn wir nicht dicht vor dem Wall angehalten hätten, um Gould wegen seiner ständigen Maulerei zu exekutieren, wären wir auch dagegengerannt, oder?«

»Also hat uns Gould sozusagen das Leben gerettet, und das, obwohl er sonst ein echter Blödmann war.«

»Guter, alter Gouldie. Wisst ihr noch, was er mit dieser Lady anstellte?«

»Hey, Sekunde. Was geschah denn mit all den Einheiten, die sich dort draußen befanden, als der Wall näher rückte? Also mit dem gesamten Heer?«

»Dem gesamten Heer *außer uns*!«

»Scheiße! Wir sind der klägliche Rest der Armee!«

Eine Woge der Panik erfasste die Männer. Einige zückten die Schwerter, ließen sie hilflos sinken und schoben sie wieder in die Scheiden. »Ich frage mich, warum sie das ganze Heer in den Tod schicken«, sagte einer. »Selbst wenn sie uns nicht mehr brauchen, müssen sie uns doch nicht umbringen. Es gäbe sicher eine andere Verwendung für uns.«

Plötzlich richteten sich alle Blicke auf Aden. Er wand sich. »Ich schätze mal, ihr blickt da besser durch als ich«, stotterte er. Er spürte den seltsamen Drang, sich bei ihnen dafür zu entschuldigen, dass er ihre Aufmerksamkeit auf diese Schiene gelenkt und ihnen ihre glückliche Unbefangenheit geraubt hatte.

Ein Koloss von einem Kämpfer, der bis jetzt reglos zugehört hatte, setzte sich mit einem Ruck auf. »Meiner Ansicht nach«, sagte er mit dröhnendem Bass, »versucht uns da jemand kaltzustellen.« Alle wandten sich ihm zu. »Meiner Ansicht nach will da jemand die Armee loswerden. Um dann die Macht zu ergreifen, versteht ihr?«

»Schon wieder Kritz mit seinen Verschwörungstheorien«, stöhnte einer. »Unser Meister der taktischen Winkelzüge.«

»Etwas ist da oberfaul«, erklärte der Hüne. Er stand auf, ein stahlhartes Funkeln in den Augen.

»Setz dich hin, Fettsack!«

»Meuterei«, fuhr der Koloss fort. »Ich schlage eine Meuterei vor. Gegen den Herzog. Gegen Schloss Eisennetz.«

»Das besprechen wir besser mit dem Sergeant.«

Der hünenhafte Soldat hob entschlossen seine Schwertscheide auf und befestigte sie am Waffengurt. Er stampfte den Weg entlang, dass sein Harnisch klirrte, hob kurz den Arm und rief, ohne sich umzudrehen: »Kommt!«

Der Rest der Truppe sah ihm nach. »Na, das nenne ich einen zielstrebigen Gang. Seht ihr diesen Gang? Fest entschlossen.«

»Eine Führernatur, das muss man ihm lassen.«

»Habe ich das richtig verstanden? Falls ein anderer versucht, die Macht zu ergreifen, will er ihm zuvorkommen?«

Aden war aufgestanden und wandte sich zum Gehen. »Stopp, du da«, sagte ein Soldat hinter ihm. Aden warf einen Blick über die Schulter. »Du bleibst erst mal hier!«

»Genau«, pflichtete ihm ein Kumpel bei. »Du wartest, bis der Spieß zurückkommt und entscheidet, ob der Befehl zur Exekution noch gilt oder nicht.«

»Ihr wollt mich doch nicht im Ernst hinrichten«, meinte Aden. »Ich gehöre eher zu den Guten.«

»Ich habe heute Abend einen Arm verloren. Was schert es mich, ob du zu den Guten gehörst oder nicht? Es nützt dir überhaupt nichts, wenn du an meinen Gerechtigkeitssinn appellierst. Dein Pech, dass du im falschen Moment hier aufgekreuzt bist. Und dass meine Füße verdammt geschwollen sind.«

Bis jetzt hatte sich keiner erhoben, um ihn zurückzuhalten. Er vermutete stark, dass er schneller rennen konnte als sie in ihren Kettenhemden und dass sie nicht in der Lage waren, Pfeile auf ihn abzuschießen. Aber noch befand er sich mitten in der Gruppe. Er steuerte unauffällig nach außen. »Aber ich kann den Wall aufhalten«, sagte er, um Zeit zu gewinnen.

»Das könntest du nur, wenn du ihn errichtet hättest. Zumindest würde es bedeuten, dass du zu viel weißt. Und in diesem Fall wärst du unser Feind.«

»Warum sollte er als Einziger mit zwei unversehrten Armen davonkommen?«

Einige der Männer sprangen auf, aber die meisten blieben besonnen. »Lasst ihn in Ruhe«, meinte ein Soldat.

»Ich rieche Rauch«, warf ein anderer ein.

»Ich gehöre echt zu den Guten«, sagte Aden. »Vertraut mir. Ich habe eine Aufenthaltserlaubnis von ...« Der Name des Mannes in der Robe fiel ihm nicht sofort ein. »Von Torak.«

»Na großartig, nun *müssen* wir ihn umbringen«, erklärte der Soldat, der ihn eben noch verteidigt hatte. »Er hat das Gerede über die Meuterei sicher mitgekriegt.«

»Eindeutig Rauchgeruch, Leute!«

»Du solltest dran arbeiten, im rechten Moment den Mund zu halten, Junge«, sagte ein Soldat zu Aden.

Drei Mann zogen ihre Schwerter und richteten sich auf. Im gleichen Moment drehte der Wind und trieb vom Fluss her beißenden Qualm zu ihnen herüber. Alle Köpfe wandten sich der Böschung zu. Lange Streifen des Ufergestrüpps standen in Flammen. Ein paar Bäume am Saum des Wassers hatten Feuer gefangen. Orangerote Flammen züngelten die Stämme entlang und breiteten sich rasch in den Kronen aus. Im Schein des Feuers sah Aden zum ersten Mal, dass ringsum Eukalyptusbäume in die Höhe ragten, australische Eukalyptusbäume. Mit diesem Anblick hätte er zuallerletzt gerechnet. Wie auf 'ner Postkarte von zu Hause. Auf der glasigen Wasserfläche spiegelten sich die Flammen in bombastischer Schönheit, Farbexplosionen in der Schwärze der Nacht.

Knisternd erwachte das Feuer in den Sträuchern ringsum zum Leben. Ein Schatten huschte vorbei, einen dicken brennenden Ast in der Hand. Sie hörten ein verzweifeltes Schluchzen. »Hey, Briggs!«, schrie jemand.

Aden war vergessen. Die Soldaten rannten die Böschung hinab. Immer mehr Feuer begannen zu knistern, als Briggs mit seinem Ast das trockene Buschwerk in Brand setzte.

Das ist nun schon das dritte Mal, dass er mir das Leben rettet, dachte Aden, als er in die entgegengesetzte Richtung rannte und über einen der hingerichteten Soldaten stolperte. Er verließ die Straße, behielt sie aber im Auge. Niemand verfolgte ihn. Die Rufe der Soldaten kamen vom Fluss her, wo das Feuer außer Kontrolle zu geraten drohte.

KAPITEL 4
Schloss Eisennetz

Der Ratgeber des Herzogs eilte mit großen Schritten über das blaue Pflaster der Straße, vor sich hin murmelnd und seine Fingernägel kauend. Die Schlange beschwerte sich nicht über den Schweißgeruch, obwohl er sie wieder unter die Achsel geklemmt hatte. Der Traum war ein grünlicher Klecks jenseits des Flusses, der sich unscharf vor dem Sternenhimmel abhob und immer mehr verwischte, je schneller er dem Schloss entgegenschwebte.

Torak runzelte die Stirn. In den vergangenen drei Nächten waren die Träume stets gleich gewesen. Das hatte es noch nie zuvor gegeben. Nicht ein einziges Mal. Das bedeutete etwas Besonderes, aber er wusste nicht, was.

Natürlich war es nicht nötig, dass er die Träume an ihr Ziel geleitete. Entgegen seinen Behauptungen hatte der Prozess nichts mit ihm zu tun. Diese nächtlichen Spaziergänge boten ihm jedoch die Möglichkeit, das Schloss zu verlassen und wenigstens zeitweise den Launen und Klagen des Herzogs zu entfliehen.

Es war ein kurzer Ausflug. Das Dorf Days Past befand sich zu seiner Rechten, still, ohne ihn wahrzunehmen, im Schlaf darauf wartend, dass er die Nachtuhr neu aufzog. All die braven Uhrwerkmenschen lagen gehorsam in ihren Betten. Nur ein paar einsame Seelen würden wachen und merken, wie langsam die Nacht verging.

Der Traum war bereits in Schloss Eisennetz eingetroffen, das sich jetzt am leicht abfallenden Horizont erhob. Elektrische Entladungen zuckten wie grüne Blitze von seiner hohen Krone und jagten die Mauern entlang in die Tiefe. Ihr Licht erhellte das gigantische Eisengitter des Schlosses, das sich wie ein Spinnennetz über den großen Burghof und die tiefer gelegenen Vorhöfe spannte. An manchen Stellen war es grob gewebt, an anderen dünn wie ein Seidengespinst. Seine äußeren Metallfäden erfassten sämtliche Brüstungen und Türme des Schlosses. Wie stets um diese Nachtzeit wirkte das Eisengebilde wie eine Skulptur aus kostbarem schwarzem Glas, in der sich eindrucksvoll die Sterne spiegelten. Der Anblick flößte solche Ehrfurcht ein, dass für kurze Zeit sogar ein Kult zur Verehrung des Bauwerks entstanden war.

In der Morgendämmerung würde das Schloss all seinen Glanz verlieren und sich in eine Ansammlung schwarzer Metallteile verwandeln. Und am Tage glaubte kein Mensch, dass die Existenz der Welt vom Schloss abhing wie ein Körper von dem unscheinbaren roten Muskel in seiner Brust.

Früher war es nicht nötig gewesen, das Leben der Welt künstlich zu verlängern. Jetzt aber war der Weltenmacher verschwunden, dem Wahnsinn verfallen, dem Tod nahe oder bereits gestorben (niemand wusste es genau). Er hatte seine Schöpfung im Lauf der Jahrhunderte immer mehr verkümmern lassen, bis buchstäblich über Nacht das Schloss erschienen war. Und mit ihm die Träume. Das Schloss zog die Träume an, Nacht für Nacht.

Torak achtete kaum auf das grelle Spektakel in Grün, das lange Schatten hinter ihm auf die Straße warf. Er beschwor das Bild von Aden herauf, der, von der Strömung mitgerissen, hinter einer Biegung des Flusses verschwand. Er spuckte den letzten Fingernagel aus und murmelte: »Wasser. Tödlich! Dabei hatte ich ihn gewarnt. Aber sie hören ja nie, diese jungen Leute. Nie.«

»Du hast dein Bestes getan«, meinte die Schlange gähnend.

»Kam mir seltsam bekannt vor«, fuhr Torak fort und zerrte nervös an seinem Schnurrbart. »Und ... der Enkel des Weltenmachers? Nein! Absurd. Vergessen wir das! Kein Wort darüber. Hörst du? Du wirst kein Wort darüber verlieren. Ich will nichts von diesem Thema hören. Absolut nichts.«

Die Schlange schwieg.

Torak blieb mitten auf der Straße stehen und setzte mehrmals zum Sprechen an. Ein Schauder durchlief ihn. »Also gut«, kreischte er und sah die Schlange wütend an. »Also gut, ich gestehe es. Dieser junge Mann. Er beunruhigt mich. So. Bist du jetzt zufrieden? Zufrieden? Na? Heraus mit der Sprache! Halte nichts zurück! Du liebst es doch, die Dinge zu bewerten. Tu dir keinen Zwang an!«

Die Schlange verdrehte den Hals und schaute zu ihm auf. »Beunruhigt?«, fragte sie träge.

»Beunruhigt. Besorgt. *Angsterfüllt.* Ja? Hm? Ja?«

»Ich verstehe.«

»Ich nehme an, du bist jetzt stolz auf dich? Weil du ihn zuerst erkannt hast? Aus den Träumen, sagtest du? Also, wie kommst du auf diesen Gedanken, verdammt noch mal? Was macht dich so sicher?«

»Das Muttermal an seinem Hals. Ein kleines, längliches Muttermal. Es fiel mir auf, als ich an ihm vorbeiglitt. Wenn der junge Mann abends in den Träumen erschien ...«

»So sicher! So sicher bist du also!« Torak packte die Schlange mit beiden Händen, so fest er konnte. Sie wurde schlaff wie Gummi, redete aber weiter: »... wenn er abends in den Träumen erschien, war dieses Muttermal gut zu erkennen. Er tauchte als Kind auf, als Jugendlicher, als junger Mann, einmal sogar als Baby in den Armen des Weltenmachers. Damals sagte er, ich zitiere: ›Dada!‹, und griff nach der Brille des Alten. Das Muttermal war jedes Mal deutlich zu erkennen.«

»Gah!«

»Gah?«

»Ein Ausruf, verdammt noch mal! Ein Ausruf der Verzweiflung!«

»Er ist auch auf einigen der Kunstwerke zu sehen, die von der Kirche beschlagnahmt wurden. Sie befinden sich in den Kellergewölben des Schlosses, wenn du sie näher betrachten möchtest.«

»Ein *höchst* willkommener Tipp. Das war *sarkastisch* gemeint. Nun lass mich endlich in Ruhe mit dieser verdammten Ähnlichkeit ... hör zu, kein Wort davon zu Julius! Kein Wort! Das Ganze ist ein *Omen*. Im Ernst. Deshalb kein Wort!« Das Schloss ragte düster vor ihnen auf. Alles war in das fahlgrüne Licht des Traums getaucht. Torak warf einen letzten Blick zu dem Eisennetz hinauf, als sie die Zugbrücke erreichten. Funken sprühten, die Energie knisterte und ließ ihm die Haare zu Berge stehen. Der Traum hatte sich natürlich noch nicht aufgelöst. Der alte Mann stand wie zuvor lautlos schreiend in einem brodelnden Meer, obwohl die Szene allmählich unscharf wurde. Bald würden sich alle Einzelheiten verwischen, wenn der Traum in den obersten Gemächern des Schlosses verarbeitet und das weiße Licht daraus gewonnen wurde, das Torak in einem kleinen Glasflakon mit sich führte, jene Leuchtflüssigkeit, die er nach Aden geworfen hatte. Sie war das Blut der Welt, das wie in das Wurzelgeflecht von Bäumen in ein weitverzweigtes unterirdisches Netz von Adern floss und auf diese Weise die Realität von Nightfall nährte und aufrechterhielt.

Die beiden Posten an der Zugbrücke schliefen. Er stand mit zuckenden Händen vor ihnen. Es gab keine Gefahren, vor denen sie die Brücke schützen mussten. Es gab genau genommen nicht die geringste Notwendigkeit für solche Posten, aber es war der Sinn einer Zugbrücke, bewacht zu werden. »Frechheit!«, schrie er. »Äh – doch wohl eher Faulheit! Ihr Schweine! Ihr schnarchenden Schweine!« Einer von ihnen rollte sich furzend auf den Bauch. Torak biss sich auf die Fingerknöchel, als er an ihnen vorbeiging.

Die Luft im Innern des Schlosses vibrierte so stark von der Lebensenergie der Welt, dass ihr Summen Toraks Schritte auf den weißen Steinböden übertönte. Wo das unheimlich grüne Leuchten durch die Fenster einfiel, huschten Schatten über die hohen Wände. Es war ein Labyrinth, das Schloss, ein Gewirr aus Gemächern, Gängen und Geheimkammern. Viele existierten nur des Nachts und verschwanden am Tage, wenn das Schloss mit gewaltigem Knirschen schrumpfte und die Räume wie bei einem Erdbeben erschütterte.

Er erklomm eine Stiege, die von Wandfackeln erhellt wurde, und kramte mit seinen knochigen Fingern alle Taschen nach einem Bund Messingschlüssel durch. Er öffnete die Tür mit der aufgemalten Uhr. (Dahinter befand sich einer der Räume, die am Tage verschwanden.) Eine weiße Marmorsäule, eingebettet in den nackten Steinboden, trug eine Uhr von der Größe eines Speisetellers. Die Obsidian-Zeiger standen still. Torak drehte gereizt an einem seitlich vorstehenden Griff. Ein schwaches melodisches *Tick-tack-tick* erklang, als sich das Räderwerk der Uhr wieder in Bewegung setzte: Die Zeiger rückten vor, die Nacht schritt voran wie gewohnt. Noch blieben viele Stunden. Die Schläfer würden weder den kurzen Stillstand noch das Weiterwandern der Zeit bemerken.

Nachdem der Ratgeber des Herzogs die Tür des Uhrenzimmers versperrt hatte, nahm er seinen Weg über Treppen und durch Korridore, vorbei an dem Stockwerk, in dem sabbernd und schnarchend der Herzog schlief. Mit einem höhnischen Grinsen und einem leisen Schauder schlich er an den Gemächern von Slythe vorbei – an Slythe, dem Meuchelmörder, der seine Räume selbst tagsüber verdunkelte, obwohl er niemals schlief. Noch höher hinauf stieg Torak, in das oberste Gemach, wo ein grelles Leuchten die Umrisse der Tür markierte, die niemand außer ihm öffnen durfte. Ein halbes Dutzend Schlüssel schepperten und klirrten, ehe die schwere Tür aufschwang.

Ein gigantischer Trichter aus unzerbrechlichem Glas ragte von der Decke in eine Kammer, die teils aus Metall und teils aus Glas bestand. Das Licht in dieser Kammer zuckte und wand sich wie ein Blitz, der sich in einem Netz verfangen hatte. Die Kammer dröhnte und wummerte im Rhythmus eines schlagenden Herzens. Hier wurde der Traum in seine Bestandteile zerlegt, verarbeitet, umgewandelt. Ein Strom flüssigen Lichts ergoss sich durch Rohre in Bottiche. Alles war in Ordnung.

Dann jedoch fiel ihm etwas ins Auge. Er sog die Luft scharf durch die Zähne ein. Ein Zettel mit einer Botschaft war an die

Wand neben der Tür geheftet. An die *Innenwand* des Raumes, zu dem nur Torak Schlüssel besaß und den niemand außer ihm betreten konnte!

Er riss den Zettel ab und erkannte sofort die makellose Schrift des Meuchelmörders:

Wusstest du, dass ich auch diese Schlösser knacken könnte?

Toraks Hände wetteiferten darum, die Notiz zu zerfetzen. »Ja, Botschaft angekommen, Mörderherz!«, schrie er. »Und sehr wohl verstanden. Du gönnst mir mein blödes altes Gemach und meine Schlüsselgewalt darüber, solange ich nicht auf dumme Gedanken komme und meinen Status vergesse, was? Erinnerst mich wieder mal daran, dass ich sterblich und bisher nur kraft deiner Gunst und Gnade am Leben geblieben bin. Danke, Slythe! Sei versichert, dass du uns gebührend eingeschüchtert hast und wir von nun an ängstlich zusammenzucken werden, wenn sich irgendwo ein Schatten regt!«

»Wie hat er es bloß geschafft, die Tür wieder von außen zu versperren?«, fragte die Schlange. »Ich bin beeindruckt.«

Torak ließ seine Blicke flüchtig durch das Gemach wandern, um sich zu vergewissern, dass der Meuchelmörder nicht in irgendeinem Winkel lauerte. Das Fenster stand offen. Der Unhold hatte die senkrechte Außenmauer des Schlosses erklommen und war in das Gemach eingestiegen. Der Gedanke machte Torak schwindlig. »Still!«, fauchte er. »Ich habe genug von deiner Schadenfreude! Meine Verärgerung bereitet dir Genuss!«

»Ganz und gar nicht.«

»Du triefst geradezu vor Genuss und heimlicher Schadenfreude! Kein Wort mehr, Kretin! Kein einziges Wort!«

Er ging zu der Kammer aus Glas und Metall und drehte zwei Zapfhähne über den dünnen Schläuchen zu, die seitlich aus der Kammer ragten. In ein breites Holzschaff tröpfelte Toraks privater Vorrat an flüssigem Licht, den er für »Forschungszwecke« beanspruchte. Zwei Bottiche links und rechts davon waren randvoll mit seinem Anteil der vergangenen Nacht gefüllt und warteten auf ihre weitere Verwendung. Da das Licht in den großen Behältern schwerelos war, konnte er sie selbst befördern, und so blieb sein Tun überwiegend geheim. Momentan benötigte er eine ganze Tagesration, um seine Kreationen lebendig und real zu erhalten, Kreationen wie den Triumphwagen des Herzogs und die Schlange, mit der er unterwegs seine Gedanken austauschte und lange Gespräche führte. Torak entwarf in seiner Freizeit viele ehrgeizige Projekte, die meisten zu seinem Vergnügen, einige aber auch für praktische Zwecke. Er hatte vor, sie alle zum Leben zu erwecken, ein Schöpfer, der Licht anstatt Lehm formte.

Der Meuchelmörder hatte wahrscheinlich recht, wenn er ihm zu verstehen gab, dass seine Freiheit nicht grenzenlos war. Er hatte entdeckt, dass man – unter anderem – Lebewesen entwerfen konnte, aber dieser Prozess war ungeheuer kostspielig. Die Erschaffung eines einzigen künstlichen Menschen kostete so viel wie der Unterhalt von hundert natürlichen Menschen. Die Energie, die Torak nachts für seine privaten Zwecke abzweigte, war längst außer Kontrolle geraten. Wahrscheinlich hatte er zahlreiche unterirdische Energieadern abgeschnitten und auf diese Weise viele ferne Länder ausgehungert und ausgerottet. Sein kleines Geheimnis.

Torak wusste auch von dem Phänomen, das die Soldaten als »Wall« bezeichneten. Und er hegte den Verdacht, dass er selbst diese Bedrohung verursacht hatte, als er den fernen Ländern ihre Energie entzog. Er konnte nicht ahnen, dass Gelehrte und Philosophen bereits Bücher über diese Barriere verfasst hatten, als sie sich noch weit weg von Schloss Eisennetz befand. Dass sie den Wall lange vor Toraks Geburt vorhergesagt hatten, zu einer Zeit, da die Welt noch viel größer gewesen war.

Die Weltenmacher-Kirche hatte jene Bücher, in denen der Wall noch »das Vergessen« hieß, längst verboten und verbrannt.

Wie gewohnt wartete Torak ab, bis der letzte Tropfen weißen Lichts durch die Kammer geflossen war, ehe er sich dorthin zurückzog, wo er den Großteil seiner freien Zeit verbrachte, an den Ort, von dem er seit seiner Kindheit geträumt hatte, nach dem er sich gesehnt hatte, ohne zu ahnen, dass es ihm eines Tages gelingen würde, ihn zu verwirklichen.

Sein Refugium hatte die Größe eines geräumigen Gemachs. Schlichte Holzstühle waren entlang der Wände aufgereiht. Sie umrahmten eine üppige Liege in der Mitte des Zimmers, auf der Torak nun seine langen, hageren Glieder ausstreckte, die Augen geschlossen und die Hände über der Brust gefaltet, die schwarz-rote Robe lässig bis über die Knie hochgeschoben. Ringsum saßen seine geliebten Schöpfungen: einundsechzig Menschen von unterschiedlichstem Aussehen, Alter und Maß, die einen in Luxusgewänder, andere wiederum in Lumpen gehüllt. Morgen würde ein Diener seines Vertrauens einen der vollen Bottiche hierher bringen und einen Schöpflöffel Licht über jeden der Sitzenden gießen. Jeder von ihnen wandte sich mit ruhigen, respektvollen Worten an ihn, und ihre Stimmen überlagerten sich zu einem gedämpften Kanon: »Es tut mir leid, Torak.«

»Es tut mir ganz entsetzlich leid.«

»Ich schäme mich so sehr für mein Verhalten in dieser Angelegenheit.«

»So schrecklich, schrecklich ...«

»Verzeiht mir. Ich bereue mein Tun aus tiefstem Herzen.«

»Eine Entschuldigung von meiner Seite ist längst überfällig. Ich bitte ergebenst ...«

Leise, ernsthaft, wie sanfte Wellen, die ans Ufer rollen. Obwohl diese Geschöpfe lebten, kannten sie nur Worte der Unterwürfigkeit. Der Ratgeber des Herzogs schwelgte in ihrem Singsang wie ein Süchtiger, der nach einem langen, brutalen Entzug durch Zufall auf einen gewaltigen Vorrat seiner Lieblingsdroge gestoßen war.

»Bedaure. Bedaure *unendlich*, edler Ratgeber.«

»Nicht Eure Schuld, ganz und gar nicht. Ich flehe Euch um Vergebung an ...«

Als Torak daher ein Klopfen vernahm, war sein Ärger beträchtlich. Die Entschuldigungen verstummten. Alle Köpfe wandten sich der Tür zu.

Torak erhob sich und strich seine Robe glatt. »Wer immer es wagt, mich hier zu stören, hat hoffentlich eine gute Rechtfertig...«

»Ein Bote. Von Einheit Neunundzwanzig B. Er wartet unten.« Der Diener hatte seine Stimme mit einem fremdländischen Akzent verstellt. Seine Schritte entfernten sich hastig, ehe Torak wutentbrannt die Tür aufreißen konnte. Er tat es und rannte in den Korridor hinaus, um den Übeltäter zu erwischen, doch dem war es bereits gelungen, im Schutz der Dunkelheit zu verschwinden. »Ich habe dich genau erkannt!«, bluffte Torak. »Dreißig Peitschenhiebe! Melde dich morgen aus freien Stücken, oder die Strafe fällt noch schlimmer aus!«

Nach dem langen Weg in die Tiefe traf er einen Boten jener Truppe an, die er auf einen sinnlosen und, wie er hoffte, todbringenden Marsch nach Südwesten geschickt hatte. (Es war die bei Weitem schlechteste Einheit des Heeres.) Der Rest der Armee war ebenfalls in allen Richtungen unterwegs, und zwar einzig und allein zu dem Zweck, das Vorrücken des Walls zu vermessen. Er kam langsam und gleichmäßig von allen Seiten näher, zwei Schritte pro Jahr, mit seltenen Abweichungen. Schloss Eisennetz befand sich genau in der Mitte des schrumpfenden Territoriums. Wenn der Wall seine derzeitige Geschwindigkeit beibehielte, würden sich Toraks Ururenkel (falls er je welche bekam, dachte er, und seine Wange zuckte nervös) um eine Lösung des Problems bemühen müssen. *Falls* es eine Lösung gab.

Er hatte nicht mit einer Botschaft der Armee gerechnet. Weder in dieser Nacht noch in näherer Zukunft. Eine Brieftaube alle tausend Meilen. So lautete seine Order. Er machte ein grimmiges Gesicht und richtete sich zu seiner vollen Größe auf, als er auf den Boten zuging. Der Soldat legte, wie es sich gehörte, eine gebührende Scheu an den Tag. (Aber zu seiner Verblüffung empfand Torak diesmal fast eine leise Trauer über die Reaktion des Mannes. Wäre ein freundliches »Hallo, wie geht's?« nicht hin und wieder eine nette Abwechslung? Er notierte im Geiste, bald einmal ein Geschöpf zu erschaffen, das diese Lücke füllte.)

Der Bote (er war nicht wirklich scheu oder ängstlich; das bildete sich Torak nur ein) keuchte noch von seinem Lauf zum Schloss. Er hatte eine Hand auf das Stiegengeländer gelegt und hielt den Kopf gesenkt. »Folgende Nachricht, werter Ratgeber, *Sir*«, begann er. »Fluss ruft um Hilfe. Will, dass Äste an Land gezogen werden. Grund unbekannt. Ende.«

Torak schwieg eine ganze Weile, während er über den Sinn der Botschaft nachdachte. Der Soldat trat unruhig von einem Fuß auf den anderen, kratzte sich am Kopf und fügte hinzu: »Der Sergeant meinte, es könnte sich um ein Omen Klasse Zwo handeln, Sir.«

»Hm. Wollen wir deine Worte mal extrapolieren, wenn du gestattest. Kann es sein, dass eine *Person* im Fluss um Hilfe rief? Dass diese Person sich eventuell an einem Ast festklammerte und darum bat, dass er – und damit die Person selbst – an Land gezogen werde? Dein Sergeant ist dafür bekannt, dass er vorschnell Boten losschickt, ehe er alle wichtigen Fakten erfasst hat. Ich entsinne mich, dass er einmal einen Angriff meldete, als er ein Donnergrollen über der Ebene mit Kanonenlärm verwechselte. Er entsandte einen Läufer ins Schloss – dich, habe ich recht? – und forderte Verstärkung an. Die ihm irgendein Esel hier tatsächlich schickte. Dabei hatten wir, Herrgott noch mal, einen *wolkenverhangenen* Tag, und Gewitter waren *vorhergesagt*!«

»Sir, ich überbringe nur meine Botschaft«, sagte der Soldat.

Torak, der bereits blass war, wurde noch eine Spur blasser. »Und außerdem – dir fehlt ein Arm! Was ist geschehen?«

Der Soldat berichtete, wie die Einheit auf die Barriere gestoßen war. Torak marschierte auf und ab und ballte die Hände zu Fäusten. Sein Wangenmuskel begann zu zucken. »Und befand sich der Wall in Bewegung?«

»Nein, Sir. Keine sichtbare Bewegung, Sir.«

Toraks Stimme klang jung und verängstigt. »Willst du damit sagen, dass er jetzt weniger als zwei Tagesmärsche von ... *hier* entfernt ist?«

»Jawohl, Sir.«

»Willst du damit sagen ...« Er begann an den Fingern abzuzählen. »Warte! Letzter Bericht vorgestern ... heißt das, dass der Wall mehr als sechstausend Meilen gewandert ist? In zwei Tagen? Oder *einem* Tag? Oder über Nacht? Oder innerhalb weniger Sekunden? Oder ... was denn nun? Was denn nun, du Wurm? Du Ratte! Folter für dich! Was denn nun?«

»Sir, ich überbringe nur meine Botschaft. Fluss ruft um Hilfe. Will, dass Äste an Land gezogen werden. Grund unbekannt.«

»Deine Botschaft, du kleines Arschloch, lautet, dass wir nur noch ein paar Tage zu leben haben? Eine Woche, wenn wir Glück haben? Oder eine Sekunde, wenn nicht? Die ganze Welt steht vor dem Untergang?«

»Sir, ich werde nicht fürs Denken bezahlt.«

»Er!«, kreischte Torak, als ihm plötzlich Aden in den Sinn kam. »Er!«

KAPITEL 5
Charm

Während Aden immer weiter lief und darüber nachsann, was es bedeutete, am Leben zu sein, prallte er plötzlich hart gegen einen Baum. Er stolperte rückwärts, stürzte und hielt sich den Kopf. Als der Schmerz nachließ, entdeckte er links von der Straße die Umrisse einer Baumgruppe, die allem Anschein nach den Saum eines tiefen, dichten Waldes bildete. Und vor ihm zeichnete sich ein Viereck aus gelbem Licht ab – ein schwach erleuchtetes Fenster.

Unterwegs waren in rascher Folge mehrere flüchtige Versionen seiner Vergangenheit an ihm vorbeigezogen, als hätte jemand versucht, ihm in aller Hast zu erklären, was er in seinem früheren Leben gemacht hatte und warum er gestorben war. Er hatte Selbstmord begangen, weil er ein Spieler war; weil er drogenabhängig war; weil sie ihn eine Woche vor dem lukrativen Deal mit einer Produktionsfirma aus seiner Rock-and-Roll-Band gedrängt hatten.

Er glaubte keine einzige dieser Varianten. Aber in jeder Version tauchten die lebhaften Erinnerungen an seine Kindheit auf – das Vorlesen von Märchenbüchern, die Angelausflüge, die Hinweise auf einen Ort namens »Nightfall«. Und jedes Mal wurde sein Vater durch eine Brille ungeheurer Ablehnung betrachtet. Manchmal ein Haustyrann, dann wieder ein Schwächling, schien er stets die Ursache allen Übels zu sein.

Was seinen Großvater betraf, so stand ohne jeden Zweifel fest, dass sich der alte Mann *hier* befand. Und Muse würde wissen, welche Fassung seiner Erinnerungen der Wahrheit entsprach. Er musste sie finden.

Das Glucksen des Flusses war immer noch zu hören. Es erinnerte schwach an das Husten eines Kranken, der zähen Schleim in den Lungen hatte. Eine kalte Brise strich flüsternd durch das Gras und raschelte in den Kronen der nahen Bäume. Der Gesang von Zikaden oder irgendwelchen anderen Insekten vermischte sich mit anderen Geräuschen der Nacht, die gedämpfter geklungen hatten, als er aus dem Haus der Gorrs geflohen war.

Er näherte sich dem hellen Fenster und sah, dass es zu einem Gebäude von der Größe eines Rathauses gehörte. Aber es war ein hässliches, monströses Gebilde mit krummen Mauern und plumpen, seitlich überhängenden Anbauten. Das Ding sah aus, als hätten es drei Leute entworfen, die sich ständig in den Haaren lagen und gegeneinander arbeiteten, wo sie nur konnten.

Von einem Portal – vermutlich der Haupteingang – führte ein Weg zur gepflasterten Straße hinunter. Die Bäume um das Haus waren bis auf einen schmalen Streifen am Rande des Hofes gefällt. Die seitlichen Fenster schienen aus Buntglas-Motiven zu bestehen. Was die Kunstwerke genau darstellen sollten, war im Dunkel jedoch nicht zu erkennen. Auf einem Schild neben der Tür stand: »Weltenmacher-Kirche. Days Past. Bühne.«

Er drückte die Türklinke nach unten. Verschlossen. Seine Schritte knirschten über den Kies im Hof. Spitze Steine bohrten sich in seine Fußsohlen, als er nach einem Fenster suchte, das sich aufhebeln ließe. Die leisen Geräusche der Nacht verstummten, und in den Baumwipfeln herrschte eine angespannte Stille, als hielte jemand den Atem an. Er spürte, dass ihn da draußen etwas beobachtete, aber das machte ihm nichts aus. Er winkte den Bäumen ein *Hallo* zu und flüsterte: »Mir könnt ihr keine Angst einjagen. Ich bin tot.«

Etwas tauchte zwischen den Stämmen auf. Er beobachtete die Bewegung aus dem Augenwinkel, ohne den Kopf zu drehen. Ein Aufblitzen wie von einer Kamera, ein Funke, der immer heller wurde und in sein Blickfeld wanderte. Eine Frau trat unter den Bäumen hervor und kam auf ihn zu. Lichtstrahlen wiesen ihr den Weg, obwohl sie keine Laterne trug. *Ein Geist,* dachte er. Seine Neugier war geweckt. Streng genommen war *er* wohl eine Art Geist. Sie hatte glattes Haar, dessen Farbe schwer auszumachen war. Es floss ihr über die Schultern bis weit hinab auf den Rücken. Dann sah er, dass die Farbe mit jeder ihrer Bewegungen wechselte – porzellanweiß, flammend rot, schwarz, dann golden. Sie trug ein Kleid mit einem Streifenmuster in kühnen Farben, die durch irgendwelche magischen Einflüsse in einem steten Wechsel schillerten und ihre großen Augen beinahe schwarz erscheinen ließen. Ansonsten war sie so makellos schön, dass er es kaum fassen konnte, ein derart perfektes Geschöpf leibhaftig vor sich zu sehen.

Mit jedem Schritt, den sie auf ihn zukam, schien sich ihre Gestalt zu verändern: mal zart und feingliedrig, mal üppig und sinnlich und dann wieder elastisch und kraftvoll wie eine Stahlfeder. Jede Form war irgendwie vollkommen, jede Variante so gefällig wie die vorherige. Nebel legte sich über Adens Gedanken, warm und angenehm. Er kam sich plötzlich so unbeholfen vor, als wäre er im Körper eines Affen gefangen, ein dankbares Tier, das unterwürfig seine gütige Herrin begrüßte. Nicht einmal sprechen konnte er.

Nun hatte sie ihn fast erreicht. Sie musterte ihn genau, als versuchte sie abzuwägen, ob eine Gefahr von ihm ausging. Ihre Miene war ernst und verriet Wachsamkeit, aber ihre Stimme klang wie süße Musik. »Stell dir vor«, sagte sie, »alle sind verschwunden. Es gibt nur noch zwei Menschen auf dieser sterbenden Welt. Uns beide. Niemanden sonst. Dich und mich. Der Wind spielt in meinen Haaren, während das Ende heranrückt. In ihren letzten Sekunden gehört die Welt uns allein. Gefällt dir der Gedanke? Pass auf, der Untergang rauscht heran wie eine Woge. Du und ich, wir beobachten ihn von einer hohen Aussichtsplattform draußen auf dem Meer. Wir sehen zu, wie das Vergessen alles verschlingt.« Sie lachte. »Sie stirbt. Sie stirbt schnell. Die Welt stöhnt in Todespein. Kannst du sie hören?«

Er musste schlucken, ehe er antworten konnte. »Sprich weiter! Sag noch etwas! Bitte!«

Sie lachte. Diesmal klang ihr Lachen scharf wie ein Dolch, der einen schönen Traum zerfetzte. »Schon gehört er mir«, sagte sie. »Und ich dachte anfangs, er sei anders! Ein paar schöne Worte, und er würde sich das Herz aus der Brust schneiden, wenn ich es verlangte. Dein Name?«

»Aden.«

»Sprich lauter. Du klingst, als hätte deine Stimme in Panik die Flucht ergriffen.«

»Aden. Aden Keenan.«

Sie schüttelte den Kopf. Die Bewegung verschob den Blickwinkel auf ihr Gesicht. Die Zeit verlangsamte sich, und eine dumpfe Benommenheit ergriff von ihm Besitz. Mit jeder neuen Perspektive zeigte sich eine andere Vollkommenheit. Einen Moment lang besaß sie eine Unschuld, die in ihm den Instinkt weckte, etwas Zerbrechliches zu beschützen. Gleich darauf strahlte sie eine düstere, beinahe raubtierhafte Schönheit aus, den prickelnden Reiz der Gefahr. Dann wieder strotzte sie vor Gesundheit und Temperament.

»Ich glaube, es ist zu hell für dich«, sagte sie. »Du machst keinen Spaß, wenn es dir die Sprache verschlägt.« Der Engelsglanz, der sie wie eine Aura umgab, schwächte sich um mehrere Stufen ab. Die schillernden Streifen ihres Gewands, die ihre Kurven betonten, beendeten ihr Licht-und-Farben-Spiel. Sie veränderte sich nicht mehr, als hätte sie endlich die ideale Form gefunden, die für seine Augen angenehmste Gestalt. Ihre Schönheit wirkte nun etwas düster, unheimlich – die Haare schwarz, die Haut mondweiß. »Besser?«, fragte sie lächelnd. »Was bist du?«

»Ein Geist wie du. Ein Toter.«

Ihr Lächeln nahm etwas Zynisches an. »Noch nicht.«

»Du bist doch auch ein Geist, oder?«

»Wenn du meinst.« Sie lachte.

»Ein Engel vielleicht? Oder was sonst? Jedenfalls kein Mensch. Nicht *nur* Mensch zumindest. Eine Sirene?«

»Ich bin, was immer du in mir sehen möchtest. Nun hör zu! Ich habe Hunger und keine Zeit, mit Mäusen zu spielen. Muse streift durch die Wälder, mit einer neuen Abscheulichkeit in den Armen. Ich werde ihr folgen.«

»Muse!«, rief er. »Wo?«

»Das geht dich nichts an! Siehst du das Fenster dort? Kannst du es für mich aufhebeln? Es führt in die Küche. Hol aus der Speisekammer, was du findest, und wirf es mir zu! Wenn der Priester auftaucht, schlag ihn nieder! Schlag ihn tot! Das wird dir nicht schwerfallen; er ist alt. Dann kommst du mit mir in die Wälder und trägst das Zeug zu meinem Haus.«

Er dachte keine Sekunde daran, ihr zu widersprechen. Ihre Forderungen erschienen ihm ganz und gar vernünftig, mit der Aussicht auf eine Belohnung, sobald er sie erfüllt hatte. Er presste beide Handflächen gegen das Fensterglas und versuchte die Scheibe hochzuschieben. Sie rührte sich nicht vom Fleck. »Zerbrich sie!«, drängte sie.

Er zögerte.

»Mit den Fäusten. Zerbrich sie!«

»Nein.« Er wandte sich ihr zu und sah die Hässlichkeit einer Frau, die den bitteren Geschmack von Macht erfahren hatte, sah sie eingegraben in die perfekte Schönheit ihres Gesichts. »Lass mich verdammt noch mal in Frieden«, sagte er.

Ein greller Lichtschein loderte auf und hüllte sie ein. »Zerbrich das Glas!« Er konnte ihre Worte nicht hören, aber der Befehl war übermächtig. In seinem Innern hallte Gelächter wider, ihres *und* seines. Plötzlich begriff er die Komik der Situation, auch wenn der Spaß auf seine Kosten ging. Er stand im Begriff, sich die Arme aufzuschlitzen, aber das war ohnehin seine Absicht gewesen. Sie betrachtete ihn als ihren Hampelmann, und ihm machte das nichts aus. Das war der Spaß, der auf *ihre* Kosten ging. Er hatte sich vollkommen in der Gewalt, als er ausholte, um die Scheibe zu zerschmettern.

Ein Gesicht erschien am Fenster, und der Zauber, mit dem sie ihn gebannt hatte, wirkte nicht mehr.

Ihre Aura schwächte sich wieder ab. Sie fluchte. Der Mann, der nach draußen starrte, hatte eine wilde, rötlich braune Lockenmähne und einen Bart, der sich in unregelmäßigen Inseln über seine Wangen verteilte. Abscheuliche Lumpen bedeckten Arme und Schultern. Er riss das Fenster mit einem Ruck auf. Sein Gestank wehte Aden entgegen. »Da haben wir also die Diebin!«, brüllte er und funkelte die Frau wütend an. »So geht das nicht! Völlig verzerrte Moralbegriffe! Stiehl, wenn du stehlen musst! Töte, wenn du töten musst! Sei böse, sei gut, sei eine Hexe – was immer du sein musst! Brenne die Welt nieder und baue sie neu auf! Aber diesen heiligen Ort plündern? Mein Haus bestehlen, mich bestehlen, der ich dir diese bitter nötige Botschaft bringe? Mach irgendwo Halt, Mädchen! Mach irgendwo Halt!«

Er wandte sich Aden zu. »Und du? Bist du ein Opfer? Ist es das, was du sein willst? Ist das die Rolle, die du spielen möchtest? Gefällst du dir als Spielzeug eines Hexenmädchens? Lächerlich. Überlass das anderen und such dir etwas mit mehr Anspruch! Lauf, mein Kleiner, flieh vor ihrem Gift!« Er unterbrach sich und musterte Aden genauer. Seine Augen weiteten sich, als er das Muttermal an Adens Hals sah. »Du! Ich kenne dich! Wo habe ich dich schon mal gesehen?«

Die Frau packte Aden am Arm und zerrte ihn vom Fenster weg. »Komm mit mir«, sagte sie.

Aden riss sich von ihr los. »Noch nicht.«

Sie runzelte die Stirn. Wieder ging ein Strahlen von ihr aus, heller als zuvor. Die Streifen ihres Kleides schillerten in leuchtenden Farben. Ihre Stimme jagte Schauer durch seinen Körper. »Geh schlafen, Alter«, sagte sie sanft. »Ich bin nicht deine Diebin. Ich bin deine Tochter. Geh und warte auf mich! Du bist sehr müde.«

Das Gesicht im Fenster verzerrte sich vor Schmerz, vor Anstrengung. Der alte Mann wich einen Schritt vom Fenster zurück – Triumph leuchtete in den Augen der Frau –, doch dann schüttelte er sich und brüllte: »Ich bin nicht dein Opfer! Ich lasse dir die Haut in Fetzen peitschen! Tochter? Tochter? Du bist keine Tochter, von nichts und niemand bist du eine Tochter! Verschwinde!«

Ihr Licht erlosch. Aden, der sie beobachtete, sah nur noch ein Mädchen mit zitternder Unterlippe, das ängstlich zurückwich. Sie war jung, verletzt und hilflos, genau wie er. Er folgte ihr, als sie sich umdrehte und wegrannte.

»Du! Komm zurück!«, schrie ihm der alte Mann nach. »Siehst du denn nicht die *Macht* in diesem Spiel? Ich habe meine Rolle gewählt! Ich habe meine Rolle gewählt! Nicht die des Opfers! Niemals! Herr und Meister dieses Ortes, das war meine Entscheidung, und was macht es schon, dass sie nie mehr zu meinen Predigten kommen! Entscheide dich für eine Rolle, mein Junge! Etwas darstellen! Etwas mit Anspruch! Komm zurück! Wir müssen reden!«

»Ich bin gerade dabei, mich zu entscheiden«, rief Aden über die Schulter. Er fand die Stimme des Alten längst nicht so verlockend wie das hilflose Schluchzen des Mädchens vor ihm. Immer tiefer in den Wald folgte er dem Rascheln der Blätter und dem Knacken der Zweige, die unter ihren Sohlen zerbrachen. Ihre schwach leuchtende Gestalt huschte wie eine Elfe zwischen den Bäumen hin und her.

Sie wanderte in einigem Abstand vor ihm her, und es schien ihr gleichgültig zu sein, ob er ihr folgte oder nicht. Er hatte sie einmal gerufen; sie war herumgewirbelt und hatte warnend einen Finger auf die Lippen gelegt. *Schsch!* Sie gingen über einen dicken Laubteppich und hielten hin und wieder an, wenn sich etwas im Unterholz regte. »Sei leise!«, wies sie ihn an. Sie verriet ihm, dass sie Charm hieß.

Insekten gaben seltsam klickende Geräusche von sich, und einmal vernahmen sie einen heiseren Laut, der von einem größeren Tier stammen musste. Es preschte davon, als sie näher kamen. Der schwache Schimmer, der jetzt von ihr ausging, erhellte ihren Weg zwischen Eichen- und Kiefernstämmen. Alle zwanzig Schritte blieb sie stehen und lauschte angestrengt. »Kannst du dieses Licht nicht ganz ausmachen?«, fragte er.

»Nein. Ganz auf keinen Fall. Ich kann es notfalls auflodern lassen. Etwa, um einem Heer zu befehlen, sich von einer Klippe zu stürzen. Die Schwachen stechen sich die Augen aus, wenn ich sie darum bitte. Manche können mir widerstehen.« Sie dachte über ihre letzten Worte nach. »Eigentlich bin ich erst zwei oder drei Leuten begegnet, die das konnten. Warum bist du mir gefolgt, ohne dass ich es dir befahl? Ist dir klar, dass du diese Wälder vielleicht nie mehr verlassen wirst?«

»Ich bin nicht so leicht umzubringen, wie du denkst. Zumindest bleibe ich nicht tot. Glaub mir, ich habe es selbst schon versucht.«

Sie sah ihn spöttisch an. »Wenn du heute Abend den Weg zurück findest, wirst du dann morgen wiederkommen? Mit Vorräten für mich?«

»Klar, warum nicht?«

»Ehrlich? Auch dann, wenn mein Körper nicht hier ist, um dich zum Gehorsam zu zwingen?«

»Ich spreche nicht mit deinem Körper.«

Sie lachte. »Du sprichst mit dem Licht, das aus meinem Innern strömt. Der Alte nannte es Gift. Er hat recht.«

»Nein.« Keine einzige Pose, die sie einnahm – selbst wenn sie hasserfüllt und bitter war –, konnte ihrer Schönheit etwas anhaben, sondern verlieh ihr lediglich eine andere Schattierung, wie Licht, das durch verschieden geformte Hände rann. Sie drehte sich um, musterte ihn und warf lachend den Kopf zurück.

»Nicht dein Licht ist Gift«, sagte er. »Du hast es dir nicht ausgesucht. Oder wenn, dann willst du es ganz offensichtlich wieder loswerden. Etwas anderes in dir ist vergiftet. Ich weiß nicht, was es ist. Aber vielleicht war *das* ja die Wahl, die du getroffen hast – und die du nicht bereust.«

Sie schaute ihn nicht an. Eine Weile herrschte Schweigen zwischen ihnen. Dann ging sie weiter.

»Wer war der Alte?«, fragte er. »Der Mann, der dich eine Diebin nannte?«

»Ein Priester«, entgegnete sie und warf ihm einen sonderbaren Blick zu. »Jedes kleine Kind kennt ihn. Er leitet die Kirche, regiert das Dorf. Nennt sich ›der Namenlose‹. Manche halten ihn für einen Hexer oder Heiler. Versteht sich darauf, den Toten ihre Ruhe zu rauben. Weiß weniger, als er zu wissen glaubt, genau wie alle anderen. Predigt Schwachsinn, und keiner hört ihm zu. Warum fragst du? Du solltest das eigentlich wissen.«

»Betrachte mich als eine Art Tourist.«

»Eine Art was?« Sie drehte sich wieder um und starrte ihn durchdringend an. Ihre Stimme klang kalt. »Wer bist du wirklich? Woher kommst du?«

»Ich komme aus ... ich weiß nicht recht, wie ich es sagen soll. Es ist ein Ort, von dem du noch nie gehört hast. Heute Nacht erwachte ich hier aus einem Bilderrahmen ...«

Er brach mitten im Satz ab, als er ihren Gesichtsausdruck bemerkte. »Du bist eines *ihrer* Geschöpfe?« Charm lachte ungläubig. »Warte! Du bist aus einem Bilderrahmen erwacht? *Heute Nacht?*«

»Ja doch. Ist das hier in der Gegend nicht normal?«

Ihre Fingernägel bohrten sich in sein Fleisch, als sie ihn hart am Arm packte. »Bist du in diesen Wäldern erwacht?«

»Nein. In einem fremden Haus. Ich bin auf der Suche nach einer gewissen Muse. Sie hat mich erschaffen.«

Charm musterte ihn lange wortlos von Kopf bis Fuß. »Eines von Muses Werken«, sagte sie schließlich kopfschüttelnd. Das Lächeln, das über ihre Züge huschte, gefiel Aden ganz und gar nicht. »Na, dann komm! Komm mit!«

»Du hast mir noch nicht verraten, wohin wir gehen.«

Wieder lachte sie. »Wir besuchen unsere Mutter.«

»Unsere Mutter?«

»Weißt du eine bessere Bezeichnung für sie? Sie hat uns beide erschaffen. Und ...« Charm hielt den Kopf schräg und horchte. Nicht weit entfernt knackte ein Zweig. »Da ist sie«, flüsterte Charm. Aufgeregt nahm sie seine Hand und gab ihm durch eine Geste zu verstehen, leise zu sein. Sie führte ihn einen schmalen Pfad entlang. Kalte Tropfen fielen von den taunassen Blättern, die sie streiften. Sie kauerten im Schutz eines dicken Eichenstamms nieder. Die Aura, die Charm umgab, war jetzt so schwach, dass man sie für eine unnatürliche Blässe ihrer Haut halten konnte.

Die herannahenden Schritte waren so leicht, dass sie erschraken, als die Frau plötzlich ganz nahe an ihnen vorüberging. Charm presste sich eng an die Rinde, um ihren schwachen Glanz abzuschirmen.

Muse stieß mit ihren Lederstiefeln Zweige und Laub beiseite und warf keinen Blick zu ihnen herüber. Aden erspähte sie kurz im Sternenlicht. Sie war groß und hatte das graue Haar zu einem Pferdeschwanz zusammengebunden. Sie trug eine lange Hose und darüber ein knielanges Kleid mit Kapuze.

Sie hatte einen stolzen Gang und fand ihren Weg durch das Dunkel, als wäre sie ihn unzählige Male gegangen. Muse hielt einen flachen rechteckigen Gegenstand in den Armen, der mit einem schwarzen Tuch aus Samt umhüllt war. Es handelte sich eindeutig um eine Leinwand, die etwa die gleiche Größe hatte wie der Bilderrahmen, aus dem sich Aden gelöst hatte. Muse streckte ihn weit von sich, als käme es sie hart an, ihn überhaupt anzufassen.

Als sie sich ein gutes Stück von ihnen entfernt hatte, flüsterte Aden: »Das ist sie?«

»Unsere Mutter«, wisperte Charm. Als sie seinen Blick sah, fügte sie hinzu: »Wie sollen wir sie sonst nennen?«

»Sie hat dich auch erschaffen?«

»Natürlich. Oder komme ich dir normal vor?«

»Wohin geht sie?«

»Wo sie seit neun Nächten hingeht. Morgen wird sie wieder zurück sein. Auf eine mondbeschienene Lichtung. Komm! Aber sei leise! So tief in den Wäldern erwachen mitunter die Bäume und beginnen zu sprechen. Ich sage dir das vorher, damit du nicht erschrickst und aufschreist, wenn es geschieht. Bleib ruhig, was immer wir sehen oder hören werden!«

Charm führte ihn durch das Gewirr von Stämmen. Der Waldboden war weich und federte unter seinen Sohlen. »Sie will die Welt umbringen!« Charms Raunen klang erregt, und sie umklammerte seine Hand fester. »Warte ab! Warte ab, bis du siehst, was sie da mitschleppt! Sie will die Gemälde zum Leben erwecken und auf den Rest der Menschheit loslassen. So wie sie es mit uns gemacht hat.«

Aden schien es, als hätten sie in dem Labyrinth der Bäume Muses Spur verloren. Aber unvermittelt blieb Charm stehen, hob eine Hand und hauchte: »Da!« Eine Lichtung lag vor ihnen. Die Frau namens Muse stand in ihrer Mitte, umringt von säulengleichen Bäumen, die hoch über das Dach des Waldes aufragten. Durch die kreisförmige Öffnung im Geflecht der Baumkronen sickerte Mond- und Sternenlicht.

Neun Gemälde lehnten an den Sockeln dieser Baumsäulen.

Als hätte Charm gespürt, dass er Luft zum Sprechen holte, legte sie warnend einen Finger an die Lippen. Er hatte fragen wollen, wie alt Muse war, denn er konnte sie nur schwer einschätzen. Sie hatte nichts Jugendliches an sich, aber sie wirkte auch nicht alt oder gar gebrechlich. Lange Zeit stand sie vollkommen still, wie verwurzelt mit dem Waldboden, ein Gewächs der Natur.

Langsam lehnte Muse das mitgebrachte Porträt an den Sockel eines Baumstamms und rückte es zurecht, bis es ganz aufrecht stand. Dann löste sie das schwarze Samttuch und ließ es auf den Waldboden fallen.

Nun trat sie zurück, die Arme vor der Brust verschränkt, eine Hand unter dem Kinn, und beobachtete, wie Mondlicht auf das Gemälde fiel. Sie schien auf etwas zu warten. Sie schüttelte den Kopf, vielleicht enttäuscht, und murmelte Worte, die nicht bis zu ihnen an den Rand der Lichtung drangen.

Muse ging zum nächsten Gemälde, starrte es eine Weile an, dann zum nächsten, bis sie den Kreis vollendet hatte. Es war klar, dass irgendetwas sie beunruhigte.

Aden konnte die Bilder nicht in allen Einzelheiten erkennen, mit Ausnahme der neuen Leinwand, die sie eben erst enthüllt hatte. Aus der Ferne wirkten viele Details verschattet. Er sah eine Gestalt in einem schwarzen Umhang, mit bösen, blutrot funkelnden Augen. Sie stand über einem gähnenden Riss in der Erde, beide Füße gegen den Abgrund gestemmt. Und Aden war sicher, dass diese Augen ihn anstarrten, dass diese Blicke ihn durchdrangen.

Er zuckte zusammen, als Charm dicht neben seinem Ohr raunte: »Sie wartet. Sie will, dass sie erwachen. Aber nichts geschieht, und sie weiß nicht, warum. Sie hat Angst. Wahrscheinlich befürchtet sie, dass sie ihre magischen Kräfte verloren hat. Siehst du diese Bilder? Sie sind ihr Schoß. Das Mondlicht erweckt sie zum Leben, so wie es uns zum Leben erweckte, und sie treten aus ihren Rahmen. Nicht alle werden lebendig. Die im Schloss haben keine Ahnung, dass sie diese Macht besitzt. Und selbst wenn sie es wüssten ...« Charm stieß ein leises, boshaftes Lachen aus. »Was könnten sie tun? Sie half bei der Entstehung der Welt. Warte, bis die da erwachen! Wenn sie es je tun.«

Er betrachtete angestrengt die übrigen Porträts, konnte aber keine Einzelheiten ausmachen. Die blutroten Augen starrten ihn immer noch durchdringend an. »Können wir gehen?«, fragte er sie.

Charm warf ihm einen sonderbaren Blick zu. Sie hatte ihn, wie es schien, zum Augenzeugen eines Verbrechens gemacht und erwartete nun, dass er ihre Empörung teilte.

Sie erhob sich und gab ihm durch einen Wink zu verstehen, dass er ihr folgen solle. Leise schlichen sie davon.

Auf der Lichtung glaubte Muse im Augenwinkel kurz einen weißen Schimmer zwischen den Bäumen zu sehen, aber gleich darauf war er verschwunden, und sie schenkte der Sache keine weitere Beachtung.

»Also gibt es noch mehr von unserer Sorte?«, fragte er. Sie mussten nicht mehr darauf achten, leise zu gehen. Die Morgendämmerung war noch fern. Hin und wieder hallten die Rufe von Nachtvögeln durch den Wald.

»Ja«, entgegnete Charm. »Aber es sind nicht mehr viele übrig. Slythe, der Meuchelmörder, gehört zu uns. Er lebt im Schloss. Und vermutlich noch ein paar andere. Wir unterscheiden uns von den normalen Menschen. Muses Geschöpfe besitzen in der Regel irgendeine besondere Gabe. Ich hoffe, du bekommst nie das Talent von Slythe zu spüren – obwohl das keineswegs ausgeschlossen ist. Er macht sich einen Spaß daraus, uns zu jagen.«

»Worin besteht meine Gabe? Ich kann nichts Besonderes an mir feststellen.«

»Etwas an dir muss außergewöhnlich sein.« Sie drehte sich um und betrachtete ihn abschätzend. »Es ist verborgen, was immer es sein mag. Du kommst nicht von hier, sagst du? Das ist schon mal ein Unterschied. Aber es muss noch etwas anderes geben.«

Sie führte ihn über kleine Rinnsale, umgestürzte, dick mit Moos überwachsene Stämme, durch ein so verschlungenes Gewirr von Trampelpfaden, dass er jeden Richtungssinn verloren hatte, geschweige denn sagen konnte, wo sich die Kirche, der Fluss oder das Haus der Gorrs befand. Endlich, endlich zog der Morgen herauf; sie konnten auf Charms Aura als Wegweiser verzichten, und das war gut so, denn solange das Licht sie umfloss, vermochte er kaum, einen klaren Gedanken zu fassen. »Eine lange Nacht«, stellte er fest.

»Sie dehnen sie nach ihrem Gutdünken aus. Die Zeit wird verlangsamt, aber nicht angehalten. Nur die ganz Großen können sie völlig zum Stillstand bringen.« Sie schob sich zwischen hohen Farnwedeln durch, die an Hände mit weit gespreizten Fingern erinnerten. »Da wären wir. Das ist mein Heim, eines von mehreren. Wir befinden uns nicht allzu weit von der Stelle entfernt, wo ich auf dich stieß.«

Ein kleiner Bach plätscherte an einer Felsvertiefung in der Flanke eines Hügels vorbei. Decken und Bettzeug, wahrscheinlich Geschenke der Männer, die sie verehrten, säumten die hinteren Höhlenwände. In der Nähe eines halb erloschenen Feuers standen einige mit Tüchern zugedeckte Körbe. Der Geruch von altbackenem Brot erfüllte die Kammer.

»Du könntest jeden Mann dazu bringen, dir ein Herrschaftshaus zu errichten«, meinte Aden nach einem Blick auf die karge Ausstattung.

»Nicht, wenn mich seine Gemahlin zu Gesicht bekäme. Oder sonst eine Frau.«

»Weshalb nicht?«

»Weil sich meine Anziehungskraft auf Männer bei Frauen ins Gegenteil verkehrt. Sie würden mich am liebsten alle umbringen.«

»Das verstehe ich nicht.«

Sie lachte spöttisch. »Sie können nichts dafür, ebenso wenig wie die Männer. Selbst Großmütter, die friedlich bei ihrer Handarbeit sitzen, werden sich mit ihren Stricknadeln auf mich stürzen, wenn ich mich in ihre Nähe wage.« Sie setzte sich auf ein Kissen, holte aus einem der zugedeckten Körbe ein Stück Brot heraus und warf es ihm zu. »Außerdem sind nicht alle Männer so passiv wie du. Manche würden versuchen, mich mit Gewalt zu nehmen. Was ihnen alles andere als gut bekäme.« Sie lachte. »Verstehst du dich aufs Angeln? Nicht weit entfernt ist ein Bach. Ich habe Ruten und Leinen. Im Erdreich vor der Höhle findest du Würmer.«

Aden zuckte mit den Schultern und setzte zu einer Antwort an, als er in der zunehmenden Helligkeit gleich neben dem Höhleneingang etwas unter einer dünnen grauen Decke liegen sah – eine klobige Masse mit verdächtig menschlichen Umrissen. Charm folgte seinem Blick und war mit einem Satz aufgesprungen. Ihr Kleid glitt zu Boden, und sie stand nackt vor ihm, mit einem herrlich makellosen Körper, glatt und weich. »Schau!«, sagte sie. »Schau mich an!«

Aden wandte sich von ihr ab. Als er mit dem Fuß gegen die Erhebung stieß, vernahm er ein Geräusch wie das Klimpern von Münzen. Er bückte sich und zog die Decke weg. Der Tote war nicht sofort zu erkennen – nur der Helm und die Uniform verrieten, wen er vor sich hatte. Das Gesicht des Sergeants war verschrumpelt und ausgetrocknet wie alte Rinde. Die geschwärzten Lippen waren so weit zurückgezogen, dass sie die gebleckten Zähne freigaben. Adens Eingeweide verkrampften sich. Hastig deckte er den Leichnam wieder zu. »Schau mich an!«, sagte Charm noch einmal leise. »Ich werde dich nicht in meinen Bann ziehen, nicht jetzt. Aber wenn du mich willst – ich gehöre dir. Du wirst nicht wie er enden. Wenn ich das gewollt hätte, wärst du schon längst nicht mehr am Leben.«

»Sieht so aus, als hätte ihm etwas den letzten Tropfen Feuchtigkeit aus dem Leib gesogen. Ich kann nicht sagen, dass er mir übermäßig leidtut. Der Kerl war selbst kein Muster an Mitgefühl. Aber was hast du ihm angetan?«

»Nichts. Er scheint in den Wäldern verhungert zu sein. Das ist alles. Ich schleppte ihn hierher, um ihn heute Morgen würdig zu bestatten. So viel ist man einem Geschöpf schuldig, das eine Seele besitzt.«

»Du hast nicht oft Gesellschaft, oder? Aber du wusstest nicht mehr, dass er in deiner Höhle lag. Ist das nicht auch etwas Abnormes? Einen Toten so ganz und gar zu vergessen?«

»Ich habe ihn nicht umgebracht. Ich fand ihn vor zwei Tagen.«

»Ich begegnete ihm heute Nacht.« Er ließ das Brot fallen, das sie ihm zugeworfen hatte. »War wirklich nett, dich kennenzulernen.«

Sie trat hinter ihn, umklammerte ihn und presste ihre Brüste an ihn. »Schau! Schau mich an! Ich setze meine Magie nicht gegen dich ein. Ich gehöre dir. Du wirst der Erste sein. Der Erste, der mich bekommt, der mein wahres Ich kennenlernt. Nimm es! Nimm es dir!«

»Ein anderes Mal vielleicht.« Er schob sie sanft von sich und trat vor die Höhle. Der Himmel war rosa-weiß und mit Wolken übersät.

KAPITEL 6
Der Mechaniker

Mehrere Meilen nördlich der Waldausläufer, in denen Aden auf der Suche nach einer Straße umherirrte, erhob sich ein einsamer Backsteinbau wie eine Insel inmitten von Waldwiesen, Hohlwegen, Bäumen und einem klaren, kalten Wasserlauf, der von den Bergen herabsprudelte. Der Hof erstreckte sich bis zu einem langen Hügelzug, der in ein Tal mündete. Dahinter ragte eine Bergkette auf, blau mit eisbedeckten Gipfeln; der Weltenmacher selbst war einst vom Himmel herabgestiegen und hatte die geschmolzenen Felsmassen zu Kegeln geformt und mit Schnee überpudert.

Gegenwärtig aber würde ein Betrachter weder die herrliche Aussicht bewundern noch besondere Notiz von dem Mann nehmen, der die Hintertreppe des Hauses hinunterlief, obwohl dieser Mann nicht leicht zu übersehen war. Er hatte breite Schultern und einen Brustkorb, der an ein Fass erinnerte; ein Hüne, dem die Zeit nichts anzuhaben vermochte, so alt wie diese Welt oder gar noch älter – aber auch wieder jung, als hätte die unablässige Brandung der Zeit alles ausgewaschen und abgeschliffen, was altern konnte. In seinen Augen leuchtete das Feuer von Edelsteinen, die sich in Jahrmillionen unter dem langsamen, ungeheuren Druck der Erdschichten oder durch die allmähliche Ansammlung von glitzernden Sedimenten gebildet hatten.

Da er seit Langem keinen Wert mehr auf Äußerlichkeiten legte, begnügte er sich mit einer schlichten Jeansweste, die seine sonnengebräunte Haut und das Spiel der Muskeln unter der grau behaarten Brust betonte. Die Leute nannten ihn den »alten Drachenmann«, und manche verehrten ihn wie einen Gott. Er selbst nannte sich Tom und rümpfte die Nase über alle Beinamen, die sie ihm gaben.

Aber die Aufmerksamkeit eines Fremden würde in diesem Moment nicht auf Tom fallen. (Tom war auf der rückwärtigen Veranda stehen geblieben und hatte einen Blick zum Himmel geworfen, weil ihn plötzlich das Gefühl überkam, dass ihn jemand *beobachtete*.) Weit bemerkenswerter war das gigantische Geschöpf mit dem roten Schuppenleib und den mächtigen Schwingen, das des Nachts seine Berghöhle verlassen und sich talwärts begeben hatte. Die »Großen Roten«, wie Tom sie nannte, waren die größten und wildesten Drachen, die in den Bergen jenseits seines Hinterhofs hausten. (Und wenngleich das kaum jemand wusste, gab es sie mittlerweile nur noch dort.)

Der hier war jung und ein Kümmerling, hatte aber doch etwa die Länge von Toms Haus – ohne den Schwanz, der wie eine prähistorische Schlange aussah und sich ohne Weiteres um das ganze Gebäude wickeln ließ. Die kurzen Beine, die sich mit ihrer schweren Last plump und unsicher bewegten, hinterließen tiefe Dellen im Gras und richteten ein gewaltiges Unheil in Toms Gemüsegarten an. Winzige Goldflitter hingen an seinem Bauch, Kostbarkeiten, welche die Jungtiere aus dem Nest stahlen oder von ihren Eltern erbettelten. Die Erwachsenen gaben ihnen gerade so viel von ihren Schätzen, dass sich die Halbwüchsigen nicht zusammenrotteten und den gesamten Hort für sich forderten.

Der Drache wandte sich Tom zu, der immer noch reglos auf der Hintertreppe stand und zum Himmel starrte, denn das Gefühl, beobachtet zu werden, war für ihn weit unheimlicher als der Anblick des Großen Roten.

Der Drache, gar nicht erbaut darüber, dass seine Größe und Kraft nicht ausreichten, um die Aufmerksamkeit des Menschen zu fesseln, entblößte seine Fänge und brüllte so laut, dass die Fenster klirrten.

Tom zog ein Paar schwarze Handschuhe an, um seine Finger gegen die scharfen Ränder der Schuppen zu schützen. Er lief die restlichen Stufen hinab in den Garten, entdeckte die Verwüstung und sagte: »Du kleiner Stinker!« Der Drache sah ihn näher kommen. »Was verschafft mir die Ehre, mein Freund? Hm? Ein Kampf mit den Größeren vielleicht? Oder ein Grüner hat dir Schwefeldampf in die Höhle gefurzt? Du brauchst eine neue Bleibe? Ich kann dich hier schlecht unterbringen, und ich denke nicht daran, die Unmengen an Futter ranzuschaffen, die du verschlingst! Ab, marsch, zurück in die Berge mit dir! Du vergibst dir nichts, wenn du dich bei deinen Alten entschuldigst. Was, das machst du nicht? Na, du weißt ja, was jetzt passiert.« Tom straffte die Schultern.

Der Drache hatte bestimmt nicht die Absicht, ihn zu töten. Die Kerlchen wollten scherzen wie die jungen Hunde, aber kein normaler Mensch würde so einen spielerischen Prankenhieb oder Biss, geschweige denn eine Wolke ihres Pestatems überleben. Er musste ihn mit sanfter Gewalt vom Hof locken und hoffen, dass er freiwillig heimflog. Wenn nicht, blieb ihm keine andere Wahl, als ihn etwas härter anzufassen und dann selbst in die Berge zurückzureiten. (Andernfalls machte der Bursche nur Unfug und erschreckte die Dorfbewohner oder verbrannte sie gar zu Asche.)

Er schickte sich an, ihm auf den Nacken zu springen, doch im gleichen Moment erlebte er die zweite Überraschung: Die Zeit stand plötzlich still.

Ganz im Gegensatz zu Tom. Er krachte in die Flanke des plötzlich erstarrten Drachen und schnitt sich den Unterarm an den korallenscharfen Schuppen auf. Blut spritzte, aber es war kein rotes Blut, sondern flüssiges Licht.

Tom plumpste zu Boden, fluchte über die Schnitte und riss einen Stoffstreifen von seiner Hose, um die Wunden zu verbinden. »Komischer Morgen«, murmelte er. Das Gefühl, dass ihn jemand beobachtete, war immer noch sehr real. Er legte den Kopf in den Nacken und starrte erneut mit gerunzelter Stirn zum Himmel.

Ein schriller Laut zerriss die Stille. Er kannte seinen Ursprung – eine Silberpfeife –, obwohl es eine Ewigkeit her war, seit er ihn zuletzt gehört hatte.

Er rannte zu dem purpurroten Truck in seiner Auffahrt. Trucks waren kurz nach dem Bau des Großen Netzes aufgetaucht, fast als hätte sie der Weltenmacher mit seinen Träumen in diese Welt geschleust, zusammen mit so vielen anderen bis dahin unbekannten technischen Neuerungen wie Kameras, Fernseher, Sitzrasenmäher und Radios (die gegenwärtig allerdings nur statisches Rauschen von sich gaben).

Aus reiner Gewohnheit ließ Tom seine Blicke bis ans Ende der Auffahrt schweifen. Jenseits des Hofes lauerte manchmal der Mann, der ihn am liebsten tot gesehen hätte. Der Meuchelmörder. Keine Spur von ihm heute ... und zum Glück auch keine Spur von den Anhängern des Tom-Kults. Letzte Woche war ihm ihre Schleimerei so auf die Nerven gegangen, dass er sie eimerweise mit stinkendem Putzwasser übergossen hatte, bis sie ihre Gesänge vor dem Zaun abgebrochen und ihn endlich in Ruhe gelassen hatten.

Er ließ den Motor aufheulen, stieg in die Eisen und jagte durch den Torbogen aus polierten Drachenrippen. In dem Moment, da er das Grundstück hinter sich gelassen hatte, schrumpfte sein Körper. Das Alter packte ihn mit hartem Griff, mit Runzeln und Falten, Beschwerden und Schmerzen. Er war immer noch stark, jedoch bloß noch Herr über alles und nichts.

Aber nun stand die Zeit still. Vögel hingen reglos am Himmel. Die Tropfen und Sprühnebel eines Wasserfalls, an dem er vorbeikam, waren in der Luft erstarrt. Tom hatte diesen Sturzbach selbst gemacht. Er hatte die Wälder mit Bäumen seiner Wahl ausgestattet. Er hatte die Berge mit Granit aufgefüllt, nachdem die Hände des Weltenmachers sie geformt und sich wieder zurückgezogen hatten. Er hatte sie mit Höhlen versehen und die selten benutzten Pfade ausgetreten, die sich zu den versteckten Almen hinaufwanden. Er hatte die Feinarbeit erledigt, die Dinge vollendet, die der Schöpfer Weltenmacher übersehen hatte. Und als seine Kräfte schließlich nachließen und ganz zu schwinden drohten, hatte er noch das Schloss

Eisennetz errichtet ... etwa zu dem Zeitpunkt, da der Weltenmacher seine Schöpfung zu vergessen begann.

Tom raste mit einer Meile pro Herzschlag dahin. Der Truck jagte wie ein verwischter Purpurblitz über alte, unbefestigte Waldwege, schoss zwischen den Bäumen entlang, überquerte Bäche und kleine Schluchten.

Endlich hielt er auf einer Straße mit hektischem Verkehrsgetümmel. Ein junger Mann lag da, um ein Haar zu Tode getrampelt. Neben dem jungen Mann stand jemand, den Tom sein Leben lang gekannt hatte, und sein Leben währte nun schon verdammt lange. Der Mann hatte keinen Namen, aber falls jemand hartnäckig auf einer näheren Bezeichnung bestand, schlug er meist vor, man solle ihn den »Mechaniker« nennen. Er hielt ein Buch in der Hand und wippte mit der Schuhspitze ungeduldig auf und ab.

Aden war mitten in der Bewegung erstarrt. Sein Kopf hing nach unten, sein Körper hatte die Fünfundvierzig-Grad-Neigung eines wurfbereiten Speers – und das seit mehreren Minuten. Er war bei Bewusstsein. Seine Augen brannten, weil er nicht blinzeln konnte. Er war irgendwie nicht erstickt, obwohl er zu atmen aufgehört hatte. Ein unangenehmes Gefühl ...

Wäre der Stillstand nur eine Sekunde später gekommen, hätten ihn Pferdehufe zermalmt. Er hörte das Quietschen von Reifen, als Tom seinen Truck abbremste. Er hörte, wie die Fahrertür aufgerissen und zugeschlagen wurde. Aber es gelang ihm nicht, den Kopf zur Seite zu drehen und sich ein Bild von seiner Lage machen. Toms Stiefel stampften über Schotter und Kies.

Seit die Zeit stehen geblieben war, vernahm er das ungeduldige Wippen einer Schuhspitze, das ihn halb wahnsinnig machte. Einmal war der Mann in sein Blickfeld geraten; Aden sah, dass er einen schlichten schwarzen Anzug trug und ein Buch in der Hand hielt. Das Zeug, das der Mann vor sich hin brabbelte, klang nach unverständlichen mathematischen Formeln.

Aden hatte irgendwann den Waldrand und eine unbefestigte Straße erreicht, die auf der Gegenseite von ein paar heruntergekommenen Häusern gesäumt wurde. Zu seiner großen Verblüffung hatte sich die menschenleere Straße Sekunden nach seiner Ankunft in ein lärmendes Verkehrsgetümmel verwandelt, das sich in beide Richtungen erstreckte, so weit das Auge reichte: verbeulte Trucks; Männer zu Pferde (und auf anderen Reittieren, plumpen sechsbeinigen Geschöpfen mit niedriger Schulterhöhe und langem weißem Fell); gesattelte Riesenvögel, die Ähnlichkeit mit Straußen besaßen, aber vermutlich flugfähig waren, da sie viel größere Flügel hatten; dazu Leute auf Fahrrädern, die fröhlich ihre Klingeln betätigten. Die Kleidung der Menschen umspannte alle Epochen und Stile. Man sah mittelalterliche Bauernkittel neben Geschäftsanzügen, wobei Letztere alles andere als elegant wirkten, als wüssten ihre Träger nicht, wie man mit diesen Dingern Eindruck erweckte. Obwohl das plötzliche Erscheinen dieser bunt gemischten Schar nach Adens Ansicht kaum seltsamer war als er selbst – ein Toter, der unter Lebenden wandelte –, hatte es ihm doch einen Schock versetzt ...

Er vermutete, dass die Straße in das geschäftige Zentrum einer größeren Stadt führte und dass die Bauern mit Karren und Körben dorthin unterwegs waren, um ihre Erzeugnisse feilzubieten. Kutscher und Fahrer der absonderlichsten Gefährte versuchten einander in dem zähen Verkehrsstrom zu überholen. Weiter hinten lieferten sich zwei von ihnen am Straßenrand ein Duell auf Leben und Tod, von belustigten Passanten durch gellende Pfiffe angefeuert und mit matschigem Obst beworfen. Verkehrsrowdytum war offenbar eine universelle Krankheit.

Ein kleines Fuhrwerk ratterte an Aden vorbei. Er sah zuoberst ein kleines, gerahmtes Bild seines Großvaters. Als er es an sich nahm, entdeckte er auf der Ladefläche ganze Stapel davon, die offenbar für einen Verkaufsstand mit Ramschware bestimmt waren. Er zeigte das Bild mehreren Fremden und erkundigte sich, ob sie den Mann kannten, den es darstellte. Die Antwort war in der Regel ein sarkastisches »Nein« oder ein ärgerliches »Was zum Henker soll die Frage?«.

Er erklärte einem älteren Mann, dass dieses Bild seinen Großvater darstellte. Der Mann lachte bitter und nannte ihn einen dreckigen Lügner. Fauliger Atem und ein Schwall von Spucketröpfchen schlugen Aden entgegen.

In diesem Moment erkor ihn ein etwa neunjähriger Junge zur Zielscheibe und bewarf ihn von der Ladefläche eines Lieferwagens mit einer weichen runden Frucht. Sie traf Aden an der Stirn und zerplatzte. Klebriger, säuerlicher Saft lief ihm über das Gesicht.

Aden rastete aus. »Jetzt reicht es aber, ihr Arschlöcher!«, brüllte er. Er bewaffnete sich mit Steinen und schleuderte sie nach jedem Gefährt in Reichweite, ohne zu merken, dass er dazu ein irres Lachen ausstieß. Er riss einen Gemüsekorb vom Lenker eines Fahrrads und verteilte den Inhalt auf der Fahrbahn.

Anfangs versuchten die meisten Fahrer, ihm auszuweichen. Einige stachelten ihn noch auf. Er kreischte schrill, um die Pferde scheu zu machen. Die blieben gelassen, aber die straußenähnlichen Vögel gerieten in Panik. Sie flogen mit lautem Gezeter davon, während ihre Reiter an den Zügeln zerrten und in der Luft Todesdrohungen ausstießen. Mehrere von Adens Steinen zerschmetterten Fahrzeugfenster oder trafen Reiter, die aus dem Sattel kippten.

Ein Mob rottete sich zusammen und stürmte mit Rechen, Messern und wütend gefletschten Zähnen auf ihn los. Aden sprang auf die hintere Stoßstange eines Trucks und schrie Schimpfwörter. Ringsum hagelte es Wurfgeschosse. Der Brummifahrer verlor die Nerven, stieg aufs Gas und schleuderte von der Fahrbahn auf den grasbewachsenen Seitenstreifen. Der Mob jagte hinterher. Jemand schlug Aden einen schweren Gegenstand auf den Hinterkopf. Es war eine Messingstatuette, die seinen Großvater in einer pompösen Robe auf einem Thron sitzend darstellte. Eher verblüfft als verletzt kippte er von der Stoßstange. Und mitten im Sturz überraschte ihn der Zeitstillstand. Seitdem hing er schräg über der Bankette, Auge in Auge mit der ebenfalls schwebenden Statuette von Herbert Keenan.

Eine Zeit lang herrschte vollkommene Erstarrung und Stille. Er konnte weder seinen Herzschlag hören noch die Augenlider bewegen. Dann näherten sich leichte Schritte. Ein Mann trat in sein Blickfeld, hager und streng. (Genau so, dachte Aden, mussten die Steuerprüfer dieser Welt aussehen, falls es auf dieser Welt Steuerprüfer geben sollte.)

Der Mann hielt in einer Hand ein Buch und in der anderen eine Stoppuhr. Er blieb an einer Stelle stehen, wo Aden nur noch seine glänzend gewichsten schwarzen Schuhe sehen konnte. Er hatte nicht gesehen, dass der Mann eine Silberpfeife aus seiner Tasche zog, doch der klare, durchdringende Ton zerriss diese Stille lauter als jedes andere Geräusch.

Der Fremde stand wartend da und wippte mit der Schuhspitze. Aden wartete ebenso ungeduldig, gefangen in einem Rahmen der Erstarrung, während der glänzend gewichste Schuh auf und ab wippte. Zwei Dinge wünschte er sich in diesem Moment sehnlicher als alles andere – die Augenlider bewegen und laut schreien zu können: »Hör auf, mit deinem blöden Fuß zu wippen!«

Ein Stiefelpaar rückte in sein Blickfeld. Das Material, aus dem es gefertigt war, hatte Ähnlichkeit mit grünen Metallschuppen, machte beim Gehen aber Falten wie weiches Leder. Jemand bückte sich mit knirschenden Gelenken und knackenden Muskeln, um einen Blick auf ihn zu werfen.

Tom wandte sich dem Mann mit dem Buch zu und sagte: »Kein ›Hallo‹? Kein ›Wie geht's?‹?«

»Wozu denn?«, entgegnete der Mann mit dem Buch. Er sprach schnell und ausdruckslos. »Ich bin eine Funktion. Keine Person.«

Tom zog eine Augenbraue hoch. »Wenn es nach dir geht, ist jede Person eine Funktion.« Er ließ seine Blicke über den erstarrten Verkehr wandern. »Das habe ich früher auch mal beherrscht. Erinnerst du dich?«

»Was? Pünktlichkeit? Oder das Anhalten der Zeit?«

Tom lachte. »Auch wenn du es leugnest, du bist eine Person. Funktionen werden nicht ungeduldig. Aber ich meinte das Anhalten der Zeit.«

»Ja«, sagte der Mann mit dem Buch und kritzelte rasch ein paar Zeilen. »Ich erinnere mich. Du bist inzwischen ganz schön geschrumpft.«

»Die *Welt* ist geschrumpft«, fauchte Tom. »Ich weiß, dass ich sie erschaffen habe, aber vertiefen wir das nicht weiter.« Er kniete neben Aden nieder und fuhr mit einer Hand vor seinem Gesicht auf und ab. »Und? Was ist so ungewöhnlich an dem da, dass du die Zeit anhältst und mich von der Farm wegholst?«

»Erkennst du ihn nicht, Tom?«

»Müsste ich das?«

»Er ist in den Träumen erschienen. Und das nicht nur einmal.«

»Er ist *was*?«

»In den Träumen erschienen. Von Anfang an. Gehört dazu, seit du das Schloss errichtet hast. Er ist ›heilig‹. Viele kirchliche Kunstwerke stellen ihn dar.« Der Mann sprach ohne Punkt und Komma. »Scheint eine Schöpfung von Muse zu sein. Kein Uhrwerk offensichtlich. Wenn du mich fragst – er ist unsere letzte Chance! Auf ihn haben wir gewartet, ob du ihn magst oder nicht. Und wohlgemerkt, das beruht nicht auf einem Verdienst oder einer angeborenen Besonderheit von seiner Seite. Ich beobachte ihn schon lange.«

Tom kam so nahe heran, dass Aden seine Barthaare auf der Haut spürte, und starrte ihm prüfend ins Gesicht. »Worauf beruht seine Bedeutung dann?«

»Auf zwei Dingen. Erstens übt er einen starken *Einfluss* aus. Und zweitens kommt er von einer anderen Welt.«

Tom tippte Aden mit einem seiner gichtigen alten Finger auf die Stirn. »Warum ist er mit Saft verklebt? Ich finde nichts

Außergewöhnliches an ihm. Keine Spur von einer anderen Welt.«

Der Mann mit dem Buch wippte wieder mit der Schuhspitze. »Wie lange ist es her, seit du die Farm verlassen hast?«

»Ich habe aufgehört, die Zeit mitzuverfolgen. Warum?«

»Siehst du, wie hektisch es auf dieser Straße zugeht? Oder zuging, ehe ich die Zeit anhielt? Gedränge, Menschen, Tiere, all das. Davor? Keine Spur von Betriebsamkeit. Seit ewigen Zeiten nicht mehr. Keine Menschen, keine Uhrwerke.« Er wies mit dem Daumen auf Aden. »Bis *er* die Straße sah. Da entstand mit einem Mal Lärm und Leben, das Gewimmel, das hier früher mal herrschte. Die Realität erinnerte sich. Ich sage dir eines: Bring ihn in ein Dorf, in eine Stadt deiner Wahl, und es wird das Gleiche geschehen. Seine Anwesenheit wird die Orte zum Leben erwecken. Die Uhrwerke werden sich wieder in Bewegung setzen.«

Tom rieb sich das Kinn. »Das hat etwas für sich. Aber wir haben uns schon öfter getäuscht. Erinnerst du dich an Sir Devon? Diesen idiotischen Ritter mit seinem leuchtenden Schwert?«

»Es ist zu spät für Bedenken dieser Art.«

»Vielleicht. Warum gibst du dich übrigens so locker? Ist das hier nicht der größte Tag in deinem Leben? Der Beginn der ›Struktur‹?«

»Genau. Aber die Struktur begann bereits gestern. In Days Past. Im Badezimmer der Gorrs.«

Tom zupfte an seinem Bart herum. »Der Gorrs? Kenne ich nicht. Leute von Belang?«

»Noch nicht.«

»Woher stammt unser Neuer?«

»Ein Fremder. Ein Alien. Buchstäblich von einer anderen Welt. Leid war die Kraft, die ihn formte. Muse erschuf ihn aus Leid. Wenn du ihn jetzt so ansiehst, ist das nicht ohne Weiteres erkennbar.«

»Klar wie Kloßbrühe«, sagte Tom. Er seufzte. »Nun ja. Das ist er also.« Er musterte die Hufe, die gefährlich nahe an Aden in der Luft erstarrt waren, und die Wagenräder, die ihn wahrscheinlich eine halbe Sekunde später überrollt hätten, wenn sie nicht zum Stillstand gekommen wären. Tom schnippte mit dem Daumennagel gegen die Pferdehufe. »Wie kann er sich gleich am ersten Tag seines Daseins hier in akute Todesgefahr begeben, wenn er so wichtig ist? Und wie willst du ihn aus dieser prekären Lage befreien? Was soll er deiner Ansicht nach tun? Sobald das Räderwerk der Zeit wieder anläuft, wird er niedergetrampelt. Um ihn in Sicherheit zu bringen, musst du dich ihm zu erkennen geben. Oder sonst eine verdammt gute Erklärung für diesen plötzlichen Ortswechsel parat haben.«

»Genau. Ich gebe mich ihm zu erkennen.«

Tom schnippte dicht vor Adens Gesicht mit den Fingern. »Warte! Weshalb leuchten seine Augen rot?«

»Weil er bei vollem Bewusstsein ist.«

»Er ist *was*?«

»Bei Bewusstsein. Er hat uns voll wahrgenommen, auch wenn er vermutlich kaum ein Wort von unserem Gespräch begreift.«

»Niemand kann dich wahrnehmen!«

»Ich sagte dir, dass er nicht mit den anderen zu vergleichen ist.«

Tom schüttelte ungläubig den Kopf. »Weck ihn auf! Er kann die Augenlider nicht bewegen.«

»Das war notwendig. Die einzige Möglichkeit, ihn aus dieser Lage zu ...«

»Quatsch nicht, sondern weck ihn auf!«

Der Mann mit dem Buch zog eine silberne Uhr aus der Tasche und drückte auf den Knopf. Aden rollte in die reglosen Hinterhufe des Pferdes. Ein heftiger Schmerz durchzuckte ihn. Er hustete, keuchte wie jemand, der aus dem Wasser auftaucht, rieb sich die tränenden Augen. Blinzeln war ein Luxus, den er nie wieder für selbstverständlich erachten würde. Er schlug mit der Faust nach dem älteren Mann, der sich bückte, um ihn unter dem Pferd hervorzuziehen.

»Ich bin tot«, sagte Aden. »Lass mich in Ruhe!«

»Freut mich, einen Toten kennenzulernen. Ich bin Tom.«

»Er heißt Aden«, mischte sich der Mann mit dem Buch ein.

»Zeigt mir eine Klippe«, erklärte Aden. »Dann springe ich. Oder gebt mir eine scharfe Klinge. Dann heißt es, Pulsadern adios. Wieder einmal. Ich meine es ernst.«

»Kann ich nicht zulassen«, entgegnete der Mann mit dem Buch, ohne von der Seite, die er gerade las, aufzuschauen.

Tom packte ihn an den Schultern und schüttelte ihn. »Nun reiß dich mal zusammen!«

»Leicht gesagt! Ihr habt ja keine Ahnung, wie tief ich in der Scheiße stecke!«

»Oh doch, weil ich das alles arrangiert habe«, murmelte der Mann mit dem Buch. »Aber jetzt wartet Arbeit auf dich. Es gilt eine Welt zu erhalten. Nicht zu retten, wohlgemerkt. Zu erhalten.«

Aden klopfte sich den Straßenschmutz von der Hose. »Schön«, fauchte er. »Aber ich will Jungfrauen. Ohne irgendwelche blöden Tricks im Ärmel. Und ein Pferd. Und magische Kräfte.«

Der ältere Mann schüttelte ihn erneut, diesmal etwas heftiger. »Reiß dich zusammen!«

Aden brach zu seiner eigenen Überraschung in Tränen aus. Tom schaute den Mann mit dem Buch an. »Das ist mir vielleicht ein Held.«

»Tut mir leid«, sagte Aden und wischte sich mit dem Ärmel über das Gesicht. »Welche Welt übrigens?«

Ein paar Minuten später hatte er sich beruhigt. Auf der Straße regte sich immer noch nichts. Tom stellte den Mann mit dem Buch als den Mechaniker vor. Der Mechaniker wurde allmählich ungeduldig, weil er den Stillstand aufheben wollte.

»Ich habe dir noch nicht gedankt, dass du mir durch deinen Zeit-Stopp das Leben gerettet hast«, sagte Aden. »Das liegt daran, dass ich nicht genau weiß, ob du mir damit einen Gefallen erwiesen hast.«

Der Mechaniker blätterte in seinem Buch. Er nickte, ohne den Kopf zu heben. »Ganz recht. Ist nicht meine Aufgabe, dir zu helfen. Bin kein Freund. Beachte mich einfach nicht. Ich existiere nicht. Frag, wen du willst. Frag nach dem Mann mit dem Buch, der die Zeit anhält. Jeder wird dir sagen: Kenn ich nicht. Nie von ihm gehört. Was auch stimmt.« Er musterte Aden wie ein Chemiker, der in eine Petrischale starrt. »Er wird bessere Sachen zum Anziehen brauchen«, sagte der Mechaniker. Er kritzelte eine Zeile in die aufgeschlagenen Seiten seines Buchs. Plötzlich waren die stinkende Strickjacke und die schmuddelige Hose, die sich Aden bei den Gorrs ausgeborgt hatte, verschwunden. Stattdessen trug er eine vornehme Seidenjacke, welche die Kälte vertrieb, und eine lange Hose aus weichem braunem Leder. »Eine Spur zu dick aufgetragen, die Jacke«, murmelte der Mechaniker. Er kritzelte noch eine Zeile, und aus der Jacke wurde ein schlichtes Baumwollhemd.

»Wie hast du das hingekriegt?«, erkundigte sich Aden. »Kann ich die Jacke auch haben? Und vielleicht eine Kleinigkeit zu essen, wenn du schon dabei bist? Einen Hamburger oder so?«

»Hör auf, ihn zu nerven«, sagte Tom, den irgendetwas zu ärgern und zu beunruhigen schien. Er starrte in die Ferne und zupfte an seinem Bart. »Aden. Wer bist du?«

»Ich kann dir nichts über mich erzählen, weil ich selbst nicht weiß, wer ich bin«, entgegnete Aden auf Toms eindringliche Fragen.

»Wer *glaubst* du denn zu sein?«

»Ich erinnere mich an die unterschiedlichsten Abläufe meiner Vergangenheit. Alle endeten mit Selbstmord. Mal war ich ein Spieler, mal ein Wunderkind, das irgendwann abrutschte, mal ein verhinderter Rockstar, und noch mehr so Zeug. Als ich vorhin durch die Wälder irrte, war ich sogar ein berühmter Tennisspieler, den die Steroide ruiniert hatten. In all diesen Versionen schien mein Vater die Hauptursache meiner Probleme zu sein. Gib mir ein paar Stunden Zeit. Mir fällt bestimmt noch mehr ein. Hey!« Aden griff nach dem Bild seines Großvaters, das ihm aus der Tasche gefallen war. »Siehst du das Porträt da? Die meisten Leute finden es komisch, wenn ich sie frage, wer dieser Mann ist, oder wenn ich sage, dass ich mit ihm verwandt bin. Der Truck dort drüben ist vollgestopft mit Statuen von ihm. Warum?«

Tom wickelte nachdenklich eine Bartsträhne um den Zeigefinger. »Verwandt?«

»Ja.«

»Du bist diesem Mann begegnet?«

»Na, klar.«

»*Hier* nach deinem Erwachen?«

»Nein. Früher, in der realen Welt.«

»Verdammter Mist!« Tom wandte sich an den Mechaniker. »Was hast du mit ihm vor?«

»Nimm du ihn mit«, entgegnete der Mechaniker. »Fahr ihn aus der Stadt. Er soll einige Gegenspieler kennenlernen. Niemand von diesen Leuten wird sich an ihn erinnern. Dafür sorge ich.«

»Und?«, fragte Tom gereizt. »Soll ich etwa eine Rolle in diesem Theaterstück übernehmen? Ich habe die verdammte Bühne errichtet. Muss ich jetzt auch noch *mitspielen*?«

»Notfalls ja«, meinte der Mechaniker und zog erneut die Stoppuhr aus der Tasche. »Ich starte die Zeit in genau einer Minute.«

»Wie kannst du feststellen, wann eine Minute um ist, wenn die Zeit stillsteht?«, erkundigte sich Aden. »Und, hey, kann ich diese Stoppuhr haben? Die brauche ich vielleicht, wenn ich euch Typen vor irgendetwas retten soll.«

»Die Uhr behalte ich.«

Tom zog Aden hoch. »Was kannst du Besonderes, Aden? Riesen töten? Berge flach stampfen? Mit den Wolken am Himmel schweben? Feuer spucken?«

Aden zuckte mit den Schultern. »Ich habe bisher nichts davon ausprobiert.«

Tom seufzte. »Hör mir gut zu! Was ich dir jetzt sage, ist sehr wichtig, obwohl es für dich erst mal keinen Sinn ergeben wird. Du bist jetzt Teil der ›Struktur‹. Was das ist? Eine Folge von Ereignissen, die mein Freund hier ...«, er deutete auf den Mechaniker, »... ins Rollen bringt und überwacht. Das ist seine einzige Daseinsberechtigung. Lange Zeit fehlte dieser Struktur ein Teil, ein bestimmter Mensch. Mehr als einmal glaubten wir, dass wir diese Person gefunden hätten, aber das erwies sich stets als Irrtum. Nun sieht es ganz so aus, als wärst du das fehlende Glied. Wenn dir das nicht behagt, dann stehst du mit dieser Einschätzung nicht allein da. Ab in den Truck jetzt. Beeil dich!«

Die drei kletterten in Toms purpurroten Truck, Aden auf den Beifahrersitz, der Mechaniker auf die Rückbank. Der Mechaniker drückte auf einen Knopf seiner Stoppuhr. Sämtliche erstarrten Gefährte auf der Straße setzten sich mit einem Schlag wieder in Bewegung. Zwei Motoristen fanden keine Zeit, sich zu wundern, als das Objekt ihrer wilden Verfolgungsjagd plötzlich verschwand. Der Wagen, der Aden um ein Haar überrollt hätte, scherte zur Seite aus und kippte um. Hufe klapperten, aus beschädigten Kisten quollen Waren, Glas zerbrach mit lautem Geklirr. Der Verkehr schob sich zu einem Knäuel zusammen.

Der Truck steuerte, von Magie gelenkt, durch das Chaos, ein verwischter Strich in Purpurrot. Er zwängte sich wie Wasser an festen Objekten vorbei, während Tom am Lenkrad vor sich hin fluchte. Aden wurde in seinen Sitz gepresst, als machte er einen wilden Ritt in der Achterbahn mit.

Kurz danach fuhren sie wieder mit Normalgeschwindigkeit. Wälder säumten die Straße zu beiden Seiten. Aden öffnete das Handschuhfach. Es war mit winzigen Plättchen aus glänzendem Metall vollgestopft. Als der Wagen über eine Bodenwelle fuhr, flog ein ganzer Stapel heraus und verteilte sich über Sitze und Fußraum. Tom streckte den Arm aus und knallte das Fach zu. »Lass ihn bloß aussteigen, verdammt noch mal!«, fauchte er.

Der Mechaniker nahm seine Stoppuhr und drehte einen der Zeiger. Während er das tat, bewegte sich die Sonne schnell über den Himmel – und zwar rückwärts. Der Mechaniker schaute Aden in die Augen und sagte: »Versuchen wir das Ganze noch einmal. Der Tag zieht herauf, und du bist allein im Wald.«

Und natürlich war es so.

Bäume umgaben ihn. Das erste Frühlicht durchbrach die Dunkelheit. Er fragte sich, ob die Dinge, die er eben erlebt hatte, tatsächlich geschehen waren. Hinter ihm befand sich die Höhle von Charm.

Nicht weit entfernt erklang eine Art Wolfsgeheul. Ein Schauer lief ihm über den Rücken.

KAPITEL 7
Corbert und Mister Gorr

Weiter weg, in dem Dorf Days Past (dessen Bewohner noch nicht wussten, dass ein Großteil der restlichen Welt über Nacht verschwunden war), klopfte jemand an der Tür des Gorr-Anwesens. Wie an jedem Werktag erfolgte das Klopfen keine zehn Sekunden vor oder nach sechs Uhr morgens. Mister Gorr trottete den Flur entlang, die Wulstlippen unter dem dichten Bart gut gelaunt zu einem stummen Pfeifen gespitzt. Er polterte die Stiege hinunter. Die Dielenbretter dröhnten unter seinem Gewicht wie der Herzschlag des Hauses. Nach dem Frühstück im Bett klebten ihm Rühreireste am Kinn, und sein Atem roch nach Rührei. Die prügeldicken Arme mühten sich ab, die Schürzenbänder im Rücken zu einer Schleife zu binden. (Mrs. Gorr hatte die Schürze am Vorabend liebevoll von Blut gesäubert und neu gesäumt.) Auf dem Weg zum Haupteingang streiften seine Blicke das Esszimmer, das Chucky blitzblank geleckt hatte – keine leichte Aufgabe. »Guter Junge!«, brummte Mister Gorr und begann geräuschvoll die Riegel und Sperrketten der Haustür zu lösen. »Corbert!«, rief er.

An der Tür stand ein Wrack von einem Mann, praktisch haarlos und so von Narben übersät, dass es aussah, als wäre ein Vandale mit einer Purpurfeder über ihn hergefallen. Die Haut unter den gequälten, glasigen Augen zuckte unkontrolliert. Er trug einen billigen grauen Overall und hatte eine Hand tief in der Tasche vergraben, während er die andere schlaff zum Gruß hob. »Morgen, Alfred«, sagte Corbert langsam. »Alles Gute zum Hochzeitstag für dich und Putricia.«

Mister Gorr schlug ihm so kräftig auf den Rücken, dass er nach vorn stolperte. »Ha!«, rief er strahlend. »Errätst du nie, Mann, was ich für sie gemacht hab, ha! Ein Bild hab ich ihr gemalt, ehrlich! Ein Herzbild, ehrlich, Mann!«

Corbert nickte. Seine Stimme war leise und matt. »Da war sie sicher begeistert, Alfred. Überwältigt, was? Ist womöglich vor Freude in Ohnmacht gefallen? Du hast ihr das Bild gemalt, sagst du? Ich wusste gar nicht, dass du eine künstlerische Ader hast. Obwohl ... so wie du mich zur Ader lässt und mir die Knochen verbiegst, hat das schon fast was Künstlerisches. Aber das ist eine völlig andere Geschichte.«

»So wie ich dir die Knochen verbiege!« Mister Gorr kreischte vor Vergnügen. »So wie ich dir die spröden Knochen verbiege, meinst du, hey! Das meinst du doch, Corbert, hey?«

»Genau«, bestätigte Corbert. Seine Mundwinkel zuckten und kamen wieder zur Ruhe.

»Ich zeig's dir später, das Bild«, sagte Mister Gorr. Corbert nickte nur, denn es wurde Zeit, mit der Arbeit zu beginnen. Corbert schlurfte hinter Mister Gorr über den Rasen des Vorgartens und am Tor vorbei zum Schuppen im Hinterhof. Ihr Gespräch drehte sich um belanglose Dinge. »Ja, wieder der gleiche Traum«, berichtete Corbert. »Ich schaute durch ein Teleskop, das droben auf dem Speicher stand. Was das wohl bedeuten mag? Ich schätze mal, dass drüben am Netz die Köpfe rauchen. Es ist schon sehr ... merkwürdig.«

Sie betraten den Hinterhofschuppen. Mister Gorr spuckte in die Hände, rieb die Handflächen zusammen und betrachtete mit einem Grinsen die Gerätschaften, die er für sein Tagwerk brauchte. Corbert nahm auf der Liege Platz und schob die Hände in die Lederschlaufen, die ihn während eines Großteils der nächsten sechs Stunden fixieren würden. Mister Gorr zog die Riemen stramm, nicht weil Corbert sich zu wehren pflegte, sondern um zu verhindern, dass er im Reflex um sich schlug. (Einmal hatte er Mister Gorr mit dem Finger unabsichtlich ins Auge gestochen.) »Mittwoch«, sagte Corbert mit einem Seufzer. »Du hast die Wahl, Alfred. Ich kann mir schon denken, wofür du dich entscheiden wirst.«

Mister Gorr rieb sich das stoppelige Kinn, während er die Blicke über sein Instrumentarium schweifen ließ. In einer

Ecke des Schuppens stand ein schwerer Eisenstuhl, aus dem Tausende kleiner Stacheln ragten. Gegenüber befanden sich ein Satz Fußblöcke und ein zerlegtes »Rad der Schmerzen«, das seit Jahren nicht mehr benutzt wurde, weil es Rost angesetzt hatte, und das sie nur behielten, weil es so gut zum Ambiente passte. Auf den Werkbänken lagen alle möglichen kleineren Folterutensilien wie ein Stachelgürtel, der gute, alte Brustreißer, ein paar Daumenschrauben, eine Ketzergabel und eine Ketzerzange. Sie stammten alle aus dem Mittelalter der Erde, auch wenn sie hier andere Bezeichnungen trugen. An Wandhaken und Nägeln hingen Hunderte von Sägen, Messern, Hämmern, Peitschen, Ketten, Rohrstöcken und Messingschlagringen in den grauenvollsten Ausführungen. Und es gab Elektroschockgeräte, zusammengerollte, an schwere Batterien angeschlossene Kabel. Auf eine dieser Batterien fielen Mister Gorrs Blicke, und er hievte sie stöhnend neben das Kopfende von Corberts Liege.

»Oh, du überraschst mich«, sagte Corbert. »Ich hätte gewettet, du nimmst heute die Ketten.«

»Später vielleicht«, entgegnete Mister Gorr und stellte einen großen, leeren Glaskrug unter die Liege, um Corberts in Schläuche geleitetes Blut aufzufangen.

»Der Namenlose fordert heute eine halbe Gallone mehr als sonst. Behauptet, dass er die Extraration für ein besonderes Ritual braucht, obwohl ich allmählich glaube, dass er mit dem Zeug seine Morgengrütze anrührt.«

»Eine halbe Gallone mehr!« Mister Gorr schlug sich mit der flachen Hand gegen die Stirn. »Hast du überhaupt noch so viel Saft in dir?«

»Oh doch«, bestätigte Corbert heiter. »Ich habe ausgiebig gefrühstückt. Der Namenlose zahlt natürlich mehr, und ich brauche das Geld dringend. Caul hat wieder mal fremdes Eigentum beschädigt. Es gilt ein paar Wachleute zu bestechen. Seine vierte Warnung, wenn du verstehst, was ich meine.«

»Caul! Ein guter Junge.«

»Allem Anschein nach besitzt mein Sohn eine gewisse ... Vitalität. Und, sagen wir mal, eine Menge Tatendrang.«

»Ein guter Junge«, wiederholte Mister Gorr. Er streifte Corberts Hemd nach oben und die Hose nach unten. Von Blasen und Narben übersäte Haut kam zum Vorschein. Nachdem er die Kabelklemmen an Corberts Unterlippe, Brustwarzen und Genitalien befestigt hatte, legte Mister Gorr den Batteriehebel um. Strom jagte durch die Drähte. Bläulich flackerndes Licht erhellte den Schuppen, Funken sprühten, und ein lautes Knistern übertönte Mister Gorrs fröhliches Summen. Corbert riss die Augen weit auf, die Schlagadern an Hals und Schläfen traten hervor, und aus seiner wunden Kehle löste sich ein so schriller und lang anhaltender Schrei, dass die Nachbarn sich wieder mal fragten, woher der arme Tropf nur all die Luft nahm. Und während sie die Fenster zuschlugen, wünschten sie sich und ihm, dass seine Lungen irgendwann den Dienst für immer verweigern würden.

Während ihrer Vormittagspause – Mrs. Gorr hatte ihnen Butterkekse und Limonade gebracht – erwähnte Mister Gorr beiläufig, dass in seinem Badezimmer ein Gemälde zum Leben erwacht war. Corbert, der sich mit Mythen und okkulten Dingen weit besser auskannte, als es der Kirche recht war, hob die zuckenden Augenbrauen und fragte: »Zum Leben erwacht?«

»Im Badezimmer.« Mister Gorrs Stimme klang immer noch ungläubig. »Wollte meinen Guckern kaum trauen. Steigt einfach aus dem Rahmen, dieser Junge! Sollte ein Geschenk für Putricia sein, verstehst du? Ein Bild von *ihm*, verstehst du? Daraus wurde natürlich nichts, nachdem er den Rahmen verlassen hatte. Malte ihr stattdessen ein Herz.«

Corbert hakte nach. »Das Gemälde war ursprünglich ein Werk dieser Frau namens Muse?«

Mister Gorr nickte. »Hab ich mitgehen lassen.« Er schnitt eine Grimasse. »Eigentlich nur *ausgeborgt*. Hörte, dass sie noch eine Menge anderer schöner Bilder gemalt hatte, verstehst du?

Und du hattest mir geschildert, wo sie wohnt. Weißt du noch? Also dachte ich mir ...«

»Ich verstehe.«

»Musste einen Vampir abwehren, drunten im Keller. Bewachte das Haus mit Fängen und Klauen. Und auch sonst raschelte so allerlei im Dunkel. Ich kriegte 'ne richtige Gänsehaut. Also packe ich das erstbeste Gemälde, damit er mich nicht noch einmal beißt, versetze ihm einen Mordsschubs und schleppe das Bild heim. Und da wird es lebendig! Wird lebendig!«

Corbert nahm einen Schluck Limonade. »Du hast doch hoffentlich Knoblauch gegessen, Alfred? Es war vielleicht kein echter Vampir, aber man kann nie vorsichtig genug sein.«

Mister Gorr nickte. »Jede Menge davon im Abendessen. Keine echten Fänge, he? Dann guck mal!« Er schob mit dem Daumen die Unterlippe vor, damit Corbert sie begutachten konnte.

»Scheint alles in Ordnung zu sein, auch wenn es dir nicht schaden könnte, mal Zahnseide zu benutzen. Und du verträgst das Tageslicht so gut wie immer. Also. Ich glaube, du bist da auf was ganz Gravierendes gestoßen, Alfred. Dieser Junge, der später zum Leben erwachte – war der auf dem Gemälde tot?«

»Fast. Arme mit Schnitten übersät, Pulsadern geöffnet. Sah in etwa so aus wie du vor zwei Wochen.«

»Sag, Alfred, wirkte er niedergeschlagen, als er mit dir sprach? Deprimiert?«

»Traurig, meinst du? Nee.«

»Fröhlich?«

»Das schon eher. Machte Witze. Ein Prachtbursche! Machte Witze über den alten Herrn. Den Weltenmacher. Sagte, das sei sein Opa!« Mister Gorr schlug sich aufs Knie und gluckste vor sich hin. Corbert dagegen wirkte geschockt, auch wenn das seine Züge kaum veränderte. »Netter Junge.« Mister Gorr, der sich einen Butterkeks in den Mund gestopft hatte, verteilte beim Sprechen Brösel über Corbert. »Jede Menge Herzensbildung. Half mir beim Malen, ob du's glaubst oder nicht. *Kluger* Junge.«

»Dennoch. Ich fürchte, dass die Kirche nicht begeistert sein wird. Der Enkel des Weltenmachers, Alfred? Du lachst, und das mit Recht, aber der Klerus wird das als hochgradige Ketzerei betrachten. Ich erwähne dieses Detail besser nicht in meinen Bericht, sonst kriegt der Namenlose noch einen Anfall.« Corbert schob das leere Glas beiseite. »Höchst befremdlich. Aber du hast dich meines Wissens nach keines kirchlichen Vergehens schuldig gemacht, Alfred.«

Mister Gorr räusperte sich. »Ärr ... der ... äh ...«

»Nein, selbst den kleinen Diebstahl wird man dir verzeihen, denn Muse ist eine Ketzerin, die in den Augen der Kirche den Tod verdient. Da wird man sich kaum darüber aufregen, dass du dir ein Bild ... ›ausgeborgt‹ hast. Ich werde ihnen sagen, dass du ganz zufällig an ihrem Haus vorbeigekommen bist und es vermutlich nicht wieder finden würdest. Aber du *warst* nun mal Zeuge eines bedeutenden Omens, und so was kriegen sie immer raus.« Corbert erhob sich. »Ich muss dich leider bitten, mir den Rest des Tages freizugeben.« Mister Gorr sah ihn entsetzt an. »Wir können die verlorene Zeit morgen reinholen«, beruhigte Corbert ihn. »Aber unser Vorgesetzter muss sofort erfahren, was geschehen ist. Die Neuigkeit dürfte für ihn wichtiger sein als eine halbe Gallone extra. Ich muss außerdem jeden Zweifel zerstreuen, dass du der Urheber der – wie nenne ich das nur – der *Erweckung* warst. Du besitzt zwar viele Talente, aber die Zauberei gehört bestimmt nicht dazu. Bei Muse ist das natürlich etwas anderes.«

Corbert, der während des Gesprächs aus Höflichkeit nichts gegen die Keksbröselwolke aus Mister Gorrs Mund unternommen hatte, begann sich unauffällig zu säubern. »Alfred, ich habe vielleicht mehr Bücher über diese Phänomene gelesen, als die Kirche erlaubt. Keine Sorge, ich kenne die Gesetze. Aber wir müssen diesen Vorfall sofort melden und dann eisern darüber schweigen. Das Dumme ist, dass ich nicht genau weiß, was du gesehen hast. Es könnte so harmlos wie ein Geist sein oder … wärst du in der Lage, mir eine möglichst genaue Beschreibung dieser Person zu liefern?«

Mister Gorr tat ihm den Gefallen. Gestenreich unterstrich er seine Worte.

»Danke, Alfred. Bis morgen.« Corbert zog sein Hemd wieder an, schlurfte zur Tür und rannte dann Hals über Kopf los. Er zuckte nicht einmal zusammen, als er in seiner Hast mit dem Fuß gegen das Gartentor der Gorrs stieß und zwei Knochen mit einem deutlichen *Krack* zersplitterten.

KAPITEL 8
Der Herzog

Am Tage war Schloss Eisennetz alles andere als imposant, ein unscheinbares Ding aus schwarzem, zu düsteren Formen gebogenem Metall. Das filigrane Eisengespinst auf dem Dach wirkte jetzt wie ein schlichtes Gitter. Am Tage konnte sich niemand vorstellen, dass grünes elektrisches Feuer knisternd über die Stäbe tanzte. Und am Tage wäre auch niemand auf die Idee gekommen, es »das pulsierende Herz von Nightfall« zu nennen.

Noch Jahrzehnte nach dem Erscheinen des Bauwerks hatte sich kein Mensch näher als einen Steinwurf herangewagt. Erst im Laufe der Zeit hatten die Vorfahren der gegenwärtigen Bewohner Mut gefasst und sich im Schloss niedergelassen, trotz der Erwartung, von Schreckensvisionen wie Dämonen und grausigen Gespenstern heimgesucht zu werden.

Dass die wenigen Tapferen, die das Schloss schon früh betreten hatten, nie zurückgekehrt waren, gab Anlass zu den wildesten Spekulationen. Dazu kam der beängstigende Anblick der – damals noch nicht als solche bekannten – Träume des Weltenmachers, die allem Anschein nach vom Himmel fielen und aus eigenem Antrieb zum eisernen Gewebe hinaufwanderten. Aber jene ersten Entdecker fanden das Gebäude praktisch leer vor. Und sogar möbliert. Sie hatten einen oder zwei Tage die Beine hochgelegt, sich entspannt und über die Lage nachgedacht, während der Rest der Dorfbewohner nervös in sicherer Entfernung der Dinge harrte, die da kommen würden. Nachdem sich die Erkunder von ihrer Ernüchterung, um nicht zu sagen, Enttäuschung erholt hatten, nahmen sie das Schloss in Besitz und brachten diskret etwa ein Dutzend Obdachlose und Viehdiebe um, die sich dort eingenistet hatten, um den Hütern des Gesetzes zu entgehen.

Der Zeitpunkt der Schlossbesetzung war gut gewählt. Die Weltenmacher-Kirche, bis dahin die höchste Macht und Regierung des Planeten, war so in ihre eigenen Umstürze, Skandale und internen Machtkämpfe verstrickt (nachdem sie Sivanas, den »Propheten des Blutvergießens« in der berüchtigten »Nacht der Tausend Tode« entthront hatte), dass sie kaum Notiz von dem neuen Besitzer nahm, der eines Abends mit seiner Familie vor dem mit Lügengeschichten gefütterten und in Ehrfurcht erstarrten Volk auf dem Balkon erschien und sich zum »Herzog« ausrufen ließ. Zu den Lügengeschichten, die er verbreitete, gehörten natürlich das Bestehen zahlreicher Bewährungsproben und Initiationsriten, bei denen er wilden Bestien, grauenvollen Ungeheuern und immer wieder dem Tod ins Auge geschaut hatte. Er musste gar nicht erst erwähnen, dass er das Wohlwollen des Weltenmachers besaß und deshalb in seinen Kämpfen göttlichen Beistand erhalten hatte. Noch bevor er seine Abenteuer zu Ende erzählt hatte, umbrausten ihn ohrenbetäubende Hochrufe. Das Volk begann ihm Opfer darzubringen und Tribut zu entrichten. Und es herrschte kein Mangel an Freiwilligen, als er ein Heer zusammenstellte ...

Bis die Kirche begriffen hatte, was da abging, war es zu spät. Sie sah sich gezwungen, Kompromisse mit den neuen Herrschern zu schließen und Urkunden zur Gewaltenteilung zu unterzeichnen. Das alles führte zu Abneigung, Bitterkeit und Misstrauen, sorgsam gepflegt und von einer Priestergeneration zur nächsten weitergegeben, bis der Hass mindestens den gleichen oder noch mehr Raum einnahm als die heilige Lehre.

Es sollte noch eine ganze Weile dauern, bis man die wahre Bestimmung des Schlosses erkannte – bis man die unterirdischen Adern entdeckte, die Baumwurzeln gleich die zu weißem Licht verarbeiteten Träume an die Welt verteilten und sie so am Leben erhielten. Das größte und am strengsten gewahrte Geheimnis jedoch war, dass die Bewohner des Schlosses nicht das Geringste mit diesem Wunder zu tun hatten. Sie erzählten jedem, der es hören wollte, sie seien die »Hüter des Welt-Pulses«. Tom aber, erschöpft und ausgelaugt vom Bau des Schlosses, beobachtete sie mit einem spöttischen Lächeln aus der Ferne und ließ sie gewähren.

Das Schloss lag eingebettet in grüne Felder, mit Türmen, die an frierend hochgezogene Schultern erinnerten. An diesem Morgen war der Himmel von einem fahlen, irgendwie kränklichen Blau, gesprenkelt mit formlosen Wölkchen, die sich nicht vom Fleck rührten – Schweißtropfen auf einer blassen Stirn. Im nächstgelegenen Dorf stimmten die Hunde aus reiner Langeweile ein lautes Geheul an, das bis zu den Schlosstoren zu hören war.

Es ging auf elf zu, als die Zugbrücke mit dem Knirschen einer schmerzenden Kinnlade nach unten klappte und ein seltsames Gefährt langsam über die abgesenkte Plattform rollte.

Es ähnelte einem Streit- oder Triumphwagen, obwohl es nicht von Pferden gezogen wurde und kein Lenker zu sehen war. Ein unsichtbarer Motor trieb mit einem leisen, trägen Schnurren sechs große Räder an. Hinten im Wagen befand sich ein Aufbau mit einem Schutzgeländer aus Glas. Rotes Licht, das wie Blut durch einen Körper pulsierte, vermittelte den Eindruck, dass die Maschine Adern und Organe besaß. Das Frontgitter bildete einen »Mund« aus spitzen Metallzähnen, die parallel wie eine Ober- und Unterlippe angeordnet waren und sich wie verschobene Achsen langsam gegeneinander drehten.

Der Aufbau war mit weichen cremefarbenen Lederbänken ausgestattet, die einem Dutzend Leuten bequem Platz boten. Die Handleisten trafen sich in einem Ring um ein Podest, das noch einen Fuß höher aufragte als die restliche Plattform. Hier stand Julius, Herzog von Nightfall, ein direkter Nachfahre der (zugegeben mutigen) Horde von Flunkerern, die das Schloss erkundet und in Besitz genommen hatte, und gläubiger Anhänger ihrer Fantasiegespinste. Er trug eine Toga aus jungfräulich reiner weißer Seide, die seine rechte Seite vom Schlüsselbein bis zur Hüfte entblößte. Den Kopf weit in den Nacken gelegt, hielt er mit einer Hand das Seidengewand an der Brust zusammengerafft, während die andere weit gespreizt zum Himmel wies. Diese Pose brachte er irgendwie mit »den Göttern« in Verbindung, die, wie er glaubte, in diesem Moment auf ihn herabschauten (um von ihm zu *lernen*). Allen anderen Beobachtern kam es so vor, als streckte er prüfend die Hand aus, um zu sehen, ob es regnete.

Trotz aller Affektiertheit sah er eigentlich nicht schlecht aus: etwas zu weiche Züge vielleicht, schön geformte Nase und Wangenknochen, milchweiße Haut und jene strahlend blauen Augen, in denen sich Jugend mit der trügerischen Weisheit des Schönen paarte. Das sandfarbene Haar floss Welle um Welle in dichten Lockenkaskaden von seinem Haupt. Seine von Natur aus schlanke, ja zerbrechliche Gestalt hatte durch Völlerei und Ausschweifungen im Lauf der Jahre um Kinn und Bauch etwas Fülle angesetzt.

Der Wagen rollte dahin.

Julius drehte den Kopf mit ruckartigen Vogelbewegungen nach rechts und links. Ein seltsam ausdrucksloses Stirnrunzeln verriet seine Verwunderung darüber, dass »sein Volk« nicht in Scharen vor dem Schloss erschienen war, um einen Blick auf ihn zu erhaschen. Das ging nun schon viele Tage so, und jedes Mal war er wieder völlig perplex. Aber wie immer tröstete er sich damit, dass es seine Untertanen aus übergroßer Ehrfurcht nicht wagten, vor ihm zu erscheinen. Er stellte sich die Menschenmenge vor, wie sie applaudierte, wie sie Freudentränen vergoss und die Hände ausstreckte, um sein Gewand zu berühren. *Zurück!*, würde er zwischen zusammengepressten Zähnen hervorstoßen.

Zwei Begleiter hatten auf den Lederbänken Platz genommen, so weit wie möglich voneinander entfernt. Slythe und Raydon.

Raydon wirkte so weich wie ein Milchbrötchen, ein Mann, der irgendwo in mittleren Jahren stehen geblieben war. Goldgeränderte Brille, blinzelnde Äuglein in einem teigigen Gesicht, das schwarze Haar flach an den Kopf geklatscht, Doppelkinn, dunkle, feuchte Lippen, über die er ständig mit der Zunge fuhr, runder Bauch, der wie eine Kanonenkugel in seinem Schoß ruhte. Er trug edlen Zwirn in so schreienden Farben, dass sie das Auge des Betrachters beleidigten. Die Gewänder stammten von Julius, der Raydon mitunter »meinen dicken Regenbogen« nannte (und den liebevoll gemeinten Kosenamen mit einem freundlichen Rippenstoß unterstrich). Ein dicker Band mit unbeschriebenen Blättern ruhte auf seinem Schoß. Die Rechte umklammerte einen Federkiel, und mit den Knien klemmte er ein Tintenfässchen fest. Raydon war (in Ermangelung von Konkurrenz) ein berühmter Historiker und Philosoph und hatte den Auftrag, Worte und Taten von Julius haarklein für die Nachwelt festzuhalten.

Im Gegensatz zu Raydon erschien Slythe auf den ersten Blick ungesund hager, doch unter seinen Gewändern verbargen sich drahtige Muskeln, gebündelt mit der bösartigen Kraft einer Schlange, die sich um ihre Beute wickelte. Seine Augen waren blassgrün, kalt und scharf wie die Pfeile, Messer und sonstigen Mordinstrumente, die er unsichtbar in seiner Kleidung verstaut hatte. Er wirkte schläfrig, aber seine Blicke folgten jedem Schatten und jedem Hauch einer Bewegung. Sobald der Wagen zu schlingern begann, stießen die Klingen unter seinem Gewand mit einem leisen Geräusch zusammen, das an ein unterdrücktes Zähneklappern in der Kälte erinnerte.

Raydons Blicke huschten voller Unbehagen über den Meuchelmörder hinweg, und er rutschte noch ein paar Zentimeter zur Seite. Er wusste, dass Slythe seine Waffen ohne Weiteres so unterbringen konnte, dass sie nicht klirrten. Er kam sich vor wie ein Kaninchen, das ohne jede Fluchtmöglichkeit neben einer großen, hungrigen Bestie ausharren musste. Außerdem hatte die Klinge, mit der Slythe jetzt seine Fingernägel zu säubern begann, am Vortag noch nicht diesen mattroten Fleck aufgewiesen.

Und obwohl Slythe in den vergangenen vierundzwanzig Stunden durchaus getötet hatte, war der rote Fleck kein Menschen-, sondern Schweineblut, das er auf das Messer geschmiert hatte, um Raydon genau den Eindruck zu vermitteln, den er erzielt hatte.

Kieselsteine knirschten unter den Rädern des Wagens. Der Motor summte leise. Das Krächzen der fetten Krähen von den Türmen des Schlosses verstummte allmählich. Der Herzog hatte ungewöhnlich lange geschwiegen, aber seine Pose verriet, dass es nicht mehr lange dauern konnte, bis er das Wort ergriff.

Und wirklich senkte Julius den Arm und brach so den Kontakt zu den Göttern ab. Er räusperte sich und nahm die Pose des großen Denkers ein – das Haupt leicht nach vorn geneigt, die Stirn gerunzelt und das Kinn auf die geballte Faust gestützt. »Slythe?«, begann er. »Ich sage Slythe?«

»Ja, Euer Gnaden?« Der Meuchelmörder schien auf den Worten herumzukauen.

»Slythe, mir kam da eine großartige Idee«, sagte Julius. »Sie beantwortet eine profunde, eine hehre Frage zum Leben und … und so weiter. Das tut sie doch, Slythe, oder?«

»Wer tut was, Euer Gnaden?«

Es entstand eine Pause. »Die *Philosophie*«, erklärte Julius schließlich. »Die Philosophie tut das. Siehst du das nicht auch so, Slythe? Die Philosophie beantwortet eine profunde, hehre Frage zum Leben und so?«

»Sie versucht es, Euer Gnaden, wenn ich das richtig sehe«, entgegnete Slythe und schob das blutbefleckte Messer in eine verborgene Lasche seines Gewands. »Aber mich dürft Ihr da nicht fragen. Ich bin der Typ, der Messer wirft. Fassaden erklimmt. Sich durch Fensterspalte zwängt. Furcht und Schrecken hervorruft.«

Julius nickte und ordnete pedantisch die Falten seiner Toga. »Und du arbeitest zuverlässig, Slythe«, sagte er. »Wirklich, mit mehr als angemessener Sorgfalt. Aber ich hatte meine Gründe, *dir* diese Frage zu stellen, Slythe. Raydon ist beschäftigt. Stimmt doch, Ray, oder? Du schreibst meine Ausführungen nieder, nicht wahr? Hast du jedes Wort mitgekriegt, Ray? Jedes einzelne Wort? Raydon, ich will wissen, ob du meine letzte Bemerkung genau verzeichnet hast?«

Raydon hatte über das tief ausgeschnittene Kleid nachgesonnen, in dem Lady Mira am Abend zuvor beim Bankett erschienen war. Eine Erektion presste sich gegen den Papierstapel auf seinem Schoß. Er zuckte zusammen und kehrte erschrocken in die Gegenwart zurück. Verspätet kratzte der Gänsekiel über das oberste leere Blatt, aber er hatte zu fest aufgedrückt, und ein schwarzer Tuscheklecks spritzte auf das Papier, ehe die Federspitze abbrach. Seine Welt stand mit einem Mal still.

»Ich dachte, ich könnte unsere Fahrt mit einer tiefgründigen Bemerkung beginnen«, sagte Julius, ohne die zitternden Hände seines Chronisten zu bemerken. »Und? Ray? Wie hat sie dir gefallen?«

»Sehr gut. Mit das Beste, was ich von Euch kenne«, erwiderte Raydon wahrheitsgemäß. Er sah Slythe hilfesuchend an, aber der Meuchelmörder schien seine flehenden Blicke nicht zu bemerken.

Ein Schatten des Zweifels umwölkte die Züge des Herzogs. »Lies noch einmal vor«, sagte er über die Schulter hinweg.

Schweißperlen standen Raydon auf der Stirn. Ihm fiel kein einziges Wort ein. Seine Zunge fuhr nervös über die Lippen. Die Sekunden der Stille dehnten sich zu einem mörderischen Schweigen. Julius drehte sich halb herum. »Nun?«, fauchte er. »Hat dir die Bewunderung die Rede verschlagen? Ist das der Grund? Der Grund für deine Verzögerung, meine ich. Denn ich befahl dir ... ja, ich bin ganz sicher ... ich befahl dir, meine tiefgründige Bemerkung vorzulesen! Und zwar mit etwas

Schwung, wenn ich bitten darf! Ich muss gestehen, dass mich dein Verhalten beträchtlich aufregt, Raydon, und du weißt, dass ich sehr zornig werden kann, wenn mich etwas aufregt.«

Raydon umklammerte mit beiden Händen seine Kehle. Slythe rollte die Augen. »Soll ich, Euer Gnaden?«, fragte er. Julius machte ein leidendes Gesicht, ehe er in edler Großmut nickte. Slythe wiederholte die Worte des Herzogs: »... zum *Leben* und so.«

»Ich denke, man kann das so stehen lassen«, meinte Julius und rieb sich das Kinn. »Obwohl sie bei Weitem nicht an meine vernichtende Kritik an der Gesellschaft herankommt. Erinnerst du dich, Ray? Erinnerst du dich noch an meine vernichtende Kritik an der Gesellschaft?«

»Gewiss! Sie war ungeheuerlich«, sagte Raydon erleichtert und blätterte in seiner Chronik zurück. »Denkt nur, Ihr habt sie mit einem Schweinestall verglichen, Julius! Ich habe noch nie so kraftvolle ...«

»Für die nächste Stunde dieser Ausfahrt bin ich ›Euer Gnaden‹«, unterbrach ihn Julius und betrachtete aufmerksam einen Fingernagel. »Die Verzögerung, du verstehst? Die Verzögerung beim Vorlesen meiner tiefgründigen Bemerkung. Sie hat mir missfallen. Sie hat mich aufgeregt. Also – Schluss mit Julius! So darfst du mich erst wieder nennen, wenn du es verdienst. Ab jetzt bin ich ›Euer Gnaden‹ für dich.«

Raydon sog an seinen Zähnen. Er wurde puterrot. Der Tag war für ihn gelaufen.

Der Wagen rollte weiter, vorbei an sanften Hängen und Wäldchen, durch deren Blattwerk goldenes Sonnenlicht sickerte. Slythe ließ seine Blicke über die Bäume hinwegschweifen, denn er spürte, dass sie von dort her etwas beobachtete, und den Dorfbewohnern war die Jagd in dieser Gegend strikt verboten. Aus dem Augenwinkel sah er einen hellen Schein, ein weißes Licht, das einen Moment lang aufflackerte. Es war nicht das erste Mal, dass er dieses Phänomen bemerkte. *Hier bist du also,* dachte Slythe. *Du kommst ganz schön weit herum.*

Der Meuchelmörder streckte sich, stand auf und sagte: »Verzeihung, Euer Gnaden.«

Ohne eine Antwort abzuwarten, sprang er zu Boden und ging mit geschmeidigen Schritten auf die Bäume zu, während der Wagen langsamer wurde und stehen blieb. Der Gang des Meuchelmörders wirkte so entspannt und lässig, dass es verblüffte, wie schnell er den Grashang vor dem Waldrand überquerte. Seine Blicke huschten über die Eichen- und Eukalyptusstämme und wählten dann einen festen Ausschnitt, in dem er trotz des dichten Laubs jeden Hauch einer Bewegung erkennen würde. Ein Schatten tanzte über einen der halb verdeckten Stämme weiter hinten. Wieder schimmerte das weiße Licht auf, das ihm seit Jahren immer wieder flüchtig begegnete.

Ein Messer glitt aus einer Ärmelschlaufe in seine Hand. Die Klinge war mit einem Gift bestrichen, das nicht tötete, sondern das Opfer eine Weile lähmte. Slythe verdrängte jeden bewussten Gedanken aus seinem Gehirn. Er bestand jetzt nur noch aus seinen Instinkten und Sinnen: Sehschärfe, Kraft, Geruch, Gehör und Zeitgefühl. Letzteres war für ihn ebenso konkret wie die anderen Sinne, etwas, mit dem er spielen, das er dehnen und raffen konnte.

Er spähte an den Bäumen vorbei, die den Saum des Wäldchens bildeten, und sah sie weiter hinten stehen, ein Schatten, der mit einem Stamm verschmolz. Ein gestreifter Ärmel und eine zarte, runde Schulter, auf der eine Haarsträhne lag – alles vollkommen reglos. Die Muster ihres Gewands ließen seinen Atem stocken: Solche Farben verlieh die Natur nur ihren tödlichsten Dingen, als Warnung für alle Geschöpfe, sich von ihnen fernzuhalten. Slythe holte mit dem Arm nach hinten aus. Das Messer vibrierte in seiner Hand, machte sich bereit, in die schlanke Schulter zu fahren und die weiche Haut zu durchbohren. Aber er zögerte, und der schwache Schimmer, der von ihr ausgegangen war, loderte mit einem Mal auf und erhellte die ganze Umgebung. Er spürte, wie eine fremde

Macht versuchte, seinen Geist zu beherrschen; er beobachtete sie, erprobte, ob er ihrer Verlockung gewachsen war. *Ja, ich spüre ihre Macht – aber ich kann sie jederzeit abwehren. Also werde ich zulassen, dass sie mich noch stärker umklammert, und selbst den richtigen Augenblick wählen, um mich von ihr loszureißen.*

Dann sprach sie zu ihm: »Wir müssen miteinander reden, ein anderes Mal. Es gibt noch einen wie uns. Sein Name ist Aden. Wir müssen über *sie* reden und was sie in den Wäldern treibt. Sie ist dabei, die Welt zu zerstören. Geh jetzt zurück. Wir werden miteinander reden, wenn ich sicher bin, dass du mein Leben nicht in Gefahr bringst. Noch hege ich meine Zweifel.«

Slythe kämpfte stärker gegen ihre Macht an, da ihre Stimme nun die Verlockung steigerte. Er genoss das Ringen, genoss die Spannung, die sich in seinem Innern aufbaute ... und schüttelte dann ihren Einfluss mit einem Ruck ab.

Er wirbelte das Messer hoch in die Luft und fing es am Griff wieder auf. Er war bereit, es nach ihr zu schleudern, aber dann kam ihm in den Sinn, was sie gesagt hatte. Waren ihre Worte Teil des Zaubers, mit dem sie ihn zu bannen versuchte, oder enthielten sie eine echte Botschaft?

Es gibt noch einen wie uns, hatte sie gesagt. Ließ sich daraus folgern, dass sie einiges über Slythe wusste? Über seine seltsame Geburt? Behauptete sie damit nicht, dass ihre und seine Herkunft die gleiche war? Er hatte noch mehr von Muses Schöpfungen gekannt. Alle waren tot. Sie machte ihn neugierig ... aber womöglich bezweckte sie genau das. Sie würde es gewiss nicht wagen, ihn anzugreifen. Das brächte sie in Lebensgefahr ... aber ein Mangel an Respekt wäre absolut tödlich. In Bedrängnis fühlte sie sich jedenfalls nicht; sie war freiwillig in seinem Blickfeld geblieben, wirkte in gewisser Weise unerschrocken. Das gefiel ihm nicht.

»Geh zurück zu den anderen«, sagte sie. »Bitte!« Traurig, ihre Stimme. Gut! Das Messer fiel ihm aus der Hand und bohrte sich neben seinem Fuß ins Erdreich. Er starrte es verblüfft an. Hätte es ihn auch nur geritzt, wäre er jetzt gelähmt! Sie hätte die Klinge an sich nehmen und ihm die Kehle durchschneiden können!

Ein zweites Messer glitt in seine andere Hand, schwerer diesmal als sein Vorgänger und nicht vergiftet. Der Arm des Meuchelmörders fuhr abwärts und nach hinten. Die Klinge war so schnell, dass der Blick ihr nicht zu folgen vermochte. Sie schrammte dicht über dem sichtbaren Teil ihrer Schulter vorbei und bohrte sich zitternd in einen Baumstamm vor ihrem Gesicht. Für Slythe verlangsamte sich die Zeit. Er sah den Flug des Messers auf seiner genau berechneten Bahn, sah, wie es sich drehte und eine einzelne Haarsträhne durchtrennte, die ihr auf die Schulter hing. Das Pfeifen dicht an ihrem Ohr musste ein schreckliches Geräusch gewesen sein. Er achtete genau auf ihre Reaktion. Sie zuckte kurz zusammen und sog hörbar die Luft ein.

Die Aura, die sie umgab, loderte gleißend hell auf. Er blinzelte zweimal, und sie war verschwunden. Sie hatte die Flucht ergriffen.

Konnte es sein, dass sie *seine* Botschaft missverstanden hatte? Sie würde über sein Verhalten nachdenken und es begreifen.

Slythe wandte sich ab und schlenderte zur Straße zurück. Zu seiner eigenen Verblüffung flammte plötzlich Zorn in ihm auf, wie ein im Dunkel angeriebenes Streichholz, um gleich darauf wieder zu erlöschen, als hätte ihn ein kalter Windstoß ausgeblasen. Er rief sich ihre Erscheinung, wer und was immer sie sein mochte, noch einmal ins Gedächtnis. Er erinnerte sich an ihr Zusammenzucken und das hörbare Einatmen, als das Messer vorbeiflog, und fand die Bilder unbeschreiblich exquisit.

Weiter rollte der Wagen des Herzogs. Mit ausladenden Gesten belehrte der Herzog Raydon über die tieferen Einsichten in die Dichtkunst. »Für euch Anfänger ist der *Reim* der Schlüssel, Ray. Ihr müsst erst mal gründlich das Handwerk des *Reimens* erlernen, ehe ihr davon Abstand nehmen könnt. Danach gilt es, von Zeit zu Zeit zum *Reimen* zurückzukehren, um euch zu vergewissern, dass ihr die Grundlagen dieser Kunst nicht verlernt habt. Denn der *Reim* ist oft freundlich zu euch. Seht also zu, dass ihr nicht sein *Missfallen*, sondern sein *Wohlgefallen* erregt!« Julius war so überwältigt von der Brillanz seines Vortrags, dass ihm einen Moment lang die Luft wegblieb. »Ray! Schreib das sofort nieder! Am besten unter der Rubrik ... Lebenslektionen.«

Raydon kratzte pflichtschuldig mit seinem abgebrochenen Federkiel über das Papier und fügte die Worte des Herzogs an eine lange Litanei ähnlicher Zitate. Er sehnte inständig einen Themenwechsel herbei. »Gab es Ärger im Wald, Slythe?«, erkundigte er sich.

»Nein«, entgegnete Slythe, ohne ihn eines Blickes zu würdigen.

Die nächste halbe Wegmeile legten sie schweigend zurück. Plötzlich sagte Julius: »Ray, mir kam da eben ein Gedanke!«

»Jul... Euer Gnaden?«

»Ha, du hattest deine Strafe fast vergessen!«, rief Julius. »Du wolltest ›Julius‹ sagen. Und – so, jetzt hast du mich rausgebracht!«

Raydon stöhnte innerlich. »Verzeihung, Euer Gnaden.«

»Was heißt da Verzeihung!«, fauchte Julius und schwenkte verärgert seine Toga. »Mir reicht es allmählich. Dauernd passieren dir solche Sachen. Mir kommt ein Gedanke, und dann machst du dein schreckliches Froschmaul auf und quakst mir dazwischen und ...« Seine Hände imitierten das Flattern von Vogelschwingen. »Verdammt noch mal, Raydon! Du bist ein solcher *Rohling*! Dieser Gedanke, der mir vorhin kam ... halt, warte mal, da ist er wieder, und ... oh, verdammt, jetzt ist er endgültig weg! Der *Tod* soll dich holen, Raydon, wahrhaftig – ich – halt, jetzt erinnere ich mich! Mir kam der Gedanke ... also, mir kam der Gedanke, dass ich gern den Notleidenden helfen würde.«

Raydon blinzelte. »Den was?«

»Den *Notleidenden*, Ray. Gibt es sie nicht überall? Leiden sie nicht etwa Not?«

»Im Großen und Ganzen wohl schon«, meinte Raydon und rückte seine Brille zurecht. »Aber, Euer Gnaden, solltet Ihr Euch nicht mit erhabeneren Zielen ...«

»Oh, das *ist* ein erhabenes Ziel!«, rief Julius. »Vergiss nicht, Ich verfolge das gute Leben. So wie es in deinem Buch steht. Das bedeutet, dass ich gut *sein* muss, oder? Die Menschen – sie brauchen in diesen finsteren Zeiten ein Leuchtfeuer, oder?«

Raydon warf einen Blick zum Himmel. »Es ist elf Uhr vormittags, Euer Gnaden.«

Julius wandte sich ihm zu. Er zog eine Augenbraue hoch, was einen strengen Tadel an dem eben Gesagten zum Ausdruck bringen sollte, nur für den Fall, dass er den Faden der Diskussion verlor. Raydon wand sich. »Aber der Begriff ›gut‹ ist so relativ, Euer Gnaden.«

»Wirklich?« Julius stieß einen Arm himmelwärts.

»Gewiss doch. Ich habe diesen Punkt in Kapitel zwei behandelt. ›Was ist gut?‹ Die Quintessenz lautet, dass ein Löwe es als gut empfindet, einen Elch zu reißen, während der Elch natürlich ...«

»Dann bedeutet das genau genommen, dass ich tun kann, was ich will?«

»Gewiss doch. Ihr seid der Herzog.«

»Sehr schön. Dann sage ich: Auf, auf, Gefährten! Wir wollen den Notleidenden helfen. Ray muss den Leuten einen Erlass verkünden, und ich muss ihnen mein Gedicht vortragen, und zuallererst müssen wir ein paar Notleidende ausfindig machen. Sagte ich dir schon, Ray, dass ich ein Gedicht verfasst habe? Ein Gedicht, das ich den Leuten zu Gehör bringen will? Ein Gedicht über meine Katze Skittles. Du platzt vermutlich fast vor Neugier. Du kannst es kaum erwarten, bis ich die Zeilen deklamiere, was?«

»Mir wird nichts anderes übrig bleiben«, seufzte Raydon und verneigte sich.

»Oh, wunderbar!«, rief Julius. Wieder reckte er seinen Arm den Göttern entgegen. »Du darfst mich wieder Julius nennen. Ich habe dir vergeben.«

»Danke, Julius.« Raydon beäugte spöttisch den ausgestreckten Arm des Herzogs. »Wird es regnen, Julius?«

Der Herzog erstarrte. Ein düsteres Schweigen machte sich breit, bevor er den Arm senkte und mit kalter Stimme sagte: »Für den Rest der Woche bin ich ›Euer Gnaden‹.«

Auf einem kurzen Wegstück in den Wäldern um Days Past lief der Wagen plötzlich unrund. Das durch seine gläsernen Adern pulsierende rote Licht flackerte und verdüsterte sich, bis es nur noch schwach glomm. Der Motor begann zu stottern. »Oh, du *Bastard*!«, kreischte Julius in den Himmel, ohne seine Pose zu verändern – beide Hände zu Fäusten geballt, eine hoch über der Schulter, die andere gegen das Herz gepresst. Die Seelenqualen, die er in diesem Moment verspürte, passten wunderbar zu seiner Haltung, ein Beweis mehr dafür, dass ihn »die Götter« beobachteten. Und so gelangte er zu dem Schluss, dass er zumindest entfernt verwandt mit ihnen war.

Raydon auf dem Rücksitz wurde noch eine Spur bleicher, vor lauter Angst, der Ausruf des Herzogs habe ihm gegolten. Er hatte es nicht gewagt, die abgebrochene Federspitze zu erwähnen, und mittlerweile zwei tiefgründige Bemerkungen, ein ätzendes Bonmot und eines der seltenen demütigen Bekenntnisse menschlicher Schwäche verpasst. »Ray, weshalb haben wir kein niederes Geschöpf mit auf die Reise genommen?«, wimmerte der Herzog, als der Wagen holpernd zum Stehen kam und die roten Lichter erloschen.

»Es wurde an alles gedacht, Euer Gnaden«, erklärte Raydon und wühlte in einer Schublade unter seinem Sitz, die verklebte Weinkelche und all die Spielsachen enthielt, die einmal für die Zerstreuung des Herzogs gesorgt hatten: eine Laute, eine Karnevalsmaske, die Überreste einer im Zorn zerschmetterten Harfe. Inmitten dieses Krams befand sich ein Kaninchen, aber das arme Ding lag steif in seinem Käfig. Es war tot. »Hier wäre unser Treibstoff, aber niemand hat das Tier gefüttert. Lasst die Schuldigen enthaupten, Euer Gnaden!«

»Ja. Ein Verbrechen!« Julius spähte prüfend in die Runde. Sein Blick fiel auf den Chronisten und wurde nachdenklich.

»Nein, Euer Gnaden!«, rief Raydon, der die Gefahr witterte. »Bestimmt kommt schon bald jemand hier vorbei.«

»Soll ich?«, fragte Slythe. Raydon keuchte, als ein schlanker Silberpfeil auf die Handfläche des Meuchelmörders tropfte. Slythes Handgelenk zuckte, und ein silberner Blitz pfiff durch die Luft. Raydon ließ sich mit einem leisen Wimmern in seinen Sitz zurücksinken. Ein dumpfer Schlag, das Rascheln von verdorrtem Laub, und ein Kusu fiel aus dem Geäst eines nahen Baumes. Der Meuchelmörder schwang sich seitlich vom Wagen, hob das Tier am Schwanz hoch und zog den Pfeil aus seinem Rücken.

»Bravo!«, sagte Julius und klatschte begeistert. Sein Bizeps zitterte wie ein weiß-rosa Wackelpudding. »Ich finde es wunderbar, dass du Ray zu Tode erschreckt *und* unser Problem gelöst hast. Das macht mich irgendwie an.«

»Dachte mir schon, dass Euch so etwas amüsieren würde, Euer Gnaden.«

»Aber ist dieser Kusu jetzt nicht auch tot, Slythe?«

»Betäubt«, erklärte der Meuchelmörder. »Es gibt alle möglichen Gifte, Euer Gnaden.«

Julius runzelte die Stirn. »Ich weiß, dass es alle möglichen Gifte gibt, Slythe. Das grenzt an eine Verbesserung meiner Worte. In der Tat. Kommt einer Verbesserung sehr, sehr nahe.«

Ohne ihn zu beachten, schlenderte Slythe nach vorne und kniete am Frontgitter nieder. Er hielt den Schwanz des Kusus vor die spitzen Zähne des Stahlmauls. Aus dem Innern kam ein Geräusch, als presste ein Riesentier Luft durch metallene Lungen. Die Zähne mahlten wie schlecht geölte Scharniere und sogen das Tier unter dem leisen Knirschen splitternder Knochen nach innen. Blut tropfte von den Stahllippen. Der Kusu war binnen Sekunden verschwunden, und der Motor erwachte summend zu neuem Leben. Rote Funken durchzuckten seine Adern. Der Tod eines so winzigen Geschöpfs versorgte den Wagen ein paar Tage lang mit Energie; ein Mensch würde ihn wochenlang in Gang halten. Seine Räder begannen sich zu drehen, knirschten über den Kies und brachten die Passagiere Zoll um Zoll dem guten Leben näher.

»Wenn uns nur ein paar Notleidende begegneten!«, seufzte Julius. Er warf Raydon einen anklagenden Blick zu. »Du dachtest, ich hätte sie vergessen, nicht wahr, Ray? Du dachtest allen Ernstes, ich hätte die Notleidenden vergessen?«

Raydon zog die Stirn kraus. Seine feuchten Lippen bewegten sich stumm.

»Oh, du spielst wieder mal den Gekränkten!«, rief Julius und klatschte in die Hände. »Deine Miene verrät, dass ich eine Spur zu weit gegangen bin.«

Raydon warf ihm einen säuerlichen Blick zu. »Ihr habt allen Ernstes in Erwägung gezogen, mich als Treibstoff zu verwenden, Euer Gnaden.«

»In *Erwägung* gezogen, ja!«, entgegnete Julius. »Entschuldige meine ›Selbstsucht‹, Ray, aber es erschien mir eines Herzogs unwürdig, am Straßenrand zu warten, bis irgendein verirrter Wanderer des Wegs käme. Den Vormittag sinnlos zu verschwenden, anstatt dem Volk ein erhabenes Werk der Dichtkunst vorzutragen! So bin ich! Ich denke an das Volk, während du dich kleinlich darum sorgst, als Treibstoff verwendet zu werden. Das verrät mir eine Menge, Ray – doch, das tut es! – über unsere gegenseitige ... oh, ich komme einfach nicht auf das *Wort*, Ray! Außerdem, ist es denn *geschehen*? Wenn es geschehen wäre, hättest du vielleicht Grund zum Schmollen gehabt, das gebe ich zu. Aber so – was ist denn, Slythe? Wo starrst du hin? Weshalb stehst du auf?«

Dicht vor ihnen stand ein junger Mann stocksteif am Straßenrand. Er trug ein schlichtes weißes Hemd und eine lange braune Hose aus Leder. In seinen Zügen spiegelte sich eine Mischung aus Belustigung und ungläubigem Staunen, als redete er sich eben ein, die Begegnung müsse ein Traum sein. Er mochte um die zwanzig sein, aber die dunklen Bartstoppeln machten ihn um fünf Jahre älter, als er war. Sein Äußeres ließ darauf schließen, dass er länger nicht mehr unter einem Dach geschlafen hatte; Blätter und Grashalme hatten sich auf seiner Kleidung und in seinen wirren braunen Haarsträhnen verfangen. Seine Füße und Knöchel waren böse zerkratzt. Er stieß ein heiseres Lachen aus, als der Wagen bremste und neben ihm anhielt. Slythe setzte sich wieder, allem Anschein nach völlig entspannt, obwohl er den jungen Mann keine Sekunde aus den Augen ließ und eine Hand unauffällig in die Jackentasche schob.

»Genau zum richtigen Zeitpunkt!« Julius schaute zum Himmel und nickte den Göttern anerkennend zu.

»Er wird vielleicht nie erfahren, dass ihm ein Kusu das Leben gerettet hat«, knurrte Slythe.

»Ist er notleidend? Hältst du ihn für notleidend genug, Ray?«

Raydon murmelte etwas Unverständliches.

»Wie? Schmollst du immer noch, weil du so vor dich hin nuschelst?« Julius wandte sich dem Fremden zu. »He, du da! Notleidender Bursche! Wie heißt du?«

»Aden«, erwiderte der Junge. Wie es schien, hatte er Mühe, sich an seinen Namen zu erinnern, und war erstaunt, als er ihm doch noch einfiel. Slythe, der ein Bein lässig über das andere geschlagen hatte und lässig mit der Fußspitze wippte, erstarrte mitten in der Bewegung, als er die Antwort hörte. Ein Lächeln huschte über sein Gesicht.

»Ist er betrunken oder nur verwirrt?«, fragte Julius. »He, Notleidender, bist du betrunken?«

»Betrunken?« Wieder das harte, heisere Lachen. »Tot. Nicht betrunken. Tot.«

»Wie absonderlich! Und woher kommst du, notleidender Bursche?«

Der Junge lachte erneut. »Von der Erde?« Das klang wie eine Frage.

»Erde?« Julius kicherte. »Absurd! Ebenso gut könnte man einen Ort ›Boden‹ oder ›Schmutz‹ nennen. Nein, das gefällt mir ganz und gar nicht. Ray, wo befindet sich dieser Ort? Westlich von Somerset?«

»Vielleicht will er damit sagen, dass er aus dem Schlamm gekrochen ist wie wir alle, sich jedoch erst noch sauber schrubben muss.«

»Nein, er meint einen *Ort* namens Erde, dessen bin ich sicher«, widersprach Julius. »Kennst du ihn, Ray?«

»Ganz bestimmt nicht, Julius.« Raydon dachte nicht daran, den Herzog in Anwesenheit eines gemeinen Bürgers mit »Euer Gnaden« zu betiteln. »Warum werfen wir ihm nicht einfach eine Münze zu und fahren weiter? Ist es denn unbedingt nötig, dass er uns begleitet? Bei den Göttern, die Sitze wurden doch eben erst gereinigt.«

»Ich kenne euch Typen«, murmelte Aden. »Slythe. Du bist einer der Rollenspiel-Charaktere ...«

Julius schwenkte seine Toga. »Ich stelle fest, Bursche, dass du mich nicht mit ›Euer Gnaden‹ anredest. Wenn du *sehr* große Not leidest, will ich dir das noch einmal nachsehen. Leidest du sehr große Not?«

Aden ging in die Hocke und presste die Finger gegen die Schläfen. »Bei meinen schlimmsten LSD-Trips ... Okay, ich gebe zu, dass ich ein Dreckskerl bin. Jawohl, ein Dreckskerl. Ich hab das Handtuch geschmissen, aus welchen Gründen auch immer, und deshalb verdiene ich nichts Besseres. Das verstehe ich. Und was immer sonst passiert, ebenfalls. Aber was zum Henker soll das alles hier? Im Ernst. Schreibt mein Opa über diese Welt, *weil* sie existiert? Oder existiert sie, weil er darüber schreibt? *Wenn* sie existiert, woher wusste er dann, dass es sie wirklich gab? Oder umgekehrt: Wenn er sie erfand, *wie wurde sie dann Wirklichkeit?*«

»Bist du notleidend?«, fragte Julius und schlug mit der Hand auf das Geländer. »Ich würde dir gern helfen. Also antworte mir, Bastard, oder ich lasse dich töten!«

»Ich bin tot. Das erwähnte ich bereits.«

»Das grenzt an Widerrede«, sagte Julius. »Außerdem sind deine Fragen vollkommen unlogisch, da du eindeutig hier stehst und sprichst und dich in dieser Welt umschaust. Aber ich sehe, wie verächtlich Raydon dich betrachtet, und deshalb lade ich dich ein, neben ihm Platz zu nehmen, denn du musst wissen, dass es mir Vergnügen bereitet, mich über Ray lustig zu machen. Die Reise ist bestimmt viel kurzweiliger, wenn Ray sich über irgendetwas aufregt. Hierherauf mit dir, notleidender Bursche, und weiter geht die Fahrt! Ich bin dabei, dem Volk mein Gedicht vorzutragen, und dir bringe ich unterwegs ein wenig Kultur bei, bis ich genug von dir habe.«

»Nun ja, warum nicht?«, meinte Aden, schwang sich auf den Wagen und über das gläserne Geländer und ließ sich in die weichen Lederpolster sinken.

Der Motor schnurrte, die Räder rollten, und rotes Licht flackerte in den Glasadern. »Tut mir leid«, sagte Aden, ohne sich direkt an einen der drei Männer zu wenden. »Tut mir echt leid.«

Der Meuchelmörder sah ihn beschwörend an und lächelte. »Schsch!«, warnte er ihn.

Aden schien Slythe zum ersten Mal richtig wahrzunehmen. Der Meuchelmörder spielte mit einem Pfeil, den er aus seinem Ärmel gezogen hatte, balancierte ihn auf einer Fingerspitze und verlagerte ihn der Reihe nach auf die übrigen Finger, ohne ihn ein einziges Mal fallen zu lassen. Dann ließ er ihn auf dem Handrücken tanzen, wo er winzige Grübchen hinterließ. Aden beobachtete das Spiel. »Du kannst mich töten«, sagte er. »Das macht mir überhaupt nichts aus.«

»*Ich* erteile hier die Befehle, bitte sehr!«, sagte Julius und drohte mit dem Zeigefinger. »Und jetzt ist mal Ruhe da hinten!«

Die Bäume entlang der Straße wichen wie Vorhänge zur Seite und gaben den Blick auf welliges Weide- und Ackerland frei. Jenseits der Hügel stieg Kaminrauch in so dichten Schwaden zum Himmel, dass er den Eindruck eines Buschfeuers erweckte. Fernes Stimmengewirr und die Hektik eines Bauernmarktes drangen zu ihnen herüber.

Raydons Geduld war erschöpft. Seine Gedanken kreisten längst nicht mehr um den abgebrochenen Federkiel. Stattdessen rückte er betont von Aden weg, obwohl das seinen Abstand zu Slythe verringerte. Er gab sich keine Mühe, seinen Ekel und seine Entrüstung zu verbergen. Seine Hängebacken zitterten empört, und sein Mund stand halb offen, als müsste er sich jeden Moment übergeben.

Julius drehte sich um und taxierte Aden zum zehnten Mal. »Er ist *einigermaßen* notleidend«, meinte er nachdenklich, »aber auch nicht mehr als das. Nicht das, was ich mir vorgestellt hatte, Ray. Das gibt zu wenig für eine ergreifende Schilderung in der Chronik her, oder? Was würdest du denn schreiben? ›Seine Exzellenz bot dem Notleidenden huldvoll einen Platz in seinem Wagen an.‹ Gefällt mir eigentlich ganz gut. Aber sag, Ray, wie fühlst du dich neben einem Mann aus dem einfachen Volk?«

»Wenn Ihr die Wahrheit wissen wollt – ich würde ihn am liebsten von seinem Ledersitz stoßen und die Fahrt ohne ihn fortsetzen.«

»Und *ob* ich die Wahrheit wissen will, Ray! Es macht mir solchen Spaß, dich zu drangsalieren.« Julius wandte sich Aden zu. »Wusstest du, dass mein Chronist unsterblich in meine Schwester Mira verliebt ist?« Raydon sog die Luft durch seine Zähne ein, dass es zischte. »Doch, das stimmt«, fuhr Julius fort. »Wenn ich mich nicht täusche, würde er sie gern zur Gemahlin nehmen und an ihrer Seite das Land regieren. Kannst du dir das vorstellen? Wie sollten wir ihn nennen? Lord Fettsack?«

»Haltet endlich das Maul!«, schrie Raydon. Er war puterrot angelaufen.

Julius klatschte entzückt in die Hände. »Das macht er immer so, wenn ich den Notleidenden erzähle, wie sehr er meine

Schwester liebt«, sagte er zu Aden. »Ray, ich finde es so schön, dich bis zur Weißglut zu reizen.«

»Maul halten!«

»Ich denke nicht daran. Komm, Ray, beschimpfe mich richtig! Aber lass dir was Besseres als ›Maul halten!‹ einfallen!«

Raydons Fäuste zitterten. Er schmetterte den Papierstapel zu Boden und sah zu, wie sich die Blätter überall verteilten. »Warum spielt Ihr nicht auf Eurer Harfe, Julius?«

Julius grinste. »Ich weiß es nicht, Ray. Warum spiele ich nicht auf meiner Harfe?«

»Weil Ihr sie in einem Wutanfall zerbrochen habt!«

»Echt? Aber warum sollte ich denn so was tun?«

»Vielleicht, weil Euer Spiel ...«

»Sprich ruhig weiter, Ray!«

»Weil Euer Spiel wie das Wimmern von liebestollen Katern klang. Wie das schmerzerfüllte Wimmern von liebestollen Katern kurz vor ihrem Tod.«

Julius lachte so sehr, dass sein ganzer Körper in Bewegung geriet. Er musste sich am gläsernen Geländer festhalten, um nicht das Gleichgewicht zu verlieren. »O Ray! Nun hör aber auf! Du weißt ebenso gut wie ich, was du sagtest, als ich auf der Harfe spielte. Du sagtest, mein Saitenspiel sei wie das Schluchzen der Sterne ...«

»Aus Mitleid.«

Julius keuchte. »Aus Mitleid? Mit den Qualen der Harfe etwa? Also, das ist doch ...! Wenn ich mich recht erinnere, sagte ich einmal, mein Harfenspiel ›rühre an viele tiefschürfende Fragen des Menschseins‹ – eine Bemerkung, die du unverzüglich in deine Chronik aufnahmst. Aber Schluss jetzt mit dem Thema! Warte, bis du mein Gedicht hörst, Ray! Es wird dich überwältigen.«

Der Wagen rollte auf das Dorf zu, vorbei an einem Ortsschild, auf dem DAYS PAST stand. Julius machte einen Katzenbuckel, hielt den Kopf schräg und experimentierte mit einigen Posen, ehe er sich für eine vage militärische Haltung entschied – einen Ellbogen schräg über der Brust angewinkelt und mit dem freien Arm die Seidentoga um die Hüfte schlingend. Slythe wandte erstmals seine Aufmerksamkeit von Aden ab. Seine Blicke schweiften, wie es schien, zu den Farmern hinüber, die an den Hügelflanken ihre Felder pflügten.

»Winke dem Volk zu, Ray!«, befahl Julius. Raydon fuchtelte wütend umher, als müsste er einen Fliegenschwarm verscheuchen. Dann lehnte er sich mit rotem Gesicht in seine Lederpolster zurück.

Die Landschaft zog vorüber. Aden betrachtete müde und verwirrt die fremden Pflanzen, grüne Gebilde, die sich im Wind wiegten oder frei umherzuwuseln schienen wie Tiere, alle vor dem Hintergrund vertrauter Eukalyptusbäume, Kiefern und Eichen. Zwei wie glatte, hüfthohe Kakteen geformte Gewächse umklammerten einander mit dicken Ranken, die an Arme erinnerten. Ringsum lagen ähnliche Pflanzen zerfetzt am Boden.

Gehöfte und Hütten bedeckten nun die Hügelflanken. In Lumpen gehüllte Menschen huschten Insekten gleich durch ferne Hauseingänge. Manche blieben stehen und schauten dem Wagen des Herzogs drunten auf der Straße mit unverhohlener Feindseligkeit nach. Allerdings schien ihr Hass eher der Welt als Ganzes und nicht ihren Einzelaspekten zu gelten. Sie passierten Blockhäuser aus dicken Kieferstämmen und einen Sportplatz mit verwischten weißen Markierungen und Zielpfosten aus Metall, die hexagonal in Form von Blütenblättern angeordnet waren. Ein Gerichtsgebäude kam in Sicht. Es ähnelte einem bizarren Tier mit Marmorsäulen anstelle von Beinen; den Haupteingang bildete das Maul eines zum Fressen oder Trinken gesenkten Kopfes. Auf dem Vorplatz standen Galgen, um die sich eine kleine Schar von Neugierigen versammelt hatte, welche die letzten Sekunden eines zum Tode Verurteilten begaffte. Der Mann trug eine Schlinge um den Hals und hatte ein fröhliches Lächeln auf den Lippen; er war eindeutig der glücklichste Mensch weit und breit. Wie befohlen, winkte Raydon ihm und seinem Henker zu. Sie winkten zurück, im gleichen Moment, als der Verurteilte nach unten sackte und frei am Strick pendelte. Da sich die Zuschauer umgedreht hatten, um zu sehen, wem er winkte, versäumten sie den Augenblick seines Todes und bewarfen den Henker wütend mit Obst, bis er vom Holzpodest stürzte und selbst unter einem wilden Ansturm der aufgebrachten Menge starb.

Sie kamen an einem Markt vorbei, auf dem ein lebhaftes Treiben herrschte. In der Luft lagen Bratendüfte, Federn wirbelten umher, Geflügel gackerte und kreischte, Händler priesen ihren bunten Tand an, Hausfrauen in Schürzen und Häubchen beäugten misstrauisch die ausgestellten Waren, und über allem lag der süße Klang von Münzen, die ihre Besitzer wechselten. »Der Hauptplatz«, sagte Julius und spähte ausdruckslos umher. »Ziemlich viel los heute. Sollen wir die Hupe betätigen, Ray? Die Hupe, die dem Volk signalisiert, dass ich ihm etwas Wichtiges mitzuteilen habe? Die Hupe, die dem Volk befiehlt, mir zu lauschen?«

»Ganz wie Ihr meint.«

»Ähm«, sagte Julius. »Also, ich persönlich ergötze mich an deinem Schmollen. Es macht das Reisen kurzweiliger. Aber das Volk beobachtet uns, und das Volk soll auf gar keinen Fall denken, ich ließe dich in aller Öffentlichkeit den Gekränkten spielen. Oder wie siehst du das?«

Es kostete Raydon ganz erhebliche Mühe, sich gerade hinzusetzen und einen heiteren Ton anzuschlagen. »Ihr habt recht, Julius. Ich benehme mich wie ein ... Rohling. Ich hoffe, Ihr verzeiht mir noch einmal.«

Julius warf ihm einen geringschätzigen Blick zu. »Nun, *das* muss ich mir erst überlegen. Aber jetzt betätige endlich die Hupe, Ray, du ... Trantüte, du!« Auf dem Geländer hinter dem Chronisten befand sich eine Drucktaste. Raydon drehte sich mühsam um, behindert von einem zu engen Hemd, das über dem Bauch spannte, und presste die Taste nach unten. Ein schrilles Heulen drang aus dem Maul des Gefährts. Es klang wie der Schmerzensschrei einer geschundenen Kreatur. Die Dorfbewohner in Sichtweite bewegten sich langsam auf den Wagen zu, der auf einer ebenen Kopfsteinpflasterfläche angehalten hatte. Mürrisch umringten sie den hohen Besuch.

»Verkünde ihnen den Erlass, Ray!«, befahl Julius und fuchtelte wild mit den Händen, bis die Menge ihr Gemurmel eingestellt hatte. Stille breitete sich aus. »Slythe, was hältst du von diesem Erlass? Der gute, alte Torak schob ihn letzte Nacht unter meiner Tür durch. Ich dachte zu diesem Zeitpunkt gerade darüber nach, ob die Angelegenheit korrekt sei, aber ich weiß nicht mehr, zu welchem Ergebnis ich kam. Lies vor, Ray!«

Raydon zog eine Pergamentrolle aus seiner Tasche. Er blickte mit müder Verachtung in die Gesichter der Umstehenden, während er das Schreiben glatt strich und sich räusperte. »Erlass an die Bewohner von Days Past bezüglich Eisennetz. Uns wurde zur Kenntnis gebracht, dass ein junger Mann unter Missachtung der Sperrstunde diese Gegend durchstreifte und die absurde, ketzerische Behauptung aufstellte, er sei eine Art Blutsverwandter des Weltenmachers. *Ruhe!*«, blaffte Raydon zwei alte Weiber an, die hinter vorgehaltener Hand miteinander tuschelten. Zornig fuhr er fort: »Das ist nicht nur Häresie, sondern darüber hinaus ein ungutes Klasse-Sechs-Omen. Sollte es daher in Days Past zu irgendwelchen seltsamen Ereignissen kommen, so müssen sie wohl diesem jungen Mann zugeschrieben werden. Noch wissen wir nicht, welche Gefahr er für das Reich, das Schloss, die Kirche oder die ganze Welt darstellt. Ihr seid hiermit aufgefordert, entsprechende Beobachtungen unverzüglich dem Namenlosen der hiesigen Kirche oder mir, Torak, zu melden. Der junge Mann wird wie folgt beschrieben: Schlank, dunkelhaarig ...«

»Ein Gedicht!«, rief Julius. Raydon stopfte den Erlass in seine Tasche. Julius warf die weiße Seiden-Toga raschelnd in Falten und reckte der versammelten Menge tief bewegt eine Faust entgegen. »Ein Gedicht über Skittles, meine Katze. Ray, sei so

gut, und schreib es mit! Außerdem erwarte ich ein paar Notizen über die Reaktion der Zuhörer. Seid ihr bereit, Leute?«
Julius räusperte sich eine halbe Minute, ehe er mit seinem Vortrag begann:

»Mit donnergrauem Pelz, wie einst das wärmende Gewand
der wilden Horden aus dem Norden,
wenn sie zu großen Schlachten auf sich machten.

So kämpfte sie in Hintergassen mit den Katern,
stets bereit, ihr Leben hinzugeben.
Aber immer nur für sich und nie für mich.

Doch irgendwann wird Skittles die Milch der Menschlichkeit
mit Funkelaugen aus ihrer Schüssel saugen,
wird schlecken und wird schmecken
wie gut es tut, zu nehmen und zu geben mit frohem Mut.«

Tödliche Stille folgte. Jemand hustete. Raydon vergrub das Gesicht in beiden Händen. Die Dorfbewohner schlurften davon. »Wie soll'n das gehen – mit den Augen saugen«, murmelte einer.

Slythe zog mühsam die Hände aus den Taschen und klatschte dreimal. Raydon folgte seinem Beispiel und hauchte: »Bravo, Julius ... ich bin sprachlos.«

»Genau wie *die* da«, entgegnete Julius wütend und sah den Dörflern mit zusammengebissenen Zähnen nach. »Nun?«, fauchte er. *»Nun?«*

Die Zuhörer zerstreuten sich und kehrten an ihre Arbeit zurück. Julius wirbelte herum und umklammerte mit zitternder Hand das Geländer. Aus seinem Gesicht war jegliche Farbe gewichen. »Das ist gegen jede Zucht und Ordnung«, sagte er schwach. »Obwohl es mir überhaupt nichts ausmacht, Ray. Du meine Güte! Ray ... mir kam da ein Gedanke. Ja doch, mir kam eben ein Gedanke.«

»Euer Gnaden?«, wisperte Raydon.

»Ich glaube ... ich glaube, ich kriege einen Wutanfall.«

»Nein, Euer Gnaden, bitte ...«

»NEIN! ICH GLAUBE ALLEN ERNSTES, DASS ICH EINEN WUTANFALL BEKOMME! UND ›NEIN, BITTE!‹ IST JA SCHÖN UND GUT, *DANKE*, RAYDON, ABER ...« Die Wut schnürte ihm einen Moment lang die Kehle zu. »MANCHE HERZÖGE HERRSCHEN OHNE JEDE POESIE! MANCHE HERZÖGE PEITSCHEN IHRE UNTERTANEN AUS, SCHLAGEN SIE, QUÄLEN SIE, ERSTECHEN SIE, SCHNIPPEN NUR MIT DEN FINGERNÄGELN, WENN SIE ETWAS WOLLEN. MANCHE HERZÖGE HALTEN SICH TIGER, DENEN SIE WOCHENLANG KAUM ETWAS ZU FRESSEN GEBEN. UND WENN DIE TIGER RICHTIG AUSGEHUNGERT SIND, HOLEN SIE VIELLEICHT DORFBEWOHNER VON DAYS PAST, LEUTE, DIE SICH AUS *IRGENDWELCHEN* GRÜNDEN WEIGERN, IN FRENETISCHEN APPLAUS AUSZUBRECHEN!« Er verstummte keuchend, einem Kollaps nahe, und hielt sich krampfhaft am Geländer fest. »UND DIESE HERZÖGE ...«

»Fahr heim, Julius«, sagte eine strenge Stimme hinter dem Wagen.

Julius wirbelte herum, empört. Adens Augen weiteten sich, als er sah, wer den Herzog unterbrochen hatte. Muse. Sie trug die gleichen Sachen wie nachts in den Wäldern, harte Lederstiefel und ein Kleid mit Kapuze über einer langen Hose. Das graue Haar war zu einem Pferdeschwanz zusammengebunden. Ihre Gesichtszüge wirkten streng und irgendwie weder jung noch alt. Sie schleppte ein Bündel neuer Pinsel und eine große Rolle weißes Endlospapier. Ihre Blicke wanderten müde über den Wagen und seine Insassen.

»Aden«, sagte sie. »Du wirst, wie ich annehme, bald merken, dass du dich nicht in der allerbesten Gesellschaft befindest. Vielleicht solltest du diesen Freund besuchen, der in mein Haus eindrang und dich mitnahm, weil du ihm gefielst. Ich glaubte dich in deinem Rahmen völlig sicher. Nie hätte ich gedacht, dass dich jemand stehlen würde.«

Ihre Blicke schienen eine stumme Warnung zu übermitteln: *Antworte mir! Tu so, als wären wir alte Freunde!* »Geht in Ordnung«, sagte er. »Ich bin nur etwas ... verwirrt. Ich weiß weder wo ich bin, noch wer ich bin.«

Muse nickte und hielt den Blickkontakt aufrecht. »Er wird noch einmal in mein Haus kommen, um ein paar Pinsel und Papier zu stehlen. Er wird Gefallen an seinem neuen Hobby finden. Er kann die gebrauchten Pinsel haben, solange er die Finger von meinen Spezialfarben lässt. Wir beide werden uns in naher Zukunft mal ausführlich unterhalten. Und du, Julius, hast wieder mal ein lebendes Spielzeug gefunden. Aber ich warne dich! Wenn dem Jungen hier nur das Geringste zustößt, wirst du es bereuen! Mach's gut, Aden. Bis bald.«

Julius war entgeistert über die formlose Anrede. Seine Kinnlade klappte nach unten, und er brachte kein Wort hervor. Muse wandte sich ab und ging, bevor er sich von seinem Schock erholt hatte. Die Dorfbewohner, an denen sie vorbeikam, starrten ihr neugierig nach und unterhielten sich im Flüsterton, sobald sie außer Hörweite war. Allem Anschein nach flößte sie den Leuten Angst ein. Aden richtete sich halb auf und überlegte, ob er ihr folgen solle – aber sie hatte ihn nicht dazu aufgefordert, und er fühlte sich mit einem Mal zu erschöpft, um etwas auf eigene Faust zu unternehmen.

Raydon schenkte Aden zum ersten Mal seine Aufmerksamkeit. Ein sonderbarer Ausdruck lag in seinem Blick, und seine Zunge fuhr unentwegt über die dunklen, feuchten Lippen. »Nun, Julius – der Bursche hier ist offenbar nicht so gewöhnlich und notleidend, wie wir dachten. Immerhin scheint er mit einer Hexe befreundet zu sein.«

»Sieht ganz danach aus«, warf der Meuchelmörder ein. Er beobachtete Aden mit halb geschlossenen Augen.

»Du bist eine Truggestalt«, sagte Aden zu ihm. »Dich gibt es nicht wirklich.«

Slythe hob einen Finger an die Lippen. *Schsch!*

Julius hatte sich gefangen. Er glättete seine Toga und atmete tief durch. Allmählich kehrte die Farbe in sein Gesicht zurück. »Weiter, Ray, zur Kirche! Ich fürchte, ich brauche heute eine ganz besondere Medizin gegen mein Unwohlsein. Vielleicht gibt mir der sogenannte Namenlose etwas von dem Pulver, das mich diese komischen Lichter sehen lässt.«

Der Wagen nahm wieder Fahrt auf. Julius schüttelte den Kopf. »Der Namenlose! Irgendwann sollte er diesen Unsinn lassen und sich für einen richtigen Namen entscheiden. Warum macht er das, Ray?«

»Eine ganz verteufelte Tradition, Julius. Es geht um das Individuum als allgemeiner Charakter, als Archetyp, den jeder beliebige Schauspieler übernehmen kann, egal, auf welche Rolle er sonst festgelegt ist, denn im Grunde zählt nur, wie der Weltenmacher ihn sieht ...«

»Oh, diese Erklärung *langweilt* mich im höchsten Grade! Dann müssen wir ihn eben selbst benennen. Wie sollen wir ihn heute nennen? Lass dir bitte etwas besonders Peinliches einfallen!«

Raydon überlegte. »Dummes Gackerhuhn, Julius?«

»Perfekt!«, rief Julius und reckte einen Arm den Göttern entgegen. Der Motor summte leise, und der Wagen rollte an den Märkten vorbei.

Lange Zeit herrschte Schweigen. Dann räusperte sich Aden. »Hey, Leute? Euer Gnaden?«

Julius wirbelte herum, zog eine Augenbraue hoch und warf den Kopf in den Nacken. »Ich gestatte dir, das Wort an Uns zu richten!« Er wandte sich an Raydon. »Wie fandest du das eben? Das ging mir doch wunderbar glatt von der Zunge. Obwohl es eigentlich heißen müsste: ›Es sei dir gestattet.‹ So müsste es doch heißen, Ray, nicht wahr? Und? Wie hat es dir gefallen?«

»Ein Highlight des Vormittags, Julius«, sagte Raydon und betrachtete gelangweilt den Horizont.

Julius schloss die Augen. »Ich fürchte, ich muss dich *warnen*, Ray. Als ich vorhin ein wenig stichelte, um dich auf die Palme zu bringen, war ich durchaus auf deine Gegen-Sticheleien gefasst. Aber nun sind Gegen-Sticheleien unerwünscht. Ich meine das völlig ernst, Ray. Spirituell habe ich heute Vormittag einen herben Schlag erlitten. Aber ich gedenke, ihn abprallen zu lassen und an andere weiterzugeben. Deiner Antwort entnehme ich jedenfalls, dass du *nicht* der Meinung warst, mein Gedicht sei das Highlight des Vormittags gewesen.«

Raydon zuckte zusammen. »Keineswegs, Euer Gnaden, keineswegs ...«

»O doch. Das hast du zumindest angedeutet, versehentlich oder gar mit Absicht. Und gebrauche jetzt keine Ausflüchte! Ich hatte von Anfang an den Eindruck, dass dir mein Gedicht nicht gefiel, Ray. Und wir alle wissen, dass mich solche Dinge sehr zornig machen können. Es wäre nicht das erste Mal. Was wolltest du mit ›keineswegs‹ zum Ausdruck bringen, hmm? Dass mich mein Eindruck getäuscht hat? Ich kenne deine Gedanken, Ray, ich kenne sie genau ...«

»'tschuldigung«, warf Aden ein.

»Das grenzt an eine Störung!«, schrie Julius und wandte sich mit einem Ruck Aden zu. »Das grenzt sogar sehr stark an eine Störung!«

»Dieser ... äh ... Erlass, den der Typ da verkündete«, sagte Aden. »Bevor Sie Ihr erstaunliches Gedicht vortrugen. Erinnern Sie sich? Darin hieß es, dass ein junger Mann in der Gegend unterwegs sei. Ein böses Omen. Das bin ich. Ich bin das gefährliche Omen. Verwandt mit diesem Alten, den ihr den ›Weltenmacher‹ nennt. Ich bin sein Enkel. Das gebe ich zu. Tötet mich also, wenn euch danach ist. Ich habe es satt, dass mich der da ...«, er wies mit dem Daumen auf Slythe, »... ständig anstarrt.«

»Kommt nicht infrage«, schnaubte Julius. »Ich bestimme, wann du getötet wirst. Erst muss Ray in seiner Chronik vermerken, auf welche Weise ich dir geholfen habe, und bislang konnte ich wenig für dich tun, außer dass du dich ein wenig im Glanz meines Ruhmes sonnen durftest. Ich muss dich mit Speis und Trank versorgen, mit Kleidung, mit Verbandsmaterial und ... einem Besteck. Und ich muss dir Kultur beibringen. Das bringt mich auf meiner Suche nach dem guten Leben einen großen Schritt weiter. Ich werde es finden, gemeinsam mit dem lieben Ray.«

Als der Herzog gerade abgelenkt war, rückte Slythe ganz nahe an Aden heran. Ein metallischer Klang begleitete seine Bewegung. »Du bist einem Bild entstiegen«, sagte er. »Stimmt doch, oder?«

Aden musterte ihn und verglich seine Züge mit der Skizze in einem Notizblock, die ihm in Erinnerung geblieben war. »Klar«, erwiderte er. »Was hattest du gedacht? Dass ich dem Schoß einer Frau entsprang?«

»Schon gut«, meinte Slythe. »Still jetzt. Wir reden weiter, wenn wir mal einen Augenblick allein sind.«

Der Wagen hielt an dem kleinen Weg, der zum Portal der Kirche führte. Im Licht des Tages war das Bauwerk eine wahre Monstrosität, zusammengeschustert aus allen möglichen nicht miteinander harmonierenden Teilen. An einem der Fenster bewegte sich ein Vorhang.

»Da wären wir!«, rief Julius. »Zuerst eine Medizin gegen mein ... Unwohlsein. Das war es doch, oder? Danach entsorgen wir den Notleidenden. Er langweilt mich allmählich, Ray. Sitzt einfach da und *verbraucht* allerlei Dinge. Die Luft zum Beispiel.« Julius starrte Aden an. Sein Stirnrunzeln wirkte seltsam ausdruckslos. »Nun gut. Slythe, wie steht es mit deinem Unwohlsein?«

»Alles in Ordnung heute, Euer Gnaden.«

»Also keine Medizin für dich! Komm, Ray, wir begeben uns nach drinnen. Reich mir deine Hand, Ray, und hilf mir beim Absteigen! Nein, nicht so! Du gibst dir überhaupt keine Mühe, Ray! Wo bleibt dein Enthusiasmus? *Hmm?* Eine Hand an meinem Ellbogen genügt nicht, um mich zu stützen. Deine Finger sind kraftlos, sage ich dir. Schlaff.«

»Ich bin ein Literat, Julius, keine Sportskanone.«

»Ich buchstabiere S C H L A F F!«, kreischte Julius. Er raffte seine Toga, damit sie nicht den Boden berührte, und schritt auf das Kirchenportal zu. Raydon warf einen besorgten Blick über die Schulter und rief Slythe zu: »Pass auf, dass er die Finger von meinen Schriften lässt!«

Slythe zog eine Augenbraue hoch und spuckte auf den Buchdeckel.

»Dummes Gackerhuhn – so werden wir dich nennen!«, hörten sie Julius kreischen, bevor sich das Portal hinter ihm und seinem Chronisten schloss.

Slythe starrte Aden an, starrte ihn nur an. Eine Minute verstrich, und Aden erhob sich mit dem Vorsatz, seitlich vom Wagen zu springen und zu Fuß weiterzugehen. »Warte«, sagte Slythe. »Du bist also aufgewacht und aus einem Bilderrahmen gestiegen. Ist das deine erste Erinnerung?«

»Was geht dich das an?«

Der Meuchelmörder winkte den Einwurf wie das lästige Gequengel eines Kindes ab und wartete auf seine Antwort. Aden zuckte mit den Schultern. »In diesem Leben? Ja.«

Slythe nickte. »Nun, ich weiß, was du bist und was du zu sein glaubst. Das sind zwei Paar Stiefel. Es gab kein Leben vor diesem hier.«

Aden nahm wieder Platz. »Also schön. Vielleicht schaffst du es, mich davon zu überzeugen, dass dieser verdammte Acid-Trip die Realität ist – dass ich mir alles andere eingebildet habe. Was bin ich dann?«

»Blendwerk. Wenn du in einem Bilderrahmen erwacht bist, erschuf dich die Göttin Muse, so wie sie mich und andere Wesen erschuf. Ich trat auf die gleiche Weise ins Leben. Muse war die Frau, die mit uns sprach, nachdem sich der Herzog in Days Past so blamiert hatte. Weißt du, *warum* du erschaffen wurdest, Aden? Sie experimentiert gerade mit neuen historischen Rollen, will sehen, ob sie Wurzeln schlagen und erhalten bleiben. Das ist alles, was sie tut. Deine Existenz entspringt mehr oder weniger dem Zufall. So malte sie beispielsweise vor Jahrhunderten einen Herzog und stellte die Leinwand in einen Raum mit vielen anderen Bildern, vielen anderen Möglichkeiten. Und eines Tages entschied die Welt, dass ein Herzog gebraucht wurde. Also blieb die Rolle des Herzogs, selbst nachdem der ursprüngliche Herzog gestorben war. Ein neuer wurde ins Dasein gerufen. Deshalb existierst auch du. Wenn du stirbst und die Welt entscheidet, dass deine Rolle gebraucht wird, ersetzt dich ein anderer. Das ist nichts Besonderes. Du existierst durch die plötzliche Laune einer Göttin.«

»Komische Göttin«, meinte Aden. »Sie sah aus wie eine Lehrerin.«

»Sie existiert seit Anbeginn der Schöpfung«, sagte Slythe. »Sie ist ein Glied des Weltenmachers, ein Teil von ihm.« Slythe sprach leise. Seine Stimme klang wie das Rascheln von Blättern, und seine Lippen bewegten sich, als kaute er auf den Wörtern herum. »Du bist ein besonderes Geschöpf. Wie ich. Wir besonderen Geschöpfe sind alle ihr Werk. Wir stechen unter den übrigen Gemälden hervor, wir sind Farben, die ins Auge fallen. Wir sind selten. Alle anderen sind nur Recyclingmasse in der gleichen historischen Rolle, unfähig, sich aus eigener Kraft zu verändern. Das gilt weder für dich noch für mich. Vielleicht bist du ein Schauspieler auf der großen Weltbühne, einer, der die Geschichte neu schreibt. Oder vielleicht stirbst du schon heute, und kein Hahn kräht nach dir.«

»Aha! Und was willst du damit sagen? Dass ich ein Gott bin oder was?«

»Nein. Du gehörst einer anderen Spezies an als der Rest, das ist alles. Einer anderen Spezies als die Horden, die den Fußspuren ihrer Vorfahren folgen, die auf den gleichen ausgetretenen Wegen dahintrotten und das gleiche dumme Geschwätz von sich geben. Sie sind bewegliche Teile, Kulisse, surrende, klackende Getrieberädchen, die ineinandergreifen, jedes an seinem vorgesehenen Platz, jedes austauschbar. Du dagegen unterscheidest dich von ihnen, bist vielleicht sogar einmalig, und sei es nur deiner Wahnvorstellungen wegen.«

Aden lachte und ließ sich tief in den weichen Ledersitz zurücksinken. »Ich weiß genau, was ich bin.«

»Tatsächlich?«

»Als ich heute Morgen durch die Wälder streifte, zog ich zwei Schlussfolgerungen. Erstens, ich bin ein Dreckskerl. Der letzte Abschaum. Ein Feigling. Was immer mich dazu brachte, aus dem Leben zu scheiden, ich hinterließ eine breite Spur von Kummer und Leid, nur weil alles ein bisschen zu viel für den armen kleinen Aden war. Zweitens schmerzten meine Füße, und ich schenkte diesem Schmerz mehr Beachtung als der Spur von Kummer und Leid, die ich in meinem früheren Dasein hinterließ.«

»Es gibt kein ›früheres Dasein‹.«

Aden funkelte ihn wütend an. »Es gibt kein *Hier*. Hör mir jetzt mal genau zu, ja? Ich bin nicht real. Genau so wenig wie du. Aber ich *war* real. Und ich habe eine kleine Info für dich. Es ist alles nur Theater. Verstehst du? Das hier ist ein Theaterstück. Du bist eine Figur, eine Rolle. Es gibt dich nicht wirklich.«

»Du leidest an Wahnvorstellungen.«

»Ich leide an Wahnvorstellungen? *Ich bin eine Wahnvorstellung*. Ich sehe mich durch die Augen eines anderen, obwohl ich wirklich hier zu sein scheine.« Er schlug sich mit der flachen Hand gegen die Brust. »Du hast nur in einem Punkt recht: Ich habe den gleichen Ursprung wie du. Wir haben den gleichen Ursprung wie diese Kirche oder der Felsen dort drüben oder die falschen Sterne am Himmel. Aber damit hört die Ähnlichkeit auch schon auf. Ich war real. Du nicht. Niemals.«

»Und welche Erinnerungen hast du an dein reales früheres Dasein, Aden?« Aden gab keine Antwort. Der Meuchelmörder lächelte. »Erzähl mir von deinem Großvater! Erzähl mir, was du noch über ihn weißt!«

»Nein. Hör zu! Die Welt hier ist ... irgendwie nur ein Theaterstück. Okay? Dir erscheint sie real. Himmel, selbst mir erscheint sie ziemlich real. Aber wir können die Realität nicht beeinflussen, nicht die wahre Realität. Ebenso wenig wie Schachfiguren irgendwelche Ereignisse außerhalb des Schachbretts beeinflussen können.«

»Können sie das nicht?«

»Nein! Du behauptest im Grunde, dass es hier Königinnen, Läufer und Bauern gibt und dass du ein sehr wichtiger Turm bist. Gratulation! Aber wie lange wird es dauern, bis jemand das ganze Schachbrett umwirft? Wenn die Welt hier ein Traum ist, wird mein Großvater eines Tages aufwachen. Oder sterben. Und wenn sie real ist ...« Er lehnte sich zurück und presste beide Hände gegen die Schläfen. »Verdammte Scheiße! Nein! Sie kann nicht real sein.«

Slythe blickte zum Kirchenfenster, als sich erneut ein Vorhang bewegte. »Ich weiß nichts von der ›realen‹ Welt, die durch dein Gehirn spukt. Ich versuche dir dabei zu helfen, deine Gedanken zu ordnen. Also, pass auf! Es gibt drei Arten von Geschöpfen. Charaktere auf der Bühne, wie mich. Sie können die Geschichte der Welt verändern. Selten, diese Leute! Dann gibt es die Statisten, die eng auf ihre Rollen beschränkt sind, deren Handeln genau vorherbestimmt ist. Die Dorfbewohner etwa. Sie bilden den Hintergrund. Die Requisiten. Und schließlich die besonders raren Hüter des Ganzen, die Götter und Göttinnen. Sie sind Teil des Weltenmachers. Wie Muse und zwei andere, die ich kenne. Du hältst dich für einen von ihnen.«

Aden lachte wieder. »Hör mal, ich bin nicht mehr als die Ausgeburt einer fremden Fantasie. Vielleicht sogar eine Ausgeburt meiner eigenen Fantasie. Oder eine Erinnerung, okay? Oder ...« Er setzte sich kerzengerade hin. Als wäre ihm eben eine große Erkenntnis gekommen. »Ich habe keine echten Erinnerungen. Nur Vermutungen. Ich weiß nichts über mein vergangenes Leben. Mit einer Ausnahme: *Ich entsinne mich an alle Besuche bei meinem Opa.* Warum?«

Slythe schien seine Worte nicht aufzunehmen. Einen Moment lang hatte er Aden offenbar völlig vergessen. »Du behauptest, ein Traum verändere nichts außerhalb seiner eigenen Grenzen«, murmelte er vor sich hin. »Aber was passiert, wenn er beim Erwachen im Gedächtnis bleibt? Oder was passiert, wenn eine Geschichte erzählt wird? Dann können diese unwirklichen Dinge den Ablauf der Wirklichkeit verändern – im Kleinen oder im Großen.«

Aden schenkte dem Meuchelmörder ein warmes Lächeln. »Hör genau zu, was ich dir jetzt sage: Worin immer deine Rolle besteht, du weißt nicht, was *du* bist. Du bist ein Fantasiegebilde. Ein Schatten. Nicht real.«

»Nicht real«, wiederholte Slythe nachdenklich. Etwas blitzte in seinen Zügen auf, ein Funke, der sich bald in kühlen, dunklen Tiefen verlor. »Pass auf: Wenn ich nicht bin und du nicht bist, heißt das doch ohne jeden Zweifel, dass es in einer anderen Zeit und an einem anderen Ort eine Realität gibt. Oder? Hier, in dieser Zeit und an diesem Ort, sind wir unwirkliche Wesen ... Schatten? Reflexionen? Abbildungen? Verzerrte Abbildungen?« Der Meuchelmörder musterte ihn. »Schau«, sagte er. Er stützte die Rechte mit der Innenfläche nach oben auf sein Knie, und einen Moment lang sah es so aus, als wollte er Aden die Hand reichen. Aden setzte sich stirnrunzelnd auf, verwirrt von dem Gedanken, dass ihm Slythe seine Freundschaft anbot. Er schickte sich an, den Arm auszustrecken, als der Meuchelmörder sein Handgelenk blitzschnell zur Seite drehte. Etwas glitt aus seinem Ärmel – ein zehn Zentimeter langer Stahlstift, der im hellen Licht des Frühnachmittags schimmerte.

Aden lehnte sich wieder zurück. Eine tiefe Erschöpfung erfasste ihn und drückte ihn nieder. »Nun mach schon!«, sagte er. »Los!«

Slythe runzelte die Stirn. Die Lachfältchen, die seine Augen und Wangen umspielten, wirkten gütig, väterlich. Er hielt den Pfeil mit abgewandter Spitze dicht vor Adens Gesicht. Ein winziger Tropfen klarer Flüssigkeit zitterte am Ende der feinen Nadel. »Siehst du das? Gift, gemolken aus den Drüsen der gebänderten Todesotter, die in den Schotterebenen des Valley of War beheimatet ist. Ich spürte ihnen eine Zeit lang nach und beobachtete, wie sie ihre Beute töteten. Die Natur hat sie mit roten und gelben Bändern ausgestattet, die nachts leuchten, um all jene Geschöpfe zu warnen, die Augen und eine Spur von Vernunft besitzen.«

Die kleine Flüssigkeitsperle auf der Pfeilspitze fand ihre Parallele in einer Träne, die im Augenwinkel des Meuchelmörders hing und jeden Moment über seine Wange rollen konnte. Sein Gesicht erschien jetzt wie eine kantige Maske, hinter der sich ein schmerzhaftes *Anti*-Licht verbarg. Aden brauchte seine ganze Kraft, um den Blick nicht abzuwenden. »Die Schlange stößt weit unten zu«, fuhr Slythe fort, »und sie ist unglaublich schnell. Du siehst einen leuchtenden Strich auf dein Schienbein oder Knie zuschießen. Dann kommt der Schmerz, und alles ist vorbei. Sie beißt nur ein einziges Mal. Die Wilden nennen sie die ›Hexenschlange‹. Einer Legende nach spie einst eine Todesotter von der Größe eines Flusses alles Dunkel in die Welt. Davor, so heißt es, gab es keine Nacht. Der Gifttropfen, der hier auf meiner Pfeilspitze zittert wie ein lebendiges Wesen, tötet das Opfer auf der Stelle. Das geht so rasch, dass du keinen Schrei hörst. Warum der Weltenmacher einer solchen Kreatur erlaubt, über den Bauch der Schöpfung zu kriechen, vermag ich ebenso wenig zu sagen wie du.«

Aden starrte die reglose Pfeilspitze in der Hand des Meuchelmörders an. Unwillkürlich schlug sein Herz schneller. Slythe musterte ihn mit leicht gerunzelter Stirn. »Was denkst du jetzt, Enkel des Weltenmachers? Dass dies hier nicht real ist?« Slythe wandte den Blick von Aden und von der Pfeilspitze ab. »Ach ja, wir sind Schatten einer anderen Zeit und einer anderen Welt. Verzerrte Reflexionen fremder Kräfte. Nun, welche Rolle spielst *du* wohl, Aden? Und welche ist mir zugedacht?« Das Lächeln des Meuchelmörders verschwand. Sein

Gesicht verwandelte sich in eine düstere Todesmaske. Und doch wirkte seine Handbewegung so beiläufig, als schnippte er einen Zigarettenstummel zu Boden. Licht brach sich an den Kanten des Pfeils, als er einmal um seine Achse wirbelte und gleich darauf Adens Haut ritzte.

Aden warf sich mit einem Aufschrei gegen die Rückenlehne seines Sitzes und umklammerte den Pfeil, der aus seinem Schienbein ragte.

Die schwache Erschütterung, die seinen Körper durchlief, und ein breites Lächeln waren die einzigen Hinweise, dass Slythe lachte. Ein paar Sekunden lang beobachtete er, wie Aden das Hosenbein nach oben rollte und die Haut um den winzigen Einstich zusammendrückte, um das Gift herauszupressen.

»Wasser«, sagte Slythe.

Aden erstarrte. *»Was?«*

»Wasser. Vielleicht noch eine Spur Seife. Das hier ist ein Instrument, mit dem ich einige meiner Waffen reinige. Es gibt keine gebänderte Todesottern.«

Aden klappte den Mund auf und brachte ihn nicht mehr zu. Dann griff er an. Mit geballten Fäusten schnellte er von seinem Sitz hoch. Planlos. Slythe beugte sich vor, grub ihm eine Hand in den Solarplexus, packte ihn mit der anderen an einer Schulter und schleuderte ihn lässig über die seitliche Bordwand des Wagens. Der Junge landete schmerzverkrümmt, in sich zusammengerollt, auf dem Boden, Gras und Sand zwischen den Zähnen. Slythe streckte sich wie zuvor sein Gegenüber der Länge nach auf dem Ledersitz aus, schlug die Beine übereinander und schloss mit einem Lächeln die Augen. Aden umklammerte stöhnend die Schulter, auf die er gestürzt war. Dann zog er sich mühsam wieder auf den Wagen. Ohne die Augen aufzuschlagen, sagte Slythe: »Deine Prellungen sind nicht real!«

»Schon begriffen«, murmelte Aden, dehnte die Halsmuskeln und massierte seine Schulter.

Slythe schaute ihn an und lachte laut und herzlich. »Aber nur, weil ich deinen Verstand über das Schienbein angesteuert und so deinen Dickschädel umgangen habe!«

Ein paar Minuten später tauchte der Herzog aus dem Gebäude auf, angekündigt durch ein tierisches Geheul, das sehr echt klang und sich stetig steigerte. Slythe setzte sich auf, musterte Aden, als hätte er dessen Anwesenheit völlig vergessen, und sagte: »Hör zu! Julius hat jede Menge Chemie eingeworfen. Dazu kommen seine üblichen Impulse. Unterlasse alles, was sein Interesse an dir wecken könnte! Rühr dich nicht vom Fleck, und halte unbedingt den Mund! Wenn du meine Anweisungen nicht befolgst, kann ich dich nicht schützen.«

Aden deutete ein Achselzucken an und nickte. Der Herzog wankte zum Wagen. Seine Stimme klang mal schrill, dann wieder lallend oder absurd gedehnt. »Dummes Gackerhuhn ... oh, was für ein schöner Name für unseren Namenlosen ... gluck ... gluck ... gluck. Dummes Huhn ... hat nichts zu tun ... jawohl, Sir ... reimt sich immer ... schlimmer. Oh, die schönen Lichter, wie sie zaubern ... Ray! Ray, antworte auf der Stelle! Bin ich ein Gott? Bitte schreib deine Antwort in Gedanken nieder und winde sie um den *Flieder*, Ray, um den *Flieder*!«

Julius wankte vor den Wagen. Er hielt mit beiden Händen die Enden seiner Toga hoch, bewegte sie wie Flügel auf und ab und schob gleichzeitig das Becken vor und zurück. Seine Augen waren zusammengekniffen und im nächsten Moment idiotisch aufgerissen, mit geweiteten Pupillen, die ins Leere starrten. Raydon, der ihm auf den Fersen folgte, robbte mit heruntergerutschter Hose durch den Staub. Die Zunge hing ihm weit aus dem teigigen, bleichen Gesicht, die Brille saß schief auf seiner Nase, und die Augen, kaum einen Fingerbreit vom Boden entfernt, blinzelten verwirrt in die Welt.

»Zu langsam, Ray, diese Fortbewegungsart!«, schnarrte Julius. »Alles andere als zügig. Dürfen uns nicht überholen ... das dürfen nur Wagenräder. Schwung, das ist es, was wir suchen, aber da unten kriegst du kein' Schwung. Oh, mein dummes Gackerhuhn, was hast du mir heute nur eingeflößt? Meine Sterne, diese gekörnten Lichter. *Meine* Sterne, sage ich!« Panik erfasste ihn. »Slythe! Slythe! Slythe, sage ich!«

»Euer ehrwürdiger Gnaden?«

»Slythe, sage ich, bin ich immer noch ein Herzog? Ich frage das, weil ich mich im Moment mehr wie ein Gockel fühle. Mich gelüstet plötzlich nach Körnern. Aber mein Schnabel ist trocken und leer.« Er entfernte sich taumelnd vom Wagen, mit den angewinkelten Armen auf und ab schlagend und den Kopf so weit in den Nacken geworfen, dass sich seine weiße Kehle dem Himmel entgegenwölbte. »Kikerikiii!«, kreischte er, bis sein Adamsapfel auf und ab hüpfte. Dann krümmte sich sein Körper nach vorn, und der Kopf vollführte so heftige Pickbewegungen, dass die sorgfältig drapierten Lockenkaskaden flogen.

»Hierher, Euer Gnaden!« Slythe schwang sich über die Bordwand, packte Julius an der Schulter und dirigierte ihn zurück zum Wagen. Raydon fiel nach vorn und blieb reglos liegen, das Gesicht in den Straßenschmutz gepresst. Slythe schubste Julius zum Wagen hin, zerrte Raydon an einem Arm und der Unterhose hoch und warf ihn wie einen nassen Sack auf die weichen Ledersitze. Speichel tropfte dem Philosophen und Geschichtsschreiber vom Kinn, und er rang mühsam nach Luft, als er auf den Bauch klatschte und zu Boden rollte. Ein schwaches Knacken deutete an, dass irgendein Knochen zu Bruch gegangen war. Etwas sanfter hob Slythe Julius auf die Plattform.

Julius ließ einen Wind streichen. Er umklammerte das Geländer wie ein Ertrinkender und glitt langsam zu Boden, wobei die Toga nach oben rutschte und seine schwabbeligen lilienweißen Schenkel freigab. Er spitzte die Lippen, fuchtelte mit den Fingern vor seinem Gesicht hin und her und betrachtete sie kichernd. »Funkle, funkle, kleine Hand! Oh, diese komischen Lichter, wie sie tanzen, ohne Sinn und Zweck.« Sein

Blick erfasste Aden. »Du hast mir kein einziges Mal Körner gestreut, nicht mal, als ich Happy Sally war und du das Heu ausbreiten musstest.« Seine Stimme nahm einen grollenden Ton an. »Ich bin *sehr böse auf dich!*«

Julius kam schwankend auf die Beine. Der Wagen rollte langsam den Weg entlang. »Körner«, murmelte der Herzog mit der schwerfälligen Aggressivität des Betrunkenen. Wieder furzte er, kam ins Stolpern und hielt sich verzweifelt am gläsernen Schutzgeländer fest. »Nicht so ... nicht so schnell ... Kikerikiii! Slythe, die Welt schaukelt vorbei, ein Ort der Bewegung.«

»Ja, Euer Gnaden. Wir suchen nach einer Unterkunft. Ich schätze, die Dosis gegen Eure Kopfschmerzen war diesmal unvernünftig hoch.«

»BIN ICH DER HERZOG?«, kreischte Julius. In der Ferne begannen Vögel zu zetern, aufgescheucht von seiner lauten Stimme.

»Der seid Ihr in der Tat, Euer Gnaden.«

»Dann erteile *ich* die Befehle, du dummes Gackerhuhn. Ich sage ... ich sage, dass wir unverzüglich nach einer Unterkunft suchen, da ich eine zu hohe Dosis meiner Medizin eingenommen habe und ... oh, süßes Picken und Glucken, was ist mit Ray geschehen? Ich kannte ihn mal, vor langer Zeit, aber er hat sich so sehr verändert.«

Raydon hing halb über dem Geländer, die Unterhose um die Knie gewickelt, und rieb sein Glied gegen das rötlich schimmernde Glas. Seine Brille baumelte an einem Ohr, und die weit aufgerissenen Augen verliehen dem Akt eine absurde Feierlichkeit. Julius torkelte an ihm vorbei, ohne ihn zu bemerken, und riss ihn versehentlich zu Boden. Noch im Fallen kreiste Raydons Becken weiter, ohne aus dem Rhythmus zu geraten. Julius baute sich schwankend vor Aden auf. »Ich erinnere mich an dich, du schönes Kind«, murmelte er. »Du bist erwachsen geworden ohne meine Erlaubnis. Bewahr dir die Jugend. Kein Geschwätz. Würde. Das Allerwichtigste. Du hübscher Pudel du, mit deiner tiefen Stimme. Jemand hat *gelogen*. Was ist mit deiner Hochzeitsnacht ... Treue geschworen ... am Morgen gehenkt ... der Würde wegen. Das Allerwichtigste.« Julius wischte sich einen Speichelfaden vom Mund. Zu seiner Verblüffung blieb ihm die Spucke an den Fingerspitzen hängen. Mit einem Aufschrei schleuderte er sie von sich. »Außerdem«, fuhr er fort, »habe ich ein Geheimnis, das ich später enthüllen werde. Im Moment bin ich Roger Rooster, der geile Gockel. Ich muss Körner haben.« Er bekam einen Schluckauf und drehte eine von Adens Handflächen nach oben.

Aden ballte die freie Hand zur Faust und holte aus, um sie dem Herzog ins Gesicht zu schmettern. Slythe schaute ihn warnend an und legte einen Finger auf die Lippen. *Schsch!* Julius ging in die Hocke, einen Arm angewinkelt wie einen verkrüppelten Flügel, und reckte den Hals wie ein Huhn. »Tock, tock!«, sagte er und pickte unsichtbare Körner von Adens Handfläche. Ein Klecks Spucke blieb zurück. »Keine Nährstoffe!«, kreischte er. »Keine ... *Vitamine*, du verdammtes notleidendes Federvieh! Weh dir, weh dir, weh weh weh ... Ich sage, Slythe, wir sind stehen geblieben und bewegen uns nicht mehr. Das scheint mir ein Widerspruch zu sein.«

Der Wagen hielt vor einem zweistöckigen, aus Holz errichteten Bauernhof. Dahinter breiteten sich Weizen- und Maisfelder aus. In der Luft hing der Geruch von Dung und frisch gepflügter Erde. Jemand hatte draußen auf den Feldern ein Kreuz errichtet, an dem eine Vogelscheuche aus Stroh hing. Ihr Kopf hob sich kaum merklich, als starrte sie dem Wagen entgegen, und sackte dann wieder auf die Brust.

Die Finger des Herzogs krümmten sich wie Klauen und fuhren zuckend durch die Luft. Sein Körper vollführte die ruckartigen Bewegungen eines Huhns bei der Futtersuche. Die perfekt geformten Lippen hingen an den Mundwinkeln nach unten, verliehen ihm einen irren, bösartigen Gesichtsausdruck. Er sprang von der Plattform herunter und schoss wie ein Raubvogel auf den Vordereingang des Farmhauses zu.

Slythe beobachtete Julius belustigt und gespannt zugleich. »Verschwinde«, sagte er zu Aden. »Wir reden ein anderes Mal weiter.« Aber Aden blieb, gebannt von dem absonderlichen Gang des Herzogs, von dem Gefühl, dass in diesem Gang eine mörderische Absicht zutage trat. Die Tür ging auf. Ein schlicht gekleidetes Paar mittleren Alters erschien und beobachtete die in eine Toga gehüllte Erscheinung, die durch ihren Vorgarten näher stakste, mit starrem Blick und Pupillen, die sich abwechselnd weiteten und verengten. Zwei kleine Jungen spähten an den Beinen ihrer Eltern vorbei. *»Kikerikiii!«*, kreischte ihnen Julius entgegen. Die Mutter drehte sich um und schickte die Kleinen weg.

Der Vater trat über die Schwelle, warf einen unsicheren Blick auf Slythe, nahm den Strohhut vom Kopf und verbeugte sich tief. »Edler Herzog, der Segen der Kirche ruhe auf Euch und Euren Begleitern. Was verschafft uns die hohe Ehre Eures Besuchs?«

Julius erreichte die Schwelle des Hauses. »Keine Vitamine bei dem da«, polterte er und pickte wie ein Huhn in Adens Richtung. »Slythe, du warst bisher mein Kampfhund, aber ab jetzt nenne ich dich meine Rechte Faust. Wenn ich ›Tock, tock!‹ rufe, sollst du töten, Slythe! Vitamine! Ernte mein Korn, Rechte Faust! Los, beweg dich!«

Der Hausherr warf einen unsicheren Blick von Julius zu Slythe. Er gab seiner Frau einen Wink, die Tür zu schließen. Ein Riegel schnappte ein. Die Miene des Farmers wirkte resigniert, als er auf den Gartenweg hinaustrat. »Edler Herzog, Sir, ich weiß, dass Ihr nur scherzt. Vergesst das Töten, es wird keine Probleme geben. Ich bin gern bereit, Euch eine Mahlzeit anzubieten und ein Bett zu richten ...«

»Ich will sie nicht in meinem Haus haben«, sagte die Frau mit weinerlicher Stimme hinter der verschlossenen Tür.

»Sei du still!«, rief der Mann.

»Er ist betrunken, wenn nicht mehr. Du kennst die Geschichten, die über ihn im Umlauf sind. Was er alles anrichtet, wenn er betrunken ist ...«

»Still!« Das klang so scharf wie ein Peitschenhieb.

Slythe wandte sich Aden zu. »Ich sagte dir, dass du verschwinden sollst. Geh endlich!«

Aden schaute ihm in die Augen. »Tu's nicht!«

Slythe sprang zu Boden und schlenderte auf den Herzog zu. Dann blieb er stehen, drehte sich um und musterte Aden. Sein Lächeln kehrte zurück. »Ah, eine Frage noch. Können Schatten sterben?«

Aden hielt seinem Blick stand, blieb jedoch stumm.

»Bist du bereit, Rechte Faust?«, johlte Julius.

»Ja, Euer Gnaden.« Wieder wandte er sich an Aden. »Es wird Zeit, dass du mir zeigst, was in dir steckt. Welche Talente? Welche magischen Kräfte? Du hast dich vorhin zurückgehalten, stimmt's? Zeig jetzt, was du kannst!«

Julius johlte, zog die angewinkelten Arme über die Schultern hoch und hüpfte von einem Fuß auf den anderen. »Tritt diese Tür ein!«

Slythe kam seinem Befehl nach. Die Bauersfrau, die ihr Ohr an das Holz gepresst hatte, um zu lauschen, fiel nach hinten und landete hart auf dem Rücken. Julius stürmte über die Schwelle. »Hast du Angst, dass ich *die* da töte?«, schrie er sie an. »Hast du Angst um deine albernen Küken? Hier ist ein Rätsel für meinen hübschen Pudel! Ferne Dörfer gehen zugrunde, obwohl so viel zu essen da ist! Das ist das Geheimnis! Verflucht sei der hübsche Pudel mitsamt den Vitaminen, die er hortet! Auf in den Kampf, Rechte Faust! Gleich kommt der Befehl! Denk an das Signal!« Aden sprang vom Wagen und rannte durch den Hof. Julius kreischte: »Tock, tock!«

Der Hausherr sackte zusammen, ein faustgroßes, sternförmiges Stück Metall in der Stirn. Die Frau schrie auf, floh durch das Wohnzimmer und die Treppe hinauf. Slythe wandte sich nach Aden um. Er schien auf irgendeine Reaktion zu warten, aber der Junge stand nur stocksteif da und rang nach Luft.

Julius spreizte die Arme wie Flügel, als er neben dem immer noch zuckenden Leichnam niederkauerte. *»Kikerikiii!«*, kreischte er und schöpfte das aus der Wunde quellende Blut in die gewölbten Handflächen. Er hob die Hände dicht an die Augen, starrte wild schielend in das klebrige Nass, warf den Kopf zurück, tauchte die Nase in das Blut, nahm einen mächtigen Schluck und gurgelte tief in der Kehle. Dann patschte er sich auf den Bauch und gegen die Rippen und verschmierte dabei seine roten Fingerabdrücke überall auf der weißen Seidentoga. »Ich sage, dem Körper tut das Vitamin C gut, Rechte Faust. Ich sage, der Körper genießt das Vitamin *Ceeeeee.*« Blutspritzer bedeckten sein ebenmäßiges, wie in Marmor gemeißeltes Gesicht. »Öffne meinen Körnersack! Öffne ihn!«

Slythe ließ Aden keine Sekunde aus den Augen. Er zog ein am Knöchel festgeschnalltes Messer und schlitzte damit den toten Farmer auf. Julius krähte laut und tauchte die Arme bis an die Ellbogen in die Öffnung. Blut lief ihm über Kinn und Brust.

Aden schüttelte die Schockstarre ab und rannte beinahe blind vor Zorn auf sie zu. Slythe sah ihn kommen. Er nickte, als wollte er sagen: *Hab ich's mir doch gedacht!* Dann tat er einen Schritt zur Seite, holte zu einem Roundhouse-Kick aus und traf den Anstürmenden mitten im Gesicht. Aden rollte die Eingangsstufen hinab und blieb auf dem Rücken liegen. Sein Nasenbein schien gebrochen.

Slythe stand in der Tür und öffnete lässig seine Jacke. Aden starrte benommen auf eine Reihe schräg angeordneter Stahlklingen der unterschiedlichsten Größen. »Welche willst du?«, fragte der Meuchelmörder. Er wählte eine, die etwa so lang wie sein Unterarm war, und hielt sie hoch. »Die hier?«

Ein Blutschwall ergoss sich aus Adens Nase und Mund und lief ihm über das Kinn. Er hustete, versuchte zu sprechen, nahm einen neuen Anlauf. »Du warst nicht gezwungen, seinem Befehl Folge zu leisten. Du hättest ihn unbemerkt niederschlagen können. Niemand hätte es erfahren.«

Slythe zuckte mit den Schultern. Sein Lächeln wirkte ein wenig traurig. »Muss ich dir das wirklich erklären?«

Aden stützte sich auf beide Ellbogen und sah den Meuchelmörder ungläubig an. »Selbst wenn es nicht real ist. Selbst wenn es nichts bedeutet.«

»Weiter. Selbst wenn wir Schatten sind?«

»Dann bist du der Schatten des Todes, der Schatten des Gifts, der Schatten des Verderbens in der realen Welt. Das ist es, was du darstellst.«

Slythe nickte. »Jetzt kommen wir einen Schritt weiter. Und du? Du hättest mich nie verändert. Aber du hattest eine Chance, Geschichte zu schreiben, im Gegensatz zu diesen wandelnden Toten.« Er deutete hinter sich, die Treppe hinauf, wo man immer noch die hysterischen Schreie der Frau hören konnte. »Requisiten. Teile. Die Rädchen und Bolzen eines Systems. Alle leicht zu ersetzen. Ich habe versucht, es zu erklären. Herdentiere. Hintergrundgeräusche. Illusionen, sonst nichts. Es stimmt, dass ihr Leben ohne jede Bedeutung ist. Im Gegensatz zu deinem eigenen Leben. Aber was tust du? Du verwirkst dein Leben, indem du um sie weinst.« Slythe kauerte sich nieder. Es war eine irgendwie beschwörende Haltung. »Herdentiere. Requisiten. Du und ich hingegen, wir sind Schauspieler auf der großen Bühne. Wir können Geschichte machen. Du hattest deine Chance. Vorbei. Dein Part ist vorbei.«

In diesem Moment nahm Aden durch die offene Tür eine Bewegung wahr. Hinter Slythe kam ein etwa sechzehnjähriger Junge die Treppe herunter, eine Armbrust in den zitternden Händen. *Lenk ihn ab,* dachte Aden erschrocken, aber seine Augen hatten ihn bereits verraten. Slythe wandte sich im gleichen Moment um, als der Junge die Waffe auf Julius richtete, der sich immer noch wirr stammelnd über den Toten beugte und sich mit dessen Blut beschmierte. In einer fließenden Bewegung wirbelte Slythe herum. Der Junge stockte, als er die grausige Szene am Eingang sah, und das nutzte der Meuchelmörder aus.

Sein Arm fuhr in einem weiten Bogen nach unten. Die Waffe fiel dem Jungen aus den Händen. Er rollte die Stiege herunter, ein Messer in der Brust. Verspätet löste sich der Bolzen aus der Armbrust und fuhr in die Decke. Putz rieselte auf Julius nieder und verklebte sich mit dem Blut, das ihn bedeckte.

Aden kam mühsam hoch, grimmig entschlossen, sich auf den Mörder zu stürzen, bevor er das nächste Messer hervorholen konnte. Slythe versetzte ihm einen blitzschnellen Tritt, der ihn zurückwarf und seinen Kopf hart gegen die unterste Stufe krachen ließ. Die Welt begann sich langsam zu drehen. Aus weiter Ferne drangen die Echos von Geräuschen auf ihn ein. In Zeitlupe sah er, wie Slythe nach einem kurzen Dolch griff. Die Züge des Killers nahmen die starre Härte einer Holzmaske an. Aden hatte die Vision von einem schwarz versengten Baumstamm, der inmitten eines brennenden Waldes aufragte. Eine Schar von Schatten umringte ihn tanzend und singend. In seinem Beisein schnitzte ein stumpfes, rußgeschwärztes Messer die Linien und Schlitze der Maske, die auf dem formlosen Gesicht eines Todesgeist-Totems saß. Da war er: nackt, aber nun für kurze Zeit in den Körper eines Menschen gehüllt, der ihn umgab wie ein dünner Mantel.

Die Arme des Wesens sausten nach unten, sein Oberkörper kippte nach vorn, und Slythe beendete den Wurf mit einer tiefen Verbeugung, die vielleicht als letzte Geste des Respekts, vielleicht aber auch als spöttische Parodie gedacht war. Aden wusste nicht, wie er sie deuten sollte.

Der Schmerz kam unvermittelt und breitete sich aus wie eine Hitzewoge, die ihn ganz und gar erfasste. Julius – ein überfressenes, aufgeblähtes Ding, das zu absurd war, als dass man es hassen konnte – kauerte kreischend im Eingang. Ein Ekelschauer durchlief Aden. »Bring Ray her, bring ihn her! Ich will ihn Dickwanst nennen. Wir beschmieren ihn von Kopf bis Fuß mit Blut, Rechte Faust! Wir kleistern ihn mit Vitaminen zu! Das gibt eine Überraschung, wenn er am Morgen aufwacht und die Medizin nicht mehr wirkt. Aber dann ist Roger Rooster längst im Hühnerstall, um die Hennen zu ficken.«

KAPITEL 9
Nach dem Tod

Die Nacht brach herein, wieder eine lange Nacht, in der die Uhr von Schloss Eisennetz stillstand.

Julius und Raydon lagen dick mit Blut beschmiert auf dem Rücken, beide mit weit offenem Mund, der Philosoph laut schnarchend und völlig ahnungslos, was sich ereignet hatte, seit er neben der Kirche umgekippt war. Slythe saß mit überkreuzten Beinen auf dem Esstisch der angrenzenden Küche, neben sich zwei Apfelbutzen, die allmählich braun wurden. Blutige Schleifspuren im Haus zeugten davon, dass die Leichen von Vater und Sohn hinter das Haus geschleppt und dort begraben worden waren.

Der Meuchelmörder schlief selten und verzichtete auch jetzt darauf, da er den schlafenden Herzog vor der Bauersfrau und ihren am Leben gebliebenen Sprösslingen beschützte. Sie hatten sich ins obere Stockwerk zurückgezogen und bis jetzt keinen Versuch unternommen, ins Erdgeschoss zu kommen, aber er lauschte angespannt, und seinen Ohren entging nicht das leiseste Knarzen der Dielenbretter. Seit Stunden herrschte Ruhe, nur hin und wieder unterbrochen von einem leisen Schluchzen. Auf der Küchenbank lagen sechs Goldstücke und mehrere kostbare Edelsteine, deren schimmerndes Licht rote und grüne Muster an die Wand warf. Es war ein kleines Vermögen, mit dem die Frau und ihre Kinder auch ohne Ernährer bis ins hohe Alter durchkommen würden, wenn sie den Reichtum einigermaßen klug einteilten. Neben dem Schatz lag eine Notiz, die Slythe geschrieben hatte: »Für Euer Schweigen und Euer Leid. Ein Wort zu jemandem, und ich komme zurück. Euer Mann und Sohn wurden von Wölfen getötet.«

Die Geheimhaltung war notwendig. Obwohl auf das Konto des Herzogs weit schändlichere Nächte gingen, konnte sein

Treiben für Gerede sorgen, und die Kirche musste nichts davon erfahren.

Slythe überlegte kurz, ob es barmherziger gewesen wäre, die Familie ganz auszulöschen und ihr so all den Kummer zu ersparen, und in der Regel hätte er das schon aus Bequemlichkeit getan. Aber etwas war in den Minuten nach Adens Tod geschehen, Dinge, die nun unbehagliche Gedanken in ihm weckten.

Da war zuerst einmal der Leichnam – oder besser, das Fehlen des Leichnams. Aden hatte sich praktisch sofort aufgelöst und nur eine dunkle Pfütze auf dem Rasen hinterlassen. Noch jetzt konnte man getrocknete Farbkleckse im Gras erkennen. Slythe hatte schon des Öfteren Muses Geschöpfe getötet; aber so etwas war noch nie geschehen.

Während die Farbe im Gras versickerte, zog ein Grollen über das Land hinweg, das wie ein Donnerschlag von den fernen Bergen widerhallte, den Untergrund und die Luft mit Gebrüll erfüllte und in mehreren Wellen, die aus allen Richtungen zu kommen schienen, zu dem Gehöft zurückkehrte. In dem gewaltigen Lärm schwang etwas *Menschliches* mit: ein Schluchzen oder Stöhnen. Es erschütterte den Boden. Ein Regenschauer folgte. Ein Regen, der nach Salz schmeckte. Wie Tränen.

Slythe war nicht besonders religiös. Er kannte natürlich die Lehren der Weltenmacher-Kirche und allerlei Mythen wie die Geschichte von der Schöpferhand, die sich vom Himmel herabgesenkt hatte, um Berge aufzutürmen und Flussbetten zu graben. Daran zweifelte er auch nicht. Ein Atheist in Nightfall leugnete keineswegs die Existenz des Weltenmachers, sondern glaubte, dass der Weltenmacher tot oder dem Wahnsinn verfallen war – oder dass er sein Werk längst vergessen hatte.

Das Stöhnen war mehr als nur ein Laut gewesen. Es hatte ein Gefühl der Trauer übermittelt, so stark, dass es für kurze Zeit auch Slythe erfasste und ihm die Haare zu Berge stehen ließ. Dieses flüchtige Bedauern war nicht nur Scham über das, was er getan hatte, sondern etwas, das tiefer ging. Ein Bedauern, das nicht verurteilte. Ein Bedauern darüber, dass diese Welt Wesen wie ihn duldete. Es betrachtete ihn – sein Handeln und *ihn selbst* – als Symptome einer schlimmen Krankheit in der uralten Struktur des Daseins.

Slythe war vor dem Gefühl erschrocken, hatte es jedoch unmittelbar nach seinem Auftauchen verdrängt und versuchte, es nun tief in seinem Gedächtnis zu vergraben. Aber in jenem kurzen Moment war es scharf wie ein eisiger Wind gewesen, der ihm entgegenblies, sodass er erschauerte.

Dann waren die Dragoner aus ihren unterirdischen Höhlen nahe Days Past gekommen, die Krieger der Kirche. Geschöpfe mit Menschenköpfen, deren Rumpf in einen Panzer überging, aus dem acht dünne Arme und Beine ragten. Die Gliedmaßen dieser spinnenähnlichen Soldaten waren mit rasiermesserscharfen Stacheln bewehrt, die sich in einen Gegner bohrten und ihn wie in einem Schraubstock festhielten. Da sie keine zivilen Schutztruppen waren, kamen sie eigentlich nur aus ihren Löchern, um die Horden von Wilden zu töten, die manchmal die Dörfer überfielen. Eines dieser Wesen reichte, um eine ganze Angreiferschar aufzuhalten. Sie besaßen keine Intelligenz, nur den Instinkt von Insekten. In seiner Jugend, als Slythe das Todeshandwerk erlernte, hatte er einzelne Dragoner attackiert, um herauszufinden, wie man sie besiegte. Der Trick dabei war, die gepanzerten Augenschlitze ihrer Helme zu durchstoßen, Ziele, die so schmal waren, dass nur Slythe sie traf. Aber hier wuselten *fünfzehn* Dragoner durch den Hof des Anwesens, vermutlich die gesamte Population der Region. Dieser Kampf würde sein Können auf die Probe stellen. Slythe hatte noch nie so viele Kirchenkrieger an einem Ort versammelt gesehen. Er hatte auch noch nie von einem solchen Ereignis gehört. Offenbar waren sie von überall herbeigeströmt, angelockt durch das Stöhnen des Himmels.

Sie hatten einen Kreis um das Haus gebildet und stumm ausgeharrt, als warteten sie auf eine Erklärung. Und das, obwohl der Wagen von Julius am Straßenrand stand – ein Symbol für die Allgewalt von Schloss Eisennetz.

Slythe hatte die Haustür hinter sich geschlossen und seinen Blick ruhig auf den am nächsten stehenden Krieger gerichtet. »Was wollt ihr?«, hatte er mit ausdrucksloser Miene gefragt, die Daumen lässig in den Gürtel gehakt. Eine starke Erregung hatte ihn erfasst. Seine Muskeln waren wie Federn gespannt und jede Sekunde zum Losschnellen bereit. *Blende vier von ihnen, bevor sie zu nahe kommen! Nutze den Wagen als Deckung – sie sind gute Kletterer, aber du bist schneller. Blende zwei weitere von dort aus, dann lauf los! Zwinge sie dazu, nacheinander die Verfolgung aufzunehmen, dann kannst du während der Flucht jeweils einen angreifen und blenden.* Zu seiner Enttäuschung – er spürte nicht den Hauch einer Erleichterung – sah er, dass sie sich geschlossen abwandten und langsam den Weg zurückkrochen, den sie gekommen waren.

Slythe zündete eine Laterne an, als sich Julius im Nebenraum auf seinem Lager umherwälzte. Die Lockenfrisur des Herzogs hatte sich in ein Gewirr blutverklebter Strähnen verwandelt. Langsam schlug er die Augen auf. Er fasste sich an die Schläfen, fuhr mit den Fingern über den vom »Picken« steifen Nacken. Dann rollte er sich stöhnend auf die Seite. »Ahh! Slythe?«

»Hier bin ich, Julius.«

»Ahh! Slythe. Ich möchte dir eine Beobachtung mitteilen. Ich fühle mich ziemlich ... ziemlich elend. Ich erinnere mich kaum noch an die letzte Woche.«

»Es waren zehn Stunden, Euer Gnaden. Ihr habt wieder eine zu hohe Dosis Medizin genommen.«

»Oh, dieses abscheuliche Zeug!« Julius setzte sich auf. »Slythe, meine Haut scheint mit einer komischen Kruste bedeckt zu sein. Fühlt sich fast wie Blut an.«

»Es ist Blut.«

Julius blinzelte. »Aber ... warum? Bin ich verletzt, Slythe? Hat mir jemand im Übermut einen Schaden zugefügt?«

»Ich glaube, ein Hahn hat Euch angegriffen, Euer Gnaden.«

»Oh, und den armen Ray hat er auch erwischt. Armer, armer Ray! Überall Blutspritzer. Sieh dir das an! Es muss etwas *Schreckliches* passiert sein, Slythe, da bin ich mir ganz sicher. Wo sind wir? Ray! Wach auf, ich befehle es!« Julius hielt den Kopf schräg. »Ich höre etwas! Geflüster. Es kommt aus dem oberen Stockwerk.«

»Ich schlage vor, Ihr bleibt hier, Euer Gnaden.« Slythe packte den immer noch bewusstlosen Raydon an den Füßen und schleifte ihn die beiden Eingangsstufen hinab zum Wagen. Julius, der seiner Neugier nicht widerstehen konnte, humpelte inzwischen die Stiege hinauf. Slythe hörte ihn, dachte an die gespannte Armbrust, die den Herzog am Ende der Treppe vermutlich erwartete, und stürzte ihm nach.

In eine von getrocknetem Blut steife Toga gehüllt und immer noch von Kopf bis Fuß mit einer dunkelroten Kruste bedeckt, stand Julius betroffen vor einer Schlafkammer und blickte auf die Bauersfrau herunter, die ihre beiden jüngsten Söhne an sich drückte und ihn mit weit aufgerissenen Augen ansah. Er wandte sich Slythe zu. »Ich kann es kaum glauben! Sie fleht mich an, sie am Leben zu lassen und nicht abzuschlachten wie ihren Mann und ihren Erstgeborenen. Sie hat mich einen Mörder genannt. Ein Ungeheuer. Eine Majestätsbeleidigung! Ist das nicht gegen das Gesetz?«

Der Meuchelmörder zuckte mit den Schultern. »Wir wollen ausnahmsweise Gnade walten lassen, Euer Gnaden.«

»Aber das gehört sich nicht.«

»Bitte ... lasst ... uns ... *in Frieden*!«, sagte die Frau. Ihre Stimme klang scharf und couragiert, obwohl man ihr anmerkte, wie erschöpft sie war. Julius zog die Augenbrauen hoch. »Slythe, ich bin verwirrt«, sagte er. »Sie scheint allen Ernstes zu glauben ... und all das Blut ... Slythe, als du davon sprachst, dass mich ein Hahn angegriffen habe ... war das eine Metapher?«

»Ja, Euer Gnaden.«

Mit gerunzelter Stirn und das Kinn in eine Hand gestützt, marschierte Julius auf und ab. »Aber ... wartet mal! Mir kommt da ein Gedanke! Oh, das ist ein sehr guter Gedanke.« Er wandte sich an die Frau und ihre Söhne. »Ich habe deinen Mann nicht einfach *abgeschlachtet.* Was verlor er denn so Kostbares? Das, was dir erhalten blieb! Das *Leben*! Durch seinen Tod hast du erst den Wert des Lebens begriffen. Das ist mein Verdienst. Du begreifst beispielsweise erst, was ein Ei wert ist, wenn du eines essen willst, und ein Unhold nimmt dir alle Eier weg. Aber dir sind noch – eins, zwei, drei in der Speisekammer geblieben, an denen du dich erfreuen kannst. Verstehst du? Wenn ich dir den Wert einer Sache bewusst mache, ist das genau das Gleiche, als würde ich dir diese Sache selbst schenken. Ich habe dir das Leben geschenkt, du einfältiges Weib. In gewisser Weise bin ich also deine Mutter.«

Julius reckte den Göttern eine Faust entgegen, aber bei der Bewegung durchzuckte ein stechender Schmerz seinen Nacken. »Nun?«, fauchte er.

Sie starrten ihn stumm an.

»*Nun?* Was habt ihr zu eurer Verteidigung vorzubringen?«

Eines der Kinder begann zu weinen. Die Frau erhob sich, und Slythe deutete ihre Miene richtig. Er schob sich zwischen sie und den Herzog. Julius klappte die Kinnlade nach unten. »Das ist doch die Höhe! Ich habe dir soeben ein ungemein kostbares Geschenk gemacht. Undankbare Schlampe! Du solltest vor mir niederknien! Du und deine verheulte Brut. KNIET NIEDER!«

Etwas später sahen Passanten, wie Slythe den blutverschmierten, humpelnden Julius mit sanfter Gewalt ins Freie und zum Wagen führte. »Keine Dankbarkeit!«, kreischte der Herzog. »Nicht die Spur von Dankbarkeit. Das gehört sich nicht, Slythe, das gehört sich einfach nicht. Bring mich zurück! Geben wir ihnen, was sie verdienen! Ich bin selten so brüskiert worden. Ich hätte gute Lust, einen Wutanfall zu kriegen, Slythe, aber ich habe solche Kopfschmerzen. Ein leises Schimpfen auf der Fahrt zurück zum Schloss muss genügen. O Ray, wach auf! Du versäumst garantiert eine beißende Bemerkung.«

Der Wagen rollte los und entfernte sich von dem Gehöft. Rotes Licht pulsierte durch seine Adern, als er langsam zum Schloss Eisennetz zurückfuhr. Der Herzog lag stöhnend auf den weichen Ledersitzen und hielt sich den Kopf.

KAPITEL 10
Vor dem Tod

Dies sollte ein seltsamer Tag für den Priester werden, den Aden und Charm am Fenster der Weltenmacher-Kirche gesehen hatten. Kevas Rem war der Name, den er bei seiner Geburt erhalten und den er mit Freuden für den begehrten Titel abgelegt hatte. Der Namenlose. Alle Priester trugen diese Bezeichnung, eine vermeintliche Geste der Demut, die – in ihren Augen zumindest – den Status höchster Vollkommenheit zum Ausdruck brachte. Einen Priester nach der Weihe bei seinem wahren Namen zu nennen, galt als schlimme Kränkung.

Was den Tag zunächst seltsam machte, war die Tatsache, dass nur drei Priester das Vorrücken des Vergessens überlebt hatten. Kevas war einer von ihnen, doch das wusste er ebenso wenig wie die meisten anderen. Er hatte von diesem »Wall« gehört, wie die Kirche die Barriere nannte, sah jedoch wie die anderen Priester keinen Grund zur Beunruhigung. Erstens war der Wall Tausende von Meilen entfernt und rückte so langsam wie ein Gletscher vor. Und zweitens lief das Leben auf der anderen Seite vermutlich völlig normal weiter, da bisher kein Mensch jene Grenze überschritten und Dinge berichtet hatte, die Anlass zur Sorge gegeben hätten; man wusste es nur nicht mit letzter Sicherheit, weil niemand von dort zurückkehrte.

Das Innere der Kirche war längst nicht so grotesk wie ihr Äußeres. Mehr als die Hälfte des Raumes nahm ein riesiger Saal mit einem Bühnenpodium und einer Kanzel ein, für Predigten vor leeren Bänken. (Nur am Tag des Erntedanks und des Jahreswechsels fanden sich ein paar Leute aus der Umgebung ein, die beim Anblick der Plakate auf dem Dorfplatz ein schlechtes Gewissen bekommen hatten. Vielleicht ließen sie sich auch von dem kostenlos verteilten Brot und Wein verlocken, denn sie besuchten die Gottesdienste so selten, dass ihnen das Ritual, Brot und Wein nach dem Kosten in bereitgestellte Schalen zu spucken, nicht mehr geläufig war und von einem grimmigen Kevas in Erinnerung gebracht werden musste. Der Sinn der Zeremonie war, ihnen zu verdeutlichen, dass sie nichts *besaßen*, dass selbst ihr Leib und ihre Sinne nur für kurze Zeit geliehen waren, um dem Weltenschöpfer zu dienen. Spuck!)

Die Wände des Predigtsaals waren mit den gleichen Szenen geschmückt wie die Buntglasfenster: eine Riesenhand, die vom Himmel durch die Wolkendecke auf die Welt herabstieß, entweder mit der Handfläche nach oben oder mit dem Zeigefinger nach unten gerichtet. Nicht dargestellt waren der Tod und die Vernichtung, die den Neugestaltungen des Weltenmachers in der Regel folgten, wenn beispielsweise ein ganzes Dorf eingestampft wurde wie eine Sandburg. Aber das war seit Jahrhunderten nicht mehr geschehen.

Hinter dem Predigtsaal befanden sich Gemächer, die für die Öffentlichkeit nicht zugänglich waren. Eines hieß »Die Bibliothek der Großen Geister«, obwohl der Raum weder Bücher noch Mobiliar enthielt, nichts außer zwei Dutzend kleinen Steinsäulen, die jeweils eine Glaskugel trugen. Darin zuckten elektrische Impulse in leuchtenden Farben, die rosafarbene, tiefblaue, rote, weiße und goldene Lichtreflexe an die Wände warfen. Die Lichter waren die Seelen einiger der berühmtesten Geistesgrößen von Nightfall: frühere Kleriker, Krieger, Magier, Gelehrte und Künstler, alle gewaltsam vor ihrem Tod ergriffen und hier eingesperrt, um für alle Zeiten der Kirche und ihren Priestern zu dienen. Man konnte in Verbindung mit diesen gefangenen Seelen treten und Gedanken mit ihnen austauschen, indem man die Hände auf die Glaskugeln legte und so ihren Schlaf unterbrach.

Bedauerlicherweise ließ sich aus dieser Kommunikation wenig Nutzen ziehen, da die unfreiwillig Festgehaltenen in der Regel mit ihrem Schicksal haderten und auf Fragen eher mit Flüchen als mit Ratschlägen antworteten. (Eine dieser Seelen hatte Kevas eines Tages dermaßen unfassbare Ketzereien entgegengeschleudert, dass er sie zur täglichen Folterung in Corberts Körper verbannt hatte.)

Jenseits der Bibliothek der Großen Geister, jenseits des modrigen Kellers, führte eine in Stein gehauene Treppe in einen langen, tief gelegenen Tunnel, der sich weiter erstreckte, als das Auge reichte. Besucher, die diese Steintreppe hinabstiegen, spürten, wie ihnen die Haare zu Berge standen und die Haut zu kribbeln begann, und sie hörten ein schwaches Summen, das immer mächtiger wurde, je tiefer sie vordrangen. Schließlich stießen sie auf eine unterirdische Kaverne mit einer in den Fels eingeschnittenen Schlucht von der Größe eines Flusses. Durch diese Schlucht wälzte sich eine wirbelnde Masse weißen Lichts, in der hier und da andere Farben aufblitzten. Dies war die vom Schloss Eisennetz eingefangene Energie, die Vorstellungskraft der vom Weltenmacher verschlungenen Träume, die der Realität zugeführt wurde und sie speiste. Es war einer der seltenen Orte, an denen dieser geheime Strom sichtbar war, obwohl er tagtäglich unter den Dörfern dahinfloss.

Die Unterkunft des Priesters im rückwärtigen Teil des Anwesens bestand aus einem chaotischen Raum mit einem Bett, das nie gemacht wurde; Unmengen von Büchern über Botanik, Naturwissenschaften, Medizin und Kräuterkunde, die sich auf dem Fußboden stapelten; Pergamenthandschriften, die Kevas selbst verfasst hatte; ein paar Holz-Puzzles (sein einziges, meist von einem schlechten Gewissen begleitetes Vergnügen); und vier Schachbrettern mit angefangenen Partien, die er gegen sich selbst spielte. Weiter hinten im Gang war das »Grüne Zimmer«, bis zur Decke voll mit exotischen Pflanzen in Töpfen und Kübeln, teilweise ausgestorbenen Raritäten, die es nur noch in diesem Raum gab. Viele dieser Pflanzen lieferten Arzneien, Drogen und Gifte.

Andere Räumlichkeiten der Kirche hatten einst grausigeren Zwecken gedient: das »Blutzimmer«, in dem man den Göttern in grauer Vorzeit Menschenopfer dargebracht hatte, und der Raum der Echos, der so angelegt war, dass er die Schreie von gefolterten Ketzern einfing und als Chor wiedergab, sobald das nächste Opfer über seine Schwelle trat. (In manchen Nächten war ihr schwacher Widerhall immer noch zu hören.) Es gab noch mehr Gemächer dieser Art, die letzten davon ersonnen von Sivanas, dem »Propheten des Blutvergießens«. Spätere Priester waren übereingekommen, diese Räume zu erhalten, als Warnung für ihre Brüder, bei der Wahl der Kirchenoberen vorsichtig zu sein. Und, so argumentierten sie, um sich die Renovierungskosten zu ersparen, falls je wieder ein Despot an die Spitze der Kirche gelangen sollte.

An diesem seltsamen Tag tauchte Kevas Rem aus seiner Schlafkammer auf, in der Hand ein Predigtmanuskript, das er in der Nacht zuvor voller Eifer überarbeitet hatte, ungeachtet der Tatsache, dass sich wieder keine Gläubigen einfinden würden. Er spürte seine toten Vorgänger beifällig nicken, als er zur Bühne stampfte, barfüßig, unrasiert und mit wildem Blick, die pockennarbige Haut rissig wie Leder, ähnlich wie in längst vergangenen Zeiten die verlotterten Wirrköpfe, die sich an irgendwelchen Straßenecken als Prediger betätigten. Ein kleiner weißer Schädel hing an einer Kette um seinen Hals. Seine graue Soutane, die er nie ablegte, stank wie der Leichnam eines Dämons.

Als er an der ersten Bankreihe vorbeikam, fuhr er vor Schreck fast aus der Haut, als er einen einsamen Besucher erspähte. Corbert. Kevas brauchte ein paar Sekunden, um sich von dieser Überraschung zu erholen. »Ich nehme an, du hast gute Gründe, deine Arbeit zu vernachlässigen«, sagte der Priester.

»Allerdings.« Corberts Augen zuckten unentwegt. Er berichtete, was Mister Gorr ihm über das sonderbare Gemälde erzählt hatte. Der Namenlose hörte zu, ohne Fragen zu stellen, nickte nur und sagte: »Du kannst gehen.«

Er seufzte, als Corbert den Saal verließ. Der Mann gebrauchte fast nie eine Ausrede, um einen Tag freizubekommen. Kevas fand die Ausnahme verzeihlich, obwohl ihm eine vorgetäuschte Krankheit lieber gewesen wäre als ein vorgetäuschtes Omen.

Er betrat die Bühne stark humpelnd, da die Arthrose im Knie ihm wieder einmal heftige Schmerzen bereitete, und räusperte sich wie ein Motor, der nur mühsam ansprang. »Was mich empört«, begann er, »was mich mehr als empört, ist die bisweilen von meinen heiligen Mitbrüdern geäußerte Vermutung, unser Schöpfer sei – ich mag es kaum wiederholen – dem Wahnsinn verfallen oder habe uns durch seine Untätigkeit und sein Schweigen im Stich gelassen. Nacht für Nacht sehen wir, dass dem nicht so ist, wenn er uns die Wohltat seiner Träume erweist, die er zwar nicht *umsonst*, aber doch sehr großzügig an uns verteilt. Wenn er schweigt, so ist das würdig und recht. Wenn er untätig bleibt, so ist das weise. Könnte es nicht sein, dass er aufgehört hat, die Welt zu gestalten, weil sie vollendet ist, perfekt, genau so, wie er sie geplant hat? An dieser Stelle denkt ihr vielleicht an seine ›Fehler‹ und vergesst dabei ganz, dass *wir* die Fehler dieser Welt sind.

Weshalb also legt ihr die Hände in den Schoß?«, donnerte er den leeren Kirchenbänken entgegen. »Was tut ihr schon? Ihr geht eurer täglichen Arbeit nach, bereitet eure Mahlzeiten und zieht die nächste Generation groß. Notwendig, ja, aber doch nicht alles im Leben! Übernehmt ihr eine *Rolle*? Gestaltet ihr die Geschichte? Nein! Euer Dasein läuft mechanisch ab wie ein Uhrwerk. Immer das gleiche Schema, eine Generation wie die andere, jeder von euch zum vorherbestimmten Datum wiedergeboren, die Erinnerung an eure frühere Rolle gelöscht, die Zeiger auf null gestellt, als hättet ihr nie zuvor existiert. Gefangen in einem klickenden, schnurrenden Getriebe ineinandergreifender Rädchen! In einem Uhrwerk!

Ich sage euch, tötet eure Weiber! Rettet die Weiber eurer Nachbarn davor, getötet zu werden! Stehlt! Mordet! Rettet!

Schützt! Sterbt! Lebt! Seid mehr als nur Requisiten auf einer Bühne! Seid *Schauspieler*, schreibt das *Drehbuch*! Seid böse! Hasst die Armen und Siechen! Oder helft ihnen, wie ich es tue! Aber *handelt*! Handelt! Tretet aus den Kulissen hervor! Denn er hat euch schon einmal beobachtet, und er wird es wieder tun. Vielleicht beobachtet er euch jetzt, in diesem Moment. Führt ihm ein Drama vor! Das Gute muss das Böse bekämpfen. Seid das eine oder das andere! *Unterhaltet* ihn! Wenn er schläft, weckt ihn! Oder gleichen eure Schritte den Zeigern einer Uhr, die sich im Kreis bewegen und bis zur letzten leeren Sekunde ticken? Seid ihr *ohne Leben*? Seid ihr gemalte Kulissen, unbewegt, tot?«

Die Stimme des alten Mannes hämmerte stundenlang auf das leere Kirchengestühl ein. Es klang, als schlüge ein Sträfling unentwegt mit einer leeren Blechtasse gegen die Gitterstäbe seiner Zelle. Dazu stapfte er auf dem Podium hin und her, in einem holpernden Rhythmus, der von seinen ständigen Knieschmerzen kündete.

Kurz bevor Julius in Begleitung von Slythe, Raydon und Aden an der Kirche vorfuhr, ereigneten sich mehrere Dinge. Es begann mit einem Besuch von Torak, nur wenige Minuten, nachdem Kevas seine Predigt beendet hatte – eine zeitliche Aufeinanderfolge, die dem Priester keineswegs entging. Das zornige Fauchen, das ihm beim Anblick des herzoglichen Ratgebers entschlüpfte, war reiner Reflex.

Torak sah aus wie jemand, der eine schlaflose Woche verbracht hatte, als er sich hastig an den Kirchenbänken vorbeizwängte. Es war in der Tat ein aufreibender Vormittag für den Ratgeber des Herzogs gewesen; ein Großteil des Heeres hatte sich so weit entfernt von der Grenze befunden, dass es nicht mehr rechtzeitig zurückkehren konnte, als der Wall unvermittelt vorrückte. Das bedeutete, dass die Kirche erstmals über mehr Feuerkraft verfügte als das Schloss. Vermutlich reichten bereits die Dragoner aus der Umgebung von Days Past aus, um das Schloss in einem Sturmangriff zu erobern. Mit Verstärkungen aus den übrigen Dörfern hatte die unbeholfene einarmige Militäreinheit, die dem Herzog noch geblieben war, nicht die geringste Chance.

Außerdem hatte Torak keine Ahnung, was er von Aden halten sollte. Deshalb sein Besuch bei Kevas. Er hoffte, dass der Priester etwas Licht in die Angelegenheit bringen konnte. Das Auftauchen des jungen Mannes und seine Behauptungen hingen sicherlich mit den anderen Ereignissen der Nacht zusammen. Auch das Geheimnis um das Vorrücken des Walls und die Frage, wie es sich aufhalten oder rückgängig machen ließ, zumindest so weit, dass wieder ein bequemer Abstand zu dieser Barriere hergestellt war, hatte vielleicht mit ihm zu tun.

Kevas und Torak nahmen so weit wie möglich voneinander entfernt auf den Kirchenbänken Platz. Der Gestank, der aus der Soutane des Priesters aufstieg, warf Torak beinahe um. Kevas hörte sich Toraks Bericht über Adens plötzliches Erscheinen mit ernster Miene an. Die Beschreibung des Jungen deckte sich in etwa mit dem Aussehen des Besuchers von letzter Nacht, aber da war es dunkel gewesen. »... wenn ich mich recht erinnere, der gleiche Jüngling, der in den Träumen erschien«, sagte Torak gerade. »Ich nehme an, Ihr kennt sein Gesicht. Er taucht in vielen Gestalten auf, unser junger Freund. Sogar in den heiligen Kunstwerken. Aber das ist bei vielen Leuten so, eh? Ja, ich weiß genau, was Ihr sagen wollt, es steht Euch auf der Stirn geschrieben. Wir begegnen solchen Erscheinungen nur selten im richtigen Leben. *Mich* müsst Ihr nicht überzeugen, dass dies alles höchst ungewöhnlich ist. Wie Ihr unschwer erkennen könnt, hat diese Sache eine große Verwirrung in mir ausgelöst. Vielleicht zeigt sich das im schwachen Zittern meiner Hände, die Ihr immer wieder anstarrt. *Nachdenklich?* Oder argwöhnisch? Eher nachdenklich.« Torak schob eine Faust in den Mund und biss auf den Knöcheln herum.

»Ich habe Eure Hände betrachtet«, entgegnete Kevas langsam, »weil ich den Eindruck hatte, dass sich Euer Stab bewegte, kaum merklich, aber immerhin. Ich glaubte, eines seiner Augen blinzeln zu sehen.«

»Der hier?« Torak schlug den Holzstab härter als vielleicht nötig gegen die Kante der Kirchenbank. »Rührt sich nicht. Unbelebt. Holz, Euer Namenlose Exzellenz. Toter Ast von einem toten Baum. Und das soll er bleiben, es sei denn, er legt es darauf an, dass ich ihn in ... ÄHM ... Asche verwandle.«

»Dieser junge Mann, wie sah er aus, als er Euch begegnete?«, fragte Kevas nach einer Weile.

»Hatte nichts Besonderes an sich.« Die Augen des alten Mannes weiteten sich bei diesen ketzerischen Worten. »Ein ganz normaler junger Mann, wollte ich damit zum Ausdruck bringen«, verbesserte sich Torak und ballte die Hände verärgert zu Fäusten. »Natürlich, wenn er ist, was er zu sein *behauptet*, dann ja, gewiss, dann wäre er selbst in Gestalt eines normalen jungen Mannes göttlich oder so.«

»Das ist bemerkenswert«, flüsterte der Namenlose.

»WENN er die Wahrheit sagt. Wenn. Ein großes Wenn. So groß wie der Rest der Welt ...« Er schluckte. »Ein poetischer Vergleich. Nun? Was denkt Ihr?«

Der Namenlose fuhr sich mit einer Hand durch den Bart und streifte ein paar kleine weiße Schuppen ab. »Mir schwirrt der Kopf. Wie soll ich Euch eine Antwort geben, da ich so wenig weiß? Aber auf den ersten Blick ... ist er entweder ein Omen, ein Ketzer oder ... ein Wunder.«

»Oder ...?«, beharrte Torak.

»Oder was?«

»Nun, sagen wir mal, ein armer Verwirrter, geschädigt von Drogen oder Alkohol?«

»Häretiker! Wie erklärt Ihr Euch in diesem Fall die Ähnlichkeit mit dem Wesen auf den heiligen Kunstwerken oder das Muttermal, das Ihr gesehen haben wollt? Befand er sich *in* dem Traum, dem Ihr Euer Geleit gabt?«

»Er trat nicht aus dem Traum, wenn Ihr das mit Eurer Frage zum Ausdruck bringen wolltet. Er holte mich auf der Straße ein, das ist alles. Tapp, tapp. Schritte hinter mir. Nichts Außergewöhnliches. Keine Sorge, ich war sehr, sehr höflich. Bot ihm Brot und Wein an. Der Traum? Erschien genau da, wo ihn mein wissenschaftlicher Apparat vorhergesagt hatte. Sehr kompliziertes Verfahren. Will Euch gar nicht mit den Einzelheiten plagen. Ich suchte die Stelle auf, um ihn zurück zum Schloss zu lenken. Komplexe Sache! Und da war er plötzlich. Aus Fleisch und Blut. Und Knochen. Die übliche Materie.«

Kevas erhob sich und wanderte zwischen den Bankreihen umher. Torak beobachtete ihn, kaute an einem Fingerknöchel. Der Eifer, der mit einem Mal in den Augen des Priesters leuchtete, bereitete ihm Unbehagen. »Noch ist nichts *bestätigt*«, fügte er hinzu. »Seine Behauptungen, meine ich. Das muss ich doch nicht ständig wiederholen, oder?«

»Wie war sein Verhalten? Seine Sprache?«

»Irre. Er begriff nicht, dass der Traum nur ein Traum war. Hielt das Abbild des Weltenmachers für real. Der Junge schien es ernst zu meinen, als er nach seinem ›Großvater‹ rief. Sagte so etwas wie: ›Helft ihm doch!‹«

»Und der Traum selbst?«

Torak zuckte zusammen. Das hätte er lieber geheim gehalten. »Genau der gleiche Traum, der in den vorausgegangenen drei Nächten erschienen war. Der Weltenmacher in Gestalt eines alten Mannes. Ertrank in einer Art Giftmeer.«

»In drei Nächten nacheinander?«, blaffte ihn Kevas an. »Warum erfuhr ich nichts davon?«

»Weil das mein Fachgebiet ist, das Lenken von Träumen. Komplex! Mir ist bewusst, dass drei Nächte nacheinander ... ähm ... nicht der Norm entspricht.«

»Nicht der Norm entspricht! Dass sich ein Traum wiederholte, das gab es noch nie!«

»Dass sich ein Traum *genau* oder in mehreren Nächten *nacheinander* wiederholte, das gab es noch nie. Aber es gab ... *ähnliche* Träume. Keine Ursache zur Panik, glaube ich. Ich habe gute Lust, ein paar Tausend Soldaten loszuschicken.« Torak beobachtete den Priester aus dem Augenwinkel. »Um diesen Jungen zu suchen. Einen Verfolgungstrupp. Leute mit spezieller Erfahrung. Ach. Noch etwas, das wir in Erwägung ziehen sollten. Muse. Könnte sie etwas mit dieser Geschichte zu tun haben?«

Kevas begann zu stammeln. Sein Gesicht nahm die Farbe einer Roten Rübe an. »Diese Teufelin! Diese Ketzerin! Ich will ihren Namen an diesem heiligen Ort nicht hören!«

»Ihr wisst doch sicher, dass manches von dem, was man sich von ihr erzählt, der Wahrheit entspricht?«

»Dass sie unsterblich sein soll?«, spöttelte Kevas. »Eine Hexe ist sie. Eine ganz gewöhnliche Hexe.«

»Mag sein, aber ... Sie altert nicht. Und wenn es stimmt, dass sie Personen aus dem Nichts erschaffen kann ... nun, ich habe Grund zu der Annahme, dass die Gerüchte nicht völlig frei erfunden ...«

»Genug! Ich will nichts mehr von ihr hören!«

Torak beobachtete den Priester, der nervös auf und ab humpelte. *Das hat eingeschlagen,* dachte er. *Der alte Kauz ist total aus dem Häuschen. Wie wird er jetzt entscheiden? Die Geschichte als göttliches Signal betrachten? Dann muss die Kirche wohl versuchen, die Herrschaft über das Schloss zu erlangen. Ich bin sicher, dass er diesen Fischzug in Erwägung zieht. Angenommen, er greift sich irgendwie diesen Jungen, und der Junge fängt an, Befehle zu erteilen? Er würde sie befolgen, da wette ich mein Frühstück drauf! Heiliger Strohsack! Ich wollte seine Ansicht zu diesen Ereignissen, aber doch nicht, dass er mit Schaum vor dem Mund rumrennt!*

In diesem Moment hörten sie draußen den Wagen des Herzogs vorfahren. »Die Buchstaben ELEND!«, kreischte Julius. »Ich fühle mich elend.«

Beide Männer rannten zum Fenster. Beide verdrehten die Augen und fluchten. »Was will denn Julius von Euch?«, fragte Torak.

»Die selteneren Erzeugnisse des Grünen Zimmers ausprobieren«, murmelte Kevas. »Er kommt mindestens einmal die Woche hierher. Habt Ihr das nicht gewusst?«

»Hm. Ich warte lieber unten. Seht zu, dass Ihr ihn schnell wieder loswerdet.« Die Mundwinkel des Namenlosen zuckten. Befehle in seiner eigenen Kirche? Torak warf noch einen Blick aus dem Fenster und zuckte unwillkürlich zusammen. »Was zum Henker sucht *der* hier?«

Kevas kehrte zum Fenster zurück. Er sah Aden gegenüber dem Meuchelmörder sitzen. »Das – das ist *er*!«

»Ihr erkennt ihn von den heiligen Kunstwerken?«

»Ich sah ihn gestern Nacht. Hier. Er kam mir irgendwie bekannt vor, aber wie hätte ich wissen sollen ...«

Torak packte ihn am Arm. »Hier? Was wollte er hier? War er allein?«

Kevas riss sich los. »Nein, er war mit diesem verdammten Mädchen zusammen. Mit der Verführerin – der weißen Lichthexe.«

»Dummes Gackerhuhn, wir rufen dich!«, kreischte Julius, als er in den Vorraum stürmte. Kevas scheuchte Torak mit einer Handbewegung fort. Der Berater des Herzogs lief fluchend durch den Saal. Seine Schritte hallten auf den Steinstufen wider, die zu den unterirdischen Räumen führten.

Kevas wartete nervös an der Tür. Der Besuch des Herzogs machte ihn immer nervös – und erst recht jetzt, da er ein Wunder oder einen Ketzer mitgebracht hatte, der in Begleitung des Meuchelmörders von Schloss Eisennetz vor seiner Kirche wartete.

»Diesmal plagen mich Kopfschmerzen«, erklärte Julius und strich sacht über die sorgfältig frisierten sandfarbenen Lockenkaskaden. »Ich brauche dein Spezialpulver und die rote Paste, die man durch ein Nasenloch hochzieht. Ach, und eine Portion von dem farblosen Saft, den du mir letztes Mal mitgegeben hast. Ray muss ein paar Tropfen davon einnehmen, dazu die Beeren und einige dieser essbaren gelbgrünen Blätter. Ich will, dass er diesmal die doppelte Dosis schluckt. Hast du gewusst, mein Gackerhuhn, dass Kopfschmerzen *ansteckend* sein können?«

»Wir besprachen das ausführlich bei Eurem letzten Besuch, Euer Gnaden«, entgegnete Kevas. Die Anspannung war ihm anzumerken. »Und bei Eurem vorletzten Besuch. Und beim vorvorletzten ...«

»M-mm!« Julius drohte ihm streng mit dem Finger. »Damals ging es um Halsschmerzen, die er sich bei mir holte.«

»Ich hole eure ... Medizin«, sagte der Priester. Nicht zum ersten Mal kämpfte er gegen eine starke Versuchung an: *Gib ihm die schwarzen Pilze! Das befreit ihn ein für alle Mal von seinen Leiden und dich von vielen Sorgen!* Aber er verdrängte den Gedanken sofort. So widerwärtig Julius sein mochte – er spielte eine wichtige Rolle. Charaktere seiner Art wurden gebraucht.

Kevas holte die Pflanzen aus dem Grünen Zimmer, stellte sie auf ein Holztablett und hörte gerade noch, wie Julius sagte: »Nein, Ray, das kommt nicht infrage. Ich bestehe darauf, dass du die als unbedenklich eingestufte Dosis verdoppelst.«

»Die Substanzen vertragen sich nicht gut, Julius. Es gab Lähmungserscheinungen, eine Erblindung ...«

»Ah! Das darf nicht wahr sein! So etwas nenne ich einen eklatanten Fall von Widerrede, Ray. Einen *Wortwechsel*! Ich bin der Herzog. Ich bin *dein* Herzog und – oh, sieh mal, Ray! Das dumme Gackerhuhn ist wieder da! Du Kotzbrocken, du, warum hast du dich nie für einen Namen entschieden? Hmm?«

Kevas stellte ein Tablett auf dem Tisch ab, beladen mit grauen Wurzeln, gelbgrünen Blättern, Teetassen und kleinen weißen Blüten. Seine Augen ruhten müde auf Julius. »Ich erhielt bei meiner Geburt durchaus einen Namen, Euer Gnaden. Wenn ich mich jetzt als der Namenlose bezeichne, so geschieht das im Einklang mit den Regeln, die besagen ...«

»Aber – pass auf, Ray, das musst du *unbedingt* in deiner Chronik festhalten, sobald wir zum Wagen zurückkehren, und zwar unter der Rubrik Tiefe Einsichten: ›Der Namenlose‹ ist eine *Art* Name.« Die Lider flatterten. Er wartete. Kevas fand die Leere in seinen Zügen beunruhigend. Der weiche, wulstige Mund stand offen; die Kinnlade hing schlaff herunter. Das

Gesicht wirkte ausdruckslos, wie aus Wachs gegossen. Kevas hackte die Kräuter, zerstampfte die Wurzeln in einer Tonschale und vermischte sie mit den gelbgrünen Blättern. »Da ist was dran, Euer Gnaden«, murmelte er.

Julius runzelte die Stirn. »Er murmelt etwas, Ray. Ich glaube, das ist ihm unter die Haut gegangen.«

»Es ist schließlich *seine* Kirche, Julius.«

»Euer Gnaden«, fragte Kevas, »wer ist der junge Mann, den ich kurz durch das Fenster Eures Wagens erspähte?«

»Pfff! Das ist nur der Notleidende. Ich lasse ihm meine Güte angedeihen, obwohl er mich allmählich langweilt.«

»Der ... Notleidende?«, wiederholte Kevas.

»Ein junger Tunichtgut, den Julius unterwegs auflas und als Talisman mitnahm«, erklärte Raydon. »Obwohl er für einen armen Schlucker verblüffend eng mit Muse befreundet zu sein scheint.«

»Ein ... junger Tunichtgut.« Die Hände des Priesters zitterten ein wenig, während er den Drogen-Cocktail des Herzogs zubereitete. »Mit ... Muse befreundet.«

»Oh, wo bleibt meine *Medizin*?«, rief Julius. »Mein Hals tut so weh, verdammt noch mal, du dummes Gackerhuhn!«

»Könnte das größte Wunder sein, das uns je vor Augen kam, und du nennst ihn einen jungen Tunicht...« Kevas biss sich auf die Zunge.

»Er hat sich auf die Zunge gebissen«, sagte Julius stirnrunzelnd. »Ray, mir kommt da ein Verdacht. Mir kommt der Verdacht, dass unser Gackerhuhn hier unser Tun mit sehr großem Interesse verfolgt. Und ich frage mich, Ray, ob das dumme Gackerhuhn *vergessen* hat, dass ihm unser Tun mit Ausnahme der Dinge, deren wir uns freiwillig rühmen, egal sein kann. Sag deshalb dem dummen Gackerhuhn, dass es seinen Schnabel halten soll, weil ich sonst meinem lieben Slythe erlaube, es mit Messern und anderen spitzen Gegenständen oder mit den Fäusten zu traktieren, und so etwas kann sehr, sehr schmerzhaft sein.«

Kevas hätte um ein Haar die Beherrschung verloren. In seiner eigenen Kirche *bedroht* zu werden! *Lass gut sein,* dachte er. *Horch sie aus, und schick sie weg, wenn du erfahren hast, was du wissen musst!* »Verzeiht meine unziemliche Neugier«, sagte er.

»Oder ich erlaube ihm, das Gackerhuhn in kleine Stücke zu hacken. Slythe, meine ich. Das macht er bestimmt mit großem Vergnügen, nicht wahr, Ray?«

Raydon sah Kevas entschuldigend an. »Das wird kaum nötig sein, Julius, oder?«

»DIESE ANTWORT GRENZT AN WIDERREDE!«, kreischte Julius los. »Warum zuckst du schon wieder zusammen?«

Kevas schob jedem von ihnen eine Hartholz-Schale zu. »Medizin!«, sagte Julius. »Los, Ray, trink! Die doppelte Menge, wie befohlen. Trink aus! Du machst viel mehr Spaß, wenn du eine Dosis schluckst, von der man nicht genau weiß, wie sie wirkt.«

Julius hielt die Schale vor sein Gesicht und starrte sie ausdruckslos an. »Ich befehle dir, bis drei zu zählen, dummes Gackerhuhn!«

»Eins. Zwei.«

»Langsamer!«

»Eins ...« Julius schlabberte den Inhalt der Schale wie ein Hund kurz vor dem Verdursten. Stängel und Blätter hingen ihm aus dem Mund und verliehen ihm ein idiotisches Aussehen. Er starrte Kevas an. »Ist dir aufgefallen, dass ich die Schale schon bei Eins und nicht erst bei Drei leer hatte? Aber zerbrich dir nicht den Kopf darüber, denn du hast zweimal gezählt, und deshalb habe ich genau genommen doch bei Drei geschluckt. Das nennt man *Mathematik.*«

Kevas verzog das Gesicht. Sein Geduldsfaden war zum Zerreißen gespannt. Er humpelte zum Fenster. Zu seinem Erstaunen erklomm Aden gerade mühsam die Seitenwand des Wagens und hielt sich mit schmerzverzerrter Miene die Schulter. *Was ist denn hier los?,* schrie sein Verstand. *Er kennt Muse! Dennoch steckt er mit dem Meuchelmörder des Herzogs zusammen, und sie scheinen keine Ahnung zu haben, wer er ist. Wenn der junge Mann die Wahrheit sagt, habe ich nicht das Recht, ihn gefangen zu nehmen. Wenn nicht, ist er der größte Ketzer aller Zeiten, und mir bleibt keine andere Wahl, als ihn auszulöschen. Was soll ich tun?*

Er wirbelte herum, als hinter ihm eine Vase zu Boden fiel und zerbrach. Die beiden Idioten torkelten durch den Raum und suchten vergeblich nach der Tür. Raydon würde Glück brauchen, um die Dosis zu überleben; und wenn er sie überlebte, würde er noch mehr Glück brauchen, um nicht gelähmt zu bleiben. »Bei unserer Ankunft war hier drinnen kein so dichter Nebel«, verkündete Julius. »Was ist nur mit der Luft passiert?«

Es dauerte einige Minuten, sie nach draußen zu geleiten. Julius schlug nach ihm und brabbelte etwas von Hennen, Gockeln und Körnern. Raydon, dessen Gemisch ein starkes Aphrodisiakum enthielt, wollte unbedingt Sex mit dem Gästebuch der Kirche. Kevas hatte so genug von seinen Besuchern, dass er sie gewaltsam ins Freie stieß, ohne auf die Schmerzen in seinem entzündeten Knie zu achten.

KAPITEL 11
Lady Mira und Muse

Kaum jemand hatte Umgang mit Lady Mira, der Schwester des Herzogs. Slythe sah sie wohl öfter als die meisten anderen. Er hatte ihr noch nie Grund gegeben, ihn zu disziplinieren, und wusste daher weder, wie sie diese Aufgabe bewerkstelligen, noch, wie er eine Strafe hinnehmen würde. Er stand in ihren Diensten, weil sie ihn interessierte, weil Julius ihn amüsierte und weil er das prunkvolle Schloss einer Blockhütte in den Wäldern vorzog.

Als er an jenem Abend die Stufen zu ihrem Gemach hinaufstieg, hatte er zwar keine großen Bedenken, aber er war auf der Hut, denn Mira besaß magische Kräfte, über die ihm nichts Näheres bekannt war. Wie würde sie auf Adens Tod reagieren?

Er klopfte kurz an Miras Tür, drückte die Klinke herunter und sah sie am Fenster stehen, den Blick auf die Weite des Sternenhimmels gerichtet. Am fernen Horizont enthauptete eine Göttin gerade ihre Rivalin. Eine Blutfontäne, umgewandelt in ein Gefunkel heller Lichtpunkte, spritzte über das Firmament. Miras Gemach war größtenteils leer, bis auf eine Ecke, in der sie ihr Bett, ihren Standspiegel, einen venezianischen Nachttisch und einen Kleiderschrank aus Massivholz aufgestellt hatte, alles Möbel mit harten, klaren Linien. In dem Raum herrschte eine Kühle wie nirgendwo sonst in Schloss Eisennetz. Die Nacht strömte durch das Fenster herein, und die Sterne wirkten so nahe, dass man das Gefühl bekam, man müsste nur den Arm ausstrecken, um einen davon wie einen Diamanten vom Himmel zu holen.

In einem großen Glasgefäß zu Miras Füßen wallte schwarzer Nebel, die Ausscheidungen der Traumenergie, die sie schluckte. Fahlblaues Haar hing ihr offen auf die Schultern – offen, aber dennoch so sorgfältig frisiert, dass sich jede Strähne genau da befand, wo sie hingehörte. Das Kleid, das sie trug, betonte die Rundungen ihrer Hüften und Brüste. Ihre Absätze hallten laut auf dem Steinboden wider, als sie sich zu ihm herumdrehte. »Was ist geschehen?«, fragte sie. »Der Weltenmacher schrie vor Schmerz laut auf.«

»Ich habe Aden getötet«, entgegnete Slythe. Er setzte sich mit dem Rücken zur Wand auf den Boden und schlug die Beine übereinander. Dann holte er ein Messer aus seinem Ärmel, spuckte auf die Klinge und begann es mit einem Lappen zu polieren. »Ihr wisst, von wem ich spreche, Mira?«

»Beantworte meine Frage – und zwar möglichst vollständig!«

Slythe zuckte mit den Schultern und berichtete ausführlich, was sich zugetragen hatte. »Sein Leichnam löste sich in Farbpfützen auf, die im Gras versickerten«, schloss er. »Dann kamen die Dragoner. Ich starrte sie so drohend an, dass sie nach einer Weile den Rückzug antraten.«

Mira hatte sich nicht von der Stelle gerührt. »Legt mein Bruder des Öfteren ein derartiges Verhalten an den Tag?«

»Allerdings. Sein Ausraster im Drogenrausch bereitete mir mehr Sorgen als diese toten Bauersleute. Er sagte etwas wie: ›Ferne Dörfer gehen zugrunde, obwohl so viel zu essen da ist!‹ Das war für mich mit ein triftiger Grund, den Farmer umzubringen.«

»Aber die Familie des Farmers hörte die Worte ebenfalls, und die hast du am Leben gelassen?«

»Ich glaube, in dem Durcheinander ist der Satz nicht weiter aufgefallen, Lady.«

Miras Züge verkrampften sich. Sie kniete neben dem großen Gefäß nieder und riss den Mund auf wie eine Schlange. Ein grauenhafter Laut drang aus ihrer Kehle, als sie einen dünnen Strom schwarzen Lichts erbrach, der sich aufblähte und dann wabernd in das Glas senkte. Starr wie ein Roboter sagte sie: »Slythe! Heute Nacht tötest du die übrigen Mitglieder dieser Familie!«

Wieder zuckte Slythe mit den Schultern. Er schob das Messer zurück in die Schlaufe seines Ärmels, holte ein anderes hervor und begann es ebenfalls zu polieren. »Lady, was befürchtet Ihr von den Leuten, wenn sie die Wahrheit kennen?«

Mira wischte sich einen dunklen Speichelfaden vom Mundwinkel. »Wir verloren letzte Nacht einen Großteil der Armee. Torak verschwieg mir das, doch ich fand es selbst heraus. Die Kirche hat in den Tiefen von Days Past einen ganzen Schwarm Dragoner stationiert. Selbst wenn du zehn von ihnen außer Gefecht setzen könntest, gäbe es mindestens fünfzig weitere in anderen Verstecken.«

»Was geschah mit der Armee?«

»Weißt du das nicht? Das Vergessen rückte näher. Unheimlich schnell. Unsere Welt hat bestenfalls noch die Größe einer Insel. Eine Frage der Zeit, bis das allgemein bekannt ist. Vielleicht hat es sich auch schon herumgesprochen. ›Ferne Dörfer gehen zugrunde‹, wie Julius sagte, weil sie ihres Lichtes beraubt wurden. Wir schnitten einige der unterirdischen Tunnel ab, die zu einem Ort namens Hammerfall führten. Die Realität dort zerbröckelte. Das Ganze ereignete sich zum Glück so weit weg, dass es niemandem auffiel. Warst du heute Abend im obersten Gemach?«

»Nein, Mira.«

»Ich schon. Weniger Land müsste mehr Traumlicht bedeuten. Aber der Traum lieferte weniger Licht. Weit weniger. Gerade genug, um den Rest der Welt zu versorgen. Ich hatte mit einem gewaltigen Überschuss gerechnet. Weißt du, was jetzt geschieht?«

»Nein.«

»Da wir kein Heer mehr besitzen, werden wir einen Großteil des ankommenden Lichts benötigen, um Waffen herzustellen, bevor die Kirche von unserer Schwäche erfährt. Nahe Dörfer wie Somerset können keine Energie mehr erhalten und werden zugrunde gehen. Das muss geheim bleiben, bis wir genug Waffen besitzen, um einen Aufstand niederzuschlagen.«

Slythe beobachtete sie mit neu erwachtem Interesse. Der Gedanke an einen Aufstand der Uhrwerk-Leute wäre ihm verrückt vorgekommen, hätte ihn nicht Mira ausgesprochen. Sie war alles andere als verrückt. »Der Junge«, sagte sie. »Was war er?«

»Eine von Muses Schöpfungen.«

»Du bist auch eine von Muses Schöpfungen. Auf welche Weise unterschied er sich von dir und den anderen?«

»Irgendwie hob er sich von allen Schauspielern ab, die ich kannte und kenne. Und doch war überhaupt nichts Auffallendes an ihm. Er hatte lediglich ein paar sonderbare Ansichten.«

Mira ging im Zimmer auf und ab. Das Hämmern ihrer Schritte klang irgendwie zu laut für eine so schlanke, zierliche Frau. »Heute Nacht erschien wieder der gleiche Traum«, sagte sie. »Torak erwähnt das mit keiner Silbe, als wäre es mir entgangen. Glaubt er denn, ich schaue nie aus dem Fenster? Seit vier Nächten der gleiche Traum. Wusstest du das?«

»Ich hatte keine Ahnung.«

»Dennoch scheinst du weder überrascht noch sonderlich entsetzt zu sein. Warum nicht?«

Slythe zuckte mit den Schultern. »Angst war mir von jeher fremd. Wenn die Welt dem Untergang geweiht ist, dann kann ich nichts tun, um das verhindern. Also rege ich mich nicht weiter auf.« Sie lachte spöttisch, und er fragte sich, was sie in diesem Moment bewegte. Er beobachtete sie eine Weile, ehe er weitersprach. »Ihr fürchtet keine Rebellion des Volks, Lady. Aber irgendetwas bedrückt Euch.«

Mira drehte sich um und musterte ihn scharf. Winzige Linien in ihrem glatten Gesicht verrieten ihm, dass sie beunruhigt, wenn nicht gar verärgert über seine Kühnheit war. Er hielt ihrem Blick stand.

»Was würden sie tun, Slythe, sie alle, wenn sie wüssten, was ich jetzt im Sinn habe? Dass ich beabsichtige, die Energie zu horten, die ihnen Substanz und Leben verleiht?«

Slythe schüttelte den Kopf. »Sie verstehen nichts von diesen Dingen. Aber selbst wenn es anders wäre, würden sie nichts unternehmen. Beliebt Ihr zu scherzen, Mira? Sie sind allesamt Insekten.« Slythe warf das Messer spielerisch hoch, fast bis an die Decke, und fing es am Griff wieder auf. »Falls es dieser ›Aden‹ war, der Euch Furcht einflößte, so könnt Ihr beruhigt sein. Es gibt ihn nicht mehr. Außerdem glaube ich, die Natur Eurer Furcht zu kennen. Die Geschichte sollte endlich ans Licht kommen – das war es, wovor Ihr Angst hattet. Aber welche Geschichte kann schon erzählt werden, wenn unser Schöpfer den Verstand verloren hat? Keine, außer einem Bericht vom Untergang der Welt. Denn genau den erleben wir im Moment. Ihr wollt nur sicherstellen, dass Ihr die Letzte seid, die hier zerfällt und verrottet. Das geht in Ordnung. Falls Aden die Entwicklung aufhalten sollte, so kam er zu spät. Er hätte nichts geändert.«

»Das erfahren wir jetzt nicht mehr«, sagte sie.

»Richtig.«

Sie starrte ihn mit eisiger Miene an. »Was wäre, wenn er zurückkehrte?«

»Von den Toten?« Er lächelte. »Das wäre eine Großtat. Ich würde ihn wohl fragen, wie es im Jenseits aussieht.«

Wieder bildeten sich feine Fältchen auf ihrer Stirn und um den Mund. Offensichtlich fühlte sie sich von ihm verspottet und ärgerte sich darüber. *Arme Mira,* dachte Slythe. *Du wurdest erschaffen, um in den Kampf zu ziehen und Siege zu erringen. Aber jetzt gibt es keine Ländereien mehr zu erobern, keine Feinde zu unterwerfen.* Er stand auf und wandte sich zum Gehen. »Ich sollte diese Familie noch vor Anbruch des neuen Tages auslöschen«, sagte er.

»Slythe, was würdest du tun, wenn ich dir den Befehl erteilte, Muse zu töten?«

Slythe drehte sich nicht um. »Es ließe sich bewerkstelligen«, sagte er.

»Aber du würdest dich weigern?«

Eine Pause. »Ich weiß nicht.«

»Darf ich fragen, weshalb du zögerst, Slythe? Weil du nicht an einen Erfolg glaubst?«

»Fragen dürft Ihr natürlich.« Er glitt durch die Tür nach draußen.

Mira beugte sich wieder über das Gefäß und würgte stöhnend den nächsten Schwall schwarzen Nebels hervor. Dann ging sie zu ihrem Kleiderschrank und holte aus einer Schublade einen kleinen Glasflakon, gefüllt mit dem weißen Licht, das nun spärlicher denn je zuvor durch die Rohrleitungen des Schlosses tröpfelte. Sie entfernte den Korkstöpsel, setzte den Flakon an die Lippen und schluckte. Licht, Energie und Kraft durchströmten ihr Blut; Realität, die sie gestalten konnte, *die sie war.* »Keine Feinde zu unterwerfen«, murmelte sie spöttisch und schüttelte den Kopf. Slythe wusste nicht, dass sie die Gabe besaß, seine Gedanken aufzunehmen.

Früher einmal war es möglich gewesen, Feinde zu unterwerfen und Ländereien zu erobern. Aber sie war zu spät gekommen. Wie Aden. Die Welt war eine schwindende Erinnerung.

Eine Meile von Days Past entfernt befand sich ein zweistöckiges, graugrün gestrichenes Holzhaus, das nahezu perfekt mit dem Hang im Hintergrund verschmolz. Vom Erdgeschoss aus gelangte man in eine tiefe Kaverne, die Muse in ein Atelier verwandelt hatte. Zwischen Keilrahmen, Papierblöcken und Farbtuben lagen Pinsel, Lappen, gesprungene Paletten und Bleistiftskizzen verstreut. Es roch nach Terpentin und anderen schädlichen Chemikalien. Hier stand Muse vor einer weiteren leeren Leinwand, wie an jenem Tag, als die Welt zum ersten Mal Gestalt angenommen hatte, und fragte sich, was man wohl noch Neues mit den gleichen alten Farben, den gleichen Linien und Winkeln und Kniffen hervorbringen könne.

Manche der Gemälde, die an den Wänden hingen, dienten praktischen Zwecken, wie der Vampir, gegen den Mister Gorr gekämpft hatte, als er hier eingebrochen war, um Aden zu stehlen. Nun starrte er reglos aus seinem Rahmen, die Fänge verborgen und immer noch leicht verlegen, weil er als Hüter der Kaverne versagt hatte.

Außer dem Vampirgemälde gab es Bilder von Kontinenten, die der näher rückende Tod verschlungen hatte. Dann waren da alle möglichen Geschöpfen und Menschen – manche normal und manche seltsamer als seltsam –, die in ihren Rahmen vor sich hin dämmerten und nur gelegentlich erwachten, mit ihr plauderten und anschließend wieder Jahrzehnte und länger in einen tiefen Schlaf versanken. Gestern war der König mit der verrosteten Dornenkrone plötzlich aufgeschreckt, hatte gehustet, auf den Boden gespuckt, nach der Zeit gefragt und *»Erst?«* gemurmelt. Gleich darauf hatte er die Augen geschlossen, diesmal wahrscheinlich für immer. Der Gnom mit den scharfen Diamantzähnen neben ihm hatte sich noch nie gerührt. Jeder von ihnen hätte erwachen, aus seinem Rahmen treten und ein Leben in dieser Welt fordern können. Aber sie hatten es schlicht und einfach nicht getan – warum, das wusste sie nicht. Manche wollten erwachen, andere nicht. Das war alles.

Droben bot das Haus einiges an Bequemlichkeit, darunter viele Dinge, die sie Toms Erfindungsreichtum verdankte: die Liege, die sie umfing wie die Arme eines Liebhabers; die Hängematte, die jedem Schläfer Märchenträume schenkte; ein Bad, das den Benutzer eine Stunde lang in warmes Wasser verwandelte (das Nonplusultra an Entspannung, aber ein Problem, wenn jemand an der Tür klopfte); und eine Speisekammer, die sich von selbst mit Delikatessen füllte. (Auf diese Weise blieben Muse Einkaufsfahrten in die Stadt und Begegnungen mit abergläubischen Einheimischen erspart, die sie wie die Pest mieden.)

Sie verbrachte ihre Tage nahezu gedankenleer. Intuition lenkte ihre Schritte durch das Haus ebenso wie die Pinselstriche ihrer Hand. In diesem Zustand der Lossagung vom Fluch des Denkens hatte sie darauf gewartet, dass alles endete und das Vergessen einsetzte.

Dann hatte sie eine tiefe Melancholie und Trauer bemerkt, die aus der Weltmaterie selbst aufstieg, so deutlich spürbar wie Kälte oder Wärme, wie die stärkste Energie, die je auf sie eingewirkt hatte. Ihre Hände zitterten, als sie Aden formten. Irgendwie wurde sie plötzlich von dem Gefühl übermannt, dass trotz allem – trotz der verronnenen Zeit und der verlorenen Weltteile – mit dem Untergang der Dinge etwas begonnen hatte.

Etwas hatte begonnen oder sich zumindest verändert, und sie kam nicht dahinter, was es war. Ende, Anfang? Sie rechnete halb mit dem Unberechenbaren, und ein Besuch des Meuchelmörders gehörte ganz sicher in diese Kategorie. Die Gemälde an der Wand hatten nichts von seinem Eindringen bemerkt. Der Vampir schlief mit dem Kopf nach unten in seinem Rahmen, und sein Seidenkittel hob und senkte sich bei seinen tiefen Atemzügen. *Ich sollte einen Wachhund malen,* dachte sie.

Slythe hatte ein Fenster im Obergeschoss aufgedrückt und sich wie ein kalter Lufthauch durch das Haus geschlichen, so sacht, dass keine einzige Bodendiele unter seinen Sohlen knarrte. Nun hockte er hinter ihr auf dem Fenstersims und beobachtete, wie sie die leere Leinwand anstarrte. Sie spürte seinen Blick, als bohrte sich etwas in ihren Rücken. »Was soll ich malen?«, fragte sie. »Vielleicht Messer, die durch die Luft fliegen?«

»Inspiriere ich dich?«

Sie schluckte. »Du hättest deinen Auftrag im Ernstfall längst erledigt, nicht wahr, Slythe?«

»Ich bin nicht hier, um dich zu töten, obwohl dieses Ansinnen an mich gerichtet wurde. Du musst den Vampir nicht wecken. Ich will nur reden.«

»Einfach anzuklopfen, kam dir wohl nicht in den Sinn?«

»Nein.«

Muse seufzte. »Du willst also reden. Worüber?«

»Über dein jüngstes Werk.«

»Welches? Aden?«

»Ja. Gibt es noch weitere?«

Angst durchzuckte sie, als sie an die Gemälde dachte, die sie in der Lichtung aufgestellt hatte. Kannte er diese Bilder, und war er gekommen, um Antworten zu fordern, die sie nicht geben konnte? »Ich habe immer einiges im Entstehen. Aber bleiben wir bei Aden.«

»Was war er?«

Muse drehte sich langsam um und schaute ihm in die Augen. Sie erinnerte sich, dass sie ihre Farbe ausgewählt und mit dem Pinsel aufgetupft hatte, ein blasses Grün anstatt des Grautons, der ihr ursprünglich vorgeschwebt war. »Weshalb die Vergangenheit?«

Slythe zog die Augenbrauen hoch. »Ein Versprecher. Was kümmert dich das? Dir sind deine Werke doch gleichgültig, sobald du sie vollendet hast.«

Sie musterte ihn mit Abscheu. »Die meisten schon. Sag, Slythe, hast du ihn getötet?« Die Frage enthielt eine versteckte Drohung, zu seinem und zu Muses eigenem Erstaunen.

Er zuckte leicht mit den Schultern. Die Geste verriet nichts von der heftigen Verwirrung, die plötzlich in ihm aufstieg, obwohl Muse vage spürte, was in seinem Innern vorging. »Niemand befahl mir, ihn zu töten. Hätte ich es tun sollen?«

Muse wandte sich von ihm ab und stippte ihren Pinsel leicht in die Palette auf ihrem Arm. Mit einer schwungvollen Bewegung zog sie eine schnurgerade schwarze Diagonale über die Leinwand.

»Im Schloss wissen sie von Adens Existenz«, sagte Slythe. »Mira misst ihm einige Bedeutung bei. Weißt du, wofür Aden sich zu halten scheint?« Als sie keine Antwort gab, fuhr er fort: »Für den Enkel des Weltenmachers. Du weißt, wie die Kirche das aufnehmen wird. Wenn sie ihm glauben, müssen sie ihm eine hohe Machtposition zubilligen. Wenn nicht, dann hat er sich in ihren Augen einer beispiellosen Ketzerei schuldig gemacht. Genau wie du, falls er preisgibt, dass du ihn erschaffen hast. Sein Schicksal scheint vorgezeichnet, so oder so. Vielleicht hättest du ihn mit fest verschlossenen Lippen malen sollen.«

»Es ist mir verdammt egal, was die Obrigkeit von mir denkt, ob Pfaffen oder Schlossherren. Oder was du von mir denkst.«

Muse sah nicht den Blick, der über die Züge des Meuchelmörders huschte, das unbekannte Gift, das die scharfen Falten und Linien seines Gesichts noch härter erscheinen ließ. »Es ist dir verdammt egal, was aus *ihm* wird.«

»Und ich weiß, dass diese Tatsache Miras Interesse wecken wird. Vielleicht auch ihre Angst, wenn ich sie richtig einschätze.« Ihr Arm führte den Pinsel gewandt über die Leinwand. Wilde Grün- und Rot-Schwaden quollen aus der schwarzen Diagonale, wie aus einer Wunde, die farbiges Licht blutete. Sie sah sofort, dass sie nur ihre augenblickliche Gemütslage gemalt hatte. *Verschwendete Leinwand,* dachte sie. »Die Zerstörer sind also nervös«, sagte sie. »Schön. Ich habe eine Botschaft für sie: Aden unterscheidet sich von allen anderen Wesen, die ich erschaffen habe. Und er hat nichts Außergewöhnliches an sich. Eher einen gewissen Einfluss. Behalte ihn im Auge. Beobachte, wie die Menschen in seiner Nähe reagieren. Pass auf, ob sie ihrer Rolle treu bleiben oder ob sie sich verändern. Ob etwas Neues beginnt. Hast du einige Zeit mit ihm verbracht? Hast du einen Wandel bemerkt? Denk darüber nach. Willst du wissen, was ich glaube? *Ich glaube, dass der alte Mann uns wieder beachtet.*«

Muse malte noch eine Weile weiter. Sie versuchte ihr nutzloses Werk zu retten, indem sie es in ein exotisches Insekt verwandelte, eine Art Schmetterling. Ihr Arm fuhr rasch über die Leinwand, während das Ding Gestalt annahm, fast als gehörte er nicht zu ihr – als befreite sie mit ihren Pinselstrichen einen lange vergrabenen Gegenstand vom Staub der Zeit. Sie wartete gereizt auf die nächste Frage, aber die Frage kam nicht, und als sie sich umdrehte, war der Meuchelmörder verschwunden.

Stirnrunzelnd wandte sie sich ihrem Gemälde zu, sah es eine Weile an und zerriss es dann. Glaubte sie, was sie Slythe erzählt hatte? Ihre Gedanken wanderten wieder in die Lichtung, zu den letzten Werken, die sie dort hinterlassen hatte. Die Intuition sagte ihr, dass sich bald eines der Monster erheben würde. Sicherlich. Sie konnte den Tod der Welt nicht eigenmächtig aufhalten, aber sie konnte ihm eine Gestalt verleihen, ihm einen Körper und einen freien Willen geben, so wie sie es mit dem Wesen von Slythe getan hatte. Das würde ihn weder verwandeln noch besser machen. Aber vielleicht, ganz vielleicht, würde er wie Slythe dazu neigen, eine Weile sein Ziel aus den Augen zu verlieren.

TEIL ZWEI

KAPITEL 12
Frühstück bei den Gorrs

Irgendwie fühlte sich Aden verkatert, als er das zweite Mal in der Familienwanne der Gorrs von den Toten erwachte. Er tastete stöhnend nach der Stelle, wo sich die scharfe Klinge zwischen seine Rippen gebohrt hatte. Im ersten Moment fiel ihm nicht mehr ein, dass Slythe ein Messer nach ihm geworfen hatte, aber sein Körper hatte nichts vergessen. Der Schmerz war noch da, allerdings gedämpft wie eine alte Narbe, die sich nur bei Wetterwechsel oder bei einer bestimmten Bewegung meldete.

Wieder war er nackt. Langsam kehrten seine Erinnerungen zurück, als er sich mit verquollenen Augen im Badezimmer umschaute und dann zurücklehnte, um weiterzuschlafen, wenn man denn in seinem Fall von Schlaf sprechen konnte. Bald darauf wischte ein feuchtes, faulig stinkendes Etwas über sein Gesicht und weckte ihn endgültig. Eine Hyäne hatte die Vorderpfoten auf den Wannenrand gestützt und leckte ihm mit ihrer rauen Zunge über Wangen und Lippen. Er setzte sich auf. Chucky Gorr gab einen Knurrlaut von sich, der in ein freundliches Winseln überging. Ein grässlicher Gestank entströmte ihm. Aden kraulte ihn hinter den Ohren und schob seine Schnauze sanft zur Seite. »Schon gut, Alter. Das reicht.«

Chucky stieß ein Schnaufen aus, das wie ein Seufzer klang, und trottete zur Badezimmertür. »Chuck?«, fragte Aden. »Kannst du mir vielleicht was zum Anziehen besorgen?«

Chuck rannte so schnell nach draußen, dass seine Krallen über die Fliesen scharrten. Als er zurückkam, hatte er eine Hose aus weichem braunem Leder im Maul, die er neben der Badewanne fallen ließ. Als Nächstes brachte er ein kariertes Hemd, das Aden viel zu groß war. »Danke«, sagte Aden und kraulte Chucky noch einmal hinter den Ohren. Chucky beobachtete ihn beim Anziehen und warf ihm einen fragenden Blick zu, als er das ungläubige Staunen bemerkte, das sich auf seinen Zügen ausbreitete. Aden erinnerte sich wieder an die Ereignisse – von wann? Gestern? Vor einer Stunde? Letztes Jahr? Die Fahrt mit dem Wagen, die in der Schlachtorgie von Julius geendet hatte, Slythes lässiger Mord an zwei Menschen. Slythes Mord an *Aden*. Er presste die Hand gegen die schmerzende Stelle an der Brust – nicht die Spur einer Narbe oder eines blauen Flecks, und auch den Schmerz hatte er sich wohl nur eingebildet, denn er war mit einem Mal verflogen.

»Sieht so aus, als wäre es mir einfach nicht vergönnt, tot zu bleiben, Chuck«, sagte er. »Unsterblich, was? Nun, warum nicht, zum Henker? Ergibt nicht mehr und nicht weniger Sinn als ein Typ, der sich in eine Hyäne verwandelt. Du hast mich in jener Nacht gewarnt, das Haus zu verlassen, stimmt's, mein Junge?«

Chucky ließ die Zunge weit aus dem Maul hängen.

»Und überhaupt, was soll diese Hyänen-Geschichte? Verwandelt sich dein alter Herr etwa auch in ein Tier?«

Chucky nickte.

»Echt? Und in was für eines? Lass mich raten! In einen Bären? Ich tippe auf einen Bären. Oder in einen Büffel.«

»Chucky!«, dröhnte Mrs. Gorrs Stimme von unten. »Komm und leck die Küche sauber! Mama hat Tomatensoße verschüttet. Mama macht Pasteten für Daddy und Corbert, Schätzchen. Mama hebt dir die Fleischreste auf, wenn du runterkommst und die Küche fein sauber leckst.« Chucky stellte die Ohren auf. Er schoss durch die Tür, prallte mit der Schulter hart gegen den Rahmen und donnerte den Korridor entlang. Der Lärm, den er dabei machte, hätte für ein ganzes Rudel seiner Artgenossen gereicht.

Aden zog sich an und schlich unbemerkt von Mrs. Gorr die Treppe am Ende des Korridors hinunter. Er kletterte wieder durch das Fenster im Esszimmer, denn die Tür war wie immer mit einer ganzen Kollektion von Sperrketten und Schlössern gesichert. Wohin sollte er gehen? Plötzlich überfiel ihn die Erkenntnis, wie einsam er war: keine Familie, keine Freunde, außer vielleicht die Mitglieder dieses Haushalts. Er dachte an Charm, die schimmernde Frau aus den Wäldern. Sollte er sich auf die Suche nach ihr begeben? Aber was würde geschehen, wenn Slythe ihn zu Gesicht bekam?

In diesem Moment zerriss ein Schrei die Stille des Morgens. »Beim Grab meiner Mutter, *halt's Maul!*«, brüllte jemand im Haus nebenan. Der Schrei ertönte von Neuem, lang gezogen und markerschütternd, gefolgt vom mehrmaligen Niedersausen und Knallen einer Peitsche.

»Ich bring euch um, Leute, ich schwör's!«, zeterte der Nachbar. »Und wenn sie mich aufknüpfen – ich bring euch um!« Ein hageres, vergilbtes Gesicht erschien am oberen Fenster des angrenzenden Hauses. »Ihr Mistkerle! Wie lange noch, ihr Mistkerle? Wie viele Jahre muss ich das noch hören, Tag für Tag?«

Aden rannte durch das Seitentor auf das Geräusch der niedersausenden Peitsche zu. Am Hinterhof-Schuppen zerrte er die Tür auf. Drinnen lag ein nackter Mann auf einen Tisch geschnallt. Die Haut hing ihm in Fetzen vom Rücken. Unter dem blutigen Fleisch zeigten sich helle Sehnen. Seine Augen starrten in die Ferne, weit aufgerissen und leer, und sein Mund stand offen, als wollte er sich übergeben. Wieder entrang sich seiner Kehle ein Schrei. Mister Gorr stand hinter ihm, mit hoch erhobener Peitsche, ein Ausdruck geballter Konzentration auf dem plumpen Gesicht. Ächzend schlug er zu: »Jaa!« Blut spritzte vom Rücken des Mannes auf Mister Gorrs triefende Schürze. Kleine Bäche der roten Flüssigkeit tropften durch eine Öffnung des Tisches in ein großes, bereits halb volles Gefäß. »Das müsste reichen«, polterte Mister Gorr. »Ah, warum nicht – noch einen zum Abschied!« Er hob die Peitsche erneut.

Adam rannte auf ihn zu, warf sich gegen seine fleischige Schulter und prallte ab, als wäre er gegen eine Gummiwand gestoßen. Mister Gorr knurrte erstaunt und drehte sich um. »Ärr! Guck mal, Corbert, das ist der Junge! Der, wo ich dir gestern von erzählt habe.«

Corbert verrenkte mühsam den Hals. Er sprach langsam, und seine Stimme klang tonlos. »Das ist er, Alfred? Weshalb liegt er halb betäubt zu deinen Füßen? Gehe ich recht in der Annahme, dass er dich beim Auspeitschen beobachtete und sich spontan zu einer tollkühnen Rettungsaktion mit einer Gung-Ho-Attacke entschloss? Nur um von deiner muskelbepackten Schulter abzuprallen, als die Peitsche in meine ... offenen Wunden biss?«

»Ein guter Junge!«, rief Mister Gorr leutselig. Er stellte Aden auf die Beine und klopfte ihm so heftig auf den Rücken, dass der verhinderte Retter erneut zu Boden ging.

»Alfred vergisst manchmal, wie stark er ist«, sagte Corbert zu Aden. »Putricia bekocht ihn einfach zu gut. Dabei fällt mir ein, dass wir noch keine Mittagspause hatten, Alfred.«

Mister Gorr nickte und senkte die Peitsche. »Moment – willst du auch mal, mein Sohn?« Er hielt Aden die Peitsche mit dem Griff voraus entgegen. Aden starrte das Folterwerkzeug verständnislos an.

»Tu dir keinen Zwang an«, meinte Corbert heiter. »Wär mal 'ne kleine Abwechslung für mich. Eine leicht versetzte Schlagrichtung und mehr aus dem Handgelenk ... macht einen Riesenunterschied. Ich kann dir ein paar gute Tipps für später geben. Der richtige Umgang mit einer Peitsche macht sich gut in jeder Bewerbung.«

»Ich glaube, ich bin an einem Punkt angelangt, wo mich nicht mehr viel überraschen kann«, sagte Aden.

»Fass das ja nicht als Kritik auf, Alfred«, fuhr Corbert fort. »Deine Vielseitigkeit beim Auspeitschen ist eines der Hauptvergnügen unserer Zusammenarbeit. Und dein Batterie-Einsatz heute Morgen war absolute Perfektion.«

»Das neue Hochspannungsding is' die Wucht!«, erklärte Mister Gorr, während er die Schlaufen von Corberts Beinen löste. »Mann, hey! Wir haben was vergessen!« Er patschte sich mit der flachen Hand gegen die Stirn.

»Das Salz, Alfred?«, fragte Corbert.

Mister Gorr nickte, blinzelte Aden zu und griff in die Schürzentasche. Ein Salzstreuer kam zum Vorschein. Er verteilte die weißen Körner über Corberts zerfetzten Rücken, streifte ein paar geblümte Wollfäustlinge über und massierte das Salz in die blutenden Schrunden. Corbert sog die Luft durch die Zähne ein und stieß ein dumpfes Grollen aus, während sein Körper von einem krampfartigen Zucken geschüttelt wurde.

Mister Gorr entfernte gerade die letzten Schlaufen, als Mrs. Gorr an der Schuppentür klopfte und rief: »Juuhuu, Jungs, ich hab euch Pastetchen gemacht!« Auf einem kleinen Tisch stellte sie ein Tablett mit fünf dampfenden Riesenpasteten ab, dazu eine Karaffe mit rotem Saft auf Eiswürfeln, die gegen die Glaswand klirrten. Sie warf einen mütterlichen Blick in die Runde, der so viel hieß wie: ›Was sind Männer nur für Kindsköpfe!‹, und entfernte sich mit einem nachdrücklichen *Schlippschlapp* ihrer Sandalen.

»Pasteten!«, rief Mister Gorr und rieb sich die Hände. »Pasteten schon mittags! Ah, wie ich diese Frau liebe!«

»Ohne ihre Zuwendung würde einem der Tag viel länger erscheinen«, pflichtete ihm Corbert bei. Er zog einen Morgenmantel an und fuhr zusammen, als der Stoff seine Wunden berührte, obwohl das bei all den Zuckungen und Krämpfen kaum noch auffiel. »Ich heiße Corbert«, sagte er, zu Aden gewandt. »Und Alfred hier scheinst du ja bereits zu kennen.«

»Hi, yeah. Nix für ungut, Leute, aber was zum Henker stimmt mit euch nicht?«

»Wie meinst du das?«, erkundigte sich Corbert.

»Na ja, fangen wir mal mit dem Auspeitschen an und machen dann Schritt für Schritt weiter.«

»Ach so. Wir beginnen mit Elektroschocks. Die wirklich harten Sachen kommen so gegen Ende. Mit dem Auspeitschen füllen wir die mittleren Stunden des Tages. Mir ist bewusst, dass das alles eher ... konventionell wirkt. Aber guck mal am Freitag vorbei. Da probieren wir die exotischeren Geräte aus. Außerdem, wenn wir nur mit dem Schredder oder der Streckbank arbeiten würden, bliebe für den nächsten Tag nicht mehr viel übrig.«

Mister Gorr vergrub sein Gesicht in die größte der fünf Pasteten. Er biss krachend in den Teigmantel und schlang die heiße Hackfleischfülle in sich hinein. Soße tropfte ihm über das Hemd und platschte auf den staubigen Steinboden. Corbert hatte auf einem wackligen Hocker Platz genommen und knabberte geziert an einem Stück Kruste. Seine Hände zitterten. »Wie heißt du, junger Mann?«

»Aden.«

»Sehr erfreut. Wusstest du, dass eine Menge Leute nach dir suchen?«

»Oh! Wer denn?«

»Die Schlossbewohner zum Beispiel. Soldaten klopfen an den Haustüren, und am Ortsausgang wurde eine Straßensperre errichtet. Ich habe keine Ahnung, was die feinen Herrschaften von dir wollen, aber es kann nichts Gutes sein. Auch unser Dienstherr, der Namenlose, ist scharf darauf, dich kennenzulernen. Hat wohl irgendwie mit deiner Behauptung zu tun, dass du mit dem Weltenmacher verwandt bist.«

»Sie verehren meinen Großvater?«

»In gewisser Weise. Es ist mehr so eine vage Ahnung, welche Rolle dein sogenannter Großvater für diese Welt und für uns spielt. In der Vergangenheit ging es mehr oder weniger darum, das Volk zu beschwichtigen. Seine Hand senkte sich vom Himmel herab, wenn du verstehst, was ich meine, formte Berge und Hügel, schuf Wüsten. Das gab jedes Mal viele Tote. Meine eigenen Vorfahren rutschten über seine Handfläche vom Himmel in die Tiefe, zweihundert Leute, die in der Nähe einer Ortschaft landeten. Das machte er früher manchmal, dass er eine Stadt bevölkerte, indem er Menschen herabregnen ließ, wie Salz auf eine fade Mahlzeit. Für die Einheimischen waren solche Neuankömmlinge Heilige, bis sie herausfanden, dass sie ganz normale Typen waren, wie alle anderen auch. Ah, aber ich langweile dich. Ich schätze mal, ich habe zu viele von Raydon Wests historischen Büchern gelesen.«

»Bei Cug, der gute, alte Corbert quatscht dir 'n Loch in Bauch!« Mister Gorr lachte dröhnend und hieb ihm auf den Oberschenkel.

Corbert wirkte leicht gekränkt. »Bei Cug, Alfred? Ein neues Wort für mein Lexikon! Dauert nicht mehr lange, bis ich fließend Gorr kann.«

»Bei Cug!« Mister Gorr nickte, konnte den Begriff aber nicht näher erläutern, weil er den Mund voll hatte.

»Wisst ihr Leute eigentlich, dass es auch eine echte Welt gibt?«, fragte Aden. »Ich schwör's, das ist keine Lüge! Und dieser Typ, den ihr wie einen Gott verehrt ... In meiner Welt ist das ein alter Mann, der in einem Pflegeheim auf den Tod wartet. Darf ich hier so was überhaupt sagen? Dass euer Gott dort, wo ich herkomme, in die Windeln kackt und nicht mal mehr das Wasser halten kann?«

»Mir kannst du alles sagen«, meinte Corbert. »Ich bin aufgeschlossen, genau wie Alfred. Aber in der Umgebung des Namenlosen wäre ich an deiner Stelle vorsichtig. Den bringst du normal nicht so leicht aus der Fassung, aber Ketzerei macht ihn zum Fanatiker. Dennoch, du solltest ihm mal einen Besuch abstatten. Wenn mich nicht alles täuscht, bist du bei ihm sicherer als im Schloss.«

Mister Gorr murmelte etwas Unverständliches an seiner Pastete vorbei.

»Die Entscheidung liegt bei dir, Aden«, fuhr Corbert fort. »Kirche und Schloss sind beide ganz wild darauf, dich zu kriegen, vermutlich aus völlig unterschiedlichen Gründen. Und sie kriegen dich, verlass dich drauf. Ist ein Leben auf der Flucht nach deinem Geschmack? Ich muss jedenfalls melden, dass ich dich gesehen habe, und ich schätze mal, dass der Namenlose seine Dragoner nach dir ausschickt, wenn du dich nicht freiwillig stellst. Deshalb schlage ich vor, dass du gleich mit mir kommst. Ist angenehmer für alle Beteiligten. Und wenn du diese persönlichen Ansichten über deinen ›Großvater‹ für dich behältst, kann dir eigentlich nicht viel passieren.«

Aden blieb im Hof und spielte mit Chucky Bällchen fangen, obwohl Mrs. Gorr Angst hatte, die Nachbarn könnten ihn als Hyäne sehen (in »seinem Zustand«, wie sie es nannte). Chuckys Lieblingsspiel war eine Art Tauziehen um ein Lumpenbündel, bei dem er Aden mehrmals von den Beinen holte, während aus dem Schuppen die Geräusche eines Elektrobohrers und Corberts gequälte Schreie drangen.

Um vier tauchte Corbert bleich und schlotternd aus dem Schuppen auf. Er umklammerte mit beiden Händen ein Gefäß, in dem hellrotes Blut hin und her schwappte. Schwacher weißer Rauch stieg von der Flüssigkeit auf. Mister Gorr folgte ihm, tonlos vor sich hin pfeifend. Er schlug Aden kräftig auf den Rücken, nannte ihn einen guten Jungen, ehe er Chucky am Kragen packte und ihn aufforderte, die Zähne kräftig in seinen Unterarm zu graben. Blut lief Mister Gorr über das Handgelenk, als er Corbert und Aden zum Abschied winkte. »Bis morgen früh dann, Corbert! Und sei pünktlich! Ich zerlege dein klappriges Gestell bis zu den letzten Nervenfasern, und dann gebe ich dir noch ein paar Stöße mit dem Elektroschocker drauf!«

»Bis morgen, Alfred. Grüß mir Putricia und sag ihr vielen Dank für das köstliche Essen! Ich muss sie mal nach dem ... Rezept fragen.« Sie schlenderten den Fluss entlang, abseits der blau gepflasterten Straße, und Corbert hielt mit zusammengekniffenen Augen Ausschau nach Soldaten. Sie kamen an der Stelle vorbei, wo Aden Torak und dem schwebenden Traum begegnet war. Er wollte von Corbert wissen, was es mit den Träumen auf sich habe.

»Unser Lebensblut«, sagte Corbert. »Es besteht aus einer einzigartigen Energieform. Die Träume werden zum Schloss gelenkt. Niemand weiß genau, was los ist, aber ich hege den Verdacht – und das muss Kevas Rem nicht erfahren –, dass der Weltenmacher sein Werk hier vergessen hat. Vielleicht ist er so mit anderen Entwürfen beschäftigt, dass diese Welt allmählich stirbt. Ohne die Träume wäre sie längst tot. Doch über dieses Wissen verfügen nur wenige Auserwählte. Ich gelangte rein zufällig in den Besitz einer Sammlung verbotener Bücher und Aufsätze, in denen die wildesten Thesen zu finden sind. Die Obrigkeit erlaubt nicht mal, dass wir die Träume beobachten, aber ich tue es trotzdem, mit einem Fernrohr im ... Speicher.«

»Ich könnte dir wahrscheinlich viel wilderes Zeug erzählen als den Scheiß, der in deinen Büchern steht«, meinte Aden. »Schon mal was von Supernovae gehört? Oder von Mars, unserem Nachbarplaneten? Von Jesus? LSD? Der Ermordung Kennedys? Von UFOs? Pay-TV?«

»Behalte das alles unbedingt für dich.«

»Mit der Redefreiheit habt ihr es nicht so, oder?«

»Ich weiß nicht, was du damit meinst. Aber sei so gut und bring meine Reputation nicht in Gefahr! Einzig und allein die Tatsache, dass ich im Dienst der Kirche stehe, hat meinen Sohn Caul bisher vor dem Strick bewahrt. Er ist ein bisschen ... aufsässig. Ich muss mich ... vorsehen.«

Aden blieb mit einem Ruck stehen. »Moment mal! Du stehst im *Dienst* der Kirche? Die Kirche *bezahlt* dafür, dass du dich den ganzen Tag foltern lässt? Und in eben diese Kirche schleppst du mich jetzt?«

»Du hast nichts zu befürchten. Die Erklärung ist einfach. In mir wohnt ein Geist, den der Namenlose mir eingab. Ich bin das, was sie einen Rezeptor für die ... Toten nennen. Eine Erbanlage. Ziemlich selten. Dass Menschen von einem Geist besessen sind, gibt es oft, aber nur Rezeptoren wie ich können verhindern, dass dieser Geist sie steuert. Ich liefere dem Namenlosen mein Blut. Es besitzt magische Eigenschaften, die er für manche seiner Kräuter benötigt. Und der Schmerz ist auszuhalten, vor allem mithilfe einiger Meditationstechniken, die ich entdeckt habe. Die Schreie sind reiner Reflex. Nach der ersten Stunde oder so spürt man fast nichts mehr.«

»Du behauptest also, dass du einen Geist beherbergst.«

»Ja.«

Ein Blick in sein total verstörtes Gesicht erstickte jeden Zweifel. »Redet er mit dir?«

»Täglich. Manchmal, wenn ich zu schlafen versuche, schreit er mich aus purer Rachsucht wach. Das ist meist zu Beginn der ...«, es folgte ein langes Schweigen, »... Arbeitswoche.«

»Redet er jetzt?«

»Ja. Er will, dass ich uns beide ›von dieser Qual befreie‹. Er begreift nicht, dass ich dann arbeitslos bin. Meine Belange sind ihm auch egal. Er wollte mich sogar anstiften, Kevas Rem umzubringen.« Corbert hielt den Kopf schräg. »Ja, der Gedanke erregt ihn. Ständig diskutiert er Pläne und Methoden, versichert mir, dass ich ungestraft davonkommen werde, und so fort. Er rät mir zu Gift. Er ist ziemlich verzweifelt.«

»Und mit diesem Priester willst du mich bekannt machen?«

»In der Regel lässt er sich durch nichts und niemand kränken.«

Aden runzelte die Stirn. »Aber *wenn* ich ihn kränke, riskiere ich Folter. Das willst du doch sagen, oder?«

»Ich bin sicher, dass dir nichts geschieht. Dass du ihn freiwillig aufsuchst, wird ihn von Anfang an für dich einnehmen.« Vor ihnen tauchte der Kirchenbau auf. »Hässlich, nicht wahr?«, meinte Corbert. »Es soll so aussehen, als hätte Gott die diversen Teile vom Himmel geschleudert.« Aden blieb erneut wie angewurzelt stehen. Der Triumphwagen des Herzogs parkte vor dem Gebäude. »Was ist los, Aden?« Corbert musterte ihn fragend.

Aden deutete nach vorn. »Er ist da.«

»Ach, Julius. Den musst du nicht ernst nehmen. Er ist aufgeblasen und eine Spur bösartig, aber ihm können wir leicht ausweichen. Klar, die Leute vom Schloss suchen nach dir. Vielleicht solltest du erst mal unsichtbar bleiben, mein junger

Freund.« Es war Slythe, den Aden fürchtete. Unbewusst legte er beide Hände schützend vor die Brust. Draußen im Wagen des Herzogs schien der Meuchelmörder nicht zu warten. Im gleichen Moment verließ Julius die Kirche, begleitet von Raydon, der ein Bein nachzog, als wäre es lahm. Julius raffte zornig die Falten seiner Toga. »Das ist doch *empörend*, Ray! Du hast gehört, was er sagte! ›Keine Medizin mehr im Haus!‹ Also wirklich! Meine Ohrenentzündung ist ihm völlig egal, diesem dreckigen, egoistischen ... Ich glaube, er *lügt*, Ray, das glaube ich in der Tat. Er flunkert mich einfach an! Wetten, dass er ganze Eimer voll Medizin auf der Seite hat, die er nicht herausrückt, die er für sich allein behalten will!«

Raydon entgegnete etwas, das sie nicht verstanden.

»Aber darum geht es doch nicht!«, schrie Julius ihn an. »Denk doch nur, was er angerichtet hat. Zwingt uns glatt, bis nach Somerset zu fahren, um uns zu bekiffen, und dabei ist dort so gut wie nichts mehr zu holen, weil die Leute am Verhungern sind. Ja, ich *weiß*, dass das geheim bleiben soll, Ray, aber ich bin viel zu erzürnt, um darauf jetzt noch Rücksicht zu nehmen. Ich stehe dicht vor einem Wutausbruch und habe gute Lust, meinen Gefühlen freien Lauf zu lassen. Und noch eines, Ray! Wenn ich dir wieder einmal befehle, jemanden totzuprügeln, dann tust du das gefälligst, kaputtes Bein hin oder her! Ich bin empört, und ich verlange, dass du meine Schelte auf dem Weg nach Somerset wörtlich in deiner Chronik vermerkst. Oh, warum habe ich nur Slythe daheim gelassen? Ich *hasse* dich, Raydon. Ich hasse dich ganz einfach ...« Der Wagen rollte die Straße entlang, und langsam verklang das Geschimpfe von Julius.

Am Haupteingang hob Corbert seine matte Stimme. »Namenloser?«

Immer noch erschüttert, immer noch das Gekeife des Herzogs im Ohr – *Schlag ihn zusammen, Ray! Zermalme ihn mit deinen fetten Fäusten!* –, erlitt Kevas den nächsten Schock, als er Aden vor sich sah. Soldaten waren auf der Suche nach ihm bereits von Haus zu Haus gezogen, und Kevas hatte den ganzen Vormittag über gebetet, dass er den jungen Mann finden möge, bevor ihn die Häscher vom Schloss entdeckten.

Was nun? Sein Herz raste, und er konnte keinen klaren Gedanken fassen. *Das kann der größte Tag in meinem Leben werden. Aber wenn er ein Ketzer ist, lösche ich ihn aus, so wahr ich hier stehe ...* Er nahm die Silberkette mit dem Schädel-Anhänger und legte sie mit zitternden Fingern um den Hals. Sie war der heiligste Gegenstand in der Kirche, trotz ihrer Vorgeschichte – Sivanas, der Prophet des Blutvergießens, hatte sie in der »Nacht der Tausend Tode« getragen. Kevas erflehte mit einem Stoßgebet Stärke und Erleuchtung. Es gelang ihm, seine Nervosität zu unterdrücken, als er die Gäste willkommen hieß, Corbert entließ und Aden bat, im Predigtsaal zu warten, während er Türen und Fenster verriegelte.

»Aden. Aden Keenan.«

Der Namenlose saß ihm gegenüber und durchbohrte ihn mit seinen scharfen Augen. Aden verwirrte dieser Blick, obwohl er davon ausging, dass dies der ganz normale Ausdruck des alten Mannes war. Der Priester hatte ihm einen Napf mit Brühe, Butterbrot und eine Fingerschale gebracht und beobachtete nun genau, ob Aden vor dem Essen irgendwelche Rituale oder Zeremonien einhielt. Es war, als studierte er die Gewohnheiten eines exotischen Geschöpfs. »Würdest du das bitte noch einmal für mich wiederholen?«, fragte der Priester.

»Aden Keenan«, murmelte er um einen Bissen Brot herum. »Soweit ich mich erinnern kann, ist das mein Name. Gute Suppe übrigens. Was ist da drin?«

Der Priester winkte ab. »Wo wurdest du geboren?«

»In Sydney. Sydney, Australien.«

»Und wo befindet sich dieser Ort?«

»Ich bezweifle, dass Sie ihn von hier aus erreichen können. Er ist eine ganze Welt entfernt.«

»Wo wurdest du auf *dieser* Welt geboren, Aden Keenan?«

»Schwer zu sagen, weil es keine richtige Geburt war.«

»Und doch bist du irgendwie entstanden. Wie?«

Charms Warnung, die Umstände seiner Geburt geheim zu halten, dröhnte in seinen Ohren. »Ich wachte einfach hier auf.«

Kevas erhob sich und marschierte auf und ab, ohne Aden aus den Augen zu lassen. »Erzähl mir von deinem Großvater!«

»Was würden Sie gern wissen?«

Die Antwort traf den alten Mann wie ein Magenschwinger. So *lässig*. War das Spott? Er zwang sich zur Ruhe. »Was *ist* dein Großvater?«, fragte er. »Was macht er? Wie ... wie sieht sein Leben aus?«

»Mal überlegen. Ich weiß nicht viel über die Zeit, in der er jung war. Muss wohl irgendwann bei der Post gearbeitet haben. Wollte im Zweiten Weltkrieg zur Armee, aber sie nahmen ihn nicht. Ist Ihnen vermutlich kein Begriff, dieser Zweite Weltkrieg. Jedenfalls brauchten sie damals Leute für Nachrichten und Fernmeldewesen, und so befahlen sie ihm, daheim zu bleiben und diesen Job zu machen. Meine erste Erinnerung an ihn ist, dass er mir Geschichten vorlas. *Grimms Märchen*, *Der Kleine Hobbit* und so 'n Zeug. Sagt Ihnen wahrscheinlich gar nichts.« Kevas gab ihm durch eine Geste zu verstehen, dass er fortfahren solle. »Also, er war eine Zeit lang das Musterbeispiel des netten Opas. Dann, vor ein paar Jahren, ließ sein Gedächtnis nach. Sein Zustand verschlechterte sich rapide. Der Doc meinte, das sei nicht normal, wie schnell es mit ihm bergab ging, das hätte eigentlich viel schleichender ablaufen müssen. Kann sein, dass ein kleiner Schlaganfall dazukam und alles verschlimmerte – ich weiß es nicht. Er war in den Siebzigern, als ich ihn zuletzt sah. Das liegt vielleicht ein halbes Jahr zurück. Da lebte er schon in einem Pflegeheim. Saß den ganzen Tag da, ohne sich zu rühren. Saß da und tippte aufs Geratewohl Buchstaben und Zahlen in eine Schreibmaschine. Ab und zu schaute die Schwester rein. Wenn die Seite voll war, spannte sie ihm ein neues Blatt ein, damit er brav sitzen blieb, und dann tippte er weiter. Manchmal kruschelte er auch in den Papieren herum und ordnete sie neu.«

»Woran litt er denn?«

»Ich weiß nicht, wie sie es nannten. Senilität, Demenz, vielleicht Alzheimer. Irgendwas in der Art.«

»De...menz?«

»Eine Art langsam fortschreitende Unzurechnungsfähigkeit. Im Normalfall jedenfalls langsam fortschreitend.«

Er meint die »Schwundkrankheit«, dachte Kevas. »Was ist ein ›Pflegeheim‹?«

»Eine Art Krankenhaus. Er saß einfach in seinem Zimmer und lächelte, während ihm Spucke aus dem Mundwinkel lief. Blieb immer stumm, ganz egal, was wir zu ihm sagten. Keine Ahnung, ob er unsere Worte hörte oder verstand. Irgendwie hatten wir das Gefühl, dass alles in ihn *reinsickerte,* dass ein Teil tief in seinem Innern uns hörte und auch begriff, was wir sagten. Aber vielleicht bildeten wir uns das auch nur ein.«

Die Stimme des Priesters klang so hart wie das Holz der Kirchenbänke. »Dir ist doch klar, dass du über den Schöpfer dieser Welt sprichst, oder?«

»Ich weiß, dass *Sie* ihn dafür halten. Aber gewöhnen Sie sich an die Idee, dass er dort, wo ich herkomme, kein Gott war.« Aden lachte. »Er war nichts Besonderes. Genau wie ich nichts Besonderes bin. Ein ganz normaler Mensch. Obwohl – eine Sache könnte von Interesse für Sie sein: Er schrieb über die Welt hier. Oder versuchte es zumindest. Irgendwie wusste er wohl, dass sie existierte. Ich sah ein paar Skizzen in seinen Notizblöcken. Vielleicht täusche ich mich, aber ich glaube, es war sogar eine Skizze von Ihnen dabei.«

Kevas marschierte schneller auf und ab, und sein Humpeln verstärkte sich. »Wie bist du nur von jener Welt hierhergekommen, Aden?«

»Ihr habt die Tür offen stehen lassen.«

Der Priester starrte ihn entsetzt an. »Die *Tür?*«

»He, ein kleiner Scherz. Sehen Sie, ich habe es satt, immer die gleiche Frage zu hören. Stehe ich hier unter Arrest oder was? Wenn Sie es genau wissen wollen, ich schied in jener realen – jener früheren Welt, meine ich – aus dem Leben. Selbstmord. Ich hatte mir die Pulsadern aufgeschnitten. Offen gestanden, ich weiß nicht mehr, warum. Durch meine Erinnerung spuken die verschiedensten Versionen der Vergangenheit.«

Kevas dachte an den immer wiederkehrenden Albtraum des Weltenmachers, an die unzähligen, zu Wolken verdichteten Handgelenke am Himmel, aus denen Regen fiel. Grauen erfasste ihn, und ein Dutzend mögliche Interpretationen schossen ihm durch den Kopf. Er biss sich auf den Daumen. Da war eine Sache zu klären, bevor der Junge weitersprach. Er entschuldigte sich, humpelte davon und kehrte mit drei kleinen gerahmten Bildern zurück. Das erste war die Skizze eines Künstlers, der einen Moment lang das Gesicht des Weltenmachers erblickt hatte, als er durch die Wolken auf seine Schöpfung herabspähte. Die unzählige Male kopierte Zeichnung schmückte nun Wohnzimmer, Schulen, Arbeitsplätze, Ställe und Pubs. Es gab kaum einen Bürger, dem dieses Bild nicht vertraut war. »Ist das dein Großvater?«

Aden betrachtete die Skizze. »Yeah. Als er noch etwas jünger war. So um die fünfzig vielleicht.«

Der Priester hielt ein zweites Bild hoch. Es zeigte seinen Amtsvorgänger. »Ist er das auch?«

»Auf gar keinen Fall. Sieht ihm überhaupt nicht ähnlich.«

Kevas zeigte ihm ein weiteres Porträt des Weltenmachers, ein Bild, das nur wenige kannten. »Und das hier?«

»Das ist er. Etwa in dem Alter, das er bei meinem letzten Besuch im Heim hatte.«

»Ein normaler Mann um die siebzig?«

»He, habt ihr Leute ein anderes Wort für ›Ja‹ als ich? Yes. Si. Oui. Hai. Okay? Alles klar? JA, VERDAMMT NOCH MAL, JA! DAS IST ER!«

Die seltsamen Worte kamen dem Priester dämonisch vor, und er wich zurück, da er einen Bannfluch befürchtete. Mit einem Mal packte ihn der Zorn. *Schwachkopf!*, dachte er. *Ein Mann um die siebzig! Der Weltenmacher kann doch nicht jünger sein als die Welt!* Aber seine Stimme blieb ruhig. »Und wie findest du diese Welt, die dein Großvater schuf, Aden?«

»Gut. Nichts dran auszusetzen. Mal abgesehen davon, dass unheimlich viele Leute ein Problem mit mir zu haben scheinen. Ihre Kirche ist der Wahnsinn. Spitzenmäßige Architektur. Ein Gott bei uns hätte das nicht besser hingekriegt.«

»Nur noch ein paar Fragen. Mit welchen Leuten hattest du seit deiner Ankunft näheren Umgang?«

»Mit einigen. Ich ...« Er war im Begriff gewesen, Julius zu erwähnen.

»Lady Mira?«

»Nein.«

»Julius?«

»Hey, alles okay mit Ihnen? Ich fürchte, ich habe Sie irgendwie gekränkt. Wollte ich nicht.«

»Kennst du Muse?«

»Kennen? Eher nicht. Ich hab sie mal gesehen. Das ist alles.«

Schwindler! Kevas dachte an die Unterhaltung, die er am Vortag mit Julius und Raydon geführt hatte. *Lügt so locker und spontan. Beängstigend.* »Hast du gestern den Aufschrei des Weltenmachers gehört?«

»Nein.«

»Nein? Bist du sicher?« In der Stimme des Priesters schwang Hohn mit. »Er war lauter als Donnerhall.«

»Ich habe nichts gehört. Kann sein, dass ich eingeschlafen oder tot oder sonst was war. Fertig mit den Fragen?«

Der Priester verstummte und starrte in die Ferne. Aden beobachtete die widerstreitenden Gefühle, die sich auf seinen Zügen spiegelten, obwohl er sie zu verbergen suchte. »Ich glaube, wir haben lange genug gesprochen«, sagte der Namenlose schließlich. Eine tiefgründige Veränderung ging mit ihm vor.

Er lächelte. Kleine Fältchen in den Augenwinkeln gaben ihm das Aussehen eines freundlichen alten Mannes. »Tut mir leid wegen des Verhörs. Aber mit Omen kann man nicht vorsichtig genug sein. Und ein Omen bist du. Aber wohl keines, das Angst und Schrecken verbreitet.«

»Geht schon klar«, erwiderte Aden. »Aber wie ich höre, wollen mir die Leute vom Schloss an die Eier.«

»Oh, hier bist du vor ihnen sicher. Da ist nur noch eine Sache, die ich dir zeigen möchte. Eine allerletzte Sache, ja? Ein altes Mosaik in einem der anderen Räume. Stellt die Welt am Tag der Schöpfung dar. Ich würde gern von dir hören, was du davon hältst. Bitte, hier entlang ...«

Der alte Mann gab Aden mit einem Wink zu verstehen, dass er vorangehen solle, durch die Tür, einen Korridor entlang und eine Steintreppe in die Tiefe. Hier unten war es stockfinster. Nur ein paar flackernde Wandlaternen wiesen ihnen den Weg. Sie gelangten zu einem Raum voll seltsamer Pflanzen. »Hier hinein.«

Aden hatte kaum zwei Schritte gemacht, als die Tür hinter ihm zuschlug. Ein Schlüssel knirschte im Schloss. »Iss keine Pflanzen!«, rief Kevas durch die Tür. »Und atme nicht zu nahe an den schwarzen Pilzen!«

Aden sah plötzlich vor seinem geistigen Auge, wie Mister Gorr mit der Peitsche auf Corbert einschlug, und er hörte Corberts beruhigende Worte, dass der Priester harmlos sei. Schritte entfernten sich humpelnd von der Tür.

KAPITEL 13
Das Vergessen

Der Tod der Welt nahm in seinem unaufhaltsamen Näherrücken zwei neue Formen an. Die eine zeigte sich in einem Dorf namens Somerset und war, im Gegensatz zur anderen, auf die Charaktere von Nightfall und ihr Handeln zurückzuführen.

Die ursprünglichen Pläne des Weltenmachers sahen vor, dass ein gewaltiger Krieg über Nightfall hinwegtobte, und das Dorf war dazu ausersehen, als Erstes von der Weltkarte zu verschwinden. Niemand außer den drei Göttern – Muse, Tom und dem Mechaniker – wusste davon, und niemand hatte den Bewohnern von Somerset erzählt, dass sie einzig und allein geboren waren, um in einem großen Blutbad unterzugehen. Außer einer gewissen *Erwartung*, die irgendwie in der Luft lag – und die nur Besucher, niemals aber die Einheimischen spürten –, gab es nicht den geringsten Hinweis, dass das Schicksal etwas Besonderes mit Somerset vorhatte. Seit seinem Entstehen war das Dorf unverändert, und seine Bewohner folgten stets den gleichen ausgetretenen Wegen wie all die Generationen vor ihnen. Ihr Leben war bequem vorherbestimmt, serviert wie eine fade Mahlzeit, die sie nie selbst zubereiten mussten.

Und doch kam ihnen ihr Dasein wirklich vor. Die kleinen Dramen im Dorf forderten ihre ganze Aufmerksamkeit: Die Karotten auf dem Wochenmarkt waren etwas mickriger als normal; Virons Hund hatte sich wieder mal losgerissen und streunte durch die Gegend; die Stute von Stu hatte die Geburt ihres Fohlens nicht überlebt. Solche Ereignisse gaben Anlass zu aufgeregtem Klatsch, obwohl sie sich – mit kleineren Abwandlungen – immer wieder abspielten.

Gelegentlich kamen die Personen, die Geschichte machten – die Hauptfiguren –, auf dem Weg zu Geschäften oder weniger langweiligen Orten durch Somerset. Dann verbrachten sie eine Nacht in der Herberge und besuchten das Wirtshaus, um einer Boxveranstaltung oder ein paar Hahnenkämpfen beizuwohnen. Die Einheimischen umwirbelten sie wie Blätter, die ein kurzer Windstoß aufgescheucht hatte, und fühlten sich einen Moment lang selbst wie Hauptfiguren, ehe sie zu ihren vertrauten Nebenrollen zurückkehrten. Am Morgen brachten die Farmer ihre Erzeugnisse wieder in die Stadt. Hausfrauen zogen an den Marktständen vorbei, tauschten Rezepte, die schon ihre Großmütter getauscht hatten, plus oder minus diese oder jene Zutat, und ihr Geschwätz erinnerte an Vogelgezwitscher. Die Männer trotteten wie gewohnt zu den Gold- oder Kohlebergwerken, in die Fabriken, zum Rathaus oder Gericht, und allen zusammen war nicht ein Funke mehr Ehrgeiz zu entlocken als normal. Die Landstreicher bettelten um Geld für Bier oder versuchten, es sich in dem kleinen Boxring hinter dem Wirtshaus zu erkämpfen, vor einem Publikum, das in der Regel nur aus dem Schankkellner bestand. Kinder verschwanden im Schulgebäude, wo sie die ewig gleichen Märchen und Theorien über ihr Universum zu hören bekamen plus oder minus ein paar Fußnoten: bedeutungslose Namen, Zahlen, Orte, die sie pflichtschuldig auswendig lernten, ohne zu wissen, wofür und warum. Am Galgen vor dem Tor versammelten sich Scharen Neugieriger, wenn man Verbrecher henkte, obwohl sie die gleiche Szene schon so oft beobachtet hatten. In der Kirche lauschten ein paar ältliche Betschwestern verzückt dem unsinnigen Geschwafel ihres Priesters, der mit großem Nachdruck predigte, obwohl er weniger wusste als sie.

Unbewusst hielten alle träge Ausschau nach einem Zeichen, dass Veränderungen nahten, nach einem Signal, dass sich endlich jener große Wandel vollzog, den sie in jeder Zelle ihres Seins spürten. Aber keine Botschaft kam, und so gingen sie weiter ihren Alltagsgeschäften nach. Der Niedergang der Welt und ihr bevorstehender Tod waren nicht bekannt und daher auch kein Gesprächsthema. An keinem anderen Ort waren der Uhrwerkeffekt und die Ohnmacht des Einzelnen gegenüber seiner Umgebung augenfälliger als in diesem verschlafenen Kaff.

Und doch hatte eine Veränderung stattgefunden. Nur fiel es niemandem auf. Wäre einer der Hauptcharaktere da gewesen, hätten die Leute ihr Dorf vielleicht verlassen. In der Sprechstunde des Doktors klagten an jenem Vormittag fünf Patienten, dass mit ihren Augen etwas nicht in Ordnung sei. »Als ob ein grauer Schleier über allem läge«, berichteten sie.

Der Doktor hatte das bereits selbst festgestellt. »Orangensaft«, grummelte er. »Und kommen Sie noch mal vorbei, wenn es schlimmer wird.«

Die Farmer hätten ebenfalls merken müssen, dass etwas nicht stimmte, als ihr Getreide plötzlich starr und spröde wurde. Einer von ihnen kratzte sich eine Viertelstunde lang am Kopf, nachdem er versucht hatte, Maiskolben zu ernten, und die Dinger in seinen Fingern wie farbloses Glas zersplitterten. Er zuckte mit den Schultern, die sich ein wenig verkrampft anfühlten, und lud die Bruchstücke in seinen Schubkarren, um sie zum Markt zu fahren.

Die Dörfler hätten vielleicht auch sehen können, dass sich alle anderen ebenso steif bewegten wie sie selbst, in einer Art lebendigem Rigor mortis, als hätten sich ihre Beine in Stelzen verwandelt – aber nein. Sie gingen durch das zunehmend graue Dorf wie eh und je, ein wenig ruckartiger und langsamer als sonst, ohne auch nur einen Schritt von dem gewohnten Pfade abzuweichen.

Niemand außer ein paar Händlern von auswärts machte sich groß Gedanken über das Schild an der Hauptstraße, auf dem SOMERSET durch KONFUSION und EINWOHNER: 9344 durch EINWOHNER: TOT ersetzt war. Sie hatten allerdings eher am Ortsrand zu tun, wo der graue Schleier – den sie durchaus bemerkten – nicht so ausgeprägt war wie im Zentrum. Merkwürdiger erschien ihnen, dass die Einheimischen vergaßen, sich ihre Waren bezahlen zu lassen. Aber da die Händler sie nicht in Verlegenheit bringen wollten, verzichteten sie darauf, sie auf ihr Versehen hinzuweisen.

Und die Planen über den Erzeugnissen verbargen die spröden, glasartigen Splitter, in die sich die Waren ihrer Lieferanten verwandelt hatten ...

Doch die sollten die Händler nie entdecken. Sobald sie nämlich in ihre eigenen Orte zurückkehrten und die Planen zurückschlugen, sahen sie die Produkte, die sie zu sehen erwartet hatten, denn diese wurden beim Kontakt mit Orten wiederhergestellt, die noch genug von dem weißen Licht besaßen, das der Welt in ihren letzten Tagen Leben verlieh.

Charm nahm als Erste die andere Form des Weltsterbens wahr.

Sie wanderte allein durch die Wälder, auf dem gleichen Pfad, den sie zusammen mit Aden gegangen war, als sie Muse verfolgten. Charm hatte die Kapuze hochgeschlagen, um die Kälte zu vertreiben, die mit dem Näherrücken des Winters etwas mehr Biss bekam. Ihre Schritte waren lautlos wie die eines wilden Tieres, das die Verborgenheit suchte. Der Lichtschein, der sie einhüllte, war gedämpft, gerade hell genug, dass er ihr den Weg weisen und ihren Schatten über die Baumstämme tanzen lassen konnte. Rindengesichter starrten sie an, grimmige alte Männer, die nun vor sich hin dösten und von bitteren Dingen träumten.

In der Tasche ihres Gewands befand sich eine Traube roter Beeren, die sie am Morgen von Cherrysträuchern gepflückt hatte. Sie schob eine in den Mund und ließ den weinsüßen Saft auf ihrer Zunge explodieren. Das schwache Gift versetzte sie in einen angenehmen Rausch. Ihre Schritte wurden länger. Im Halbdunkel zu ihrer Linken erhellte die Aura, die sie umhüllte, die Steilufer einer kleinen Schlucht. Sie fielen zu einem kleinen Rinnsal ab, dem letzten Ausläufer jenes Flusses, der von den Bergen herunter am Hof von Tom vorbeisprudelte. Sie hatte einmal versucht, den Drachenmann zu verführen, als sie ihm in den Wäldern begegnet war, doch er hatte sie nur ausgelacht. Die Erinnerung daran trieb ihr immer noch die Schamesröte ins Gesicht. Damals hatte sie nicht gewusst, dass es Tom war, der hin und wieder eine warme Mahlzeit für sie auf einem Baumstumpf nicht weit von hier abstellte.

Ihr Ziel war eine Lichtung auf der anderen Seite der Wälder, wo einer der ihr ergebenen Sklaven jede Woche einen Strohkorb mit Brot, Käse, Wein und Obst für sie hinterließ. Zum Dank besuchte sie ihn hin und wieder in seiner Hütte, blendete ihn eine Weile und flüsterte ihm Liebesworte ins Ohr, während seine Frau in der Kammer nebenan schlief. Sie ließ nie zu, dass ihre Sklaven sie berührten; für die meisten wirkte bereits ihre Nähe wie eine starke Droge. Anderen brannte ihr Glanz das Leben aus dem Leib, sodass sie als verdorrte Hüllen zurückblieben.

Sie war völlig allein unter den schlafenden Eichen und konnte deshalb die Aura heller als sonst strahlen lassen, um etwas von dem Druck abzubauen, der sich allmählich in ihr aufstaute. Wie ein Atemstoß schoss Licht in den schmalen Waldweg hinein; es funkelte, als wäre ein Stern zwischen die Bäume gefallen. Ihre Sandalen flüsterten über Tannennadeln und feuchtes Erdreich. Eine Meile blieb hinter ihr zurück, während ihre Gedanken mit Bitterkeit um einen Tag kreisten, den sie wiederum allein verbracht hatte. Fantasien stiegen in ihr auf, ungehindert von ihrem Gewissen, Fantasien von strahlenden Männern, denen sie befahl, ihre Gemahlinnen und dann sich selbst zu töten. Die Fantasien waren bis ins kleinste Detail ausgefeilt. Sie dachte an den Meuchelmörder, überlegte, was sie alles mit ihm machen könnte, wenn es ihr gelänge, ihn zu beherrschen, oder was er ihr antun könnte, wenn es ihr nicht gelänge. Sie sah seine Augen, die Züge, die an eine aus Holz geschnitzte Maske erinnerten, die geschmeidigen Bewegungen seiner langen Beine, seine schamlose Art, sich mit dem Tod zu schmücken, als wäre er ein Kleidungsstück, oder seinen Schatten, der aus den Poren aufstieg, anstatt hinter ihn zu fallen.

Ja, sie wusste, was sie mit ihm machen würde. Muse, tot, langsam, qualvoll. Als ihr seine Botschaft klar geworden war, hätte sie um ein Haar losgelacht. *Wir werden miteinander reden, wenn ich sicher bin, dass du mein Leben nicht in Gefahr bringst,* hatte sie zu ihm gesagt. Die Klinge, die er nach ihr geworfen hatte, war seine Antwort gewesen. *Du bist nicht in Gefahr. Ich könnte dich jederzeit töten, auch jetzt, in diesem Moment. Pass auf!* Sie erschauerte bei der Erinnerung an das Messer, das mit einem leisen Pfeifen ihre Haarsträhne durchtrennt und sich dann mit einem dumpfen Schlag in den Baumstamm vor ihr gebohrt hatte.

Ein Geräusch ließ sie mit einem Ruck verharren. Ihre Instinkte – durch das Leben im Freien geschärft – witterten Gefahr. Sie holte das Licht zurück und dämpfte es, bis es nicht mehr als ein schwacher Schimmer auf ihrer Haut war.

Die Wälder verstummten, während sie den Atem anhielt, als hätten sich alle Augen der Wildnis dem Geräusch zugewandt, um wie sie Ausschau nach der unbekannten Gefahr zu halten. Es hatte wie das schmerzerfüllte Wimmern einer Maschine geklungen, wie das Klagen einer elektrischen Stimme. Da war es wieder: *Uuu-ahhh.* Der Schrei einer Geistermaschine, der sich an den Stämmen brach und einen Hauch von Krankheit und Verwesung verbreitete. Charm zog die Kapuze tiefer ins Gesicht. Der Schrei wand sich wie Rauch zwischen den Bäumen hindurch und streifte die Äste mit seinem fauligen Atem. Es war ein Laut, wie sie ihn noch nie aus der Kehle eines Naturgeschöpfs vernommen hatte.

Charm wich zwei Schritte zurück, ehe sie bemerkte, dass sie nicht weit von der Lichtung entfernt war, auf der Muse jene Porträts aufgestellt hatte, jene höllischen Porträts. Der Schrei kam von dort her. Die Stille, die sie plötzlich umgab, ließ darauf schließen, dass inzwischen alle Waldbewohner die Flucht ergriffen hatten. Charm stöhnte innerlich. Der Wald hatte ihr immer Schutz geboten, war für sie eine Art Heimat geworden. Dass sich nun Verderben darin ausbreitete, schmerzte sie. Und ihr kam der Gedanke, dass sie diese Heimat erst jetzt, angesichts dieses unbekannten Grauens, als etwas Kostbares empfand.

Sie rannte auf Muses Lichtung zu, bevor ihr zu Bewusstsein kam, dass sie sich in Bewegung gesetzt hatte. Heißer Zorn verdrängte jegliche Furcht. An die zweihundert Schritte legte sie so zurück, ehe sie anhielt, sich keuchend an einen Doppelstamm lehnte und in die mondbeschienene Lichtung starrte. Ein Summen wie von pulsierender Elektrizität drang an ihr Ohr. Eines der Porträts lag mit der Bildseite nach oben mitten auf der freien Fläche. Etwas stemmte sich mit plumper Gewalt hoch. Es sah aus wie der Rumpf eines Mannes, der aus einer Grube stieg. Zwei Arme kamen frei, Hände krallten sich im Boden fest, rissen Erdbrocken heraus.

Es war das skizzenartigste Gemälde, das Muse auf der Lichtung abgestellt hatte – eine schemenhafte Gestalt in einem dunklen Umhang, das Gesicht verborgen bis auf die Andeutung mehrfarbiger Augen, die in einem tiefen schwarzen Schattensee unter der Kapuze leuchteten. Inmitten der anderen, sorgfältiger ausgearbeiteten Schreckensszenen wirkte seine Vereinfachung irgendwie bedrohlich und real. Nun richtete das Ding sich auf. Es besaß allem Anschein nach den Körper eines Mannes, war aber so hager und so groß, dass es ansonsten wenig mit einem Menschen gemein hatte. Sein Umhang teilte sich, als es einen Arm hob und mit den schwarz behandschuhten Fingern des anderen Arms auf seine Festigkeit hin abtastete. Was Charm unter dem halb geöffneten Umhang sah, war ein Knochengerüst, dunkler noch als Kohle – die Farbe der Leere, aber irgendwie *sichtbar*: das Gegenteil von Licht und doch mit einer gleichen Wirkung. Im Grunde konnte es nicht sein, dass man die Rippen und die Knochen dahinter Schicht um Schicht deutlich erkannte. Das Ding legte den Kopf weit in den Nacken und stieß ein Heulen aus.

Der Laut breitete sich aus wie eine Druckwelle und trieb sie zurück. Das Ding entfernte sich mit den unbeholfenen Bewegungen eines Idioten von dem nun leeren Bilderrahmen. Funken stoben auf, wo seine Füße das Erdreich niedertrampelten. Es näherte sich einem Baum am Rand der Lichtung, hieb ohne Sinn und Verstand mit einem Arm dagegen und riss einen breiten Streifen *Nichts* durch den Stamm. Zwischen Krone und Wurzeln klaffte plötzlich eine Lücke, aber irgendwie stürzte der Baum nicht in sich zusammen. Das Ding verschwand und nahm das elektrische Summen mit in die Tiefe des Waldes.

Sie trat in die Lichtung hinaus. Ihre Hände zitterten heftig, als sie auf das Bild zuging. Die Leinwand war leer, verkratzt und zerfetzt. Die Fußspuren des Dings hatten sich erhalten, kleine Abgründe gähnender Leere, die eine torkelnde Linie ins Nirgendwo bildeten. Die obere Hälfte des Baumes, den das Ding attackiert hatte, hing in der Luft. Sie drückte mit der flachen Hand gegen den oberen Teil des Stammes. Er rührte sich nicht vom Fleck.

Später würde sie sich fragen, wie lange sie so dagestanden und den Baum angestarrt hatte, den Baum und die Fußspuren, die ihr wie Bohrlöcher in ein tiefes Nichts erschienen. Sie handelte wie unter einem fremden Zwang, als sie auf die Lichtung hinauslief und Muses restliche Werke, die sie bis zu dieser Stunde nicht zu berühren gewagt hatte, in Fetzen riss. Erst im Morgengrauen floh sie von der Lichtung. Sie folgte der Fährte der Fußabdrücke, jeder einzelne ein kleiner Abgrund in das ewige Nichts.

Tom erhob sich Augen reibend aus seinem Bett. Erschütterungen im Boden hatten ihn aus lebhaften Träumen über die alten Tage gerissen. Damals hatten er und Muse zusammengelebt und -gearbeitet, hatten die Zeit angehalten, um gemeinsam die Welt zu formen und mit Menschen und Tieren aller Art auszustatten. Seine Aufgabe war es gewesen, von Kontinent zu Kontinent zu springen und die harten Kanten der Landschaften abzuschleifen, sich in die Tiefen zu begeben und Edelsteine zu polieren, die vermutlich nie jemand finden würde. In jenen Tagen sahen Menschen die Hände des Weltenmachers, die sich vom Himmel herabsenkten und Gebirgsketten auftürmten; niemals aber sahen sie Tom mit Hammer und Meißel die Feinheiten erledigen, Höhlen und Tunnel graben oder die erste Saat pflanzen.

Muse hatte seine Hand geführt, als er die Drachen malte. Sie waren sein Stolz und seine ganze Freude. Und die schweren, unheilvollen Schritte draußen im Hof konnten nur von Drachentatzen stammen. Aber es waren so viele – *wumm, bumm, wumm* –, und sie unterhielten sich in einem gedämpften Knurren, als scheuten sie sich, ihn aufzuwecken. Das passte so ganz und gar nicht zu ihnen! Um richtig wach zu werden, schüttete er sich ärgerlich einen Schwall eiskaltes Wasser ins Gesicht.

Sie hatten sich nie, nie zu zweit eingefunden – geschweige denn zu fünft, wie ihm ein Blick durch das Fenster verriet. Tom murmelte ein paar Flüche in seinen Bart und ließ den Vorhang zurückfallen. Zwei Goldene, zwei große Rote, dazu der junge blaue Eisdrache mit dem frostigen Atem, der ihn erst gestern besucht hatte. (Er hatte gar nicht gewusst, dass es noch Blaue gab.) Eben dieser Blaue war damit beschäftigt, die Schätze auszuspeien, die er verschluckt hatte. Mehrere Goldhäufchen lagen in den Ecken des Hofes, alle noch mit Drachenspucke überzogen. Das taten sie nur, wenn sie für immer die Gegend verließen.

Tom ging die Verandastufen nach unten, starrte die großen Geschöpfe an und kratzte sich am Kopf. »Wäre einer von euch so freundlich, mir zu erklären, was zum Teufel …« Er unterbrach sich, als er sah, dass den beiden Goldenen jeweils das Schwanzstück fehlte. Er trat an eines der Tiere heran, um die Sache näher zu untersuchen. Der Drache knurrte warnend. Der Schweif war einfach zur Hälfte abgehackt. Kein

Blut, keine Wunde. Als hätten sie die Schwanzspitze einfach nur ...

»Vergessen«, murmelte er und wandte den Blick den Bergen zu – oder vielmehr dorthin, wo sich noch am Vorabend die Berge befunden hatten. Sie waren weg. An ihrer Stelle erhob sich ein gigantischer, leicht nach innen gekrümmter Glaswall, der vom Boden bis zum Himmel reichte.

KAPITEL 14
Kirche und Staat

Der Ratgeber des Herzogs lächelte, wich jedoch seinem Blick aus und starrte stattdessen die Buntglasfenster des Predigtsaals an. »Der ... äh ... *Burgfrieden* zwischen Schloss Eisennetz und der Kirche ... nun, sagen wir es mal so: In früheren Zeiten war der Burgfrieden die äußere Fassade, während die ... ÄHM ... wirklich wichtigen Dinge im Geheimen ausgehandelt wurden. Vernünftige Priester damals. Offene Konflikte oder gar eine Militäraktion hätten wir uns nicht leisten können, oder? Eure Wachhunde, diese Dragoner, würden trotz der ... äh ... Verhaltensregeln in solchen Angelegenheiten angreifen. Trotz der Möglichkeit – Wahrscheinlichkeit? –, den Kampf zu verlieren.«

Torak fummelte nervös am Schlangenstab herum. »Meinungsverschiedenheiten könnten stattdessen zu ... ähm ... Unfällen führen? Einzelnen Priestern, die Schwierigkeiten machen, könnten schreckliche Missgeschicke zustoßen. Schlangenbisse. Ein Sturz von hoch oben, hoppala. Allem Anschein nach Probleme mit dem ... ähm ... Herz. Offenbar gibt es ein paar ehrgeizige Jungpriester, die Euch Euren Posten neiden, ja? Drüben im Seminar, wie ich höre. Ihr versteht doch sinngemäß, was ich meine?«

Der Namenlose war so geschockt, dass er nicht antworten konnte.

Torak räusperte sich. »Wie du mir, so ich dir. Altes Sprichwort aus den Tagen, da man noch sehr genau auf das Gleichgewicht der Kräfte achtete. Aber das ist lange her. Genug geredet, finde ich. Vielleicht könntet Ihr mir den Gefangenen zeigen? Vorausgesetzt, es *gibt* ihn, und er ist keine – wie soll ich es ausdrücken? – Täuschung Eurer Erinnerung? Etwas, das Ihr zu sehen *gehofft* hattet, anstatt es tatsächlich zu sehen? Anschließend vielleicht ein kurzer Gedankenaustausch zwischen uns beiden? Ein offener, ehrlicher Dialog, in dem jeder sein Wissen preisgibt, erst Ihr, dann ich, falls uns noch genügend Zeit bleibt, was möglicherweise nicht mehr der Fall sein wird?« Torak gab dem Priester einen aufmunternden Schulterklaps, zog aber gleich darauf die Hand zurück und wischte sie ab.

Kevas ging die Kellerstufen hinunter. Der Ratgeber des Herzogs folgte ihm so dicht wie ein Schatten. *Zumindest weiß ich nun Bescheid,* dachte er. *»Unfälle«, dass ich nicht lache! Slythe ist käuflich, so viel steht fest. Im Moment gebe ich den Ketzer auf gar keinen Fall heraus. Torak hält mich für verrückt. Lassen wir ihn in dem Glauben!*

Kevas stockte keine Sekunde, als sie am Grünen Zimmer vorbeigingen. Stattdessen stieß er die Tür zu einer der alten Kerkerzellen auf und starrte mit offenem Mund die leeren Fußfesseln an. »Er war hier«, flüsterte er und streckte beschwörend die Hände aus. »Glaubt mir, er war hier ...«

Torak sah ihn forschend an, und sein Wangenmuskel begann zu zucken. Er setzte mehrfach zum Sprechen an, schien aber so wütend, dass er kein Wort herausbrachte. Kevas betete stumm, dass Aden nicht um Hilfe rufen oder gegen die Tür trommeln würde, als Torak am Grünen Zimmer vorbeirannte.

Später wanderte Kevas nervös auf und ab und kaute an seinem Oberlippenbart. Er war erschöpft, aber eine Sache musste noch erledigt werden, ehe er sich zur Ruhe begab. Er suchte die Bibliothek der Großen Geister auf, wohl wissend, dass er noch viel länger wach bleiben würde, wenn er dort tatsächlich einen Rat erhielte. Er ging zwischen den Marmorsäulen umher und schaute zu den Glaskugeln auf, die um diese Zeit nur ganz schwach leuchteten. »Wacht auf!«, schrie er sie an. »Los, wacht sofort auf! Das gilt für euch alle.«

Ein wildes Farbengewirr zuckte über die Wände. Lichter tanzten und verlagerten sich. In jeder Kugel verdichtete sich der Schein zu einem grellen Punkt, der sich auf ihn richtete wie ein Auge in seiner Höhle. Er spürte nichts von dem nahezu einhelligen Hass, der ihm entgegenschlug (ihm und jedem anderen, der die Macht hatte, die Geister freizusetzen, und sich weigerte, dies zu tun.)

»Ich brauche euren Rat für ein Ereignis von ungeheuer Bedeutung«, erklärte Kevas. »Jeder, der mir zur Erleuchtung verhilft, soll seine ewige Ruhe erhalten, so er dies wünscht.« Es war eine Lüge, die er für Notfälle bereithielt. Er humpelte die Säulen entlang, und die bunten Lichtpunkte folgten ihm, während er mehr als eine Stunde in allen Einzelheiten berichtete, was geschehen war. Wäre er nicht so erschöpft gewesen, hätte er tagelang geredet.

Als er endlich fertig war, legte er seine Hände auf eine tiefblau leuchtende Kugel. In ihrem Innern befand sich Tremlarvin, der Begründer der Weltenmacher-Kirche, der Entdecker dieser Art von Unsterblichkeit, der Erste, der seinen großen Geist freiwillig konservieren ließ, und der Erste, dem diese Gefangenschaft zur entsetzlichen Last wurde. Tremlarvin ließ sich auch diesmal nicht von seinem nun bereits fünfhundert Jahre währenden stummen Protest abbringen.

Als Nächstes versuchte es Kevas mit der mattgrünen Kugel, in der Zanzi Kuso, der größte Naturgelehrte, den die Welt je hervorgebracht hatte, eingeschlossen war. Als er seine Hände auf das Glas legte, begann das Licht im Innern heftig zu wallen und zu pulsieren. Zanzis ruhige Stimme durchdrang seine Gedanken. *Ich brauche zwanzig Minuten, um über diese Sache nachzudenken. Bring den jungen Mann hierher und gestatte mir, einige Fragen an ihn zu richten, ehe du ihn abschlachtest. Ich warnte die Welt noch zu meinen Lebzeiten vor deinesgleichen. Niemand schenkte mir Gehör. Nun hältst du mich hier gefangen, unbeachtet in alle Ewigkeit. Töte mich! Du willst doch nur, dass ich deinen Verdacht bestätige. Das werde ich nicht tun. Aber du kannst auf meine Objektivität zählen, denn mir ist es gleich, ob diese Welt mit dir zusammen verkümmert und stirbt, Kevas Rem, oder ob sie blüht und gedeiht. Bring mir deinen »Ketzer«, dessen einziges Verbrechen vermutlich seine Ehrlichkeit war. Ich werde bald eine Antwort haben. Falls du dein Versprechen von der ewigen Ruhe nicht einhältst – und ich erkenne eine Lüge am Klang der Worte –, dann werde ich Rache nehmen. Ich besitze vielleicht keine Hände, aber ich bin nicht völlig hilflos. Oder glaubst du, ich tue hier nichts anderes, als Tag für Tag auf einem imaginären Brett Tic Tac Toe zu spielen? Ich habe lange und gründlich über Rache nachgedacht. Ich habe Pläne ausgetüftelt. Mir die ewige Ruhe zu gewähren, wäre für alle Beteiligten am sichersten. Ich weiß, dass du dich danach sehnst, in unsere Reihen aufgenommen zu werden, wenn du stirbst. Deshalb verrate ich dir dies: Es gibt bei uns bestimmte Formen des Kämpfens – Möglichkeiten, die anderen Gefangenen zu quälen. Und ich beherrsche sie alle meisterlich. Frag Sivanas! Ich werde dir jeden Moment zur Hölle …*

Kevas löste die Hände von der Kugel und verdrängte sorgsam alles, was er gehört hatte. Von fünf der übrigen Geister, die er beschwor, erhielt er ähnliche Reaktionen. Der Rest blieb stumm. Er begab sich in den abgelegensten Winkel der Bibliothek und hielt vor einer Kugel an, deren weißes Licht wie durch Nebel verhüllt erschien. Sie hielt Sivanas, den Propheten des Blutvergießens, gefangen.

Kevas presste die Handflächen gegen das Glas und gestattete Sivanas, sich seines Geistes zu bemächtigen. Hinter seinen geschlossenen Augen sah er eine weiße, mit kostbaren Ringen geschmückte Hand, die sanft Gedanken wendete wie die Seiten eines Bilderbuchs, bestimmte Szenen aufnahm, sie genauer betrachtete, zerlegte und wieder zusammensetzte. Endlich sagte eine seidenweiche Stimme: *Danke, dass du meinen Rat suchst. Das war klug von dir, Namenloser, sehr klug. Deine Sorge ist berechtigt. Hast du die Essays meines Vorgängers gelesen? Sie handeln von der Ankunft eines Weltenmacher-Gegenspielers, der ihm dem Vernehmen nach in einer Vision erschien. Wenn die Welt ihrem Untergang entgegensteuert, so lautet seine Prophezeiung, wird ein Fremder kommen und große Kluften des Nichts in unser Dasein reißen. Albträume sind seine Nahrung, und er kann nicht sterben. Torak sagte dir, dass der junge Mann von den Toten auferstand – er hat vermutlich recht. Sprich mit seinem Killer und hör genau zu, was er zu berichten hat.*

»Was plant er?«, fragte Kevas mit heiserer Stimme.

Er hat die Absicht, den Weltenmacher zu erschlagen. Indem er diese Welt Stück für Stück vernichtet, will er ihren Schöpfer persönlich hierher locken und ihn zum Kampf zwingen. Und er wird den Sieg davontragen, wenn wir nicht handeln. Ich bin bereit, dir zu helfen und der Kirche zu dienen. In der Vergangenheit habe ich für die Kirche getötet, obwohl dadurch mein Name in den Schmutz gezogen wurde. Ist dir klar, dass man mich nur in diese Kugel einschloss, um mich zu foltern? Sie hielten Flammen an das Glas und fügten mir Brandwunden zu. Ich ertrug es. Ich vergab ihnen. Nur die Hoffnung, der Kirche wieder dienen zu können, hielt mich aufrecht. Gib mir meine Chance! Ich als Einziger unter diesen »Weisen« akzeptiere meine ewige Pflicht und nehme sie freudig auf mich.

»Bin ich heute Nacht sicher mit diesem ... diesem Ding unter meinem Dach?«

Das lässt sich schwer sagen. Schick sofort nach dem Meuchelmörder, dann richte dir ein Schlaflager in diesem Raum ein und verriegle die Tür! Der Ketzer benötigt Zeit, um seine Pläne in die Tat umzusetzen, und seine erste Aufgabe besteht darin, dich zu überzeugen, dass er keine Gefahr darstellt. Er ahnt sicher nicht, dass du die Worte eines Sehers vernommen hast, der sechs Jahrhunderte vor dir lebte. Es war klug von dir, mich aufzusuchen. Wir sind uns in vielen Dingen ähnlich.

»Und Eisennetz?«

Ich teile deine Ängste. Die weltliche Macht wird ebenfalls zuschlagen. Im Moment ist es besser, ihr zu gehorchen. Wir beobachten sie und warten ab. Wenn der Zeitpunkt des Handelns gekommen ist, werde ich dir helfen. Vielleicht musst du mich dann aus diesem Gefängnis befreien. Vielleicht werde ich einen Körper brauchen. Das ist nicht einfach zu bewerkstelligen, aber es lässt sich machen. Halte mich auf dem Laufenden. Schick sofort nach dem Meuchelmörder! Und erzähle keiner Menschenseele von unserem Gespräch. Du weißt, dass die Heiden meinen Motiven misstrauen würden.

Aden fand auf schmerzhafte Weise heraus, dass seine Schulter nicht kräftig genug war, die Tür aufzubrechen, und seine Schulter warf ihm den Selbstversuch bei jeder Bewegung vor, die er machte. Also saß er möglichst reglos da, mit dem Rücken gegen die Wand gelehnt, horchte auf Schritte im Korridor und fühlte sich rundherum elend.

Ihm fehlte plötzlich sein Zuhause. Ihm fehlte das Leben, das richtige Leben. Hier und da war seine Vergangenheit aufgeflackert, in immer neuen Spielarten: der Drogenabhängige, der von Zwängen Geplagte, mit allen Symptomen wie Fingertrommeln, Händewaschen und diversen anderen Eigenheiten ... und immer wieder die Version, dass er seinen Eltern Geld gestohlen und verzockt hatte, dass er feige aus dem Leben geschieden war, anstatt die Schande auf sich zu nehmen. Er war außerdem aus Liebeskummer gestorben, und weil er jemanden im Suff überrollt und Fahrerflucht begangen hatte oder weil er während der Fahrt eine CD gewechselt und dabei zwei Leute übersehen hatte, die gerade die Straße überquerten. Eine wenig schmeichelhafte Variante zeigte ihn als Sexfetischist, der dabei erwischt wurde, wie er in die Wohnung einer guten Bekannten einbrach und die Schublade mit ihrer Unterwäsche durchwühlte. (Man hatte ihn verhaftet, sein Foto in der Lokalzeitung veröffentlicht und ihn mit diversen Vergewaltigungen in der Nachbarschaft in Verbindung gebracht, worauf sein Leben verdientermaßen ruiniert war.) So verrückt es anmutete, endeten all diese Szenarios, auch jene im Gefängnis, mit Selbstmord im Badezimmer seiner Eltern. Und sein Vater war, direkt oder indirekt, stets die Ursache allen Übels.

Die Alltagsdinge waren es, die ihm fehlten. Vertraute Dinge wie ein Kinobesuch, die Sportschau im Fernsehen, ein Joint mit Freunden, ein wenig Musik machen. Computerspiele. Bücher. Mit den Hunden im Park spazieren gehen und Fußball spielen. Alles vorbei. Und nicht die geringste Möglichkeit, sich hier ein neues Leben aufzubauen. Zum Klang von »There's no place like home« die Hacken zusammenzuschlagen. Es verblüffte ihn, dass er damals nicht begriffen hatte, was er da wegwarf, ein Wunder, ein Geschenk, unwiederbringlich und über die Maßen kostbar, selbst in Zeiten, da es ihm total schlecht ging.

Und nun befand er sich in einem neuen Rollenspiel, war umgeben von Freaks und Zauberern, von Männern, die mit Drachen kämpften. Er quälte sich, dass er es versäumt hatte, jene Familie zu retten, obwohl ihm das möglich gewesen wäre, dass er ein paar Sekunden zu lange gewartet und wie betäubt den Meuchelmörder bei seinem Tun beobachtet hatte. Jetzt kam es ihm so vor, als hätte der Killer ihn getestet, als hätte er herauszufinden versucht, welche besonderen Kräfte in ihm, Aden, steckten. Slythe hatte behauptet, die Menschen seien nicht echt. Getrieberädchen. Austauschbar. Ein Teil in seinem Innern fand einen schwachen Trost in dieser Vorstellung, als enthielte sie einen wahren Kern.

Er konnte nichts tun, als den erdigen Geruch des Grünen Zimmers und das sonderbar chemische Aroma der Pflanzen einzuatmen. Stunden vergingen. Wie viele es waren, ließ sich im Halbdunkel nur schwer abschätzen. Hin und wieder flüsterten die Pflanzen, obwohl im Raum kein Luftzug herrschte. Manchmal versetzten sie einander einen leichten Klaps, wie unglückliche Zellengenossen. Er baute mit Liegestützen Energie ab, bis er einschlafen konnte. Als er aufwachte, entdeckte er zu seiner Überraschung, dass er nicht allein war.

Ihm gegenüber saß der seltsame Mann, den er zum ersten Mal an jenem Morgen gesehen hatte, als die Zeit stillstand. Der Mechaniker. Sein Buch lag aufgeschlagen auf einem Knie, und der Blick, mit dem er Aden bedachte, wirkte irgendwie verdrießlich.

»Du!« Aden lachte.

»Ich«, pflichtete ihm der Mechaniker bei. Er fingerte an irgendeinem klickenden Gegenstand in seiner Tasche herum. »Zufrieden? Eingesperrt. Weshalb das Gelächter?«

»Erleichterung. Lässt du mich hier raus? Der Priester hält mich für eine Art Dämon. Vielleicht hat er sogar recht. Er ist schließlich der Vertreter der Kirche. Aber das kann mir im Grunde egal sein. Du bist hier irgendwie reingekommen, also kennst du auch den Weg nach draußen. Nimm mich mit! Wir machen einen drauf, gehen kegeln oder so was.«

»Mir ist klar, was passiert ist. Unnötig, mich auf den neuesten Stand zu bringen. Ich weiß Bescheid.«

»Was ist los mit dir? Du wirkst so niedergeschlagen. Willst du mit mir tauschen?«

»Du bist am Leben.«

»Tja. Pech gehabt.«

»Warum bist du am Leben?«

»Die Frage stelle ich mir nicht zum ersten Mal. Du bist ein Gott, stimmt's? Einer von diesen Typen, die Slythe ›Teil des Weltenmachers‹ nannte? Du kannst die Zeit anhalten, Dinge aus dem Nichts herbeizaubern? Du hast die Sachen, die ich jetzt trage, aus dem Nichts gezaubert. Warum gibst du dir die Antwort nicht selbst?«

»Die ganze Struktur. Am Wanken. Am Rand des Zusammenbruchs. Du passt nicht in den Plan.«

Aden stand auf und streckte sich. »Ja, so ein Mist! Wie sah denn der Plan aus? Und an welcher Stelle lief die Sache schief?«

»Eigentlich solltest du tot sein. Tot, verstehst du? Großvater sollte herabsteigen. Und dann ...« Er deutete auf sein Buch.

»Sollte herabsteigen? Und dann ... und dann was?« Aden wanderte mit gesenktem Kopf auf und ab. »Warte mal! Habe ich das bis hierher richtig verstanden? Mein Opa, dein Gott, erscheint nach meinem Tod. Stocksauer, nehme ich an, oder zumindest traurig?«

Der Mechaniker nickte und gab ihm mit einer Geste zu verstehen, dass er fortfahren solle.

»Dann ... dein Buch, deine Zauberkräfte. Sobald er hier auftaucht, scheuchst du ihn durch die Gegend? Bringst ihn dazu, nach deiner Pfeife zu tanzen? Die Welt hier wieder in Ordnung zu bringen? Oder gar zu verbessern, wenn er schon mal am Werk ist?«

Der Mechaniker nickte wieder. »Die Welt. Steht auf der Kippe. Wusstest du das? Könnte jeden Moment tot sein. Und wir alle mit ihr. Jeden Moment. Die Barriere, der Wall, das Vergessen. Hat sich schon wieder in Bewegung gesetzt. Rückt immer näher. Wusstest du das? Nicht mehr viel übrig von der Welt. Hat jetzt das Ausmaß einer kleinen Insel. Bevor du kamst, war sie so groß wie ein Reich. Und davor noch größer! Ein Universum. Universen, viele davon. Aber bald ... bald wird sie auf die Fläche eines Kornfelds geschrumpft sein. Dann auf die Fläche eines Hinterhofs. Ist dir alles bekannt, ja?«

»Ich hatte mir nicht allzu viele Gedanken darüber gemacht. War wohl zu sehr mit meinen eigenen Problemen beschäftigt. Aber ja. Jetzt wird mir einiges klar. Die Soldaten. Die einarmigen Soldaten.«

»Richtig.«

»Also ... ah, ich verstehe. Die Welt steht auf der Kippe. Er steigt vom Himmel herab, der sogenannte Weltenmacher, um mich zu retten, der ihm mehr am Herzen liegt als alle anderen hier. Dann bringst du ihn dazu, das alles hier ins Lot zu bringen.«

»Wiederum richtig. Aber du lebst.«

»In gewisser Weise ja. Ich wäre vielleicht bereit, wieder auszusteigen, wenn euch das echt hilft, eure alberne Welt mitsamt ihren Freaks zu retten. Das wäre zumindest sinnvoller als alles, was ich in meinem letzten Leben auf die Beine gestellt habe. Also los, hetz mir Tiger auf den Hals! Aber lass mich vorher eine Stunde mit einer netten Ausgabe dieses Mädels allein. Charm heißt sie. Das wäre ein Deal, oder?«

»Kann ich nicht. Leute erschaffen. Dafür ist Muse zuständig. Das mit den Tigern müsste gehen. Könnte einen Brand auslösen. Ein Gebäude einstürzen lassen. Irgendwas, damit sie deinen Weg kreuzen. Aber das ist alles sinnlos.«

»Nein. Probier es ruhig. Slythe hat es zwar auch schon versucht, und ich kam zurück. Doch das muss nichts heißen.«

»Du kannst nicht sterben.«

»Ich hatte auf dieser Welt erst einen Fehlversuch. Vielleicht klappt es ja beim nächsten Mal.«

»Slythe hat dich sechsundneunzigmal getötet.«

»Wie bitte ...?«

»Sechsundneunzigmal.« Der Mechaniker holte die Stoppuhr aus seiner Tasche. »Muss ich das erklären?«

»Kommt drauf an, ob ich verstehen muss, wovon du redest.«

Der Mechaniker sprach langsamer. »Die Zeit oder besser das Geschehen wurde einhundertzwölfmal neu gestartet. Immer genau an dem Punkt, als du den Wagen des Herzogs bestiegst. Slythe hat dich sechsundneunzigmal getötet. Neunmal gelang dir die Flucht. Zweimal konntest du ihn davon abhalten, die Bauernfamilie umzubringen. Einmal bist du total durchgedreht und hast dich an dem Gemetzel beteiligt.«

»Soll das ein Witz sein? Ich habe mich an dem Gemetzel beteiligt?«

»Nur ein einziges Mal. Völlig untypischer Ausgang. In den meisten Fällen warst du das Opfer. Zweiundzwanzigmal vor Erreichen der Kirche. Der Meuchelmörder musste die anderen schützen.« Er sah Adens Blick und erläuterte: »Vor dir schützen. Du hast Julius mehrfach angegriffen. Weil er dich beleidigte. Meist aber lief die Sache so ab, wie du sie in Erinnerung hast. Kleine Differenzen, dies oder das.«

»Ich glaube, dass ich verstehe, was du meinst. Und ... wie nahm Opa mein Sterben auf?«

»Bei jedem Tod ein Schmerzensschrei. Und bei jedem Tod rückten die Dragoner der Kirche an. Aber Slythe bezwang sie mit seinen Blicken. Nie kam es zum Kampf. Ein Tag verging. Du erwachtest wieder in Alfred Gorrs Badewanne. An diesem Punkt zog ich die Uhr zum nächsten Versuch auf. So war es bis zu diesem Mal. Dieses Mal ließ ich den Ereignissen ihren Lauf. Keine Ideen mehr. Keine Zeit mehr.«

»Wow! Dein großer Plan bestand die ganze Zeit über darin, mich umzubringen.«

»Erst bliebst du mal eine Weile am Leben, bis der Weltenmacher dich überhaupt bemerkte. Dein Erwachen bei früheren Gelegenheiten, deine Begegnung mit Charm, das alles sollte seine Blicke auf dich lenken. Hat funktioniert. Er bemerkte dich. Deine Wirkung auf die Welt? Sie mit Leben zu erfüllen. Mit neuen Menschen. Mit Ereignissen. Er hat dich beobachtet. Beobachtet dich vielleicht immer noch. Greift aber nicht ein. Entweder sind ihm die Hände gebunden, oder er weigert sich schlicht, etwas zu unternehmen. Egal. Mein Plan? Dich zu töten, während er zusieht. Rechnete mir aus, dass es reichen würde, dich in Gesellschaft des Meuchelmörders zu lassen. Die Chancen, dass er dich umbringen würde, standen gut – solange er wusste, dass du eines von Muses Geschöpfen warst wie er. Er hasst den Gedanken, dass es andere Freaks wie ihn gibt. Hat in der Vergangenheit Dutzende von ihnen getötet. Keine Ahnung, warum er das macht. Will er mir nicht verraten.«

Aden lachte trocken. »Los, zieh die Uhr noch einmal auf! Mach einfach weiter, bis die Sache klappt. Tut mir leid, dass ich dich enttäuscht habe. Ich werde mir in Zukunft mehr Mühe geben.«

»Das geht leider nicht. Die *Echt*zeit läuft weiter, während ich *unsere* Zeit anhalte. Verstehst du, was ich damit sagen will? *Unsere* Zeit, das sind *Ereignisse*. Mehr nicht. Mit dem Vergessen, das die Welt bedroht, habe *ich* nichts zu tun. Da bin ich machtlos. Die Barriere rückt näher. Im Moment wieder mal ganz langsam, aber immerhin – sie bewegt sich. Hat sich die ganze Zeit bewegt, während ich die Uhr neu aufzog, um diese Ereignisse wieder in Gang zu setzen.«

»Die Barriere. Was ist das? Weißt du überhaupt, was das ist?«

»Das Vergessen? Was das ist? Nein. Nur, was es bewirkt. Aber ich habe so meine Theorien.«

»Und – darf man die auch erfahren?«

Der Mechaniker wand sich und bedachte ihn mit einem angewiderten Blick. »Könnte ein Teil von der Energie sein, die der Alte benötigt, um die Welt zu erhalten. Mentale Energie. Ja? Einverstanden?«

»Ich glaub's dir mal.«

»Dein Tod auf jener anderen Welt, wo du ihn offenbar als ganz ›normalen Mann‹ kanntest. Als senilen, dem Tod geweihten Mann, der in einem Pflegeheim auf sein Ende wartete. So zumindest hast du es Kevas Rem erzählt. Und dass sich alle über seinen raschen Verfall wunderten. Ich stelle mir das so vor: Er erweckt dich von deinem ›echten‹ Tod. Bringt dich auf diese Welt. Als Fantasiegebilde. Kostet sicher unheimlich viel Energie, dich genau so hinzukriegen, wie du früher warst. Überleg mal! Wie er sich abmüht, dich im Gedächtnis zu behalten. Deine Vergangenheit. Wer du warst und wie du warst. Das Ausfüllen der Lücken. Erfordert jede Menge Konzentration, Gehirnenergie. Der Wall, die Grenze seiner Erinnerung an *uns*, seiner Vorstellung von uns ... bewegt sich. Nach innen. Die Welt schrumpft, gerät in Vergessenheit, verschwindet. Verstehst du?«

»Ich geb mir alle Mühe, ehrlich.«

Der Mechaniker winkte ärgerlich ab. »Pass auf«, murmelte er und kritzelte eine Zeile in sein Buch.

Ein Mann aus Feuer erschien an der Tür. Sie konnten die Hitze fühlen, die er ausstrahlte. Rauch strömte aus seinen Augenhöhlen. Er winkte ihnen zu. Unter seinen Füßen verkokelte der Boden zu einem schwarzen Kreis.

»Jetzt verschwindet er«, sagte der Mechaniker und strich wütend eine Zeile in seinem Buch an. Der Mann aus Feuer war fort. Da, wo er gestanden hatte, stiegen weiße Rauchfahnen auf. »Siehst du? Ich kann fast alles bewirken. Fast alles beeinflussen. Nur *dich* nicht. Kann die Dinge in deiner Umgebung ändern, aber nicht erreichen, dass du stirbst. Kann dich mit anderen Figuren zusammenbringen. Aber du bist *real*.«

Aden nahm ihm gegenüber im Schneidersitz Platz. »Und was willst du von mir? Weshalb erzählst du mir das alles? Brauchst du meinen Rat? Bist du deshalb hergekommen?«

Der Mechaniker druckste herum. »Ja«, sagte er schließlich.

»Dann muss ich nachdenken. Und essen. Zuerst etwas essen. Durst habe ich auch.«

Mürrisch beschwor der Mechaniker Brathuhn mit Soße, Erbsen und knusprigen Kartoffeln sowie ein großes Glas Quellwasser. »Gesegnet seist du, Opa, der du in einem Pflegeheim sitzt und eine Schwester in den Hintern zwickst. Und gesegnet seien die Gaben, die mir dein seniler Geist beschert. Amen.« Aden trank das Wasser. »Noch lieber hätte ich Bier«, sagte er um einen Mundvoll Kartoffeln, die noch eine Spur zu heiß waren. »Ein schönes kühles Bier!« Eine weitere Zeile im Buch des Mechanikers, und neben dem Teller erschien ein Krug mit schäumendem Bier. Er nahm einen Schluck und schwenkte die Flüssigkeit mit Kennermiene im Glas. »Nicht schlecht. Würzig, stark, mit einer schönen Blume. Eine Spur zu viel Hopfen.«

»Zeitverschwendung«, sagte der Mechaniker, während Aden den Teller blank putzte.

»Tut mir leid«, seufzte Aden, trank schlürfend sein Bier leer und leckte sich die Lippen. »Und die Überraschung kommt noch. Ich weiß nämlich echt nicht, was ich dir raten soll.«

Der Mechaniker fletschte die Zähne und funkelte ihn wütend an. »Du stößt uns alle in das Nichts.«

»Ich habe keine Ahnung, wie sich das verhindern lässt. Obwohl ich mir das Hirn zermartere. Großes Ehrenwort. Ich weiß einfach zu wenig über die ganze Angelegenheit. Komm morgen um die Frühstückszeit wieder. Bis dahin ist mir sicher etwas eingefallen.«

»Die Welt stirbt. Und du erpresst mich für eine Mahlzeit?«

»Du hast doch dafür gesorgt, dass ich hier bin, du Wichser!«

»Nein. Das war Muse.«

»In dieser Kirche, meine ich. Die Gefangenschaft war sicher dein Einfall. Du hast das alles arrangiert, oder? Das Mindeste, was du für mich tun kannst, ist ein ordentliches Essen. Wollte mich der Priester verhungern lassen, oder was?«

»Der hält dich für einen Teufel. Und Teufel brauchen keine Nahrung.«

»Vielleicht könntest du ihm das ausreden.«

»Vielleicht hat er ja recht.« Der Mechaniker klappte das Buch zu und erhob sich. »Ich höre mich mal um, ob andere eine Lösung parat haben. Vielleicht komme ich wieder, vielleicht auch nicht.«

»Wie lange gedenkt ihr, mich hier festzuhalten?«

»Das muss ich mit Tom besprechen. Hier bist du am ehesten in Sicherheit. Die Leute vom Schloss halten nach dir Ausschau. Sie haben die Absicht, dich zu foltern. Aber sie werden dich nicht entdecken. Nicht, wenn Julius die Suchaktion leitet. Sobald ich weiß, wie es weitergeht, wirst du gerettet.« Der Mechaniker verschwand ebenso unvermittelt wie zuvor der Mann aus Feuer.

KAPITEL 15
Das Grauen

Slythe erhielt eine Nachricht und ein Päckchen, in dem sich fünf Edelsteine und ein paar Goldstücke befanden. Er machte sich nicht die Mühe, die Münzen zu zählen. Die Pretiosen seien als Bezahlung für einen »Geheimauftrag« gedacht, lautete die Botschaft, von dem Mira und Torak »unter gar keinen Umständen erfahren« dürften. Er solle sich zur Kirche begeben und dort einen »Gefangenen« in Augenschein nehmen, aus »später zu erläuternden« Gründen. Slythe kräuselte spöttisch die Lippen über den Ausflug des Priesters in die Welt der politischen Intrigen. Für den Normalbürger stellte der Lohn ein Vermögen dar, aber Slythe hatte beim Anblick des Schatzes laut aufgelacht; er kannte die wahre Währung der Welt, und das hier war sie ganz bestimmt nicht. Er warf das Zeug achtlos aus einem hoch gelegenen Fenster. Drei Wachtposten sahen die Klunker fallen und stritten sich darum wie Tauben um ein paar Brotkrumen.

Slythe nahm die Botschaft und zeigte sie Mira. Sie ließ den Ratgeber des Herzogs kommen. »Ich sah das Omen – das sich selbst übrigens Aden nennt – erst gestern, Lady«, sagte Torak. »Kevas sprach ebenfalls von einer Begegnung mit dem Omen. Mehr noch. Behauptete felsenfest, diesen Aden eingesperrt zu haben. Als Geisel. Meine Beteuerungen, er sei tot, stießen auf taube Ohren. Glaubte mir kein Wort. Als Nächstes erklärte er dann, sein Gefangener sei geflohen. Meine Diagnose? Galoppierender Wahnsinn. Übergeschnappt, der Mann. Sprung in der Schüssel. Total weiche Birne.«

»Könnt Ihr irgendwann mal einen Satz von Euch geben, der in mir nicht den Wunsch weckt, Euch zu ohrfeigen?«

»Gewiss doch! Ich werde mir größte Mühe geben.«

»Weshalb könnte dem Priester daran gelegen sein, Aden zu

töten?«, fragte Mira. »Zumindest nehme ich an, dass er aus diesem Grund versucht, meinen Meuchelmörder zu kaufen.«

»Hat ihn wohl als Ketzer eingestuft, wenn es stimmt, dass der Junge drüben in der Kirche ist«, meinte Torak und warf einen Blick auf seine Uhr. »Wie ich den alten Kauz kenne, wird er Slythe auffordern, ihn bußfertig zu machen.«

»Bußfertig.« Slythe ließ sich das Wort auf der Zunge zergehen. »Nun, es gibt Mittel und Wege, damit er in sich geht und bereut.«

»Bring Aden hierher«, sagte Mira und betrachtete angewidert ihr Spiegelbild. »Und töte den Priester. Wie viele Dragoner bewachen vermutlich die Kirche?«

»Höchstens zwei«, entgegnete Slythe. »Die übrigen lungern in ihren Höhlen unter dem Dorf herum.«

»Kannst du einen oder zwei überwältigen?«

»Im Schlaf.«

»Schön. Aber nimm dich vor Aden in Acht. Wer weiß, welche Talente er aus dem Grab mitgebracht hat.«

»Er wurde nie begraben«, warf Torak ein.

»Ihr seid nicht gefragt«, fauchte Mira.

»Hm. Ähm.«

Slythe brachte ihn mit einem scharfen Blick zum Schweigen, ehe er den Raum verließ.

»Was ist aus dem Dorf geworden?«, erkundigte sich Mira.

»Somerset? Schon ausgelöscht, Lady. Schreitet schnell voran, der Verfall. So zerbrechlich, die Realität, in letzter Zeit. Zwei Tage höchstens, dann ist der Ort ganz verschwunden. Leere Hülle. Wüste. Krümel, grauer Staub, sonst nichts. So sieht die Gegend jetzt aus.«

»Die Dorfbewohner sind nicht geflohen?«

»Nicht die Spur von Unternehmungsgeist in dieser Bagage. Nicht die Spur.«

»Wie viel Licht habt Ihr dort eingesammelt?«

»Weniger als erhofft, Lady, aber eine ganze Menge. Erhalten kostet schließlich nicht so viel wie erschaffen. Bald ist das nächste Dorf fällig. Alles für die ... ähm ... Behandlung bereits unterwegs, Waffen und so. Verteidigung, Gewaltausbrüche.« Wieder warf er einen Blick auf seine Uhr. »Muss mich auf den Weg machen. Keiner außer mir geeignet, den Prozess zu überwachen.« Seine Miene hellte sich auf, als ihm ein neuer Gedanke kam. »In gewisser Weise bin ich für Euch schätzungsweise wertvoller als der Meuchelmörder! Könnte man so sagen, ja. Wenn man bedenkt, was auf dem Spiel steht. Ganze Existenz und so fort. Wäre also angebracht, dass der Meuchelmörder etwas mehr Respekt an den Tag legt. Die Einschüchterungen sein lässt, ja? Auf Euer Geheiß, ja? Damit ich nicht auf den Gedanken komme, dorthin zu gehen, wo meine Dienste mehr gewürdigt werden. Oder nirgendwohin, was auch der Fall sein kann. Drohungen fruchten nichts. Ich habe, wie sich erweist, durchaus ein gewisses Rückgrat.« Er lächelte sie an und wandte sich zum Gehen. »O Mira! Eine letzte Sache. Die Chemie zwischen uns ... Abneigung schon beim Anblick des jeweils anderen, emotionale Bindung, negativ, aber stark. Deshalb meine Frage ... Abendessen? Mit mir? Wie soll ich es ausdrücken ... eine Art Werben?«

Ehe sie sich von ihrer Verblüffung erholen und antworten konnte, platzte Julius herein. Mira erschauerte, als sie seinen Zustand sah. »Und was suchst du hier?«, fauchte sie.

»Also, ich muss schon sagen, Mira, dein Ton missfällt mir. Er grenzt doch hart an Ungeduld, und das ist ein schlechtes Vorzeichen, denn unsere Unterredung hat eben erst begonnen. Ich finde, dass du mir erstens als deinem Bruder und zweitens als deinem Herzog mehr ... äh ... wie war das Wort gleich wieder? Dieses *Wort*, das bedeutet, dass dir die anderen Wertschätzung entgegenbringen, dass sie begierig deinen geistreichen Bemerkungen lauschen und all das?«

»Respekt, Julius?«, fragte Mira.

»Genau, aber da ist er schon wieder, Mira, dieser leicht spöttische Ton, den ich mir verbitte. Ich war bisher ziemlich tolerant, ach was, ich war äußerst tolerant gegenüber deinen Intrigen, all diesen bösen Machenschaften wie dem Aushungern von Dörfern, dem Ersinnen seltsamer Waffen und was weiß ich ...«

»Julius, mir ging die Konversation mit dir schon vor Jahren auf die Nerven. Deshalb ließ ich diesen Chronisten als deinen Spielgefährten aufs Schloss kommen. Warum besprichst du die Angelegenheit nicht mit ihm?«

»Ein Ton, den ich absolut NICHT dulden kann, Mira. Ich habe mich mit großem Aufwand um das Volk gekümmert. In der Zeit, die ich meinen Untertanen widmete, hätte ich nämlich auch durch die Wiesen streifen und den Duft der Blumen schnuppern oder den Notleidenden helfen können. Und ich weiß sehr wohl, dass dein Herz im gleichen Moment zu schlagen aufhört wie das meine, weil Vater uns in frühester Jugend mit einem Bannfluch belegte, damit nicht einer von uns mit einem Dolch im Rücken endet. Bedenke also, dass ich mir das Leben nehmen könnte, nur um dich zu ärgern, aus Protest gewissermaßen. Und selbst wenn ich nicht die Absicht habe, meine Drohung *in die Tat* umzusetzen, sollte sie doch genügend Gewicht haben, um dich zum Nachgeben zu zwingen ...«

»Hör mal! Sag mir endlich, was du hier willst, oder ich komme dir zuvor!«

Julius betrachtete einen Fingernagel. »Ich habe gelauscht, Mira, an der Tür gehorcht wie ein elender Schnüffler. Und als Slythe an mir vorbeimarschierte, um deine Befehle auszuführen, sagte ich zu ihm: ›O nein, halt! Ich bin der Herzog, und mein Wort hat bei Weitem mehr Gewicht als das einer Lady, falls sich Autorität überhaupt in Gewicht ausdrücken lässt.‹ Ich fand diese Worte übrigens sehr poetisch. Um die Sache jedoch kurz zu machen: *Ich* werde die notleidende Person aus der komischen Kirche dieses dummen Gackerhuhns holen!«

Torak räusperte sich. »Darf ich davon abraten, Euer Gnaden, wegen der möglichen Gefahren für Leib und Leben und was sonst noch alles.«

»Ihr dürft, aber das wird nichts nützen.« Julius riss die Augen weit auf. »Himmel, wo bleibt Ray? Ich war selten so witzig wie in diesem Moment.«

»Wohl wahr, Julius, wohl wahr«, pflichtete ihm Torak bei.

»Worauf wartest du noch, wenn du Slythe begleiten willst?«, fragte Mira und musterte ihn aus schmalen Augen.

»Du erwartest doch nicht im Ernst, dass ich mich nachts ins Freie begebe?« Julius drohte ihr mit dem Finger. »Nicht auszudenken, wenn Tau auf meine Toga fällt ...«

»Ein gutes Argument, Euer Gnaden«, sagte Torak.

»Er würde sie benetzen«, rief Julius. »Streite es nicht ab, Mira! Das ist nun mal die Wirkung von Tau. Er benetzt die Dinge. Macht sie nass. Es wäre so *typisch* für dich, das abzustreiten. Aber ich bin schon einen Schritt weiter. Jawohl, ich werde diese widerwärtige, furchterregende Person gefangen nehmen und hierher bringen, das werde ich, aber erst am Morgen und zusammen mit Slythe.«

»Hast du auch nur die leiseste Ahnung, was hier auf dem Spiel steht, Bruder?«

»Das könnte ein prächtiges Kapitel in Rays Chronik werden«, sagte Julius und strich seine Toga glatt. »Einfach göttlich! Stell dir das mal vor – ich hole die gefährliche, notleidende Person, unterstützt von Slythe, versteht sich, aber ich bestimme die *Taktik* des Unternehmens. Ahoi, werde ich zu Slythe sagen, pass auf, so machen wir das! Nein, nicht so, du sollst ihn niederringen, Slythe, werde ich sagen. Und Ray wird Protokoll führen, in allen Einzelheiten, und vielleicht greife ich sogar selbst ein wenig ein, sobald diese böse Person mit Ketten und Stricken gefesselt ist.«

»Meinetwegen, Julius. Warte bis morgen. Wenn das unser beider Tod sein sollte, bleibt mir in Zukunft wenigstens dein Geschwätz erspart. Bitte, geh jetzt!«

Julius klatschte in die Hände. »Famos. Dann gehe ich jetzt. Ich habe mir nämlich einen herrlichen Streich für Ray ausgedacht. Hat mit Pferdesperma zu tun. Und mit Feuer. Ihr müsst unbedingt kommen und zuschauen, Torak, und mich anfeuern und im geeigneten Moment in Gelächter ausbrechen. Gehen wir. Gute Nacht, Mira. Nun guck doch endlich etwas fröhlicher in die Welt!«

Das elektrische Summen und eine Spur von Nichts – ausgelöschte Bäume und Felsenbuckel, ein halb verschlungenes Gehöft – markierten den Weg, den das Ding nahm. Hin und wieder stieß es ein Heulen aus, das in den Himmel stieg. Es verriet weder Wut noch Zorn oder sonst ein menschliches Gefühl. Seine einzige Botschaft lautete: Fliehe so schnell du kannst!

Charm verstand. Sie rannte über eine Lichtung, suchte verzweifelt nach einem Versteck, wo sie Atem schöpfen konnte. Es hatte nicht lange gedauert, das Ding einzuholen. Was sie nicht sagen konnte, war, *warum* sie es verfolgte; warum sie sich diesem Albtraum aussetzte, der ihren Herzschlag so beschleunigte, dass ihr die Brust schmerzte.

Das grässliche mechanische Summen kam von irgendwo weiter hinten aus dem Wald, während das Ungetüm aufs Geratewohl hierhin und dorthin trottete. Es hatte Gefallen an dem hellen Schimmer gefunden, der sie umgab wie eine Aura. Mit gleißenden Lichtstößen hatte sie versucht, es von Days Past fernzuhalten und zum Schloss zu dirigieren, um den dortigen Bewohnern zu zeigen, was ihre Mutter angerichtet hatte, vor allem aber, um es von jenem Wald fortzulocken, der ihr so lange Zuflucht und Heimat geboten hatte.

Es *gab* keine Heimat mehr. Sie konnte nicht in einer Welt bleiben, in der das Grauen frei umherstreifte. Hungrig, ohne Verstand, durch nichts aufzuhalten, unbezwingbar.

Dicht vor Charm tauchte der Fluss auf. Etwas trieb an ihr vorbei – ein silbernes Gewand, das in der Strömung wirbelte und kreiselte. Noch während sie ihm nachstarrte, versank es in den Fluten. Weiter flussaufwärts stand eine einsame Gestalt reglos am Ufer.

Die Silhouette der Fremden zitterte im glasigen Wellengekräusel. Figuren wanden sich in ihrem Spiegelbild, erhoben sich wie Rauchfahnen, wie flüchtige Gespenster, die der Wind mitriss und auflöste. Lady Mira. Charm war ihr noch nie begegnet, aber sie hatte davon gehört, dass aus Spiegeln, in denen sich Mira betrachtete, kleine Erscheinungen aufstiegen. Mira war nackt, und ihr schlanker, hochgewachsener Körper hob sich bleich wie Mondlicht gegen ihr rabenschwarzes Haar ab.

Das Geschöpf des Grauens stolperte ein Stück hinter Charm durch das Unterholz und stapfte dann tiefer in die Wälder, fort vom Fluss. »Komm«, sagte Mira, zu Charm gewandt. »Fürchte dich nicht. Es gibt keinen Zwist zwischen dir und mir. Du bist vielleicht die Letzte, die mich lebend sieht.«

Charm zögerte und hätte fast die Flucht ergriffen, aber der traurige Unterton in der eiskalten Stimme der Lady nahm sie gefangen. Sie trat näher. Das Grauen stieß erneut einen seiner gespenstischen mechanischen Schreie aus. Ein Schauer überlief Charm. Mira starrte in die Richtung, aus der das Heulen kam. »Ich werde direkt in seine Arme wandern«, sagte sie. »Wenn es mich tötet, dann sterben Slythe und Julius mit mir. Du allein wirst wissen, was ihnen zugestoßen ist.«

»Weshalb bist du so sicher, dass sie sterben werden?«, fragte sie und setzte sich auf einen umgestürzten Stamm, erleichtert, dass sie endlich rasten konnte.

Mira stand still wie aus Stein gemeißelt. »In meiner Brust befindet sich ein Edelstein, in der von Julius ebenfalls. Wenn mein Herz zu schlagen aufhört, zerspringt der Stein in seinem Herzen. Unser Vater ordnete das an. Er hätte besser für sich selbst Sorge tragen sollen, denn ich vergiftete sein Essen, als ich gerade mal zwölf war. Später holte ich den Meuchelmörder in meine Dienste und ließ auch ihm einen Edelstein ins Herz einpflanzen, damit er auf jeden Fall alles täte, um uns am Leben zu erhalten.«

Charm stieß ein spöttisches Lachen aus. »Nichts kann Slythe töten. Nicht einmal dein Edelstein.«

Mira zuckte ein wenig mit den Schultern. »Das spielt jetzt keine Rolle mehr. Er kann zumindest seiner äußeren Hülle beraubt werden. Das, was Slythe in Wahrheit ist, wird weiterleben, darin gebe ich dir recht, um irgendwann in einen neuen Körper zu schlüpfen – falls es dann noch eine Welt gibt, die ihn aufnimmt. Das Gleiche gilt für dich. Wer weiß? Vielleicht stirbt dieser Planet, um Platz für eine neue Welt zu machen.«

Charm dämpfte ihre Aura so gut wie möglich, obwohl das Licht nach außen drängte und einen gewaltigen Druck in ihr aufbaute. Mira, die sich bewusst war, wie sehr Frauen Charm wegen ihrer Macht über die Männer hassten, hatte sich von ihr abgewandt. »Dieses Albtraum-Monster wird dich nicht töten«, sagte Charm. »Zumindest nicht so, wie du dir das vorstellst. Dein Herz wird nicht stillstehen. Wenn dich das Grauen berührt. wird es so sein, als hättest du nie ein Herz besessen. Deshalb bezweifle ich, dass die Sache mit dem Edelstein klappen wird.«

»In diesem Fall hätte mein Bruder Glück«, meinte Mira.

»Warum tust du das? Warum wartest du nicht einfach, wenn ohnehin alles zu Ende geht?«

Mira schaute sie an – und was als Lächeln begonnen hatte, endete mit einer starren Miene, die wie eine Drohung wirkte. Das Licht. Charms Fluch. Selbst am Rande des Abgrunds brachte dieser jähe Umschwung sie fast zur Verzweiflung. Die altbekannte Einsamkeit überlagerte den Hauch einer Freundschaft, den sie einen Moment lang gespürt hatte. »Das klingt, als wäre ich dir nicht gleichgültig!« Mira fauchte. »Aber ich kenne dich, Mädchen! Dein Herz und dein Geist sind voller Gift. Wäre es dir nicht am liebsten, wenn dieses Ding die Welt verschlänge? Solange du Muse die Schuld daran geben kannst, nicht wahr? Aber die Schuld liegt nicht bei ihr, und du bist zu dumm, das zu begreifen. Zu dumm, um zu begreifen, dass sie dem Ding nur einen Körper gab, genau wie dir und anderen.« Charm antwortete nicht. Tränen stiegen ihr in die Augen, und ihre Kehle brannte. *Das Grauen des Todes folgte mir durch die Wälder.*

Ich lockte es fort von hier. Und nun verletzen mich läppische Worte?, dachte sie. *Warum?*

Mira wandte sich wieder von ihr ab. »Tut mir leid. Ich darf dich nicht ansehen.« Sie schwieg einen Moment und fuhr dann fort: »Ich gehe in den Tod, weil ich nicht mehr gebraucht werde. Sivanas ist zurückgekehrt. Die neue Struktur hat begonnen. Er ist wieder der Feind der Welt. Er hat meine Rolle übernommen. Ich bin ausgemustert. Ich habe nur als Platzhalterin für jemanden von größerer geschichtlicher Bedeutung gedient. Allerdings bleibt ihm jetzt nicht viel Zeit auf der Bühne. Sein Auftritt sollte deshalb überzeugen.«

»Geschichtliche Bedeutung – was meinst du damit? Weshalb befasst du dich mit solchen Dingen, während das Werk meiner Mutter alles zu verschlingen droht? Wenn die Welt nicht mehr ist, gibt es auch keine Geschichte! Im Schloss müsst ihr doch eine Möglichkeit haben, dem Untergang Einhalt zu gebieten. Ihr müsst etwas tun.«

Mira lachte. »Ich existiere nicht, um zu *retten*. Ich existiere, um zu vernichten. Nur bleibt mir nichts mehr zu vernichten.«

»Dieses *Ding* ist der Feind der Welt! Nicht du, nicht Sivanas. Dieses Ding und seine Mutter – *meine* Mutter. Sie hat es erschaffen. Muse.«

»Dann bist du seine Schwester?« Charm errötete. »Wenn sie es erschuf, dann hat die Welt ihren Untergang selbst gewählt«, sagte Mira und setzte nachdenklich hinzu: »Und die Struktur begann erst wenige Tage vor dem Ende. Sie wartete Ewigkeiten, ließ Milliarden besserer Epochen und Zeitalter ungenutzt verstreichen. Seltsam, diese Planung. Seltsam.«

Eine Woge des Zorns erfasste Charm. Sie war müde und wurde vor immer neue Rätsel gestellt. »Struktur?«, fauchte sie. »Kannst du dich nicht klar ausdrücken? Wovon redest du?«

»Die Struktur ist eine Kette von Ereignissen, du dummes Mädchen. Weißt du denn gar nichts? Von dir, von mir, von Slythe, von Aden? Begreifst du wirklich nicht, warum deine Mutter dich erschuf? Du bist eine Bühnenfigur. Eine neue Darstellerin, skizziert vom Pinsel deiner Mutter, die mit historischen Rollen und Gestalten experimentiert. *Meine* historische Rolle, mein Archetyp, mein *Platz* in der Welt entstand schon vor langer Zeit. Irgendjemand aus jeder neuen Generation würde ihn immer ausfüllen. Du dagegen bist wie Slythe eines von Muses Experimenten. Sie formte dich aus Kräften, die sie spürte, verstärkte deine Linien, schärfte deine Kanten, verlieh einer ganz bestimmten Vorstellung Ausdruck. Unter anderem verkörperst du die *Schönheit*. Schlichte, echte, falsche, wilde, zarte, verwegene, grausame, sanfte Schönheit. All dies und mehr. Bei Weitem nicht das ganze Spektrum, aber doch eine starke Wiedergabe der Schönheit. Slythe ist der *Tod*. Unter anderem ist er der Tod. Bei Weitem nicht das ganze Spektrum, aber doch eine starke Wiedergabe des Todes. Begreifst du jetzt?«

Charm hätte das Gespräch am liebsten beendet, aber ein Teil von ihr wollte die Zusammenhänge verstehen, wollte verhindern, dass Miras Worte durch ihre einsamen Nächte in den Wäldern geisterten, wenn das Grauen dieses Tages irgendwie ein Ende fand, wenn irgendwie wieder Normalität einkehrte. »Nicht ganz«, entgegnete sie. »Was ist mit den Männern, die mich verehren? Mit den Frauen, die mich hassen? Den Dorfbewohnern? Was sind sie? Doch nicht von *ihr* geformt ...«

»Wir nennen diese Leute Uhrwerke«, sagte Mira müde. »Obwohl die Schöpfer diesen Begriff hassen. Sie stammen nicht von Muse, das ist wahr. Aber Muse kann ihre Schritte lenken. Ihre Wege verändern. So wie du und ich und jeder Darsteller auf der großen Bühne. Sie kann bewirken, dass sie vor Entsetzen schreien oder wie Mäuse die Flucht ergreifen, dass sie lauthals singen oder sterben, zu Hunderten sterben. Oder dass sie unbeachtet in ihrer Bedeutungslosigkeit verharren.«

»Sie hat auch dich nicht geformt.«

»Meine Rolle hat mich geformt, du dummes Mädchen. Meine Rolle als Feind der Welt hat mich geformt. Mich und meinen idiotischen Bruder.«

»Aber was ist Muse? Was ist Tom?«

»Wie lang sind deine Haare, Mädchen? Die beiden sind Götter. Nein, nicht Götter. *Eine* Gottheit. Teile des Weltenmachers. Sie ist *seine* Muse. Tom ist eine Funktion des Menschengeistes, deren exakte Natur ich nicht zu fassen bekomme.« Mira starrte die Figuren an, die sich aus ihrem Spiegelbild erhoben. Eine Spur von Ärger huschte über ihre Züge. »Ich nehme an, die beiden stellen mit Verblüffung fest, dass sie ebenfalls auf der Bühne stehen und eine Rolle spielen. Das hatten sie bestimmt nicht erwartet. Sie wollten die Bühne errichten, aber sie keineswegs als Darsteller betreten.« Sie seufzte. »Genug davon. Leb wohl, Mädchen. Wir wählten unsere Rollen, bevor wir hierherkamen, sagen die Priester. Wir entscheiden nicht, wie das Stück endet. Aber ich werde nicht mehr gebraucht. Ich wurde erschaffen, um Ländereien zu erobern, Heere in die Schlacht zu führen, Nationen in Blut zu ertränken. Es gibt keine Nationen mehr.«

Charm zuckte zusammen und stieß einen Schrei aus. Das Grauen war lautlos über die Lichtung gestolpert, schwankte ein wenig hin und her und verharrte dann vollkommen reglos. Selbst sein eigentümliches mechanisches Summen war verstummt, während es hoch aufgerichtet dastand und sie beide beobachtete. Mira gab durch nichts zu erkennen, dass sie sein Erscheinen bemerkt hatte, obwohl es ihr sicher nicht entgangen war.

Nun ging Mira auf das Ding zu. Das Grauen rührte sich nicht vom Fleck, selbst dann nicht, als Mira nahe genug war, dass sie es mit ausgestreckter Hand hätte berühren können. Sie blieb eine Zeit lang stehen und starrte in seine Schwärze, bis einer seiner Arme blitzschnell durch die Luft wischte und die Hälfte ihres Körpers auslöschte. So wie die Bäume, in die es breite Streifen von Nichts gerissen hatte, halb in der Luft geschwebt waren, ohne umzukippen, so hing nun Miras Torso in der Luft, von den Beinen getrennt durch ein breites Band von Schwärze.

Das Grauen stieß einen fragenden Laut aus, ehe es den Rest vernichtete. Dann drehte es sich um und stolperte in die Richtung, in die Charm geflohen war.

KAPITEL 16
Nach Schloss Eisennetz

Das Licht, das sie umfloss, pulsierte in Sekundenabständen, bis sein greller Schein sie blendete. Das Grauen torkelte hinter ihr her. Sie wusste nicht, auf welcher Ebene es die Reize aufnahm – sein Stolpern erinnerte an ein Kind, das sich von einem glitzernden Spielzeug magisch angezogen fühlte. Hin und wieder begann es zu laufen, und dann holte es sie fast ein. Sie dämpfte ihr Licht, wenn das Ding ihr zu nahe kam, und warf sich flach hinter die nächstbeste Deckung, die sie finden konnte. Dann vergaß es sie und wandte sich irgendwelchen greifbaren Gegenständen zu: abgestellten Karren, Zäunen, Bäumen, Tieren. Das grässliche elektrische Summen war am lautesten, wenn es etwas ins Nichts beförderte. Sie hatte ihren Verfolger inzwischen in sicherem Abstand an zwei Dörfern vorbeigeführt. Ein einsamer Wanderer hatte ihre Warnrufe missachtet und war ihm direkt in die Arme gelaufen. Nun lotste sie das Ding den Fluss entlang auf das Schloss zu, das sich wie eine Krone aus schwarzem Glas am Horizont erhob. Sie war nicht sicher, ob sie dieses Ziel erreichen würde. Schon jetzt war sie erschöpft.

Das zunächst knochendürre Grauen war nun ein aufgeblähter Koloss. Bald würde es so groß wie ein Berg sein und immer noch weiterwachsen, bis es alles, was noch übrig war, mit einer einzigen Armbewegung wegwischte und für immer auslöschte. Seine Schritte stanzten kleine Schrunden aus Nichts in den Boden. Es hatte kein Gesicht, aber der Brustkorb mit den Rippen, die noch schwärzer als schwarz waren, kam unter dem Umhang zum Vorschein, als es sich bückte und das Erdreich wie Papier zerfetzte. Drei Dragoner waren spinnengleich aus ihren Höhlen gekrochen und hatten sich auf das Ding geworfen. Sie verschwanden, sobald sie in das Dunkel tauchten.

Das Grauen schien ihren Angriff nicht einmal bemerkt zu haben.

Es tauchte eine Hand versuchsweise in den Fluss. Das Wasser wurde dünner, die Strömung schwächer. Charm lag auf dem Bauch und rang keuchend nach Luft. Noch konnte sie nicht anhalten. Die Leute vom Schloss mussten sehen, mussten erfahren, was Muse getan hatte. Erst zum Schloss, dann zur Kirche. Und falls sich alle weigerten, ihre Mutter zu töten, wollte Charm das Ding bis an Muses Schwelle führen. Ein Satz von Mira ging ihr wie ein schmerzhaftes Echo durch den Kopf: *Wir wählten unsere Rollen, bevor wir hierherkamen, sagen die Priester ...*

Während sie so dalag, bemerkte sie ein grünliches Licht. Rechts hinter ihr senkte sich der Traum der Nacht herab. Fast hatte er den Boden erreicht. Das hieß, dass der Ratgeber des Herzogs irgendwo in der Nähe sein musste. Sie erhob sich und ließ ihre Aura mit letzter Kraft noch einmal gleißend hell aufleuchten. »Hey!«, rief sie dem Grauen zu und winkte mit beiden Armen. »Du da! Hierher! Los, komm!«

»Also schön«, sagte der Ratgeber des herzoglichen Ratgebers. Er verdrehte die hölzernen Augen und schickte einen genervten Blick zum Himmel. »Meiner Meinung nach sind die Waffen Verschwendung.«

»Ah! Ah! Hab ich dich erwischt! Verschwendung! Das sagt derjenige, der seine Existenz reiner Energieverschwendung verdankt! Der jede Nacht eine Portion Energie schluckt, weil es sonst aus mit ihm wäre!«

Sie eilten mit großen Schritten über das blaue Pflaster der Straße. Die Schlange in Toraks Hand wand sich höher, um ihm in die Augen zu schauen. »Ich sage es nicht gern, aber wir bestehen alle aus Energie.«

»O nein! Nicht dieses Argument! Du weißt genau, was ich meine – mit Energie, die ... ähm.«

»Gestohlen wurde?«

»Zweckentfremdet wurde. Das wollte ich sagen. Nicht einmal das. Geborgt. Verschludert. Genutzt. Mehr nicht.«

»Rein zufällig sozusagen?«

»Hör mal, das klingt ja, als ob ... Hör mal, es geht hier nicht darum, dies oder das an sich zu nehmen. Wie in einem Schmuckgeschäft ein paar Diamanten aus der Vitrine zu holen. Keine Diamanten! Keine Vitrine! Das Schloss, verstehst du? Es muss verteidigt werden. Sonst gibt es überhaupt keine Energie mehr. Für nichts und niemanden. Auch nicht für dich. Sind wir uns wenigstens in diesem Punkt einig? Du und dein nächtlicher Löffel Stoff, nur damit du putzmunter bleibst und deine Meinung äußern kannst! Angenommen, das Schloss verschwindet? Überleg doch mal! Ich erweise dir einen Gefallen, verdammt! Soll ich mich etwa auf ein Dutzend unfähige einarmige Soldaten verlassen? Zur Verteidigung des Schlosses? Die exekutieren sich täglich gegenseitig. Hast du dir das mal angesehen?«

»Mein Einwand ist, dass eine dieser schwerfälligen Kriegsmaschinen, die du bauen ...«

»Panzer nenne ich sie. Panzer. Erinnerst du dich an die Träume vom Krieg? Dort kamen sie vor. Und ich dulde nicht, dass du meine Konstruktion verunglimpfst. Schwerfällig – also wirklich! Du warst mir keine große Hilfe bei der Arbeit, wenn ich das bemerken darf. Du und deine ewigen Fragen. ›Wozu soll das gut sein?‹ – ›Ist dieses Teil notwendig?‹ Nein, du warst mir keine große Hilfe.«

»Mein Einwand ist, dass die vier Panzer ...«

»Fünf, verdammt noch mal!«

»... die gleiche Energie verschlingen, die nötig wäre, um ein Dorf am Leben zu erhalten. Wenn du Energie auf diese Weise ›nutzt‹, verlangt es dann nicht der ... die Pflicht, sie ohne ungebührliche Extravaganzen zu nutzen?«

»Anstand. Du hättest beinahe Anstand statt Pflicht gesagt.«

»Beispielsweise der Zierrat. War es unbedingt notwendig, dem zweiten Panzer das Äußere eines prähistorischen Monsters zu geben? Hätte der Kanonenlauf nicht genügt?«

»Eine Sache der Wahrnehmung, du Holzkopf. Psychologie. Darf ein Panzer das Auge erfreuen? Darf er wie ein nettes Hundchen aussehen? Im Gegenteil. Er muss Angst und Schrecken verbreiten. Außerdem kann ein Panzer allein den Rest der Dragonertruppe auslöschen. Ich werde es dir beweisen. Krachbumm! Knirsch, knirsch, unter die Räder. Warte nur. Du wirst schon sehen.«

»Warum hast du dann fünf Panzer gebaut? Und lässt das nächste Dorf verhungern, um weitere zu bauen?«

»Was verstehst du schon von militärischen Dingen? Wenig. Also sei still! Ich will nichts mehr hören. Du gehst mir auf die Nerven. Diese Besserwisserei in letzter Zeit. Früher warst du nicht so.«

»Inzwischen kenne ich dich eben.«

»Dünnes Eis, von meinem Standpunkt, ganz dünnes Eis, auf dem du dich bewegst.« Torak deutete die Dünne zwischen Daumen und Zeigefinger an.

»Wir könnten das Thema wechseln.«

»Ja. Sprechen wir über meinen Vater.«

»Diesen Brutalo?«

»Der echte Wahnsinn. Also, an meinem zwölften Geburtstag – aber horch, dieses Geräusch? Es wird immer lauter.«

»Ein Bienenschwarm?«

»*Mechanische* Bienen. Unmengen. Egal. Also, zurück zu meinem Vater. Und zu meinem Geburtstag ...«

»Die Schaukel?«

»In einem grässlichen Rot! Der Tyrann. Arbeitete ein Jahr lang an der Schaukel, jeden Abend nach seiner Schicht im Bergwerk. Mühte sich ab, um meine Enttäuschung vollkommen zu machen. Der Mann dachte nicht mal daran, sich nach der Lieblingsfarbe seines Sohnes zu erkundigen. Türkis! Natürlich heulte ich. Wies sein Geschenk zurück. Und was macht er? Bricht zusammen. Vor meinen Augen! Und da wusste ich: So werde ich auch mal, wenn mich kein gnädiger Gott errettet. Wenn ich nicht rechtzeitig was dagegen unternehme.«

»Eine weise Einsicht für einen Knaben in diesem zarten Alter.«

»Und da wusste ich, dass ich dem Mann bei jeder Gelegenheit mit Härte zu begegnen hätte. Mit entschiedener Härte. Das war der Schlüssel. Du und deine Kommentare zu meinen Panzern! Du und deine – stopp, da haben wir's. Da ist er schon!« Das fahlgrüne Licht erschien wie erwartet, senkte sich an der gleichen Stelle herab wie in den vergangenen vier Nächten. Der Traum hatte sich nicht in den kleinsten Details verändert: Der Weltenmacher versank in einem brodelnden, giftigen Meer, während aus Wolkenhänden mit aufgeschnittenen Pulsadern farbloses Blut regnete. Der Traum glitt in Bodennähe neben dem Fluss dahin, dem Schloss entgegen.

»Meine Sterne, wieder die gleiche Szene! Dieser arme Idiot von einem Priester wird einen hysterischen Anfall kriegen. Dafür will ich sorgen.«

In diesem Moment trat Charm hinter einem Felsblock hervor – keuchend, den Oberkörper zusammengekrümmt, eine Hand auf die Knie gestützt. Das Licht, das sie umgab, war dünn und schwach, kaum noch wahrnehmbar.

»He, du! Hexenmädchen!«, rief Torak. Er suchte unter seinem Umhang nach der Waffe, die er nach der Begegnung mit Aden zu seinem Schutz angefertigt hatte – eine »Pistole«, wie er sie nannte –, und richtete sie auf Charm. »Glaub nicht, meine Schöne, dass ich jene laue Juninacht vergessen habe. Ein erniedrigendes und doch irgendwie verlockendes Angebot, das du mir machtest. Weißt du noch? Du brachtest mich dazu, meinen Lieblingshut zu beschmutzen und dann wieder aufzusetzen, die Arme auf und ab zu schwingen wie ein Vogel und vor einer Horde von Städtern ein beschämendes Lied über meine ÄHM sexuellen Neigungen zu singen, alles gewaltig übertrieben, wenn ich das hinzufügen darf. Mir blieb nichts anderes übrig, als die Leute ... äh ... auszuschalten, um meinen Ruf zu wahren. Alles gespeichert. Hier.« Er tippte sich mit spitzem Zeigefinger an die Stirn. »Mit dem Wunsch nach Rache.

Kannst du mir vielleicht einen Grund nennen, weshalb ich dich nicht auf der Stelle vernichten sollte? Einen guten Grund, gefolgt von einigen Worten des echten Bedauerns?«

»Ich habe etwas Besseres für dich«, entgegnete sie. »Gleich wirst du es sehen. Es liebt das Licht. Noch befindet es sich hinter dem Hügel dort. Aber es ist auf dem Weg hierher.«

»Du beziehst dich worauf?«

»Horch!« Das elektrische Summen wurde immer lauter.

»Und? Was genau ist das?«

Der Lärm schwoll an. Charm wich zurück – das Grauen kam. Es torkelte, taumelte, stolperte über die eigenen Beine. Die Arme weit ausgebreitet, enthüllte es ein dunkles Skelett, das sich im Rhythmus der schnappenden, mahlenden Kiefer um seine Achse zu drehen schien, starr und fließend zugleich. Es war schon wieder gewachsen, seit Charm es aus den Augen verloren hatte. Torak – der ihm nur bis an den säulendicken Oberschenkel reichte – wurde schneeweiß. Er ließ die Pistole fallen.

Das Grauen hielt an, musterte das Duo und machte noch einen Schritt, bis Torak in Reichweite seiner Arme war. Dann schien es etwas Verlockenderes zu entdecken und stapfte geradewegs auf den Traum zu. Es stieß ein Kreischen aus, das erregt auf und ab schwang, fragend und zugleich erfüllt von einer geradezu obszönen Lust. »Es liebt das Licht«, sagte Charm. »Weg da! Rasch!«

»Es-es-es ... was hat es vor?« Torak stolperte rückwärts. »Der Traum? Es darf ihn nicht berühren. Verboten! Unzulässig! Das wäre der Untergang. Ruf das Ding zurück! Gebiete ihm Einhalt! Auf der Stelle!«

Charm lachte. »Sperr es ein, wenn du kannst!«

Das Grauen kippte nach vorn in den Traum und ruderte in dem fahlgrünen Licht umher. Ein Arm fuhr mitten durch den ertrinkenden Weltenmacher und wischte den Kopf des alten Mannes weg. Bald war der ganze Traum ausgelöscht wie ein Feuer. »Halt!«, schrie Torak. »Wir brauchen diese Träume! Du hast ja keine Ahnung. Unentbehrlich! Machen wir einen Handel, ja?«

Das Grauen wandte sich nach ihm um. Torak ließ den Schlangenstab fallen und plumpste auf sein Hinterteil.

»Kein Laut«, wisperte Charm. »Es liebt auch den Schall.«

»Ein stichhaltiges Argument«, meinte die Schlange.

Das Ding stand vollkommen reglos da und starrte in Toraks Richtung, als versuchte es, ihn durch einen Tarnvorhang zu entdecken. Dann wandte es sich ab, torkelte zum Fluss hinunter und watete knietief ins Wasser. Eine lange schwarze Knochenhand – so dunkel, dass sie auf perverse Weise zu leuchten schien – tauchte ab und zu spielerisch in die Strömung. Dann legte es den Kopf in den Nacken und schickte ein irres Kreischen zum Himmel. Es stolperte die Böschung hinauf und wischte beiläufig die Sträucher aus, als wäre es nicht wichtig, ob sie am Ufer stehen blieben oder verschwanden. Lücken zeigten sich, wo sein Arm in das Buschwerk schlug. Es torkelte außer Sicht und hinterließ eine Spur von Lücken in der Welt, dazu Bäume, die wie halb ausradierte Skizzen in der Luft hingen.

»Der Traum«, murmelte Torak. »Fort, ganz fort. Unentbehrlich ... absolut notwendig ...« Er schluckte. Seine Hände zitterten wie Espenlaub, als er seinen Stab aufhob. »Was ist dieses Ding, he? Diese Bestie? Wenn es bis zum Schloss vordringt, was dann ...?« Ein Schauer erfasste ihn. »Dein Werk? Dein dressiertes Monster?«

»Nein. Nicht mein Werk. Aber ich will dir verraten, wer es erschaffen hat. Hör mir genau zu!«

KAPITEL 17
Menschenjagd

»Sind wir bereit, verwegene Recken?«, rief Julius und warf sich in Pose – die Fäuste vor der Brust wie ein Boxer, der einen Gegner taxiert.

Der Wagen rollte über die Zugbrücke. »Ray, wirkt meine Miene entschlossen genug? Sag, Ray, tut sie das? Verraten meine Züge etwas von der inneren Furcht, gegen die ich ankämpfe? Hoffentlich! Das muss alles in die Chronik, Ray. Und dazu ein oder zwei Worte über mein gutes Aussehen, wenn ich bitten darf. ›Der Herzog stand hoch aufgerichtet und strahlend da wie eine goldene Statue.‹ Oder so ähnlich. Gold sollte irgendwie vorkommen. Und eine erhabene Statue. Das ist ein Befehl!«

Raydons Gesicht zog sich zusammen wie geronnene Milch, während er vorgab, ein paar Zeilen zu schreiben. Seine Beine zuckten und kickten unkontrolliert durch die Gegend, eine Folge der kolossalen Überdosis, die Julius ihm aufgezwungen hatte. Raydon hatte eine geheime Chronik begonnen, in der er die wahren Untaten des Herzogs festhielt. Er beabsichtigte, sie später kostenlos unter das Volk zu bringen.

Der Herzog runzelte die Stirn. »Slythe?«

»Euer Gnaden?«

»Mach dich ans Werk!«

»Danke, Euer Gnaden.«

»Nein, warte mal! Mir fällt gerade etwas ein. Slythe, schien Torak nicht ein wenig ... oh, wie heißt das Wort ... ein wenig grüblerisch? Eben, kurz bevor wir das Schloss verließen. So, als beschäftigten ihn private Dinge?«

Slythe zog die Augenbrauen hoch, überrascht, dass Julius so etwas überhaupt auffiel. »Er wirkte in der Tat abgelenkt, Euer Gnaden. Das fiel mir auch auf.«

»Was mag wohl in ihn gefahren sein, Slythe?«

»Er hat eine Menge Probleme zu bewältigen. Letzte Nacht kam beispielsweise kein Traum herein. Vielleicht kennt er den Grund dafür.«

»Du scheinst verdammt gut Bescheid zu wissen, Slythe.« Julius wirbelte herum und sah ihn mit gerunzelter Stirn an.

Slythe senkte den Kopf. »Verrat käme mir nie in den Sinn, nicht bei Eurem Adlerblick, Julius.«

»Glänzend! Oh, wie du das gesagt hast! Schreib seine Worte nieder, Ray! Und jetzt fahren wir zur Kirche, um diese schreckliche notleidende Person zu holen. Ray, lies uns unterwegs etwas aus meiner Liste der verdrossenen Sprüche vor, zum Zeitvertreib! Beginne mit meinem Kommentar über – halt! Mir fällt gerade etwas Neues ein, Ray! Ist deine Feder gespitzt?« Julius räusperte sich. »Oftmals möchte man am liebsten scheißen!«

Lautlos rollten die Tränen über Raydons Wangen, als er den Satz niederschrieb.

Sie hatten Days Past umfahren und näherten sich dem Waldrand, als Charm ein Stück weiter vorn unter den Bäumen hervortrat. Eine Hand in die Hüfte gestemmt, erwartete sie den Wagen des Herzogs. Julius, der sie noch nie zuvor gesehen hatte, erspähte sie als Erster. Er keuchte und presste eine Hand auf sein Herz. »Du meine Güte!«, wisperte er. »Ich finde, Slythe ...« Er schluckte mühsam und setzte erneut zum Sprechen an. »Ich finde, es hat etwas sehr Verlockendes, wie dieses Gewand fällt.«

»Ich schlage vor, dass Ihr den Blick abwendet, Euer Gnaden«, sagte Slythe und erhob sich von seinem Sitz.

»Ich bin der Herzog, verdammt noch mal, Slythe!« Julius versuchte, hastig wieder seine Pose einzunehmen, und scheiterte nach einem halben Dutzend Versuchen. Mit einem frustrierten Armrudern ließ er sich in die weichen Lederpolster sinken und stützte das Kinn in eine Hand. »Ich bin nervös, Ray.«

»Und was soll ich dagegen tun, Julius?«

»Ray! Schluss jetzt mit diesem verbitterten Tonfall! Ich verstehe ja, dass du gereizt bist! Die Sache mit deinen Beinen und dann dieser Streich, den ich dir letzte Nacht gespielt habe, aber ...« Er keuchte und krallte seine Finger in Raydons Hemd. »Oohh, seht sie euch an! Ray! Ray, so hör mir doch zu! Ich finde ihr langes Haar irgendwie beruhigend.«

»Das freut mich für Euch.«

»Ah! Mit diesem Sarkasmus erreichst du gar nichts, Ray. Und ...« Die Stimme des Herzogs wurde plötzlich heiser, und Panik schlich sich in seine Worte. »Ray! Ray! Slythe! Was ist denn mit meinem Schwanz los?«

Eine kleine Erhebung beulte seine Toga aus. Julius fuchtelte mit den Fingern in der Luft herum. »Was wird das denn? Was will er? Was *macht* er da?«

Raydon wandte unbehaglich den Blick ab. »Äh, ist Euch das noch nie zuvor passiert, Julius?«

»Nein, warum sollte es?«, fauchte Julius. »Was ist los? Bin ich krank?« Der Wagen hielt neben Charm. »Wir werden uns vermählen«, verkündete Julius. »Sobald ich von dieser lästigen Krankheit genesen bin. Ich glaube, man hat mich vergiftet. Verdammt, Slythe! Verrat käme dir nie in den Sinn, was?«

Licht explodierte, gleißend hell. »Still!«, zischte Charm den Herzog an.

Der Herzog sackte mit verklärter Miene auf seinem Sitz zusammen. Raydon schloss die Augen und sank in die weichen Lederkissen. Slythe, verblüfft über ihre Kühnheit, hielt ein Wurfmesser in der Hand.

Charm konnte sich nicht mehr auf den Beinen halten. Schönheit hatte ihre Erschöpfung überlagert. Er lockerte seine Finger um den Dolchgriff und betrachtete sie verwundert. Krankheit, Schmerz, Trauer, ja selbst den Augenblick des Todes würde sie hinter der gleichen Maske verbergen wie Gehässigkeit und List, Böse und Gut. Nie kam sie selbst zum Vorschein. »Wirf einen Blick nach links«, sagte sie und zeigte hin. Er starrte in die Richtung ihres ausgestreckten Fingers und sah die unnatürliche Fährte des Grauens, die tief in den Wald hineinführte. Fast glaubte er die Umrisse seines Körpers zu erkennen. Slythe sah Charm mit zusammengekniffenen Augen an. »Woher stammen diese Spuren?«

Sie erzählte ihm vom Grauen, von seiner Geburt, seinem Schöpfer. Er hörte aufmerksam zu. »Beschreibe das Ding«, sagte er nur. »Seine Bewegungen, seine Laute.« Als sie fertig war, fragte er: »Weiß sonst noch jemand, dass dies Muses Werk ist? Mira? Torak?«

»Torak. Ich verriet es ihm. Und er wurde Zeuge, wie es letzte Nacht den Traum verschlang.«

»Ich verstehe.« Slythe trommelte mit den Fingern auf dem Griff seines Wurfmessers herum. Er rief sich in Erinnerung, wie unruhig der Ratgeber des Herzogs durch das Schloss gewandert war. Der Mann hatte es kaum erwarten können, dass Julius endlich aufbrach – und dass er Slythe mitnahm. Jetzt kannte er den Grund. »Danke«, sagte er zu Charm. »Du hast mir einen großen Gefallen erwiesen. Niemand sonst darf davon erfahren. Kannst du ein Geheimnis für dich behalten?«

Sie musterte ihn argwöhnisch. »Ja.«

»Ich weiß. Ich werde dir helfen.« Er stieß ihr die Klinge mitten ins Herz. Sie starb mit einem schwachen Seufzer. Ihre Augäpfel rollten nach hinten, und für den Bruchteil einer Sekunde flammte ein gleißender Blitz auf. Dann war alles vorbei. Slythe genoss die einzigartige Schönheit ihres Dahinscheidens. Er empfand es als eine Ehre, dass er die letzten Augenblicke ihres Lebens mit ihr teilen durfte, als wäre dies ein Versprechen, das sie ihm vor langer Zeit gegeben und endlich erfüllt habe. Er schloss ihren Seufzer in den Schatz seiner Erinnerungen ein, zusammen mit dem Bild ihres Körpers, der langsam zu Boden glitt.

Er sprang vom Wagen und schleifte die Tote außer Sicht, ehe der Herzog zu sich kam. Dann lief er schnell wie der Wind zu Muses Haus.

Es dauerte eine Weile, bis ihre schwache Aura erloschen war. Was blieb, war eine vertrocknete Hülle, die rasch zerbröckelte. Dunkler Rauch stieg in kleinen Wölkchen auf, begleitet von einem grässlichen Verwesungsgestank. Ein aufmerksamer Beobachter hätte ein paar Lichtsplitter entdeckt, die über der fauligen Masse tanzten, wie ein Mahnmal für den falschen Schein der Schönheit, den das Auge meist nicht zu durchdringen vermag.

Doch der Zufall wollte es, dass niemand auf Charms Überreste stieß, bis sie vollständig zerfallen waren wie eine in Vergessenheit geratene Erinnerung.

Muse spürte die scharfe Schneide eines Messers an ihrer Kehle. Der Meuchelmörder war lautlos in ihr Haus eingedrungen. »Komm mit!«, raunte er ihr ins Ohr.

»Ist es so weit, ja?«, fragte sie und erhob sich mit einem Seufzer. »Und das alles nur, weil ich als Mutter versagte. Weißt du wenigstens, wen und was du in Wahrheit tötest?«

»Komm mit!«

»Ich bin nur überrascht, dass ich das nie vorhersah. Das ist alles.« Sie ließ den Pinsel vor ihre Füße fallen. Ein roter Klecks zeigte sich auf den Dielenbrettern. Slythe schob sie durch die Hintertür des Hauses ins Freie. »Beeil dich«, sagte er und zerrte sie hoch, als sie stolperte.

Der Hinterhof ging in einen steil ansteigenden Hügel über, auf dessen Kuppe sich verschieden große steinerne Obelisken erhoben. Dahinter breitete sich meilenweit ödes Buschland aus, durchsetzt von Felsbrocken und kleinen Klippen. Im Norden türmte sich das Vergessen wie eine erstarrte Meereswoge von unheilvollem Ausmaß. Slythe sah den grauen Wall und schüttelte den Kopf.

Er ging in die Hocke, zerrte Muse zu sich herab und deutete auf das Haus unten. »Sie müssten jede Minute anrücken«, sagte er. »Zumindest waren sie ganz nahe, als ich mich an ihnen vorbeischlich. Sie glauben, du seist noch da drinnen.«

»Wer?«

»Das wirst du gleich sehen!«

Es verging eine Minute wachsamen Schweigens. Dann zerriss der erste Panzer die Stille mit einem Knall, der lauter als Donner widerhallte. Muse hatte keine Ahnung, was der Lärm bedeutete, bis ihr Haus in Schutt und glimmende Asche zusammenfiel. Auf der Rasenfläche des Vorgartens standen zwei Panzer mit rauchenden Kanonenrohren. Torak saß auf dem größeren der beiden Ungetüme, das die Form eines Drachen mit gespreizten goldenen Schwingen hatte, und brüllte Befehle. Er hatte sich passend zu seinem Gefährt mit einem reich verschnörkelten Helm ausstaffiert. Die Panzer rollten langsam rückwärts, den Fuß des Hügels hinunter.

»Dafür schuldest du mir einen Gefallen«, sagte Slythe. Er ließ Muse los, sobald die Panzer außer Sicht waren. »Erzähl mir mehr über dieses Ding, das du erschaffen hast. Warum? Warum willst du alles vernichten, was noch übrig ist?«

»Das will ich doch gar nicht.« Sie tastete die Stelle ab, wo die Klinge ihre Kehle berührt hatte. »Ich erweckte etwas, das bereits existierte. So wie ich dich erweckte. Dich, Aden und Charm. Dazu andere, deren Gesichter du nicht kennst und die sich vor dir an geheimen Orten verstecken. Oder jene, denen du den Tod brachtest. Früher verlieh ich weit schlimmeren Mördern Gestalt, als du es je warst oder sein wirst.«

»Hatte Aden also doch recht«, murmelte Slythe. »Abbilder anderer Dinge. Schatten. Spiegelungen.« Er lachte. »Nun gut. Und was war diese neueste Schöpfung von dir? Bevor du sie ins Dasein riefst?«

Sie deutete auf die glasig erstarrte Woge am Horizont. »Das da. Das sogenannte Vergessen. Ich habe keine Ahnung, was *das* ist. Ich weiß nur, dass es vernichtet. Dass man es nicht aufhalten kann. Eine Art Krankheit, die das Herz oder Gehirn unseres Schöpfers zerfrisst. Als das Gemälde, das du meinst, in den Wäldern zum Leben erwachte, stand der Wall eine Weile still.

Ich kaufte uns Zeit. *Warum* ich das tat, weiß ich nicht. Ich habe dieses Dasein so satt.«

»Dennoch warst du nicht bereit, aus dem Leben zu scheiden, als du dachtest, ich wollte dich töten.«

»Es ist mir egal, ob du mich tötest oder nicht. Aber ich hasse Überraschungen.«

»Du hast nie gesagt, was *du* bist, Muse.«

»Nicht in deiner Gesellschaft, natürlich nicht. Ich bin ein Teil des Weltenmachers. Er ist krank, bekümmert, dem Tod nahe und jener anderen Welt überdrüssig. So wie ich dieser Welt überdrüssig bin. Egal. Bald ist alles vorbei.«

»Eine andere Welt«, wiederholte Slythe. Er spuckte aus. »Bist du sicher, dass sich dieses Ding, das du ins Dasein holtest, nicht aufhalten lässt?«

»Ja.«

»Auch nicht eingrenzen? Oder abschwächen?«

»Ich hielt es anfangs für möglich. Schließlich ist auch *dein* wahres Ich sicher in deinem Innern verwahrt. Konzentriert und widerwärtig, aber auf engstem Raum zusammengedrängt. Einst warst du wie die ganz normalen Männer, die durch irgendeinen Auslöser zu Mördern wurden und später nicht begriffen, was sie getan hatten. Du warst wie die Kinder, die aus reiner Neugier ihr Lieblingstier quälten. Du warst wie die verwirrten Mütter, die ihre eigenen Babys erstickten ...«

Er schlug ihr mit der flachen Hand ins Gesicht, doch gleich darauf hatte er sich wieder in der Gewalt und trat einen Schritt zurück, staunend über die Heftigkeit seines Zornausbruchs, als beobachtete er einen Fremden. »Wenn es sich nicht aufhalten lässt«, sagte er, »sind wir dann dem Untergang geweiht?«

»Das waren wir von Anfang an«, entgegnete sie und rieb sich die Wange. »Aber jetzt hat unser Untergang Gestalt angenommen und rückt näher. Das ist alles.«

Slythe ging auf und ab. »Kann *er* ihn aufhalten?«

»Wer?«

»Aden.«

Sie warf ihm einen prüfenden Blick zu. »Nein. Aber wenn jemand dazu in der Lage gewesen wäre, dann er. Und er hätte es durch Zufall geschafft. Er ist kein Held. Ich rate dir, such ihn und hilf ihm, wenn dir etwas an ihm liegt. Wenn nicht, genießt du heute vielleicht zum letzten Mal das Vergnügen, jemanden zu töten. Warum nicht hier beginnen? Ich bin ehrlich neugierig.«

»Ich kenne die Antwort darauf ebenso wenig wie du«, fauchte er und stolzierte davon.

KAPITEL 18
Der Prophet des Blutvergießens

Auf einem Opferstein lag Corbert neben der nebelweißen Kugel. Darin wartete Sivanas auf seine Chance, ins Leben zurückzukehren. Kevas hatte stundenlang gebraucht, um die Kugel von ihrer Säule loszumeißeln, und noch länger, bis er die verworrenen Anweisungen mit den verbotenen Ritualen gefunden hatte, jene Formeln, die einem eingesperrten Geist Macht über einen Empfänger wie Corbert gaben.

Kevas wanderte nervös umher. Sein Knie schmerzte, und sein Humpeln hatte sich verschlimmert. Er hatte nicht geschlafen und war so müde, dass wenig Raum für die Zweifel blieb, die ihn andernfalls gequält hätten, weil er dem Propheten des Blutvergießens zu einem neuen Körper und einer neuen Stimme verhalf. Die Skepsis, die blieb, hörte sich so an: *Es könnte schiefgehen, natürlich könnte es das. Aber es ist in Einklang mit den Lehren: Sivanas wählte seine Rolle, vollbrachte eine heilige Tat, erschuf die Geschichte, sorgte für Bewegung. ER beobachtete damals, was geschah, und vielleicht tut ER das auch jetzt wieder. ER wird mich sehen, wird wissen, ob mein Handeln gut oder böse ist. Es liegt nicht an uns, die Ästhetik des Ganzen zu beurteilen. Meine Taten werden sich irgendwie in seinen Plan fügen. Das müssen sie, sonst würde ich diesen Weg nicht einschlagen.*

Er wandte sich an Corbert: »Bist du sicher, dass du dich auf diese Weise hingeben willst? Ist dir klar, dass ...« Er unterbrach sich mitten im Satz. Er hatte sagen wollen: *Ist dir klar, dass Sivanas von deinem Körper Besitz ergreifen wird? Dass du nach diesem Ritual sein Gefangener sein und miterleben wirst ... was immer er tut? Hilflos. Nicht in der Lage einzugreifen.* »Ist dir klar, dass du mir diesen Dienst für eine unbegrenzte Zeit erweisen musst?«

»Ich habe in zwanzig Jahren noch keinen einzigen Tag krankgemacht«, entgegnete Corbert gelassen, die Blicke zur Decke gerichtet. »Keinen einzigen Tag. Diese neue Arbeit erscheint mir etwas einfacher als mein ... früherer Auftrag. Ich bitte nur, dass meinem Sohn eine harte Strafe erspart bleibt, wenn er das nächste Mal bei einem ... Abenteuer erwischt wird. Und das wird er vermutlich.«

»Die Bitte sei dir gewährt, innerhalb vernünftiger Grenzen. Nun trink dies hier und schlafe!« Er reichte Corbert einen Becher. Corbert leerte ihn und verlor kurz darauf das Bewusstsein.

Kevas humpelte im Raum umher, schwenkte ein brennendes Weihrauchstäbchen und stimmte den Gesang an, dessen Worte Sivanas ihm eingeschärft hatte. Mit einem Dolch ritzte er zwei kleine Schnitte in Corberts entsetzlich vernarbte Brust. Er goss Wein aus dem geweihten Schädel-Anhänger um seinen Hals in die Wunden, begann eine neue Litanei, verhaspelte sich und musste noch einmal von vorn beginnen.

Sobald er fertig war, nahm Kevas die Glaskugel in beide Hände. Ohne auch nur einen Moment zu zaudern oder zu stocken, schleuderte er sie auf den Betonboden. Sie zerbrach. Licht entwich aus ihrem Innern, kräuselte sich zu einer länglichen Form, schwebte über Corberts Körper. Dann drang es wie inhalierter Rauch in die Schnitte.

Corberts Lider flatterten. Er setzte sich auf. Sein Gesicht verzerrte sich zu einer Grimasse, die an Totenstarre erinnerte, und in seine Augen trat ein helles Leuchten. Corberts Hände strichen über seinen Körper und testeten die Muskelstränge auf ihre Dicke. Dann begann er diverse Gelenke zu beugen und zu strecken. Er nickte zufrieden. Seine Stimme klang kraftvoll, erfüllt von neuem Leben. »Gut gemacht«, sagte er. »So. Wir fangen an.«

Die Schnelligkeit, mit der Sivanas vom Opferstein sprang, wirkte irgendwie unnatürlich. »Jungfrauen«, sagte er nachdenklich. »Ja, das ist es. Besorge mir Jungfrauen. Mindestens zehn. Mehr wären besser. Sofort. Lass den Dolch hier.«

Kevas schloss die Augen.

»Wusstest du, dass man die Dragoner umerziehen kann?«, fragte Sivanas einige Zeit später. Seine Hände und seine Kleidung waren rot verkrustet.

Zwei Dutzend Dragoner hingen schlaff in den hölzernen Kirchenbänken, die Metallklauen ihrer spinnenartigen Gliedmaßen eingezogen, die Augen hinter den Helmschlitzen glasig.

Kevas stand stumm und wie betäubt da. Ein mörderischer Schmerz brannte in der linken Augenhöhle.

Leichen übersäten das Podest. Zehn insgesamt, Babys, Kinder, alle von Sivanas persönlich in der Nacht herbeigeschafft. So viel musste man Kevas lassen: Er hatte sich geweigert, dem Befehl Folge zu leisten. Trotz der Schläge und Schnitte, trotz des ausgestochenen Auges, ausgestochen mit dem gleichen Messer, das ... das dieses Blutbad angerichtet hatte. Kevas hatte den körperlichen Schmerz fast als Erleichterung empfunden, als willkommene Ablenkung von all den anderen Dingen.

»Ich hatte das vor langer Zeit in Erfahrung gebracht«, fuhr Sivanas fort und hielt mit einer Hand einen Kelch hoch. Die andere umklammerte den Eimer mit dem Opferblut. »Sie wurden nämlich in meinen Tagen entwickelt. Nach meinen Angaben. Niemand kennt sie besser als ich. Man kann ihnen Befehle erteilen, wenn man sie richtig formuliert. Man kann sie abrichten. Findest du, dass sie wie gütige Beschützer aussehen? Glaubst du, das sei ihr eigentlicher Zweck? Meine Nachfahren haben sie gezähmt, sie zu Wachhunden gemacht. Ah, aber sie werden sich an die alten Zeiten erinnern. Sie werden sich erinnern.«

Er ging die Sitzreihen entlang und spritzte ihnen Blut ins Gesicht, wie jemand, der Schläfer mit einem Schwall kalten Wassers weckt. »Ihr habt eine Aufgabe«, flüsterte er jedem von ihnen zu.

»Ich verlieh ihnen absichtlich keine Intelligenz«, sagte er zu Kevas. »Keinen Ehrgeiz, kein Gewissen. Sie begreifen nur die Aufgaben, die sie zu erfüllen haben. Und sie verarbeiten Lektionen langsam, für den Fall, dass jemand versuchen sollte, sie gegen uns aufzubringen. Es frustriert mitunter, Ihnen etwas Neues beizubringen. Jungfrauenblut hilft ein wenig. Wer nicht dazu bereit wäre, Jungfrauenblut einzusetzen, so wie wir es heute getan haben, hätte es schwer, unsere Dragoner für sich zu gewinnen. Und wer dazu bereit wäre, stünde von Natur aus auf unserer Seite. Eine klare Angelegenheit.«

Sivanas ging erneut die Kirchenbänke entlang. Diesmal schärfte er jedem der Dragoner ein: »Du wirst das Schloss stürmen.« Am Ende der Sitzreihen angelangt, wandte er sich dem Priester zu. »Wiederhole diese Worte immer wieder, Kevas, und unterstreiche sie jedes Mal durch ein paar Blutspritzer, bis der Eimer leer ist. Dann erteilst du ihnen komplexere Befehle. ›Töte alle, die Widerstand leisten!‹, zum Beispiel. Anschließend gehst du zu den Schlachtplänen und Formationen über, die ich dir noch besorgen werde. Fang an! Ich sehe dein Zaudern, aber es gibt kein Zurück. Fang an, sonst muss ich weitere Opfer bringen und das Ritual noch einmal durchführen. Wenn die unschöne Arbeit erst getan ist, wirst du mir danken. Wir machen das Schloss dem Erdboden gleich.«

Jemand pochte herrisch an der Tür zur Vorhalle. »IHR LASST MICH HIER WARTEN! DAS GRENZT AN NICHTACHTUNG«, kreischte eine hohe Stimme. »DAS GRENZT SOGAR SEHR AN NICHTACHTUNG.«

»Ah!« Sivanas seufzte befriedigt und schob das Opfermesser in seinen Ärmel. »Wie bestellt! Tretet ein, Euer Gnaden!«

Später begab sich Sivanas in einem Anflug von Neugier – obwohl ihm der Gefangene eher gleichgültig war – zum Grünen Zimmer und fand die Tür aus den Angeln gerissen. »Er ist fort«, rief er Kevas zu. »Egal. Ich denke ohnehin, dass du seine Bedeutung überschätzt hast. Zurück an die Arbeit!«

KAPITEL 19
Am Wall

Toms Truck pflügte durch Bäche, Schlamm und alles, was ihm sonst noch in den Weg kam. Zermalmte Felsbrocken prasselten auf die Motorhaube und Windschutzscheibe nieder. Aden wurde wie eine schlaffe Puppe auf dem Beifahrersitz hin und her geworfen. Wie durch ein Wunder schlug sein Kopf nie richtig hart gegen die Seitenscheibe. Seine Rettung war relativ einfach verlaufen: Tom hatte die Zeit angehalten, die Tür ohne viele Umstände aus den Angeln gerissen und gerufen: »Beeil dich, der Motor läuft.«

»Was wird das?«, hatte Aden gefragt.

»Wir beide unternehmen eine Fahrt, die im schlimmsten Fall mit deinem Tod enden könnte. Du hast ein Recht darauf, das zu erfahren. Wie immer die Sache ausgeht, wir werden eine neue Erkenntnis gewinnen.«

Aden war selbst erstaunt, dass er so gelassen blieb. Während Tom am Steuer neben ihm laut fluchte, spürte er, dass die Dinge seiner Kontrolle endlich entglitten waren – dass er, genau genommen, nie die Fäden in der Hand gehalten hatte, weder in diesem noch in seinem früheren Leben. Es beruhigte ihn, dass sein Weg bereits vorgezeichnet war; dass er, wie auf dieser Fahrt im Truck, nur ein Objekt war, das sich auf einer seit langer Zeit vorbestimmten Bahn durch den Raum bewegte, seinem Ende entgegen wie alle anderen Objekte auch. Es war fast vorbei: der Ärger, der Kampf, die Sorge, ja sogar die Freude – alles mündete in diesen Weg. Warum also sich zur Wehr setzen, dagegen ankämpfen? Das würde die Richtung nicht ändern, nur die Fahrt unbequem machen. Sich treiben lassen, den Frieden genießen …

Ein Baumstumpf zerbrach in kleine Holzsplitter, die wie Hagel gegen die Windschutzscheibe trommelten. Der Truck rumpelte über eine Schneise der Zerstörung, die das Grauen hinterlassen hatte. Tom murmelte etwas, während er den Truck auf einen Waldpfad steuerte. »Umleitung«, sagte er. »Mal sehen, wie es meinem alten Mädchen ergangen ist. Das sieht ja verdammt schlimm aus.«

Der Truck holperte über unebenes Gelände. Tom rutschte fast in eine Bodenspalte, die breit genug war, den Truck zu verschlingen und sie beide in die Tiefe zu reißen. Und da war das Grauen, gigantisch mittlerweile, und fetzte große Stücke aus dem Berghang, ungeduldig und mit lautem Geheul. Es presste ganze Arme voll Felsgestein in seine schwärzer-als-schwarzen Rippen; sie verschwanden, während sich um seine Füße kleine Geröllhäufchen türmten. »Hm.« Tom kratzte sich am Kinn. »Ich hatte selten etwas am Werk der Lady auszusetzen, aber das hier ...«

»Das ist das Gemälde! Ich sah, wie sie es auf der Waldlichtung abstellte.«

Tom seufzte. »Ja. Das ist das Ende. Das Ende von etwas, das nie so richtig begann. Ich kümmere mich später um das Ding, wenn ich kann. Zumindest werde ich so tun, als ob ich es könnte. Doch zuerst haben wir andere Dinge zu erledigen.« Tom wendete und setzte zu einem weiten Bogen an. Aden beobachtete das Grauen im Rückspiegel. Es drehte den Kopf nach hinten und verfolgte den Weg des Trucks. Aden winkte ihm einen Gruß zu. *Es ist interessant, mehr nicht,* überlegte er. *Von Grauen kann gar keine Rede sein.*

Tom fluchte laut los und brachte den Truck zum Stehen. »Was zum Henker soll das denn?«, brüllte er und riss die Fahrertür auf. Vor ihnen erstreckte sich eine Ebene aus sprödem grauem Staub, der wie eine dicke Aschedecke auf dem Untergrund lag. Tom las das Ortsschild neben der unbefestigten Straße. »Ich wusste gar nicht, dass es hier ein Dorf namens ›Confusion‹ gab. Bevölkerung ›tot‹. Als ich das letzte Mal hier durchkam, hieß das Kaff noch Somerset. Langweiler, die Bewohner, aber quicklebendig, und taten keinem Menschen was zuleide.«

Aden kletterte ins Freie und sah zu, wie der alte Mann mit der Stiefelspitze in die knirschende graue Masse kickte und mit jeder Sekunde wütender wurde. Hinter der kleinen Wüste ragte die Barriere auf, ein gekrümmter glasiger Wall, der sich starr bis in den Himmel erhob. Aden glaubte zu wissen, was als Nächstes kam.

Tom ging in die Hocke und zerrieb etwas von der toten grauen Substanz zwischen den Fingern. »Dreckiges Pack! Ich komme damit klar, wenn *sie* die Welt verwüstet. Sie half bei ihrem Aufbau, sie hat das Recht, alles zu zerstören, wenn sie es für nötig hält. Aber nicht *diese* Parasiten! Wuseln in meinem Schloss umher wie Maden im Schädel eines Ochsen.« Er holte ein Messer aus der Tasche und schnitt sich in den Arm. Weißes Licht quoll hervor, gleißend hell. Er verteilte die Tropfen auf dem Boden. Wo sie landeten, kehrte Farbe in die Asche zurück. Grasbüschel schoben sich durch das Grau.

»Du hast nicht genug von dem Zeug in dir«, sagte der Mechaniker, der aus dem Nichts aufgetaucht war und nun vor der Motorhaube des Trucks stand. »Und die Zeit reicht nicht.«

Tom spuckte aus, fluchte und riss einen Streifen Stoff als Verband aus seinem Hemdsärmel. »Wenn ich sage, dass die Zeit reicht, dann reicht sie.«

»Im Gegenteil.« Der Mechaniker warf einen Blick auf seine Stoppuhr. »Zeit ist genau das, was uns fehlt. Zeit und Ereignisse. Oft synchron, aber nicht immer. Meist trivial, der Unterschied. Aber uns bleiben noch – oh, fünf Stunden. *Höchstens* fünf Stunden. Die Welt kann jetzt jede Sekunde verschwinden.«

Tom schnappte sich eine Schaufel von der Ladefläche seines Trucks. »Zeit genug«, sagte er und wischte sich über die Stirn. »Ich weiß, was sie hier gemacht haben. Es gibt einen Tunnel. Genau an dieser Stelle. Wenn ich den Eingang freilege, bringt er mich direkt zum Schloss. Ich schiebe alle Hindernisse aus dem Weg, wo sie welche hingestellt haben. Und dann bekommen die Herrschaften dort ein paar gepflegte Worte von mir zu hören.«

»Ich fürchte, er ist an geologischen Zeitalter gewöhnt«, sagte der Mechaniker zu Aden und wies mit dem Daumen in Toms Richtung. »Kapiert einfach nicht, dass unsere Existenz in ein paar Stunden vorbei ist. Vielleicht kannst du mal mit ihm reden.«

Aden kletterte aus dem Truck und vertrat sich die Beine. »Ob das was bringt? He, Tom, gib auf! Du bist zu spät dran. Nutze diese letzten Stunden lieber für eine sinnvolle Arbeit. Pflanze einen Baum oder so.«

Tom musterte Aden, als hätte er ihn völlig vergessen. »Du!«, sagte er. Er packte Aden mit einer Hand an der Schulter, schlang ihm den freien Arm um die Hüfte und schleuderte ihn mit der Gewalt eines Hurrikans in das Vergessen.

Der Wall kam auf ihn zu. Er war ruhig, ein wenig schwindlig von der plötzlichen Bewegung und dem Boden, der unter ihm vorbeiraste, aber sonst geschah nichts. Seine Arme und Beine ruderten, nicht weil er Angst hatte, sondern weil es ihm Spaß machte. Und dann war er drüben.

KAPITEL 20
Auf der anderen Seite

Aden landete ausgerechnet in einem Postamt. Er war sich nicht sicher, was er erwartet hatte, aber ...

Es dauerte eine Weile, bis er begriffen hatte, wo er sich befand, und noch eine Weile, bis er den Schock einer ganz normalen Umgebung verdaut hatte. Vom Fußboden aus erspähte er nur Beine: Beine in Schlaghosen und schwarzen Schuhen auf Holzdielen. Von der anderen Seite des Walls und Toms Truck war nichts zu sehen.

Stimmengemurmel. Besänftigende Tippgeräusche. Das Klingeln eines altmodischen Telefons. Immer noch auf Hände und Knie gestützt, besah er sich die Wartenden. Die meisten waren gut gekleidet, in der Mode der 1950er- oder 1960er-Jahre, als sei der Gang zum Postamt alles andere als eine zwanglose Angelegenheit: Die Frauen trugen Röcke in schicklicher Länge, die älteren Herren Hüte und graue Mäntel. Lediglich ein junges Halbstarkenpaar wagte es, die Kleiderordnung zu durchbrechen. Niemand schaute in Adens Richtung.

Am Schalter saß ein Mann, den er nicht sofort erkannte – Ende zwanzig, Anfang dreißig, ein Gesicht, das er auf Fotos gesehen hatte. Stattlich in jungen Jahren, doch davon war nicht viel geblieben, ein Fossil mit wirrem grauem Haar und Runzeln, das irgendwo in einem Pflegeheim vor sich hin dämmerte und allem Anschein nach nichts von seinem Verfall mitbekam.

Nur das Namensschild verriet Aden, dass der Schalterbeamte sein Großvater war. »Herbert« stand darauf. Herbert Keenan.

Ein Kunde brüllte wütend los: »Was sind das für verdammte Lappen, Mann? Wollen Sie mich verarschen, oder was?«

»Lesen Sie Ihre Zeitung«, erwiderte Herbert, dem man anmerkte, dass er allmählich die Geduld verlor. Wie es schien, hatte er diese Diskussion bereits den ganzen Tag geführt. Er hielt eine Zwanzigdollarnote hoch. »Dezimalwährung nennt man das. Das ist echtes gutes Geld. Damit können Sie in jedem Laden einkaufen. Ehrenwort.«

»Mann, ich sage nur ...«

»Das ist echtes Geld«, rief jemand in der Schlange. »Und du musstest nicht mal dafür arbeiten. Kann dir doch egal sein, wie deine Stütze aussieht!«

Der Mann wirbelte herum. »Das steht mir zu«, schrie er. »Ich hab schließlich für das Vaterland gekämpft! Versuch du mal, mit Metallsplittern im Rücken einen Job zu kriegen.« Vor sich hin murmelnd, nahm der Mann den Umschlag in Empfang, den Herbert ihm reichte, und stampfte aus dem Postamt. Die Glocke über dem Eingang schepperte, als er die Tür zuschlug.

»Opa?«, fragte Aden. »Kannst du mich sehen?«

Herbert schaute stirnrunzelnd auf. Dann trafen sich ihre Blicke, und er lächelte. »Aden! Was machst du hier? Ich hatte keine Ahnung, dass du schon geboren bist.«

Die Wartenden in der Schlange unterhielten sich, ohne auf ihr Gespräch zu achten. »Welches ... welches Jahr haben wir denn?«, fragte Aden.

»1966.« Wieder runzelte Herbert die Stirn. »Hast du Schwierigkeiten mit der Zeitrechnung? Moment noch, mein Junge, ich kümmere mich gleich um dich.« Er wandte seine Aufmerksamkeit dem nächsten Kunden zu, der ärgerlich mit den Fingern auf das Schalterbrett trommelte.

Als Aden an der Schlange vorbei zum Ausgang ging, hörte er, wie die Leute über die Hitze jammerten. Draußen erwartete er eine Straße mit viel Verkehr, aber stattdessen stand er unvermittelt in einem Wohnzimmer. Herbert Keenan saß in einem Lehnstuhl. Er trug ein weißes Unterhemd und fuhr sich mit einer Hand durch das schüttere Haar. Eine Frau, in der Aden seine Großmutter erkannte, goss einen Farn. Die beiden waren Ende vierzig, vielleicht auch Anfang fünfzig. Und sie schienen gerade zu streiten.

»Ich weiß, dass sie erwachsen ist«, sagte Herbert. »*Ich* hatte nie Probleme damit. Und ich weiß, dass sie immer genau das Gegenteil von dem tun wird, was wir ihr raten. Aber warum kann ich *dir* nicht sagen, was ich denke? Ganz unter uns.«

»Du kannst mir alles sagen«, entgegnete sie. »Aber ich weiß, dass es nicht dabei bleiben wird. Ich kenne dich, Herb. Du wirst deine Meinung nicht für dich behalten. Und dieser Mann wird in Kürze unser Sohn.«

»Der Popstar«, höhnte Herb. »Will er das Vollzeit oder nur gelegentlich machen? Sie wird ihn ernähren müssen. *Wir* werden ihn ernähren müssen.«

»Das ändert sich, sobald sie ihre Morgenübelkeit kriegt.«

Herb seufzte schwer. Dann schaute er auf und sah Aden an der Tür stehen. »Tut mir leid, Aden«, sagte er. »Das war eigentlich nicht für deine Ohren bestimmt. Dein Vater ... er war letztendlich ein guter Mensch. Hat es zumindest versucht.«

»Oma?«, fragte Aden.

Sie schien ihn weder zu hören noch zu sehen. »Versprich mir, dass du bei der Hochzeit die Form wahrst. Dass du deine Meinung für dich behältst. Bitte. Mir passt auch so manches nicht. Ich muss auch so manches schlucken.«

»Ich habe schon jetzt jede Menge geschluckt. Auch dir gegenüber. Keine Sorge, ich schaffe das schon«, sagte Herb. »Aden, bitte. Ein anderes Mal?«

Aden nickte, wandte sich ab und ging durch die Tür. *Erinnerungen?*, überlegte er. *Erinnerungen. Die Erinnerungen eines alten Mannes.*

Der nächste Raum war ein Schlafzimmer. Er sah nackte Körper, hörte Stöhnen und Keuchen und machte auf dem Absatz kehrt. Eine gedämpfte Stimme: »War da was?«

Diesmal trat er auf eine Straße hinaus, mit Oldtimern aus den 50er Jahren. Herbert, vielleicht zwanzig, schick mit Anzug und Krawatte, fuhr auf einem Fahrrad einen steilen Hügel hinunter, verlor das Gleichgewicht und krachte in ein geparktes Auto. Er flog über den Lenker und landete mit einem dumpfen Aufprall und schlitterte über den Asphalt. Er setzte sich auf, einen Arm an den Körper gepresst. Aden rannte los, um ihm aufzuhelfen, aber die Szene wechselte.

Eine Besprechung. Augenscheinlich hatte es einen heftigen Streit gegeben. Die Atmosphäre war angespannt. Grimmige Gesichter, vier Männer um einen Tisch, einer davon Herbert in mittleren Jahren. Ein fünfter Mann hielt den Kopf gesenkt. »Sie werden mich einsperren«, sagte er mit erstickter Stimme. Tränen stiegen ihm in die Augen.

»Wir haben kaum eine Wahl«, meinte Herbert.

»Sie können das Geld nicht zurückzahlen, oder?«, fragte ein anderer Mann.

»Wir wissen, dass du eine Familie hast«, sagte Herbert. »Das macht die Sache für uns nicht leichter. Vielleicht hättest du dir das vorher überlegen sollen. Wenn es einen einfachen Weg aus dieser Sache gäbe, würden wir ihn einschlagen. Aber so ...«

Die Szene wechselte. Herbert, grauhaarig in einem Lehnstuhl sitzend, las aus einem großen Bilderbuch vor, das auf seinen Knien lag. Zwei kleine Kinder hockten im Schneidersitz vor ihm auf dem Fußboden. Sie hatten die Augen weit aufgerissen und hörten begeistert zu. Einer war Aden, der andere Adens jüngerer Bruder. Aden hatte bis zu diesem Moment vergessen, dass er überhaupt einen Bruder hatte. »Eigentlich wollte eure Mutter nicht, dass ich euch diese Geschichte vorlese«, sagte Herbert. »Sie könnte euch Angst einflößen, meint sie. Aber ich finde, dass ihr jetzt große, tüchtige Jungs seid. Und Geschichten, die Angst einflößen, tun das aus einem ganz bestimmten Grund: Sie wollen uns eine Lehre sein. Eigentlich ist auch nur das Wort ›tot‹ gruselig, und wer wird sich schon vor einem Wort fürchten? So, jetzt habe ich die Katze aus dem Sack gelassen! Jetzt kennt ihr das Wort. Und war es so schlimm? Hat es euch Angst eingeflößt?«

Die beiden Jungen schüttelten feierlich die Köpfe.

»Gut, dann können wir anfangen. Die Geschichte heißt *Von dem Tode des Hühnchens*. Auf eine Zeit ging das Hühnchen mit dem Hähnchen in den Nussberg ...«

Aden zog sich aus der Szene zurück und kam zu einem Krankenhaus. Nein – zu einem Pflegeheim, wo ein kranker, welker Greis zusammengesunken in einem Rollstuhl saß. Eine Pflegerin beugte sich über das Bett, um es frisch zu beziehen. Herbert schaute respektvoll weg, als ihr dabei der Rock in die Höhe rutschte, und entdeckte Aden an der Tür. Der alte Mann runzelte die Stirn, als versuchte er sich krampfhaft an etwas zu erinnern.

»Ich bin es, Opa«, sagte Aden. »Bring mich zurück. Ich glaube, dass ich die Zusammenhänge verstehe. Bring mich zurück in dein Leben, weiter zurück als bis hierher. Zeig mir, was ich sehen muss. Okay? Schaffst du das? Irgendein Teil fehlt. Bring mich zu dem Zeitpunkt zurück, als deine Welt entstand.«

Aden verließ den Raum und kam in einen Garten, wo ein junger Herbert Keenan den Zaun strich und sich mit der freien Hand den Schweiß von der Stirn wischte. Er drehte sich um, sah Aden und winkte. »Vorwärts«, rief Aden. »Ein Stück vorwärts.«

Erinnerungen rollten ab – manche dramatisch, manche trivial. Eine feindselige Begegnung mit Adens Vater, bei der es fast zu einer Prügelei kam; Herbert in einer Bibliothek, wie er mit kindlichem Staunen vor dem »Fantasy«-Regal stand; Herbs Pensionierung.

Und dann geschah es.

Herbert, um die sechzig, saß in einem Arbeitszimmer, vor sich eine Reihe von Bleistiftskizzen. An der Wand befand sich eine dieser gezeichneten Karten, wie man sie in Dutzenden von Trilogien fand. Herbert drehte sich um, als Aden zur Tür hereinkam. »Hallo«, sagte er. »Ich hatte heute nicht mit dir gerechnet. Aber angenehme Unterbrechungen sind immer willkommen.«

Aden betrachtete die mit Klebstreifen an die Wand geheftete Karte genauer. Ein Name am unteren Rand war angestrichen. *Nightfall.* »Darf ich dir ein wenig bei der Arbeit zuschauen, Opa?«

»Nur zu«, erwiderte Herbert. Er deutete auf den Papierkorb, der randvoll mit zusammengeknüllten Blättern war. »Obwohl ich heute einfach nichts zuwege bringe.«

Aden ging neben dem Stuhl seines Großvaters in die Hocke. »Warum das denn?«

Herbert seufzte. »Irgendwie kann ich mich nicht auf den Hauptcharakter festlegen. Den Protagonisten. Ich dachte, ich hätte einen Roman in mir – wie angeblich die meisten Menschen. Aber allem Anschein nach gilt das nur für manche von uns. Bei anderen beschränkt sich das auf ein Dutzend Prologe. Und große Pläne. Egal. Ist ja nur ein Zeitvertreib.« Wieder seufzte er und löste den Blick von den Papierkugeln, die neben den Abfallkorb gefallen waren. »Ich rede mir zumindest ein, dass es nur zum Zeitvertreib ist, aber das stimmt nicht. Ich male mir diesen Ort seit einer halben Ewigkeit aus. Seit ich Tolkien las, vermutlich, und meine Liebe zu Drachen entdeckte. Wenn im Dienst nicht viel los war, dachte ich mir eine Handlung aus, die Charaktere und so fort.«

Aden musste schlucken, bevor er antworten konnte. »Was wird das? Was genau versuchst du zu schreiben?«

»Einen Roman natürlich. Einen Fantasy-Roman.« Er lachte. »Ein Hobby. Nichts Ernstes. So stellt es sich zumindest im Moment dar. Ich hatte gedacht, es wäre eine gute Beschäftigung für den Ruhestand. Aber vielleicht gehe ich doch besser angeln. So wie früher. Erinnerst du dich noch an unsere Angelausflüge, Aden?« Herbert schaute ihn an. Hinter seinem Lächeln verbarg sich eine tiefe Trauer.

»Es tut mir so leid, Opa«, sagte Aden, ohne genau zu wissen, was er damit meinte. Er hatte Mühe, die Tränen zurückzuhalten, und seine Kehle war wie zugeschnürt. »Es tut mir so leid.«

»Schon gut, schon gut. Das ist nun mal, wie es ist. Irgendwann gehen wir beide wieder angeln.«

Aden räusperte sich und versuchte seine Gedanken zu ordnen. »Charaktere. Du hast dir Charaktere ausgedacht?«

»Klar doch.« Seine Miene hellte sich auf, und er begann in einem Notizbuch zu blättern. »Hier. Der Typ da ist ein ziemlich zwielichtiger Priester. Habe noch nicht groß über seine Religion und das ganze Drumherum nachgedacht. Sie nennen ihn den ›Propheten des Blutvergießens‹. Das ist mein Bösewicht. Als Nächstes brauche ich einen guten Gegenspieler.« Herbert blätterte weiter. »Das hier wird mein Mörder. Für den habe ich noch keinen Namen. Irgendwelche Vorschläge?«

Die Skizze stimmte nicht genau, aber die Ähnlichkeit war unverkennbar. »Slythe«, murmelte Aden.

»Vielleicht. Ich schreibe das mal auf. So heißt er ab jetzt, falls mir nichts Besseres einfällt. Er ist ebenfalls ein Antagonist – einer von denen, die meinem Helden das Leben schwer machen.«

»Opa ... dieses Ding, das unsere Welt vernichtet. Die Barriere. Wie kann man sie aufhalten?«

Herbert runzelte die Stirn. »Ein Ding, das die Welt vernichtet?«

»Es ist ein Wall. Ein Wall aus Nichts, der von allen Seiten näher rückt wie eine Riesenwoge. Manchmal langsam, dann wieder rasend schnell. Du hast dir das ausgedacht. Du musst dir das ausgedacht haben. Es kommt in deiner Geschichte vor.«

Herb schüttelte den Kopf. »Nein. Nein, so weit bin ich noch nicht.«

Aden fuhr sich über die Augen. Er überlegte krampfhaft. »Okay. Falls so etwas Nightfall zustieße. Deiner Welt. Was würdest du dagegen unternehmen?«

Herbert sah ihn verwirrt an. »Das weiß ich wirklich nicht, Aden. Ich habe längst nicht so weit vorausgeplant. Ich versuche gerade erst, das Fundament zu legen. Wie bei einem Hausbau. Ich schätze, anders wird das nichts.«

Aden stand auf und ging rastlos im Arbeitszimmer hin und her. »Okay. Wie ist es damit? Angenommen, ein Geschöpf würde zum Leben erwachen und ... und wie ein gigantischer Radiergummi alles auslöschen, was es berührte? Ein Wesen ohne

Verstand, das ziellos umherstreift und alles zerstört. Wie würdest du ihm Einhalt gebieten?«

»Da ... da müsste vermutlich ein tapferer junger Ritter her, um die Lage zu retten. Ich würde ihn Aden nennen.« Herbert lächelte und klappte sein Notizbuch mit einem verlegenen Achselzucken zu. »Nur ein Hobby, mein Junge.«

»Nein! Es ist mehr als das.«

»Du bist so groß geworden. Ich erinnere mich noch, als du ...«

»Nein, hör zu! Es ist mehr als das. Ich fange an, alles zu begreifen. Es ist Wirklichkeit. In gewisser Weise ist es Wirklichkeit. Es existiert, in irgendeiner anderen Ecke deines Verstandes. Es *existiert*, so wie du und ich hier existieren und uns unterhalten.«

Herbert betrachtete ihn abschätzend. Dann stand er auf, nahm Aden am Arm und führte ihn nach draußen, ans Ufer eines schmalen Flusses. Aden war ein Kind. Er saß in einem kleinen Boot, das sanft auf dem Wasser schaukelte.

»Sieh dich an«, sagte Herbert, und in seiner Stimme schwang pure Freude mit »Wenn meine kleine Hobby-Welt tatsächlich existiert, dann gibt es schönere Anblicke.«

Auf dem Wasser befestigte ein anderer Herbert einen Köder an der Leine des Kindes und half ihm, die Angel auszuwerfen. »Erinnerst du dich an diesen Tag?«, fragte Herbert. »Wir erbeuteten eine Forelle. Und diesen Känguruschädel, den du im Schlamm entdeckt hattest. Ich erlaubte dir, ihn auszuwaschen und mit heimzunehmen, aber deine Mutter war alles andere als begeistert.«

Es entstand eine lange Pause. Aden beobachtete sich als Sechsjährigen am Flussufer, an der Seite des Mannes, der damals noch nicht wissen konnte, dass dem Jungen kein langes Leben vergönnt sein würde. Herb brach schließlich das Schweigen. Er wischte sich über die Augen und sagte: »So viel entgleitet mir jetzt. Verschwindet ganz einfach. Aber an einigen Bildern halte ich fest. Das hier gehört dazu. Ein Angelausflug mit meinem Enkel.«

Der kleine Aden kicherte, als sein Haken haarscharf am Auge seines Großvaters vorbeiging. »Opa. Deine Geschichte. Kannst du mich in deine Geschichte zurückbringen? Sie haben dort nicht mehr viel Zeit. Und ich glaube, ich kann jederzeit hierherkommen und dich besuchen. Wir können wieder angeln gehen. Aber wie gelange ich zurück in die Welt, die du gemacht hast?«

Herbert runzelte die Stirn. »Das weiß ich nicht. Das weiß ich wirklich nicht.«

»Das hier ist eine Erinnerung. Das alles sind Erinnerungen. *Ich* bin eine Erinnerung. Aber die Welt, die du gemacht hast ... du hast mit angesehen, wie ich dorthin ging! Das stimmt doch, oder? Bring mich zu *dieser* Erinnerung zurück. Du, in einem Pflegeheim. Mit deinen Träumen von der Welt, die du erschaffen hattest. Mit deinen Träumen von Nightfall. Mit deinen Träumen, dass ich den Weg dorthin gefunden hatte. Bring mich zurück, Opa! Sie brauchen mich dort. Ich weiß etwas, das sie unbedingt erfahren müssen. Und ... die Krankheit! Das ist der Wall! Das ist ... das ist das unheimliche Wesen, das Muse erschuf! Ich kann es bekämpfen! Ich kann es dort besiegen, Opa! Bring mich zurück! Wenn ich es dort besiege, vergeht vielleicht auch deine Krankheit!«

Er rannte vom Flussufer weg, durch eine Tür, durch noch eine Tür, durch Tür um Tür, Erinnerung um Erinnerung, bis ...

Er stolperte durch den Glaswall.

Keuchend schaute er sich um. Der Truck von Tom, dem alten Drachenmann, parkte ganz in der Nähe, aber Tom selbst war nirgends zu sehen. Die Landschaft jenseits der spröden grauen Staubschicht, die Somerset bedeckte, war von Rissen und Löchern durchzogen, Spuren klaffender Wunden. So sah das Nichts aus – das freigelegte, blutende Fleisch der Welt, umgeben von einer dünnen, empfindlichen Haut aus Sinneseindrücken.

Auf der Motorhaube des Trucks saß Slythe, der Meuchelmörder, ein Bein lässig über das andere geschlagen.

KAPITEL 21
Das Ende

Der Wind blies fauchend durch den toten grauen Staub und wirbelte Fontänen auf, die Aden bis in die Lungen drangen. Slythe betrachtete ihn grüblerisch, ohne sich vom Fleck zu rühren. Aden ging furchtlos auf den Truck zu. Sein Hass auf den Meuchelmörder war erloschen.

Ein ferner Donner. Slythe warf einen Blick über die Schulter. »Du bist durch den Wall gegangen«, sagte er.

»Ja.«

»Noch erstaunlicher – du bist zurückgekommen. Was hast du drüben gesehen?«

»Warum willst du das wissen?«

»Vielleicht kann ich dir helfen.«

»Ausgerechnet du?«

Slythe lächelte entschuldigend. Sein Gesichtsausdruck wirkte aufgesetzt und irgendwie unehrlich. »Als wir uns das letzte Mal trafen, sagtest du, ich sei nicht real. Ebenso wenig wie die Leute, die ich umbrachte. Bin ich denn jetzt real?«

»Du bist weniger real als je zuvor. Die Welt hier ist eine Story, mehr nicht.«

»Erzähl sie mir!«

Aden setzte sich neben ihn auf die Motorhaube. Der Meuchelmörder rückte ein Stück von ihm ab. »Angst?«, fragte Aden mit einem Lächeln.

»Bei unserer letzten Begegnung stieß ich dir ein Messer ins Herz. Du warst tot. Wie fühlte sich das an?«

Aden hatte ihm nicht zugehört. »Der Mechaniker«, sagte er. »Der Mann mit dem Buch. Ich weiß jetzt, was er mit ›Struktur‹ meinte. Er meinte den Aufbau der Story, die Handlungsfolge.« Er boxte Slythe kameradschaftlich in den Oberarm. Der Meuchelmörder wich blitzschnell aus und sprang von der Motorhaube. »Deine Angst ist berechtigt«, meinte Aden lachend. »Ich habe vorhin mit eurem Gott gesprochen.«

Slythe überlegte eine Weile. »Dann – bist du der Held dieser Geschichte?«

»Genau!« Wieder lachte Aden. »Aber nur, weil er nichts Besseres parat hatte. Und weißt du, was besonders komisch ist? Dass du zu den Figuren gehörst, die ich retten soll. Aber vergiss es. Es stimmt, was ich letztes Mal sagte. Diese Welt existiert überhaupt nicht. Ich kam nur nicht dahinter, warum sie zu existieren *schien*. Ich dachte, das alles sei ein Traum. Dabei ist es eine Story, die nie erzählt wurde. Sie kann die wahre Realität nicht berühren. Ich dachte, ich könnte den Alten retten, diese Krankheit vertreiben, die sein Gehirn zerfrisst. Aber das schaffe ich nicht. Selbst wenn ich es schaffen würde, diesen Wall zu zerstören ...« Er deutete auf die Barriere. »... läge er immer noch krank in einem Pflegeheim und würde auf den Tod warten.«

Slythe ging mit geschmeidigen Bewegungen auf und ab. »Teile einer Story können außerhalb der Story nichts bewirken, stimmt's?«

»Du hast es haarscharf erfasst.«

»Aber wenn man sie erzählt?«

Aden schaute ihn an.

»Aber wenn man die Geschichte erzählt?«, wiederholte Slythe. Er ließ ein Messer aus dem Ärmel gleiten und spielte damit herum, warf es hoch und fing es wieder auf. Eine nervöse Angewohnheit.

»Was willst du damit ... hey, warte mal. Lass mich nachdenken. Tu das verdammte Messer weg, ja?«

Slythe schleuderte die Klinge in das Ortsschild des toten Dorfes. »Ich muss los«, sagte er. »Um das Schloss tobt ein Krieg, so sinnlos er auch sein mag. Die Kirche hat ihre Wachhunde von der Leine gelassen. Julius ist verschollen. Mira ebenfalls. Der Ratgeber des Herzogs lässt die Anlage mit Kriegsmaschinen belagern. Im Moment ist das Schloss in der Hand des

Priesters. Also bleibt mir keine Wahl, als jeden außer mir selbst umzubringen. Auch Tom, wenn ich ihn erwische. Bei dir will ich eine Ausnahme machen. Wenn dir Gewalt und Blutvergießen so verhasst sind, dass du diese Welt unbedingt davon befreien willst – dann tu dir keinen Zwang an!«

Slythe rannte los, ein verschwommener Farbwischer auf der grauen Ebene, der verschwunden war, ehe Aden Luft für eine Antwort holen konnte. Aden ließ sich von der Motorhaube gleiten. »Tom!«, rief er. »Bist du hier?«

Der Wall schnellte mit einem Ruck zwanzig Meter vorwärts und kroch dann im Zeitlupentempo über den spröden, staubigen Boden näher. Ein Schauer lief Aden den Rücken hinunter. Er sprang auf den Fahrersitz des Trucks und fuhr mit beiden Händen über die seltsame Konstruktion des Armaturenbretts. »Ich kann dieses Ding nicht bedienen«, schrie er aus dem Fenster.

Der Mechaniker saß plötzlich neben ihm auf dem Beifahrerplatz. »Ich fahre«, sagte er. »Du hast dort drüben viel zu lange gebraucht.«

Der Truck rollte los, obwohl niemand die Schalter und Hebel berührte. Die Hände des Mechanikers zuckten nervös, während er im Rückspiegel die Barriere beobachtete. »Die sollte eigentlich stehen bleiben, als das Gemälde erwachte.«

»Die Barriere oder dieses Geschöpf des Grauens – ihr Typen habt beides vermasselt.«

»Aber es gibt eine Möglichkeit, sie zum Stillstand zu bringen. Ja? Nein? Vielleicht? Was hast du erfahren?«

Aden erzählte ihm während der Fahrt, was er erlebt hatte. Als er fertig war, sagte der Mechaniker. »Dann ist die Lösung einfach.«

»Kann es sein, dass ich irgendwo auf dem Schlauch stehe?«, erkundigte sich Aden. »Es gibt eine Möglichkeit, den Wall zum Stillstand zu bringen? Den Wall und das Monster?«

»Nein und noch mal nein«, entgegnete der Mechaniker. »Alles klar? Einfach.«

Die Dorfbewohner hatten entdeckt, was mit ihren verschwundenen Kindern geschehen war, als sie zur Kirche liefen, um sie vermisst zu melden, und die Leichen fanden.

Sie fanden auch die zerbrochene Glaskugel und erfuhren so, dass Sivanas wieder unter ihnen weilte: Sivanas, ein Hauptdarsteller, der sie aus ihrer Uhrwerkroutine gestoßen und ihren leeren Leben eine neue Richtung und neue Ziele gegeben hatte. Das war es, was Kevas Tag für Tag vor den leeren Kirchenbänken gepredigt hatte. Hätte er den Verstand besessen, seine eigene Botschaft in ihrer ganzen Tiefe zu erfassen, hätte er diesen Tag als wundersam eingestuft (als widerwärtig vielleicht, aber doch als wundersam), noch während ihn der erboste Mob in Stücke riss. Sie rissen ihn in Stücke.

Dann rotteten sie sich zusammen und stürmten dem Schloss entgegen. Dort sahen sie, wie die Krieger der Kirche über die Mauern wuselten. Ein paar armselige einarmige Soldaten hatten vergeblich versucht, ihnen Einhalt zu gebieten. Ihre Überreste lagen verstreut umher.

Toraks Panzer waren bereits eingetroffen, zwanzig an der Zahl. Sie bildeten einen dichten Belagerungsring um das Schloss. Torak mochte nicht auf das Schloss feuern, konnte die Dragoner aber auch nicht einzeln unschädlich machen. Er hatte sich bis zu dem Zeitpunkt, da die Dorfbewohner auftauchten, hitzige Debatten mit seinem Schlangenstab geliefert.

Torak ging in einem Panzer auf Tauchstation und hörte sich den Grund für den Volkszorn an. Dann kam er aus seinem Versteck und begann Befehle zu brüllen. »Natürlich!«, schrie er. »Alles herhören! Mir ist diese Gräueltat auch zu Ohren gekommen! Menschenopfer? Tod durch Erdolchen? Unglaublich! Muss gerächt werden! Deshalb bin ich hier. Um eure Kinder zu rächen. Seht ihr die Panzer? Beweis für meine Absicht! Aufgepasst! Zieht diese Dragoner auf euch, und ich putze sie weg! Guter Plan? Dann seid ein braver Mob! Nichts wie los! An die Arbeit, Leute!«

Sie kamen seinem Befehl nach. Leider war der Berater des Herzogs kein besonders guter Schütze. Als ein Dragoner von der Zugbrücke rollte, tötete Toraks Feuerstoß zehn der Dorfbewohner, die ihm vertraut hatten. Darauf wandte sich der Mob gegen ihn und ließ ihm keine andere Wahl, als den Panzer im Kreis zu fahren, ein Manöver, bei dem dummerweise noch mehr Bürger unter die Ketten gerieten. Die übrigen Panzer, so konstruiert, dass sie automatisch Toraks Fahrzeug folgten, richteten ein wahres Blutbad an.

Dann erschienen Toms Drachen. Als Aden durch den Wall verschwand, hatte Tom einmal kräftig auf zwei Fingern gepfiffen. Sie waren aus großer Höhe niedergestoßen, die letzten fünf Drachen, die es noch gab, und während vier der Giganten über ihm ihre Kreise zogen, war der große Rote neben ihm gelandet und hatte ihm seinen Nacken als Sattel angeboten. Er war mit dem Trupp nach Eisennetz geflogen, zu den Schwachköpfen, die den Nerv besessen hatten, sein Schloss ins Verderben zu stürzen. Zuallererst hatte er sich Julius vornehmen wollen, dessen Triumphwagen an der Kirche geparkt war, aber die Suche nach ihm war vergeblich gewesen. Nun, am Schloss angelangt, erspähte er den Ratgeber des Herzogs in seinem Panzer. Die Drachen griffen an: Ihr Atem aus Feuer, Eis und giftigen Dämpfen strich über die Panzer und über den wütenden Mob.

Der Mob wurde noch wütender, aber auch Konfusion machte sich breit. Manche hatten in Torak ihren Verbündeten gesehen und versucht, ihre Genossen von ihm fernzuhalten, mit dem Argument, dass Torak unbeabsichtigt ein Fehler unterlaufen sei. Diese kühleren Köpfe sahen nun einen Feind in *Tom*, da er Torak attackiert hatte. Sie wandten sich gegen ihn. Während Tom seine Drachen zu beruhigen versuchte, die mit Mistgabeln und Fackeln drangsaliert wurden, konnte sich Torak unbemerkt aus seinem Panzer stehlen, in einer Verkleidung, die er rasch mit seinem Notfläschchen von Traumenergie gebastelt hatte.

Die Dragoner griffen inzwischen alles an, was sich in die Nähe des Schlosses wagte. Sivanas stand in Corberts Körper auf dem höchsten Turm der Anlage und predigte dem wogenden Meer von Kämpfern in der Tiefe. Niemand bemerkte ihn dort oben oder verstand auch nur ein Wort dessen, was er sagte.

»Das totale Chaos«, stellte Aden fest, als der Truck auf einer Kuppe anhielt und sie die Szene am Fuß des Hügels betrachteten.

»Notwendig«, sagte der Mechaniker. »Das Grauen wird kommen.«

»Himmel, sieh dir diese Drachen an!« Erst mit einiger Verzögerung begriff er die Worte des Mechanikers. »Die Bestie – du willst sie hier haben?«

»Sie muss das Schloss vernichten, bevor der Wall es tut. Wenn das geschieht, sorge ich dafür, dass es Nacht ist. Ein Traum wird kommen.«

»Ein Traum, der nicht vom Schloss eingefangen wird? Der kein Ziel mehr hat?«

»Genau.«

Aden kratzte sich am Kopf. »Ich verstehe immer noch nicht ganz. Kannst du mir auf die Sprünge helfen?«

»Das Grauen kommt, vernichtet das Schloss. Der Wall zögert kurz, sodass dir genügend Zeit zum Handeln bleibt. Der Traum findet kein Schloss mehr vor. Er wird dorthin zurückkehren, wo er herkam. Und du mit ihm. Du hast eine Botschaft zu übermitteln. An deinen Großvater.«

»Und diese Botschaft lautet?«

»Berichte ihm einfach, was geschehen ist. Das ist alles. Du musst zu dem Bereich seines Verstandes vordringen, der es ihm erlaubt, seine Story zu erzählen. Verstehst du jetzt, worum es geht, Protagonist?«

»So gut wie.«

»Dann erkläre mir die Sache, damit ich weiß, dass alles richtig angekommen ist.«

Aden rieb sich die Schläfen. »Wenn diese Welt in *seiner* Fantasie existieren kann, dann kann sie auch in der Fantasie einer anderen Person existieren. In der Fantasie von hundert Personen. Sie müssen nur von ihr erfahren. Dann wird sie weiterleben. *Hier* können wir sie nicht retten, aber anderswo wird sie weiterleben.« Aden lachte. »Jetzt habe ich begriffen.«

»So weit, so gut. Fahr fort!«

»Okay. Die Träume sind seine echten Träume. Du stiehlst sie aus seinem Gehirn, sobald sie fertig geträumt sind. Richtig? Okay. Also befinden sich die Träume in dem Teil seines Verstandes, der noch intakt oder zumindest irgendwie mit der realen Welt verbunden ist. Sie stammen nicht aus dem Bereich, in dem seine Erinnerungen gespeichert sind. Das ist der Teil, den ich zu sehen bekam. Ich muss den Bereich aufsuchen, wo sein Geist in der Gegenwart lebt. Er muss die Story fertig schreiben. Und ich muss ihm berichten, was geschehen ist, damit er sie fertig schreiben kann. Dann muss jemand sie lesen. Und die Welt wird im Gehirn dieses Lesers weiterleben.«

»Gut.« Der Mechaniker wischte sich den Schweiß von der Stirn und warf einen Blick auf seine Stoppuhr. »Hoffen wir, dass diese Bestie sich beeilt. Sonst müsste ich die Kämpfe da unten verschärfen.«

Aden schaute ihn an. »Du hast das alles eingefädelt? Und du kontrollierst den Ablauf?«

»Was denn sonst?«, fauchte der Mechaniker.

»Es ist nicht einfach ... passiert? Hat sich nicht so entwickelt, wie du mir auf dem Weg hierher weismachen wolltest?«

Der Mechaniker schlug sein Buch auf. »Hör mal! Das hier ist eine Geschichte. Welcher Teil der Geschichte bin ich wohl?«

Aden zuckte mit den Schultern.

»Ich bin ihre Handlung, du Schwachkopf!« Der Mechaniker kritzelte ein paar Zeilen. Auf dem Schlachtfeld unten herrschte sofort Ruhe. »Siehst du?« Plötzlich umarmten die Dorfbewohner einander und begannen sich über alle möglichen Dinge zu unterhalten. Torak plauderte in aller Freundschaft mit Tom, dem Drachenmann, der einen Blick in ihre Richtung warf und den Daumen hob. Die Dorfbewohner strichen ehrfürchtig über die rauen Flanken der Drachen.

Aden lachte erstaunt. »Und du kannst mit einem Federstrich bewirken, dass sie wieder zu kämpfen anfangen?«

»Sicher. Begreifst du nun? Einzig und allein dich bekam ich nie in den Griff. Und die Bestie. Und die Barriere.«

»Was ist mit Tom und Muse?«

»Die erklärten sich bereit, das Spiel mitzumachen.«

»Dann war unser Gespräch in der Kirche ... dann wusstest du *von Anfang an*, wie das alles ausgehen würde? Du wusstest, dass ich sterben und zurückkommen würde? Du hast die ganze Zeit über etwas vorgespielt?«

»Natürlich«, entgegnete der Mechaniker unwirsch. »Deine Aufgabe war und ist es, deinen Großvater zum Erzählen seiner Story zu bewegen. Damit wir anderswo überleben können. Etwas *musste* geschehen.«

Der Mechaniker kritzelte wieder ein paar Zeilen, und die Schlacht ging weiter. Aden lachte. »Komm, lass einen dieser Drachen einen Panzer fressen!«, rief er.

»Nein.«

Das Grauen kam über den Horizont, ein Koloss von der Größe eines Berges – Herbert Keenans Krankheit, die alles in seinem Gehirn verschlang. Die kleine Story, noch im Entstehen, nie erzählt, vage erinnert, war für die schwerfällige Bestie das Werk von Sekunden, die Bestie selbst nur ein winziger Teil des viel größeren Leidens, das Herberts Verstand zerfraß.

Der Mechaniker verstellte seine Stoppuhr. Die künstliche Zeit der Welt tat einen Sprung nach vorn. Nacht legte sich über das Land. Das Schloss wurde größer, ein gleißendes Leuchtfeuer. Die Bestie, höher als der höchste Punkt von Eisennetz und sich immer noch aufblähend, stieß ein Brüllen aus, das schrill und dumpf zugleich klang, und wankte vorwärts.

Die Kämpfenden vor dem Schloss flohen nach allen Seiten. Tom lenkte seinen roten Drachen hoch in die Lüfte, umkreiste den Kopf der Bestie mit lautem Geschrei, immer knapp außer Reichweite der Riesenarme, die nach ihm schlugen. Die Bestie löschte das Gitter von Eisennetz aus. Spinnenförmige Dragoner krabbelten von den höheren Türmen wie Käfer, die aus einem zerstörten Nest flohen.

Tom brüllte das Grauen an, schoss ihm Lichtfackeln entgegen. Es torkelte hinter ihm her, als er es vom Schloss wegführte, aber es hatte seine Hauptarbeit getan. Die Menschen in der Umgebung des Schlosses starrten wie gebannt zum Himmel, wo die Bestie Toms Schlingerkurs folgte – bis die Dragoner in ihre Mitte stürzten. Schreie ertönten. Der Mob setzte sich hektisch in Bewegung.

»Los!« Der Mechaniker nickte Aden zu. Seine Stimme klang eindringlich. »Begib dich an die Stelle, wo der Traum zuerst erschien!«

»Fährst du mich hin?«

»Ja, verdammt noch mal!«

Der Mechaniker jagte den Truck den Hügel hinunter. Das Gefährt flog über die klaffenden Spalten und Risse hinweg, die das Grauen hinterlassen hatte. Ein Reiter, der vor den Kämpfen die Flucht ergriffen hatte, kam um eine Kurve geprescht und stürzte mit einem Aufschrei ins Nichts.

Der Traum erschien und erhellte den Himmel mit seinem grünen Licht. Aden begriff plötzlich, dass jemand im Pflegeheim dem alten Mann von seinem Selbstmord erzählt hatte. Sein Großvater hatte nach außen hin wohl keine Reaktion gezeigt, aber das Entsetzen und die Trauer waren tief in jede Schicht seines Gehirns eingedrungen, hatten seinen Lebenswillen ausgelöscht und den Wunsch getötet, sich an irgendetwas zu erinnern. Dieser Albtraum zeigte, was aus dem alten Mann geworden war. Aden wusste, dass *er* die Schuld an diesem Kummer und diesem Leid trug. Die Selbstverachtung überwältigte ihn fast. Er wollte aufgeben und sich in den Fluss stürzen, sich ertränken. *Untersteh dich!*, schien eine Stimme in seinem Innern zu sagen. *Untersteh dich!*

Als sie den Fluss erreichten, ganz in der Nähe der Stelle, wo er das grüne Leuchten zuerst gesehen hatte, senkte sich der Traum erneut herab. Der gleiche Traum: Herbert ertrank, wild um sich schlagend, in einem brodelnden, giftigen Meer. Seine Reaktion auf die Nachricht von Adens Tod. Auf die Nachricht vom egoistischen, gestohlenen Tod seines Enkels. Aden beobachtete, wie der Traum herabschwebte. Er hatte die Arme ausgestreckt, und Tränen liefen ihm über die Wangen. »Es tut mir so leid«, wollte er sagen, aber es war, als erstickte er an den Worten. Zu spät jetzt, zu spät.

Ein Bär, eine Hyäne und ein Schakal tauchten aus dem Wald auf. Aden war gerade dabei, sich in das fahlgrüne Licht zu werfen. Der Bär schwenkte mit lautem Gebrüll die Pranken. Er kam Aden vertraut vor, aber ohne die Hyäne an seiner Seite hätte er ihn nicht erkannt. »Leben Sie wohl, Mister Gorr!«, rief Aden.

Der Bär brummte, versuchte etwas zu sagen. Endlich gelang es ihm, ein paar verständliche Worte zu formen. »Nimm ... Jungen mit.«

Aden spürte einen Stich mitten ins Herz. »Ich nehme euch alle mit«, rief er. »Wenn auch ein wenig anders, als ihr euch das vorstellt. Lebt wohl!« Er trat im gleichen Moment in den Traum seines Großvaters, da die Überreste von Schloss Eisennetz ausgelöscht wurden.

Mister Gorr, der nicht verstand, was er meinte – wie sollte er auch? –, tobte vor Kummer und Zorn. Der Traum schwebte zum Himmel. Aden schwamm in dem grünen Leuchten wie in einem warmen Bad. Die Erscheinung seines Großvaters lächelte ihn an – verdrängte den Kummer für ein Lächeln, ein trauriges Lächeln, und streckte tröstend eine Hand nach ihm aus.

Über den Himmel driftete Aden mit dem Traum, ziellos, da Schloss Eisennetz ihn nicht mehr in seinen Bann zog. Er fühlte sich geborgen in der giftgrünen Wolke, warm und geborgen. Der Traum schwebte in großer Höhe.

Die Sterne ringsum funkelten nicht, sondern dämmerten matt vor sich hin wie große Lampen, die darauf warteten, eingeschaltet zu werden. Der Traum segelte mit der Geschwindigkeit windgetriebener Wolken in neue Sternhaufen, erfand neue Formen für ihre Heldendramen.

Wenngleich Großvater und Enkel immer noch gegen die Tränen ankämpften, betrachtete Aden strahlend die Wunder, die ihn umgaben. Hier konnte man wirklich nach den Sternen greifen! Und genau das tat er, als der Traum dicht an einem der Himmelskörper vorbeikam. Seine Knöchel stießen gegen die Oberfläche. Sie fühlte sich wie Glas an und gab doch nach, als er sie berührte. Dann beugte er sich weit vor, bis sein Kopf den grünen Nebel durchstieß, und beobachtete die Vernichtung in der Tiefe.

Von hier oben wirkten Land und Leute wie Miniaturen, die jemand auf einer großen Tischplatte angeordnet hatte. Der Glaswall rückte näher wie eine Meereswoge, die Meilen in Sekunden verschlang. Die Ödnis, die sie zurückließ, war wie das Dunkel hinter geschlossenen Augen, wenn auf der anderen Seite der Lider heller Tag den Schlaf unterbricht: flackernd und schmerzhaft rot. Dass der Wall auch das Grauen geschluckt hatte, spielte überhaupt keine Rolle.

Die Kämpfenden in der Umgebung des Schlosses waren immer noch in ihren wilden Tanz verstrickt. Diejenigen, die am weitesten außen standen, drehten sich um, als der Wall vor Schloss Eisennetz anhielt. Tom umkreiste auf seinem Drachen mit lautem Geschrei die Turmspitzen, die das Eisengitter getragen hatten.

Tom hatte von Anfang an begriffen, dass er keine Macht über all das besaß, er nicht und auch sonst niemand. Sein Drache jagte auf die Barriere zu und durchstieß sie. Einen Moment lang verharrte sie und schien zurückzuweichen, als sich in ihrer glatten Oberfläche spinnwebartige Risse ausbreiteten.

Dann rückte sie weiter vor wie geplant und verschlang alles. Nightfall war tot.

Da war ein helles Licht, ein hellgrünes Licht, dann weiß, dann ...

Aden betrat das Zimmer eines Pflegeheims. Er erkannte den Raum wieder. Hier hatte er seinen Großvater besucht, kurz nachdem die Krankheit ausgebrochen war. Helles Sonnenlicht sickerte durch die weißen Vorhänge. Herbert Keenan saß in einem Rollstuhl. Er war alt, aber sein klarer Blick verriet, dass er seine Umgebung *wahrnahm*. »Du hast es geschafft«, sagte er ruhig.

Aden war mit ein paar schnellen Schritten bei ihm und umarmte ihn. »Du bist hier! Du lebst!«

»Ich bin hier. Ich war die ganze Zeit hier. Es ist zwar so, dass mir alles ... entgleitet. Aber noch bin ich hier.«

»Das ist nicht das echte Krankenzimmer, Opa, oder? Wir sind noch in deinen Gedanken, nicht wahr?«

Herbert nickte.

»Und kannst du die Welt von hier aus *erreichen*, Opa? Kannst du dich verständlich machen?«

Herbert lächelte traurig. »Nein. Ich versuche es. Tag für Tag. Das Eis ist dick und kalt. Ich schlage mit den Fäusten dagegen. Manchmal hören sie das Klopfen. Aber das ist alles.«

Adens Blicke wanderten durch das Zimmer und entdeckten die Schreibmaschine in der Ecke. »Tippst du noch manchmal, Opa? Damals, als wir dich hier besuchten, hattest du eine Schreibmaschine. Du hast oft darauf getippt. Buchstaben.«

»Buchstaben, ja«, sagte Herbert, und seine Augen trübten sich. »Viele Buchstaben.«

»Hast du dort draußen deine Hände unter Kontrolle, Opa?«

»Hände. Ja. Zwei Hände.«

»Opa! Konzentrier dich! Das ist wichtig. Schreib eine Botschaft an dich selbst, draußen in der realen Welt. An dich selbst außerhalb der Eisschicht. Außerhalb der ... der Barriere. Kannst du das? Besorg dir eine Schreibmaschine, Opa. Bitte.«

KAPITEL 22
Eine andere Zeit, ein anderer Ort

Sie hatten Herbert Keenan nach jenem unglückseligen Vorfall beim Bettenbeziehen einen männlichen Pfleger zugewiesen. Eine eher harmlose Geschichte, hatten alle versichert. Offenbar war er an jenem Nachmittag wirklich davon überzeugt gewesen, er befände sich mit seiner Frau in ihrem Flitterwochen-Hotel. Seit damals vegetierte er nur noch vor sich hin, selbst dann, wenn ihn seine Familie besuchte.

Der Selbstmord seines Enkels. Diese Nachricht hatte seinen Rückzug ausgelöst. Seit damals kein Wort, kaum eine Bewegung.

Deshalb überraschte es den Betreuer, als er sah, dass die Hände des alten Mannes zuckten und dann unsicher zu gestikulieren begannen. »Was gibt es denn so Wichtiges?«, fragte der Pfleger und legte kurz das Bündel mit den schmutzigen Laken ab. »Du willst mir doch nicht etwa an die Eier, Opa? Also, du musst schon mit mir reden, wenn du etwas möchtest. Kannst du das? Reden, meine ich?«

Ein unverständliches Gemurmel kam über Herberts Lippen. Der Pfleger beobachtete die pockennarbigen Hände des Alten. Faltige Haut umschlotterte die Knochen. Einen Moment lang dachte er an einen Krampfanfall oder an eine Herzschwäche. Die Finger bewegten sich wie auf einer Tastatur.

»Tippen? Du willst tippen? Was schreiben? Okay, ausnahmsweise, mein Freund. Weil du so lieb bist und nicht in meiner Schicht den Löffel abgibst. Was willst'n schreiben? Liebesbrief an Shelly? Sie sehnt sich bestimmt danach, dass du sie in den Po kneifst. War nur Spaß, Alter. Warte, ich richte dir das Ding her. Wo ist die Kiste denn? In deinem Schrank weggepackt, stimmt's?«

»Hat er dich verstanden?«, fragte Aden.

»Ja, Aden. Ich bin bereit. Was soll ich schreiben?«

Wo beginnen? Aden ging auf und ab und überlegte lange. »Gut. Fangen wir an. ›Von sich selbst wusste er anfangs nur, dass er tot war ...‹«

Der Alte hatte losgelegt wie eine Rakete. Shelly, die Pflegerin, und ihr männlicher Kollege beobachteten ihn wie stolze Eltern durch die halb offene Tür. »Der hört gar nicht mehr auf«, sagte sie.

»Was schreibt er denn so?«

»Lauter Quatsch. Unverständlich.«

Sie sahen ihm noch eine ganze Weile zu. »Vielleicht sollten wir dafür sorgen, dass er allmählich Schluss macht«, sagte sie. »Das Geklapper geht seinen Nachbarn sicher bald auf die Nerven. Auch wenn es ihn glücklich macht – zwei Stunden täglich müssten doch reichen.«

»Lass ihn mal lieber, sonst fliegen die Fetzen! Wie heißt es so schön? Millionen alter Knacker geben ihr Bestes für die Ewigkeit?«

Sie lachte. Er trat neben die Schreibmaschine und sagte: »Das reicht für heute.« Der alte Mann murrte zornig, als ihm der Pfleger die Tastatur entwand, und boxte mit den Fäusten gegen Armlehnen seines Rollstuhls. Ein leises, lang gezogenes Röcheln – ganz eindeutig ein Laut der Verzweiflung – drang aus seiner Kehle.

»Und auch heute schön sagen, was du möchtest«, meinte der Pfleger, obwohl er drauf und dran war, dem Alten nachzugeben und den Bogen wieder einzuspannen. Er warf einen Blick auf das Blatt Papier und überflog mit hochgezogenen Augenbrauen, was sein Schützling geschrieben hatte:

Von sichij i890u j984jr98jf 98jf983j hkenb kjnokmpoqe poek 93i d8j 98hf hbf nf jelkmn okm 0pjie 9u43 dli3nd 3kldm .,;sm jrkhf iurh ifjh k.

';wl ;ok;lkj oijoj[8tujh 8tj oivj oin to[iu t890gu t09gj toigj tut908bjlk[;fnv .,fjdnb;klgjbn glijbki]qo;lkngf ;ovhj l;vn ;ljkgn t;lij t[ujg ;logkj [’ojgk

[ogpk ';gk re';ogkj e';ogk e'lkgj 'jg'gig er'ligj er'lgkj er';ogjk epogjk59]-kjg ;lf,mg f;lkgm ;lkj ;welkjh kulgh 9 ig9kjv =09gm =09 g[0jg [pgjperojgk ';oemg l/,f rlkm f;lk ;ldk ';lfm 'tlkn ;eljng ;lknv ;erkljgn er;igj4toijg398yt4 tg473gr po4hr 4[3987y4984039ut43-9u km 'flkmv erl;kfj re;ljgn q»p;fltipgj t;lkbm rgjkb fn .,' mkn wjjknqk njjkkwenjwkf lkjrej fropirj ;lkj

Dan Wells

Ich bin kein Serienkiller

Thriller. Aus dem Amerikanischen von Jürgen Langowski. 384 Seiten. Piper Taschenbuch

Der fünfzehnjährige John will ein ganz normaler Teenager sein, die Schule besuchen und Mädchen kennenlernen. Doch er weiß, dass in ihm ein düsteres Geheimnis schlummert. Es ist nicht nur das Interesse an Serienkillern, das sein ganzes Leben bestimmt, nicht nur seine Faszination vom Tod. Es ist die Furcht, dass er eines Tages selbst zum Killer wird. Denn John trägt ein Monster in sich. Und als unerklärliche Morde in der Stadt geschehen, muss er sich nicht nur einem dämonischen Gegner stellen, sondern auch sich selbst …

05/2595/01/L

Nick Harkaway

Die gelöschte Welt

Roman. Aus dem Englischen von Jürgen Langowski. 736 Seiten. Piper Taschenbuch

Die »Große Löschung« hat alle Informationen auf der Welt vernichtet. Die Zivilisation ist beinahe vollständig zerstört. Die Überlebenden scharen sich um die Jorgmund Pipeline, ein gigantisches Röhrensystem, das einen lebenswichtigen Stoff verbreitet. Doch jetzt steht die Pipeline in Flammen. Gonzo Lubitsch, Problemlöser für alle Fälle, wird engagiert, um das Feuer zu löschen. Hinter dem Brand und der Pipeline steckt jedoch weit mehr, als Gonzo ahnen kann. Sein Auftrag führt ihn in die Vergangenheit der zerstörten Welt, in apokalyptische Kriege und Zeiten der Liebe und des Verlusts, zu Politikern, Piraten und ins dunkle Herz der geheimnisvollen Jorgmund Company …
Nick Harkaways Debüt ist definitiv das ungewöhnlichste Abenteuer unserer Zeit.

»Ein triumphales postapokalyptisches Epos, überschäumend vor Einfallsreichtum.«
The Times

05/2424/01/R

Thomas Finn

Weißer Schrecken

Roman.496 Seiten.
Piper Taschenbuch

Fans von Stephen Kings »Es«, aufgepasst – dies wird der Winter des Schreckens! Die kalte Jahreszeit in Perchtal, einem einsamen Dorf im Berchtesgadener Land, scheint besinnlich wie immer. Bis eine Gruppe Jugendlicher einen grauenhaften Leichenfund macht: Ein junges Mädchen treibt unter dem Eis eines Sees, und es ähnelt den Zwillingen Miriam und Elke auf verblüffende Weise. Doch die beiden wissen nichts von einer Verwandten … Bei ihren Nachforschungen stoßen die Freunde auf ein blutiges Geheimnis, das der Pfarrer des Dorfs hütet. Und sie schrecken dabei eine uralte Macht auf, die ihre Rückkehr in unsere Welt vorbereitet.

Thomas Plischke

Die Zombies

Roman. 480 Seiten.
Piper Taschenbuch

Endlich das große Epos um die geheimnisvollsten Geschöpfe der Nacht – die Zombies! Die lebenden Toten gelten als unheimlich, feindselig und dumm. Doch die junge Lily ist davon überzeugt, dass dies nicht die ganze Wahrheit ist. Seit jeher fasziniert sie der Zombie-Mythos, und sie ist geradezu besessen davon, mehr über die Geschöpfe zu erfahren. Als Lily den attraktiven Victor kennenlernt, kommt sie einem erschreckenden Geheimnis auf die Spur: Zombies existieren wirklich, die unheimlichen Geschöpfe sind mitten unter uns – und Lily erfährt am eigenen Leib, was es bedeutet, lebendig und tot zugleich zu sein …

05/2593/01/L

05/2453/01/R

SEI UNSER
HELD!
PIPER FANTASY
Gleich mitmachen und die magische
Welt der Piper Fantasy erleben! Neugierig?
Dann auf zu www.piper-fantasy.de!
Piper-Fantasy.de
PIPER